KB106689

검은 책 2

Kara Kitap

KARA KİTAP
by Orhan Pamuk

세계문학전집 398

검은 책 2

Kara Kitap

오르한 파묵

이난아 옮김

민음사

아이린에게

이븐 아라비[1]가 진짜 있었던 사건이라며 언급한 바에 의하면,
한 승천한 방랑승이 세상을 에워싸고 있는 카프산[2]에 이르러,
산을 에워싸고 있는 뱀 한 마리를 보았다. 오늘날 세상을 에워싸고 있는
이러한 산과 이 산을 에워싸고 있는 뱀이 없다는 것은 익히 알려진 바이다.

— 『이슬람 백과사전』

1) Ibn Arabi(1165~1240). 이슬람 최고의 신비주의 사상가. 후대 신비주의
교단, 페르시아 시인에게 큰 영향을 미쳤다.
2) 터키 동화나 민담에 나오는 전설의 산.

차례

2부

◀ 소설의 주요 무대인 테쉬비키예와 니샨타쉬 광장

테쉬비키예

쉬티쉬 가게

여자 고등학교

알라딘의 가게

코낙 극장

하르비예

경찰서

테쉬비키예 사원

귀뮈쉬 골목

윌리코나으 대로

니샨타쉬 광장

테쉬비키예 대로

이흐라무르 니샨타쉬 가

이흐라무르 테쉬비키예 가

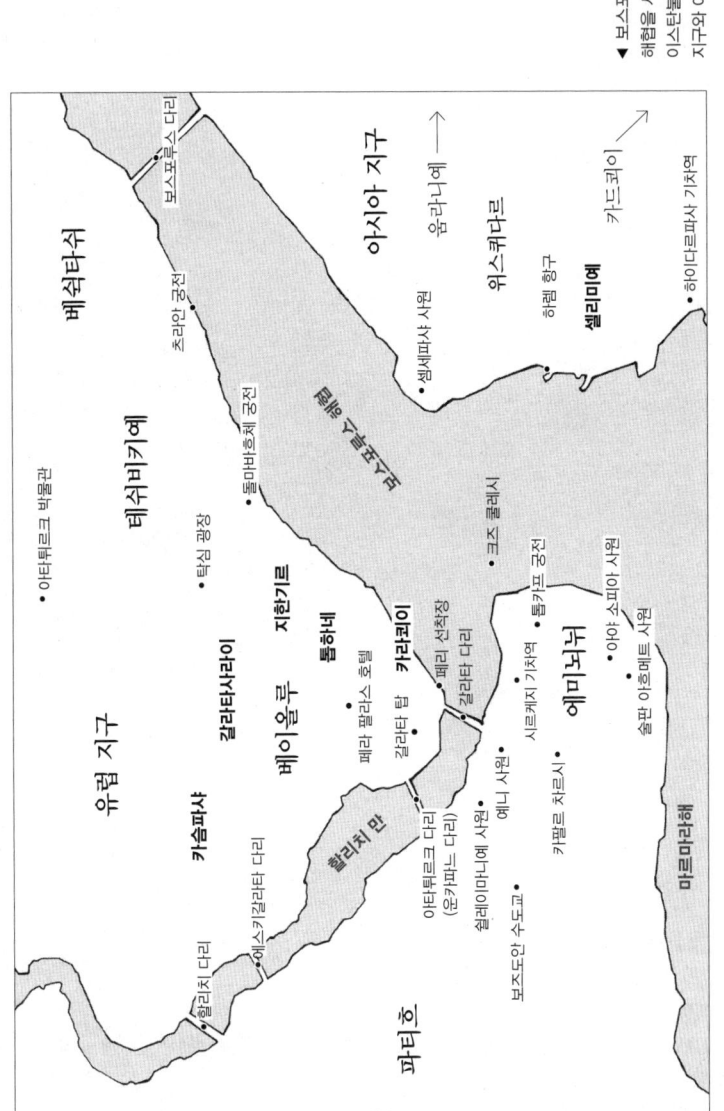

▼ 보스포루스 해협을 사이에 둔 이스탄불의 유럽 지구와 아시아 지구

일러두기

1 본문에 나오는 터키어는 외래어표기법을 따르되, 원래 발음에 최대한 가깝게 표기
했다.

2 모든 주석은 독자의 이해를 돕기 위해 옮긴이가 붙였다.

2부

1장
유령의 집

전화벨은 현관문을 열고 삼사 초가 지난 후에 울리기 시작했지만, 마치 갱 영화에 나오는 경고 벨처럼 요란하고 집요하게 들려서, 갈립은 전화기와 문 사이에 어떤 역학관계가 있는 듯한 생각이 들어 당황했다. 세 번째 벨이 울렸을 때, 허둥대며 전화를 받으려고 달려가는 제랄과 어둠 속에서 부딪히는 상상을 했다. 벨이 네 번째 울리자 집 안에 아무도 없다는 결론을 내렸다. 하지만 다섯 번째 울렸을 때는 누군가 분명히 있을 거라고 생각했다. 집에 누군가가 있다고 확실히 아는 사람만이 전화를 이렇게 오랫동안 계속 울려 댈 수 있기 때문이다. 여섯 번째로 벨이 울리자, 갈립은 십오 년 전에 들어와 보았던 집의 구조를 떠올리며 더듬더듬 전기 스위치를 찾으면서, 전화기가 있다고 생각되는 쪽으로 움직였다. 칠흑 같은 어둠 속에서 집 안의 물건에 부딪히기도 하면서 전화기를 향해 뛰었다. 겨우 수화기를 찾아 들었을 때, 몸도 본능적으로 안락의자를 찾아 앉았다.

"여보세요?"

"드디어 돌아왔군요."

전혀 생소한 목소리였다.

"그런데요."

"제랄 씨, 요 며칠 동안 당신을 찾고 있었습니다. 이렇게 늦은 밤에 전화를 걸어 미안합니다만, 급히 당신을 만나야겠습니다."

"누구신지 모르겠습니다."

"몇 년 전, 공화국의 날 무도회 때 한 번 만난 적이 있어요. 제랄 씨께 내 소개를 했지만, 아마 기억 못 할 겁니다. 그 후, 가명으로 편지를 두 번 보낸 적이 있는데, 한 번은 술탄 압둘하미트의 죽음의 배후에 있는 비밀을 밝힐 가설을 제시했고, 한 번은 트렁크 살인 사건[1]으로 알려진, 대학생의 음모와 관련된 것이었지요. 나는 그 사건에 비밀 공작원이 있다고 언급

---

1) 1972년 6월에 발생한 사건으로, 바누 에르귀데르라는 보스포루스 대학교 여학생이 파샤바흐체 해안에서 트렁크를 들고 있다가 체포되었다. 트렁크에서는 아딜 오바르오울루라는 남자의 시체가 나왔다. 바누는 강간을 당했기 때문에 그를 죽였다고 했지만, 재판 결과 자신들이 속한 정치 단체에서 의견 대립으로 살해했음이 밝혀졌다. 바누 에르귀데르를 포함하여 이 살인 사건과 연루된 네 명은 이스탄불 계엄 법정에서 재판을 받고 각각 사형 및 종신형을 선고받았다. 이후 언론에서는 정치 활동이 연관된 살인 사건이 발생할 경우 이를 '트렁크 살인'으로 표현했다.

해 주었고, 당신은 그 날카로운 지성을 바탕으로 사건을 조사해 칼럼에 이를 폭로했지요."

"네."

"지금 새로운 사건 서류를 입수했습니다."

"신문사에 두고 가시죠."

"며칠 동안 신문사에 가지 않았다는 거 알고 있습니다. 게다가 이렇게 긴급한 문제에 관해서 그 신문사 사람들을 믿어야 할지 모르겠습니다."

"좋소, 그럼. 아파트 관리인에게 맡겨 두시죠."

"당신 주소를 모릅니다. 전화 안내에서는 전화번호만 알려줄 뿐 주소는 주지 않았어요. 당신은 다른 사람 이름으로 이 번호를 등록한 모양이더군요. 전화 안내에 제랄 살리크라는 이름으로 등록된 전화번호는 없었습니다. 제랄레딘 루미는 있더군요, 가명이겠죠."

"전화번호를 알려 준 사람이 누군지는 모르지만 주소는 알려 주지 않았나요?"

"아니요."

"누가 내 번호를 주던가요?"

"우리 둘의 친구. 당신을 만나면 이 부분도 설명해 드리죠. 나는 며칠 동안 당신을 찾고 있었습니다. 머리에 떠오르는 모든 방법을 다 동원했지요. 당신의 가족에게도 전화했고, 당신을 아주 사랑하는 고모와도 통화했습니다. 칼럼에서 애정을 담아 언급했던 모든 곳에, 쿠르툴루쉬 뒷골목에, 지한기르에, 코낙 극장에, 당신을 우연히라도 만날 수 있을까 하여 다 찾아갔지요. 또 페라 팔라스 호텔에 머무는 BBC 텔레비전 방송국이 당신을 인터뷰하고 싶어 한다는 것을, 그들도 당신을 찾고 있다는 것을 알게 되었습니다. 알고 있습니까?"

"그 사건 서류는 뭔가요?"

"전화로 설명하고 싶지 않습니다. 주소를 주면, 그렇게 늦은 시간도 아니니 곧장 갈 수 있습니다. 니샨타쉬지요?"

"네. 하지만 이제는 이런 문제에 관심 없습니다."

갈립은 냉담하고 대수롭지 않은 듯한 목소리를 만들어 대꾸했다.

"무슨 말입니까?"

"내 칼럼을 주의 깊게 읽었다면, 이제는 이런 주제에 흥미를 안 느낀다는 것을 알 텐데요."

"아니요, 아니에요, 당신이 흥미를 느낄 바로 그런 주제입니다, 글로 쓰고 싶은 주제 말입니다. BBC 텔레비전 방송국에도 밝히시지요. 주소를 말해 주십시오."

"미안합니다만, 이제는 문학에 관심 있는 사람들과도 만나지 않습니다."

갈립은 자기 자신도 놀랄 정도로 유쾌하게 말했다.

그는 만족스러운 기분으로 전화를 끊었다. 어둠 속으로 망설임 없이 손을 뻗어 탁자에 있는 스탠드의 스위치를 켰다. 희미한 오렌지색 빛이 방을 밝혔을 때, 너무나 놀랍고 혼란스러운 그 장면을 신기루라고밖에 설명할 수 없을 것 같았다.

방은 이십오 년 전, 제랄이 젊은 기자였을 당시 혼자서 살았던 때와 똑같았다. 모든 물건들, 커튼과 전등의 위치, 색깔,

그림자, 냄새가 이십오 년 전과 똑같았다. 새로운 물건들이 오래된 물건들을 흉내 내는 것 같아서, 지난 이십오 년의 시간이 없었던 것으로 착각하도록 장난을 치는 게 아닐까 하는 생각이 들었다. 하지만 갈립이 조금 더 자세히 보니, 물건들이 장난을 치는 것이 아니라, 어린 시절부터 지금까지 살아온 시간이 녹아 사라진 듯한 느낌이 들었다. 지독한 어둠 속에서 갑자기 모습을 드러낸 물건들은 새로운 것이 아니었다. 새롭다는 느낌을 부여하는 마법은, 오래되고, 분해되고, 어쩌면 자신의 기억 속에 사라졌다고 생각했던 이 물건들이, 그가 잊어버리기 전 마지막으로 보았던 형태 그대로 오랜 세월이 흐른 후 다시 갈립 앞에 갑자기 나타난 것이었다. 오래된 탁자, 빛바랜 커튼, 더러운 재떨이, 낡은 안락의자는 갈립이 그들에게 부여한 운명에 굴복하지 않으려는 듯했고, 멜리흐 백부가 이즈미르에서 돌아와 새 가족과 함께 이사를 들어오던 날에, 그 운명으로부터 벗어나 자신들이 새로운 세계를 만들어 낸 듯했다. 갈립은, 제랄이 사십 년 전 자신의 어머니와 이 집에 살던 때, 그리고 이십오 년 전 그가 젊은 칼럼 작가로 살던 때와 똑같이 물건들을 배치해 두었다는 것을 깨닫고 경악했다.

그때와 똑같은 담황록 커튼이 드리워진 창문에서 그때와 똑같은 거리에 놓여 있는, 사자 발처럼 생긴 다리가 달린 그때와 똑같은 호두나무 탁자는 그때와 똑같은 슈메르방크 천(이십오 년 전부터 굶주린 사나운 사냥개들이 여전히 보라색 잎사귀가 무성한 숲속에서 불쌍한 영양들을 뒤쫓고 있는)으로 덮여 있었다. 안락의자의 머리 받침 위에 남아 있는 머리의 기름과 머리카락 광택제 얼룩은 사람 그림자와 비슷한 형태로 여전히 그대로 있었다. 먼지 낀 장식장에 들어 있는 구리 그릇 안에 앉아 똑같은 옛 세계를 바라보고 있는, 영국 영화에 나오는 잉글리시 세터와, 라디에이터 위에 놓인 똑같은 고장 난 시계, 컵, 손톱깎이는 희미한 등불 아래에서 갈립이 예전에 본 후 한 번도 떠올린 적이 없는 그대로인 듯했다. "우리가 기억하지 못하는 것들이 있다. 하지만 어떤 것들은 기억하지 못한다는 것조차 기억하지 못한다. 우리는 그것을 찾아야 한다." 제랄은 최근 칼럼에 이렇게 썼다. 뤼야의 가족이 이곳으로 이사를 들어오고 제랄이 나간 후, 물건들은 위치를 옮기고, 낡아서 새것으로 바뀌고, 흔적조차 남기지 않고 미지의 세계로 가 버렸던 것을 기억했다. 다시 전화벨이 울리자, 갈립은 여전히 외투를 입은 채 오래된 안락의자에 앉아 손을 뻗어 전혀 생소하지 않은 전화기를 들었고, 의식하지 못한 채, 제랄의 목소리를 흉내 낼 수 있으리라는 걸 확신했다.

같은 목소리가 들려왔다. 갈립이 묻자, 이번에는 공유하는 추억이 아니라 자신의 이름을 말해 주었다. 마히르 이킨지. 그 이름은 어떤 얼굴도 연상시키지 않았다.

"쿠데타가 있을 겁니다. 군대 내 작은 무리예요. 아주 종교적인 무리, 새로운 종단이지요. 그들은 메시아를 믿습니다. 때가 왔다고 믿고 있어요, 대체로 당신 칼럼 덕분에."

"그런 말도 안 되는 데 시간을 낭비하는 사람들과 나는 전혀 관련이 없소."

"오, 관련이 있지요, 제랄 씨, 있어요. 칼럼에서 쓴 대로, 당신은 기억을 잃었거나 기억하기를 거부하는 것 같군요. 아니면 그저 단순히 기억하고 싶지 않거나. 당신 칼럼을 한번 보시오, 몇 편만 읽어 봐도 기억날 거요."

"아니, 안 날 거요."

"기억하게 될 겁니다. 왜냐하면 내가 아는바, 당신은 이런 군사 쿠데타 정보를 듣고도 안락의자에 편히 앉아 있을 사람이 아니기 때문입니다."

"그렇소, 그런 사람이 아니오. 그런데 이제 나는 나 자신이 아닙니다."

"당장 거기로 가겠습니다. 당신의 과거를 생각나게 해 주고, 잃어버린 기억이 돌아오게 해 주겠어요. 결국 당신은 내 말을 인정하고, 맹렬히 조사에 착수할 겁니다."

"당신 말은 인정하지만, 당신을 만나는 건 거부하겠소."

"당신을 만나야 합니다, 내 말을 믿어요."

"그렇다면 내 주소를 찾아내야 되겠군요. 난 집 밖으로 나가지 않습니다."

"이보시오, 이스탄불 전화번호부에는 31만 개의 번호가 있소. 지역 번호는 이미 짐작하고 있으니 한 시간에 전화번호 오천 개를 검토할 수 있소. 길어 봤자 오 일이면 당신의 주소와 내가 아주 궁금해하는 당신의 가명을 찾겠군요."

"쓸데없이 진 빼지 마시오. 이 번호는 전화번호부에 올라 있지 않으니까."

갈립은 자신만만한 태도를 보이려 애쓰며 말했다.

"당신은 필명을 굉장히 좋아하지요. 난 수년 동안 당신 글을 읽어 왔기 때문에, 당신이 가명을, 작은 속임수를, 다른 사람이 되는 장난을 얼마나 좋아하는지 압니다. 당신은 전화번호부에서 당신의 실명을 누락시키기 위해 신청서를 작성해 제출하느니, 기꺼이 가명 하나를 꾸며 댔을 거요. 난 당신이 좋아할 가명들 목록도 가지고 있어요."

"어떤 이름들이요?"

남자는 줄줄이 열거했다. 갈립은 전화를 끊고 코드를 뽑은 후, 그가 나열한 이름들을 혼자 되뇌어 보았다. 그 이름들이 기억에 흔적이나 연상을 불러일으키지 않고 사라져 버릴 것만 같아 주머니에서 종이를 다시 꺼내 적어 내려갔다. 갈립보다 더 자세히 제랄의 칼럼을 읽고 더 잘 기억하는 사람이 있다는 사실에 기운이 빠져, 갈립은 자신의 실체가 의심스러워졌다. 그 남자의 성실함이 불쾌하면서도 그에게 형제애 같은 감정을 느꼈다. 그와 마주 앉아 제랄의 옛날 칼럼에 대해 이야기를 나눈다면, 지금 앉아 있는 안락의자와 비현실적인 방도 더 깊은 의미를 지닐 것 같았다.

뤼야의 가족이 여기로 오기 전, 여섯 살이던 그는 할머니 집에서 몰래 나와 미혼인 제랄이 혼자 사는 꼭대기 층 아파트로 올라가서(그의 부모는 별로 탐탁지 않아했지만) 일요일 오후 라디오에서 흘러나오는 축구 경기를 함께 듣곤 했다.(와스프도 같이 가면, 그는 마치 경기 중계가 들리는 듯 머리를 끄덕거렸다.) 갈립은 바로 이 안락의자에 앉아, 까다로운 상사가 도중에 포기한 레슬링 연재물에 매달려 있던 제랄이 담배를 문 채 엄청난 속도로 타자를 치는 모습을 바라보았다. 제랄이 이 아파트에서 떠밀려 나가기 전, 그러니까 멜리흐 백부 가족과 같이 이 집에 살고 있을 때, 어느 추운 겨울밤, 표면상으로는 멜리흐 백부에게 아프리카 이야기를 듣는다며 부모의 허락을 받고, 실제로는 그제야 발견한 수잔 백모와, 자신의 어머니만큼 황홀한 뤼야를 넋을 잃고 바라보기 위해 올라와서, 갈립은 바로 이 안락의자에 앉아, 길고 긴 아프리카 이야기를 하는 멜리흐 백부를 눈썹과 눈짓으로 조롱하던 제랄을 바라보았다. 그 후 몇 달이 지나, 제랄이 흔적도 없이 사라지고, 멜리흐 백부와 아버지가 말다툼을 시작하여 할머니가 항상 눈물을 짓던 시절에, 어른들이 할머니 집에 모여 재산, 부동산, 상속 재산을 두고 싸우던 시절에, 누군가 "아이들은 위층으로 보내." 라고 하면 여기 이 고요한 방으로 올라왔고, 뤼야가 바로 이 안락의자에 다리를 늘어뜨리고 앉으면 갈립은 조용히 감탄스러운 눈으로 그녀를 바라보았다. 이십오 년 전 일이다.

갈립은 오랫동안, 조용히, 그 안락의자에 앉아 있었다. 그러고는 제랄과 뤼야가 어디에 숨어 있는지 알려 줄 실마리를 찾을 수 있을까 하여, 아파트의 다른 방들을, 역시 제랄이 어린 시절과 청년 시절의 기억으로 꾸며 놓은 곳들을 자세히 조사하기 시작했다. 두 시간 후(실종된 아내를 찾는 탐정이 아니라, 자신의 가장 큰 관심사를 전시하는 박물관에 들어간 사람이 얼이 빠져 전시실에서 전시실로 돌아다닌 듯한 느낌이 들 즈음) 갈립은 이런 결론을 얻었다.

전화를 받으러 달려가면서 부딪혀 넘어뜨린 탁자 위에 찻잔이 두 개 놓여 있는 것으로 보아, 제랄은 이 집에 사람들을 데리고 온 적이 있다. 하지만 약한 찻잔이 깨져 버렸기 때문에, 바닥에 가라앉은 커피 찌꺼기를 맛보는 것으로도 분명한 결론을 내지 못했다.(뤼야는 커피를 아주 달게 마셨다.) 문 앞에 쌓인 《밀리예트》에서 제일 오래된 날짜로 보건대, 제랄은 뤼야가 사라진 날 여기 왔다. 그날의 칼럼(「보스포루스의 물이 빠져나갈 때」)이 레밍턴 타자기 옆에 놓여 있고, 잘못된 부분이 여느 때와 같이 제랄의 성난 글씨로, 초록색 볼펜으로 교정되어 있었다. 침실과 현관 바로 옆에 놓인 옷장에는 제랄이 여행을 갔다거나, 한동안 집 밖에서 지낼 것임을 보여 주는 그 어떤 흔적도 없었다. 푸른색 줄무늬 군인 파자마부터 진흙이 채 마르지 않은 듯한 신발까지, 겨울마다 입는 군청색 외투부터 겨울용 조끼, 빨래통 속의 더러운 양말과 많은 속옷까지(제랄은 과거에 한 칼럼에서, 어린 시절을 가난하게 보낸 후 중년에 부자가 된 남자들 대부분은 속옷을 사는 데 중독되어 평생 다 사용하지도 못할 정도로 많은 속옷을 산다고 쓴 바 있다.) 모든 것이 그가 곧 직장에서 돌아와 일상생활을 시작할 거라고 암시하는 것 같았다.

수건이나 침대보로는 제랄이 얼마나 정확하게 과거에 살던 집을 모방했는지 알기 어려웠지만, 방 내부 역시 거실의 '유령의 집' 원칙으로 꾸민 것은 확실했다. 그래서 뤼야가 어린 시절에 썼던 침실의 벽은 똑같이 유치한 푸른색이었고, 제랄의 어머니가 반짇고리, 드레스 견본, 수입 천, 패션 잡지, 니샨타쉬와 쉬쉬리의 귀부인들이 오려서 가져온 사진을 늘어놓곤 했던 침대의 앙상한 골격이 그대로 거기 남아 있었다. 냄새로 말하자면, 쉽사리 알 수 있는 것이지만, 잃어버린 시간으로 되돌려 주는 강한 향기가 있는 곳에는 언제나 완벽하게 그 시간으로 돌아가게 해 주는 시각적인 암시가 있게 마련이다. 어떤 물건을 보면 그것과 관련된 냄새를 기억할 수 있다는 걸 갈립은 깨달았다. 그래서 뤼야가 침대로 쓰곤 했던 그 멋진 긴 의자로 다가갔을 때, 옛날에 팔던 푸로 비누와 멜리흐 백부가 쓰던 화장수가(이제는 팔지 않는 요르기 토마티스 제품) 섞인 냄새를 맡을 수 있었다. 그러나 실제로는, 베이올루나 알라딘의 가게에서 사서 이즈미르에 있는 뤼야에게 보냈던 컬러로 된 책, 인형, 머리핀, 사탕, 연필, 색칠하는 공책이 가득한 서랍도 없었고, 비누, 박하 향 껌, 어지러운 향기를 내뿜는 가짜 페레자 화장수 병도 침대 주위에 없었다.

유령의 집 장식으로는 제랄이 여기 얼마나 자주 드나들었는지, 와서는 얼마나 머물렀는지 알아내기 힘들었다. 여기저기 되는대로 놓아 둔 예니 하르만 담배와 겔린직 담배의 꽁초, 부엌 찬장에 들어 있는 깨끗한 접시, 몇 년 전 칼럼에서 이파나 상표를 비난했던 것처럼 화를 내며 목 부분을 비틀어 짜고 뚜껑을 열어 두어 아직 채 마르지 않은 이파나 치약을 보니, 병적으로 세심하게 정돈한 박물관의 영구 고정물을 보는 듯한 느낌이 들었다. 전구 아랫부분에 쌓인 먼지, 이 먼지에서 여과되어 빛바랜 벽에 반사되는 그림자, 그 그림자 속에서 떠오르는 이십오 년 전 이스탄불의 두 아이의 환상 속 아프리카 정글과 중앙아시아 사막, 고모와 할머니의 이야기에 나오는 족제비, 늑대, 마녀, 악마 들의 환영조차 이 박물관의 독특한 재창조의 일부라고 생각할 수 있을 것 같았다.(갈립은 힘들게 침을 삼키며 생각했다.) 이런 이유로, 발코니로 이어진 꼭 닫힌 문 옆에 고여 있다 말라 버린 물이 남긴 흔적이나, 벽 가장자리에 비단처럼 구불구불하게 뭉쳐 있는 회색 흙먼지나, 라디에이터 온기로 들뜬 마룻바닥을 밟을 때마다 나는 삐걱거리는 소리로는 그가 이 집에서 얼마나 살았는지를 알아낼 수 없었다. 부엌문 맞은편에 걸려 있는 괘종시계는 과거 백만장자 제브데트 씨네(조상 대대로 돈이 많았다고 할레 고모가 얘기하던 그 사람) 집에서 한 시간마다 흥겹게 종을 치던 시계와 같은 것이었지만, 9시 35분에 멈춰 있었다. 아타튀르크 박물관에서 보았던, 병적인 집착으로 모두 그 위인의 사망 시각인 9시 5분으로 맞추어 놓은 시계가 떠올랐다. 그러나 눈앞에 보이는 9시 35분이 어떤 9시 35분이며, 다른 어떤 죽음을 가리킨다거나 누군가 9시 35분에 죽을 거라는 생각은 갈립의 머리에 떠오르지 않았다.

유령 같은 과거가 그를 너무나 강하게 내리눌러서 머리가 빙빙 도는 것만 같았다. 원래 있던 물건들이 어떻게 되었을지 생각해 보았다. 놓아둘 곳이 없어 고물장수에게 팔리면, 고물장수의 마차와 함께 흔들거리며 영원히 잊힐 미지의 먼 곳으로 가는 가련한 물건들의 슬픔! 잠시 후 갈립은 복도에서 유일하게 새것인 듯한 물건인, 화장실과 부엌 사이 벽 전체를 덮은 느릅나무로 된 유리 장식장을 뒤졌고, 오래지 않아 여느 것과 마찬가지로 병적으로 세심하게 정돈된 장식장에서 이런 것들을 발견했다.

제랄이 젊었을 때 썼던 신문 기사와 탐방기 스크랩. 비방하든 옹호하든 간에 제랄을 언급한 모든 기사 스크랩. 제랄이 가명으로 발표한 길거나 짧은 칼럼 스크랩. 제랄이 실명으로 발표한 모든 칼럼 스크랩. 제랄이 썼던 모든 「믿거나 말거나」 칼럼과 '꿈 해설', '역사 속 오늘', '기상천외한 사건들', '서명 분석', '관상으로 본 성격', '퍼즐과 크로스워드 퍼즐'이라는 제목으로 쓴 모든 칼럼 스크랩. 제랄이 한 모든 인터뷰 스크랩. 이런저런 이유로 게재되지 않은 미완성 초고. 사적인 메모, 오랫동안 모은 수만 개의 신문과 사진 스크랩. 자신의 꿈과 몽상, 잊지 말아야 할 세부적인 것을 적은 노트. 신발 상자와 견과류 상자, 건과일 상자, 설탕에 절인 밤 상자에 넣어 둔 수천 통의 독자 편지. 제랄이 절반만 쓰거나 혼자서 써서 가명으로 발표한 연재물 스크랩. 제랄이 자신에게 쓴 편지 수백 통의 복사본. 수백 가지의 이상한 잡지와 팸플릿, 책과 소책자, 학교 앨범과 군대 앨범. 신문과 잡지에서 오린 사진(인물 사진, 포르노 사진, 괴상한 동물과 곤충 사진) 여러 상자. 후루피주의와 문자학에 관한 기사가 들어 있는 커다란 상자 두 개. 신호, 글자, 상징이 그려져 있는 옛날 버스표와 축구 경기 표, 영화표 조각. 앨범에 끼웠거나 끼우지 않은 사진. 기자협회에서 받은 상들. 유통되지 않는 터키와 백러시아 지폐. 전화번호와 주소 수첩들.

갈립은 주소 수첩 세 권을 발견하자마자 거실의 안락의자로 가서 하나하나 읽어 내려갔다. 사십 분 정도 조사를 해 본 결과, 50년대와 60년대에 알던 사람들 이름이 수첩에 적혀 있으며, 이들 대부분은 이미 이사했을 것이므로, 이 주소와 전화 번호만으로는 뤼야와 제랄을 찾을 수 없을 거라는 결론에 도달했다. 유리 장식장 안의 잡동사니를 다시 잠깐 뒤져 본 후, 마히르 이킨지가 보냈다고 했던 '트렁크 살인'과 관련된 편지와 이 주제에 관한 칼럼을 찾기 위해 70년대 초반에 제랄이 받은 편지와 그가 쓴 칼럼을 읽기 시작했다.

신문에서 '트렁크 살인'이라고 언급하던 이 정치적 살인 사건에 연루된 사람들 중 몇을 고교 시절부터 알았기 때문에 갈립은 이 사건에 관심이 있었다. 그러나 제랄은, 모든 것이 다른 것의 모방인 이 나라에서, 살인과 연관된 분파의 젊은이들이 무의식적으로 도스토옙스키 소설에(『악령』) 나오는 모든 세부 사항을 모방했다고 생각했기 때문에 이 사건에 관심을 가졌다. 그 당시에 받은 독자의 편지들을 뒤적이다가, 제랄이 이 문제에 대해 한두 번 언급했던 저녁을 떠올렸다. 춥고 슬프고 쓸쓸했던 그 시절은, 잊혀야 하고 이 순간까지도 잊혔던 무미건조한 날들로, 갈립이 존경을 표해야 할지 그럴 가치가 없는 사람이라 생각해야 할지 갈등하던 중에 이름을 잊어버린 그 '좋은 남자'와 뤼야가 결혼했던 때였으며, 갈립이 수치스러운 질투심에 굴복하여 모든 소문에 귀를 기울이며 조사를 했지만 그 신혼부부가 얼마나 행복한지 혹은 얼마나 불행한지보다는 당시의 정치 소식을 더 많이 알 수 있던 시기였다. 겨울밤, 와스프가 평온하게 금붕어에게(빨간 와킨, 근친교배로 지느러미가 변질된 와토나이) 먹이를 주고, 할레 고모가 가끔 텔레비전에 눈길을 주며 《밀리예트》에 있는 퍼즐을 풀고 있을 때, 할머니는 안쪽에 있는 추운 방에서 차가운 천장을 바라보던 채로 돌아가셨다. 뤼야는 장례식에 빛바랜 외투와 그보다 더 빛바랜 스카프를 쓰고 혼자 참석했으나(멜리흐 백부는 시골 출신의 사위에 대한 혐오감으로 '오히려 잘됐다'고 했고, 그는 갈립의 속마음을 말로 표현한 셈이 되었다.) 곧 자리를 떴다. 장례식이 끝난 후 갈립과 제랄은 가족들의 집에서 자주 저녁을 보냈는데, 어느 날 밤 제랄은 갈립에게 이 트렁크 살인에 대해 아는지, 구체적으로는 갈립이 안다고 한 이 학생 혁명론자들 중 누군가 '러시아 작가의 책'을 읽은 적이 있는지 물었다. 하지만 그는 자신이 궁금해하는 것을 알아낼 수 없었다. 그날 밤 제랄은 이렇게 말했다.

"왜냐하면 모든 살인은 다른 살인의 모방이기 때문이지. 모든 책이 다른 책의 모방인 것처럼 말이야. 그래서 난 내 이름으로 책을 낼 생각을 안 하는 거야."

다음 날 밤, 돌아가신 할머니 집에 다시 모였다가 늦은 시간에 단둘이 있게 되자 제랄은 이렇게 말했다.

"하지만 가장 형편없는 살인에도 가장 형편없는 책에서는 볼 수 없는 고유한 면이 있지!"

이 생각을 오랜 세월 동안 이어 갔을 뿐 아니라 점점 깊게 만드는 계단을 하나하나 내려갔으므로, 제랄이 마치 실제 여행을 시작한 듯 보이기도 했다.

"그러니까 다시 말하면, 살인이 아니라 책이 전적인 모방인 거야. 그러나 우리가 가장 좋아하는 것은 모방에 대한 모방이지. 책을 설명하는 살인과, 살인을 설명하는 책은 보편적인 호소야. 다른 사람이 될 수 있다고 믿을 때만 희생자의 머리에 곤봉을 내리칠 수 있기 때문이지.(왜냐하면 그 누구도 자기 자신이 살인자로 간주되는 것을 견딜 수 없기 때문에.) 창조성은 대부분 분노 속에, 모든 것을 잊게 하는 그 분노 속에 존재해. 하지만 분노는 이전에 다른 사람에게 배운 방법을 매개로만 우리가 행동을 개시하게 만들어. 우리가 쓰는 칼은(그리고 권총, 독(毒), 문학 기법, 장르, 시의 운율, 심지어 소위 '공공의 적'이 내뱉는 '제정신이 아니었어요, 재판관님!'이라는 늘 같은 말조차) 똑같은 진실을 배반하지. 우리가 살인의 의식과 세부 사항을 다른 데서, 다시 말하면, 전설과 이야기와 회고록과 신문에서 배운다는 진실 말이야. 간단히 말하면, 문학에서 살인에 대해 배우는 거야. 가장 순수한 살인조차, 실수로 혹은 질투 때문에 저지른 살인조차 모방, 문학적 모방이야. 범인이 무의식적으로 행했다 해도 말이야. 내가 이에 대해 글을 써야 할 것 같지 않아?"

그는 쓰지 않았다.

자정이 훨씬 지나, 갈립이 장식장에서 꺼낸 옛날 칼럼을 읽고 있을 때, 먼저 거실 전등이 극장 조명처럼 천천히 어두워지고 냉장고의 모터가 진흙투성이의 비탈길에서 기어를 바꾸는 낡은 트럭처럼 슬픈 듯이 신음하더니, 사방이 칠흑처럼 어두워졌다. 정전이 익숙한 이스탄불 사람들이 그렇듯 갈립도 '곧 전기가 들어오겠지.'라고 생각하며 신문 스크랩이 가득 든 서류철을 품에 안고 안락의자에 오랫동안 꼼짝 않고 앉아 있었다. 오랫동안 잊고 있던 아파트 내부의 소리, 라디에이터에서 나오는 덜거덕거리는 소리, 벽의 고요함, 나무 마루가 기지개를 켜는 소리, 수도꼭지와 수도관에서 흘러나오는 신음 소리, 어디에 있는지 모르는 시계가 똑딱거리는 소리, 아파트 통풍구에서 전해져 오는 소름 끼치는 웅웅 소리가 들렸다. 어둠 속에서 더듬더듬 제랄의 방으로 들어갔을 때는 많은 시간이 흐른 뒤였다. 옷을 벗고 제랄의 파자마를 입으면서 어젯밤 나이트클럽에서 만났던 키 큰 소설가를 떠올렸고, 그가 들려준 역사 소설에서 주인공이 자신의 또 다른 어둡고 고요한 빈 침대에 누웠던 것을 떠올렸다. 그는 제랄의 침대로 들어갔지만 곧바로 잠이 들지는 않았다.

2장
잠을 이루지 못하십니까?

> 꿈은 두 번째 인생이다.
> — 네르발,[2] 『오렐리아』

당신은 잠을 자기 위해 침대에 들어갔습니다. 익숙한 물건들 사이에, 당신의 냄새와 추억이 배어 있는 시트와 담요 안에 자리를 잡았지요. 익히 알고 있는 베개의 부드러움을 머리로 느꼈고, 옆으로 돌아누워 다리를 배 쪽으로 끌어올리고 이마를 숙이니, 베개의 차가운 부분이 뺨을 시원하게 만들었습니다. 당신은 곧, 곧 잠이 들 것이며, 당신을 휘감는 어둠 속에서 모든 것을, 모든 것을 잊을 겁니다.

당신은 모든 것을 잊을 겁니다. 우월한 자들의 무자비한 힘, 경솔했던 말, 바보 같은 짓, 제시간에 끝내지 못한 일, 몰이해, 배반, 불의, 무관심, 당신을 비난하거나 비난할 사람, 재정적

2) Gérard de Nerval(1808~1855). 프랑스의 시인.

곤란, 빠르게 흐르는 시간, 끝없는 기다림, 당신이 닿을 수 없는 물건과 사람, 당신의 외로움, 당신의 수치, 당신의 패배, 당신의 초라함, 당신의 고통, 재앙(이 모든 재앙)을 잊을 겁니다. 잊을 거라는 기대가 당신을 위로합니다. 당신은 조용히 기다립니다.

어둠 속 혹은 어스름 속에서 당신과 함께 기다리는 평범하고 익숙한 옷장, 서랍장, 라디에이터, 탁자, 쟁반, 의자, 꼭 닫힌 커튼, 벗어 던진 옷, 담뱃갑, 재킷 주머니에 있는 성냥과 그 옆에 놓인 핸드백과 시계까지, 모두 기다리고 기다립니다.

기다리면서 당신은 익숙한 밤의 소리를 듣습니다. 마을을 지나는 자동차가 당신이 너무나 잘 아는 돌로 된 보도블록과 길가에 있는 물웅덩이 위로 지나가는 소리, 가까운 어느 곳에서 대문이 닫히는 소리, 낡은 냉장고의 모터 소리, 먼 곳에서 들려오는 개가 짖는 소리, 저 멀리 바닷가에서 들려오는 무적(霧笛) 소리, 갑자기 닫히는 무할레비 가게의 셔터 소리. 잠과 꿈의 연상과 망각의 기억이 새로운 세계로 인도하는 이 소리와 함께 다가옵니다. 이들은 이제 멀지 않았다고 말합니다. 당신이 매혹적인 잠의 세계로 빠져들면 이들과 함께 당신 주위를 둘러싼 모든 것들, 당신이 사랑하는 침대까지도 모두 당신의 정신에서 사라질 거라는 사실을 일깨워 줍니다. 당신은 준비가 되어 있습니다.

당신은 준비가 되어 있습니다. 당신의 몸으로부터, 다리와 엉덩이로부터, 더 가까운 곳에 있는 팔과 손으로부터 멀어진 느낌입니다. 당신은 준비되어 있고, 준비되어 있다는 것이 좋아 당신 가까이에 있는 팔다리의 도움조차 몸은 필요로 하지 않습니다. 눈을 감으면 곧 이것들도 잊을 거라는 것을 당신은 알고 있습니다.

감은 눈 밑에서, 아주 부드러운 근육의 움직임으로 눈동자가 빛에서 아주 멀어졌다는 것을 당신은 알고 있습니다. 마치 두 눈 스스로 행복한 광경과 냄새를 흡수하는 듯하고 희미했던 빛이 방이 아닌 당신의 이성에서 나와 빛을 발하는 것 같습니다. 긴장이 풀리며 평온 속으로 들어갈수록 이 어둑한 빛은 불꽃놀이처럼 터지며 밤 속으로 빠져듭니다. 푸른 얼룩, 푸른 번개, 보랏빛 연기, 보랏빛 돔을 봅니다. 흔들리는 암청색 파도, 연보라색 폭포의 그림자, 화산의 입에서 굽이쳐 흘러나오는 붉은 용암, 고요히 반짝이는 감청색 별을 봅니다. 색깔과 형태는 고요히 반복되면서 사라졌다 다시 나타나고 천천히 변하며, 잊어버린 장면과 존재하지 않았던 장면, 일련의 추억을 당신에게 보여 줍니다. 당신은 이성 속에 있는 색깔을 구경하고 있습니다.

하지만 당신은 여전히 잠들 수가 없습니다.

이 사실을 인정하기에는 아직 너무 이른 걸까요? 당신이 평온하게 잠을 잘 때 생각했던 것을 떠올려 보십시오. 아니, 오늘 무엇을 했는지, 내일 무엇을 할 것인지가 아니라, 무의식적으로 당신을 잠의 망각 속으로 데려갈 그 달콤한 순간을 생각하십시오. 모든 사람들이 당신을 기다리고, 마침내 당신이 돌아오자 그들은 기뻐합니다. 아니요, 당신은 도무지 돌아오지 않습니다. 당신은 가장 좋아하는 것을 넣은 가방과 함께, 눈

덮인 전신주 옆을 스쳐 가는 기차 안에 있습니다. 머리에 떠오르는 그 아름다운 말, 영리한 대답을 하면 모두들 자신의 잘못을 알고 할 말을 잃은 채 속으로 당신에게 찬사를 보냅니다. 당신은 사랑하는 연인의 아름다운 몸을 안고, 당신의 연인도 당신을 안습니다. 잊지 못했던 정원으로 돌아가서 가지에서 잘 익은 앵두를 땁니다. 여름이 오고, 겨울이 오는 중입니다. 곧 봄이 오겠지요. 아침이 오고, 청명한 아침, 아름다운 아침, 화창한 아침, 모든 것이 잘 돌아가고 있는 행복한 아침……. 하지만 아닙니다, 당신은 잠들 수가 없습니다.

그렇다면 나처럼 하십시오. 팔과 다리를 천천히 움직여 반대로 도십시오. 머리를 베개의 다른 끝에 놓고, 뺨은 베개의 시원한 부분에 닿게 하십시오. 그런 후 칠백 년 전 비잔틴에서 몽골 제국의 왕 훌라구에게 신부로 보내진 공주 마리아 팔라이올로기나를 생각하십시오. 그녀는 당신이 살고 있는 이 도시, 콘스탄티노플에서 이란으로 훌라구와 결혼하기 위해 보내졌지만, 거기에 도착하기도 전에 훌라구가 죽어 버리자 그를 이어 왕위에 오른 그의 아들 아바카와 결혼했습니다. 이란에 있는 몽골 제국 궁전에서 십오 년을 산 후 남편이 살해되자 당신이 지금 평온하게 잠들기 위해 애쓰는 이 언덕으로 돌아왔습니다. 마리아 공주를 당신의 마음속에서 온전히 느낄 때까지 그녀가 길을 떠날 때의 슬픔을 생각해 보십시오. 고국으로 돌아온 후, 할리치 만 연안에 교회를 지어 두문불출하며 지냈던 그 나날들을 생각해 보십시오. 한단 술탄의 난쟁이들을 생각해 보십시오. 아흐메트 1세의 어머니 한단 술탄은 자신이 아주 사랑한 이 친구들을 행복하게 해 주기 위해 위스퀴다르에 난쟁이 집을 지었습니다. 오랫동안 이곳에서 살았던 이 친구들은 이후 다시 한단 술탄의 지원으로 자신들도 모르는 미지의 나라로, 지도에서도 찾을 수 없는 천국으로 데려다줄 돛배를 만들어 타고 이스탄불에서 떠났습니다. 그들이 떠나던 날 아침, 친구들과 헤어진 한단 술탄의 슬픔과 그녀에게 손수건을 흔드는 난쟁이들의 슬픔을, 당신이 잠시 후 이스탄불에서 사랑하는 모든 것과 헤어지는 듯한 마음으로 생각해 보십시오.

이러한 것들도 나를 잠재우지 못하면, 사랑하는 독자 여러분, 나는 고요한 한밤중, 한적한 역의 플랫폼에서 서성거리며 도무지 오지 않는 기차를 초조하게 기다리는 남자를 생각합니다. 남자의 목적지를 알아채는 순간 나는 그 남자가 됩니다. 나는 칠백 년 전, 이스탄불을 점령한 그리스인들이 입성하는 것을 도와주려고 실리브리카프 도시 벽 밑에 지하 통로를 파는 사람들을 생각합니다. 또 이 세상에 존재하는 모든 것에는 또 다른 의미가 있다는 것을 발견한 사람의 놀라움을 상상합니다. 나는 우리가 사는 이 세계 속에 숨겨진 또 하나의 세계를 상상하고, 내 주변을 둘러싼 사물들이 활짝 핀 꽃봉오리같이 열릴 때 이 새롭고 활기찬 세계의 새로운 의미들 사이에서 어떻게 도취될지 상상합니다. 기억을 잃어버린 사람의 당혹감도 상상해 봅니다. 전혀 인식하지 못하는 유령의 도시에 버려졌다는 생각도 합니다. 한때 수백만의 사람들이 살았던 마을, 거리, 사원, 다리, 배, 모든 것, 모든 것이 텅 비어 있습니다.

그 유령 같은 텅 빈 곳을 걸으며 나 자신의 과거와 내가 살았던 도시를 생각합니다. 눈물을 머금고 천천히 나의 마을, 나의 집, 잠을 자려고 애를 쓰는 침대를 향해 걸어갑니다. 나는 나 자신이, 로제타석 위에 새겨진 상형문자를 해독하기 위해 밤에 침대에서 일어나 몽유병자처럼 멍하게 기억 속 어두운 통로를 돌아다니고, 막다른 길로 들어가서 사라진 기억과 만나게 되는 장 프랑수아 샹폴리옹이라고 생각합니다. 나는 나 자신이, 금주령을 통제하기 위해 변장을 한 무라트 4세라고 생각하며, 변장한 호위병과 함께 있으면 아무도 해를 입힐 수 없다고 믿으며 사원에서, 여전히 열려 있는 가게 한두 곳에서, 비밀 통로에 있는 권태의 소굴에서 졸고 있는 내 종들의 삶을 사랑하는 마음으로 하염없이 바라봅니다.

나는 또한 이불 장수의 조수가 되어, 한밤중 집집마다 돌아다니며 19세기 마지막 예니체리 반란 중 하나를 준비하도록 상인에게 비밀 암호의 첫 번째와 마지막 음절을 속삭입니다. 아니면 금지된 종단에 소속된 잠에 빠진 수도승들을 오랜 세월 지속된 침묵과 잠에서 깨우는 신학생 전령이 되기도 합니다.

사랑하는 독자 여러분, 그래도 잠을 자지 못하면 나는 기억의 흔적을 따라 잃어버린 연인의 모습을 찾는 구애자가 됩니다. 도시를 돌아다니며 내가 여는 모든 문 뒤편에서, 내가 들렀던 모든 아편 소굴에서, 이야기꾼들의 모임에서, 노래가 흘러나오는 모든 집에서 나의 과거와 내 연인의 흔적을 찾습니다. 이 긴 여행 도중에 나의 기억과 상상력, 여기저기로 휩쓸려 다니는 나의 꿈이 지쳐 포기하지만 않는다면, 내 두 눈이 내가 알고 있는 장소를 비추는 이상은 꿈과 생시의 그 모호한 경계를 계속해서 떠다닐 것입니다. 먼 친구의 집이든 가까운 친척의 빈집이든 어디든 간에 그 안으로 들어가 모든 문을 열고 방 구석구석을 돌며 기억의 잃어버린 부분을 찾을 것입니다. 나는 마지막으로 들어간 방에서 불을 끄고 침대에 몸을 쭉 펴고 누워 이상하고 생소한 사물에 둘러싸인 채 잠이 듭니다.

3장
누가 샴스 타브리즈[3]를 죽였나?

얼마나 더 집집마다, 대문마다 널 찾아 헤매야 할까?
얼마나 더 구석구석, 이 거리 저 거리 찾아 헤매야 할까?
— 루미, 『메스네비』

아침, 갈립이 길고 평온한 잠에서 깨어나 보니 천장에 매달린 육십 년 된 전등에서 아직도 바랜 종이색 같은 불빛이 흘러나오고 있었다. 제랄의 파자마를 입은 채 집 안 곳곳의 전등을 모두 껐다. 문 앞에서 《밀리예트》를 들고 와서 제랄의 책상에 앉아 읽기 시작했다. 오늘자 칼럼은 지난 토요일 아침, 신문사에 갔을 때 보았던 것이었다. 신문을 읽으며 오자가 보이자('당신 자신이 되는 것'을 '우리 자신이 되는 것'으로 인쇄했다.) 그의 손은 자동적으로 초록색 볼펜을 찾아 글자를 고쳤다. 칼럼을 다 읽고 나니, 제랄이 이 푸른 줄무늬 파자마를 입고

---

3) Shams of Tabriz(?~1248). 이란 아제르바이잔의 타브리즈 출신의 수피교 신비주의자.

이 책상에 앉아 이 초록색 볼펜으로 글을 수정하고, 담배를 피우던 모습이 생각났다.

모든 것이 잘 되어 간다는 직감이 들었다. 잠을 잘 잔 후, 힘든 하루를 기대에 부풀어 시작하는 사람처럼 행복한 확신을 품고 커피를 끓였다. 다른 사람이 될 필요도 없을 것 같았다.

커피를 준비한 후 칼럼, 편지, 신문 스크랩으로 가득 찬 상자들을 복도에 있는 장식장에서 꺼내 와서 책상 위에 올려놓았다. 이 모든 것을 확신을 가지고 읽고, 모든 정신을 집중한다면, 결국 그가 찾는 것을 발견해 낼 수 있으리라고 추호도 의심하지 않았다.

갈라타 다리 밑 거룻배에서 사는 이름 없는 아이들의 거친 생활에 대한, 말더듬이에다 괴물 같은 고아원 원장에 대한, 갈라타 다리에서 바다로 뛰어내리는 것처럼 하늘에서 뛰어내렸던 날개를 단 학자들의 비행 경주에 대한, 남색의 역사와 오늘날 이 사업을 하는 사람들에 대한 글을 그에 걸맞은 관심을 가지고 읽어 내려갔다. 이스탄불에서 처음으로 포드 모델 T를 운전했던 베쉭타쉬 출신의 기계 기술자 실습생의 회고를 정독할 때도, 이스탄불의 모든 마을에 음악이 나오는 시계탑이 필요한 이유를 알게 될 때도, 『천일야화』에 나오는 하렘 여자들과 흑인 노예들의 밀회 장면이 이집트에서 금지되었던 역사적 의미를 발견할 때도, 말이 끄는 구식 전차가 움직이고 있을 때 타는 것이 어떤 이득을 주는지 생각할 때도, 앵무새들이 왜 이스탄불에서 사라지고 대신 까마귀들이 몰려왔는지와 어떻게 겨울마다 내리는 눈이 그 까마귀들 때문인지 추측해 볼 때도, 여전히 자신만만했고 낙관적이었다.

읽어 내려갈수록 그 글들을 처음 읽었던 때가 떠올랐다. 갈립은 가끔 읽기를 멈추고 메모를 했으며, 때론 한 문장, 때론 한 단락, 한 단어를 다시 읽었다. 다 읽은 칼럼은 상자에 도로 넣고 애정 어린 마음으로 새로운 칼럼을 빼 들었다.

햇빛은 방 안으로 들어오지 않고 창가에만 비쳤다. 커튼은 열려 있었다. 옆 아파트의 지붕에 매달린 고드름에서, 오물과 눈으로 꽉 찬 배수관 가장자리에서 물이 떨어졌다. 붉은 기와 지붕 위로 더러운 눈이 보였고 검은 이빨처럼 솟아난 굴뚝 사이로 청명한 하늘이 보였다. 갈립은 글을 읽다 피곤해지면 이 삼각형과 직사각형 사이로 눈을 돌렸다. 그때 검은 까마귀들이 푸른색을 가로질러 날아갔다. 제랄 역시 이 자리에 앉아 글을 쓰다가 피곤해지면 같은 곳을 보고 저 날아오르는 까마귀들을 보며 눈을 식혔을 거라는 생각이 들었다.

한참 시간이 흐른 후, 이제 햇빛이 맞은편 아파트의 커튼 쳐진 창문을 비출 때, 갈립은 자신의 낙관이 조금씩 사라져 가는 것을 느꼈다. 모든 사물, 단어, 의미가 제자리에 있다는 것은 의심의 여지가 없었지만, 그것들이 지닌 심오한 진리는 사라지고 있다는 것을 갈립은 고통스럽게 절감했다. 그때 그는 메시아, 가짜 예언자, 가짜 술탄에 관한 연재물을 읽고 있었다. 이 글들은 루미와 샴스 타브리즈의 관계를 다룬 이야기로 이어졌다. 샴스가 죽은 후 '이 위대한 수피즘 시인'과 가까워진 보석상 셀라하딘과, 셀라하딘이 죽은 뒤 그 자리를 대신한 첼레비 휘사메딘에 관한 글도 있었다. 불쾌해진 갈립은 이린 기분에서 벗어나기 위해 「믿거나 말거나」 칼럼 뭉치로 눈길을 돌렸다. 하지만 술탄 이브라힘의 총리대신을 모욕하는 2행시를 쓴 죄로 당나귀에 묶여 이스탄불 전역을 끌려 다닌 시인 피가니의 이야기, 여동생들 모두와 결혼해 고의는 아니지만 그녀들 모두를 죽게 한 교주 에프라키의 이야기로는 기분이 풀리지 않았다. 독자들이 보낸 편지를 읽고는, 그렇게 다양하고 많은 사람들이(갈립 자신이 어린 시절 그러했던 것같이) 제랄에게 경외심을 품고 있다는 데에 놀랐다. 하지만 돈을 원하는 사람들, 서로를 비방하는 사람들, 그와 논쟁을 했던 다른 칼럼 작가의 아내가 창녀라고 알려 주는 사람들, 비밀 종단의 음모나 지역의 전매국장이 받은 뇌물에 대해 고발한 사람들, 열렬한 사랑과 증오를 표현한 사람들의 편지는 갈립의 마음속에 쌓인 절망만 키울 뿐이었다.

이 책상에 앉은 뒤로 제랄에 대해 생각하던 이미지가 변하고 있다는 것을 깨달았다. 아침에는 익숙한 세상의 익숙한 물건에 둘러싸여 똑같은 프리즘으로 갈립이 오랫동안 읽어 온 칼럼을 쓴 사람으로, 갈립이 이해하는 '미지의 속성'을 가진 사람으로 제랄을 보았는데, 멀리서 보았을 때만 이렇게 받아들일 수 있었다. 엘리베이터가 쉬지 않고 병자나 임산부를 바로 아래층의 부인과 진찰실로 운반하기 시작하던 오후에는, 갈립은 머릿속에 있던 제랄의 이미지가 이상한 형태로, '기묘하게도 결여된' 이미지로 변했음을 깨달으면서, 이 방과 주위의 물건들이 완전히 달라졌다는 것도 알게 되었다. 물건들은 더 이상 그에게 우호적으로 보이지 않았고, 깊은 곳에 비밀을 묻어 둔 세계를 가리키는 위험한 신호로 보였다.

이 심상치 않은 새로운 진전이 루미에 대한 글과 관련이 있다는 느낌이 들어, 갈립은 이 주제의 핵심으로 돌진하기로 결정을 내렸다. 곧장 루미에 대해 쓴 칼럼을 모두 꺼내 빠른 속도로 읽어 나가기 시작했다.

제랄이 역사상 가장 위대한 신비주의 시인 루미에게 매력을 느낀 것은, 그가 13세기에 콘야에서 페르시아어로 쓴 시 때문도 아니었고, 중학교 도덕 시간에 덕목의 실례로 꼽던 시구 때문도 아니었다. 그렇고 그런 작가가 첫 페이지를 장식하려고 가려 낸 '보석 같은 지혜'나, 관광객과 그림엽서 제조자들이 좋아하는, 맨발에 치마를 입고 벌이는 메블레비[4] 의식도 제랄의 관심을 전혀 끌지 못했다. 칠백 년 동안 수만 권의 비평서가 나온 루미와 그의 사후에 확산된 종단은 칼럼 작가로서 유용하게 활용할 수 있는 참고 기준으로 제랄을 흥분시켰을 뿐이었다. 제랄이 루미에 대해 가장 관심을 가졌던 부분은, 일생의 어느 시기에 그가 몇몇 남자들과 맺었던 '성적이며 신비적인' 친밀감과 이것들을 자신의 글에 반영한 비밀과 그 결과였다.

루미는 마흔다섯에 아버지를 이어 콘야의 영적인 교주 지위에 오른 후 종도뿐만 아니라 온 도시의 선망과 사랑을 받았는데, 어느 날 지식이나 가치관, 인생관이 자신과 전혀 다른 샴스 타브리즈라는 방랑승의 영향 아래 들게 되었다. 제랄

---

4) 신비주의를 추종하는 구도자.

이 보기에는 전혀 이해될 수 없는 행동이었다. 학자들이 칠백 년 동안이나 이 관계를 '해석'하려 한 사실이 그 증거였다. 샴스가 사라진 후, 혹은 살해당한 후에 루미는 종도들의 극심한 반대에도 불구하고 이번에는 특별한 것이라고는 없는 무식한 보석상을 자신의 후계자로 임명했다. 제랄에 의하면 루미의 이러한 선택은, 많은 학자들이 증명하려 했던 것처럼 새로운 후계자가 샴스 타브리즈의 '신비주의적인 매력'을 지니고 있었기 때문이 아니라, 루미가 정신적이며 성적인 갈망으로 괴로워했다는 것을 가리킨다. 실상, 이 후계자가 죽은 후 루미가 자신의 '영혼의 짝'으로 선택한 세 번째 후계자는 두 번째만큼이나 평범하고 총기가 없는 사람이었다.

학자들은 수백 년 동안 증거를 조사하면서, 믿기 어려운 사실을 그럴듯해 보이게 만들고, 세 후계자들에게 불가능한(혹은 입증되지 않은) 덕목을 갖다 붙이고, 심지어는 그들이 마호메트와 알리의 후손이라고 혈통을 위조했음에도, 루미를 특징지을 가장 중요한 부분은 간과했다. 마침 매년 콘야에서 거행되는 루미의 기념식 날과 일치했던 일요일자 칼럼에서, 제랄은 루미의 시에도 그의 이러한 성향이 반영되어 있다고 했다. 이십이 년 전 이 칼럼을 처음 읽었을 때만 해도 갈립은 당시에 읽었던 종교와 관련된 글처럼 그 칼럼 역시 지루하다고 느꼈다. 그때의 기억이 지금에 와서 떠오른 것은 그해에 루미의 우표 시리즈가 나왔기 때문이다.(15쿠루시짜리는 분홍색이었고, 30쿠루시짜리는 푸른색이었으며, 희귀한 60쿠루시짜리는 초록색이었다.) 이 모든 것을 떠올리면서 갈립은 방 안의 물건들이 변했다는 것을 다시 한 번 느꼈다.

제랄에 따르면, 루미가(이미 수세기에 걸쳐 수만 번 연구되었듯이) 방랑승 샴스 타브리즈를 보자마자 그의 영향을 받았다는 것은 사실이었다. 하지만 많은 사람들이 주장하는 것처럼, 샴스 타브리즈의 그 유명한 질문으로 시작되는 대화가 끝난 후 루미가 그를 현자로 확신했기 때문에 둘의 관계가 시작된 것은 아니었다. 그들 사이의 대화는 사원 밖에서 파는 지리한 수피즘 책들에서 찾아볼 수 있는 평범한 '겸손에 관한 비유담'에 불과했다. 만약 루미가 전해지는 만큼이나 현자라면 이렇게 평범한 비유담에 감명을 받지 않았을 것이고, 그저 감명을 받은 척했을 것이다.

실상 루미는 그런 척했을 뿐이었다. 그는 샴스의 심오한 인격, 강한 영혼과 조우한 것처럼 행동했다. 제랄이 보기에 이 모든 일은 마흔다섯 살의 루미가 그 비 오는 날에 정말로 이러한 '영혼의 친구'와 조우하기를 갈망했음을 증명했다. 그는 누군가의 얼굴을 들여다보고 자기 얼굴의 반영체를 보기를 갈망했던 것이었다. 그래서 샴스와 만나자마자 자신이 찾는 사람이 그라고 믿었고, 샴스 스스로 자신이 숭고한 인격의 소유자라고 믿게 만드는 것도 물론 힘들지 않았다. 첫 만남 직후인 1244년 10월 23일에 그들은 함께 한 신학교의 방에 틀어박혔고, 육 개월 동안 그곳에서 밖으로 전혀 나오지 않았다. 육 개월 동안 무슨 일이 있었을까? 메블레비들은 이 질문이 너무 '세속적'이라며 별로 언급하지 않았다. 제랄은 신실한 독자들의 분노를 사지 않기 위해 조심스레 언급한 후, 진짜 주제로 넘어갔다.

루미는 평생 동안 자신을 행동하게 하고 불타오르게 할 '타자'를, 자신의 얼굴과 영혼을 반영할 거울을 찾고 있었다. 이러한 이유로 그들이 방에서 무슨 일을 했든 무슨 이야기를 나눴든 그것은 한 사람으로 가장한 많은 사람들의 말과 행동이거나 많은 사람으로 가장한 한 사람의 행위였다. 루미 주위에 있는 멍청한(그리고 그가 포기할 수 없었던) 종도들의 선망과 13세기 아나톨리아 도시의 숨 막히는 분위기를 견뎌 내기 위해서는, 시인들이 오랜 세월 같은 이유로 스스로를 변장의 도구로 이용했던 것처럼, 자기 옆에 두면서 적당한 때에 변장해 휴식을 취할 수 있는 다른 정체성이 필요했던 것이다. 제랄은 이 깊은 욕망을 설명하기 위해 다른 글에서 이런 은유를 인용했다. "바보 같은 나라에서 잔인한 사람들, 아첨꾼들, 가난한 사람들을 통치하느라 지친 술탄은, 밤마다 가끔씩 갈아입고 편하게 거리를 돌아다니려고 촌부의 옷을 옷장에 숨겨 놓는다."

갈립이 예상한 대로, 제랄은 신실한 독자들로부터 살해 위협을, 세속 공화주의자 독자들로부터 축하 편지를 받았다. 신문사 사장은 이 주제에서 손을 떼라고 했지만 한 달 후 그는 다시 이 이야기를 다루었다.

이 칼럼에서 제랄은 먼저 모든 메블레비들이 알고 있는 다음과 같은 기본적인 사실들을 언급했다. 종도들은 루미가 별로 뛰어날 것도 없는 수도승과 이렇게나 친밀한 관계를 맺는데 격분하여 샴스를 몰아세워 죽이겠다고 협박했다. 샴스는 콘야에서 사라졌다. 눈 오는 겨울날, 정확히 1246년 2월 15일이었다.(조판 실수로 가득한 고등학교 교과서를 생각나게 했기 때문에, 갈립은 제랄이 연도에 집착하는 것을 좋아했다.) 루미는 사랑하는 대역이 사라진 삶을 견딜 수 없었고 샴스가 다마스쿠스에 있다는 편지를 받자 자신의 '사랑'을(독자들이 필요 이상 불쾌감을 느끼지 않도록 제랄은 인용부호를 사용했다.) 콘야로 돌아오게 해서 양녀와 즉각 결혼시켰다. 하지만 얼마 지나지 않아 질투의 올가미가 다시 샴스를 죄어 오기 시작했고, 1247년 12월의 다섯 번째 목요일, 샴스는 루미의 아들인 알라딘이 포함된 패거리에게 습격을 받고 칼에 찔려 죽었다. 차갑고 더러운 비가 내리던 밤, 그의 시체는 루미의 거처 바로 옆에 있는 우물에 던져졌다.

샴스의 시체가 던져진 이 우물을 설명하는 대목에서 갈립은 자신에게 그리 생소하지 않은 부분을 발견했다. 그 우물, 그 시체, 그 외롭고 비참한 송장을, 그 기이하고 두려운 장면을 마치 칠백 년 전 그 춥고 어두운 밤에 옆에 서서 지켜본 것처럼 생생하게 떠올린 것은, 그 돌벽과 호라산 미장 회반죽을 알아보았다는 느낌이 들었기 때문이다. 갈립은 그 칼럼을 몇 번 더 읽고 같은 시기의 다른 칼럼을 더 들여다보고 나서야, 제랄이 아파트의 구덩이에 대해 이야기했던 「어두운 통풍구」라는 칼럼에서 썼던 문장을 그대로 가져와서 문체를 유지한 채 끼워 넣었다는 것을 알아냈다.

제랄이 후루피주의에 대해 쓴 글을 읽은 후에 발견했다면 별로 신경 쓰지 않았을 이 작은 놀이에 주의하며, 책상 위에 쌓아 놓은 글들을 새로운 관점으로 읽기 시작했다. 그제야 갈립은, 제랄의 칼럼을 읽을수록 왜 주위에 있는 물건들이 바뀌는지, 왜 모든 탁자, 커튼, 전등, 재떨이, 의자, 라디에이터 위에 있는 가위, 잡동사니를 서로 연결하던 그 의미와 낙관론이 사라져 버렸는지 이해했다.

제랄은 자신이 마치 루미인 것처럼 그에 대해 이야기했다. 단어와 문장 사이에서 아무 눈에도 띄지 않고 그림자 속에 숨어 자신을 루미로 치환시켜 놓았다. 제랄이 자기 자신에 대해 언급했던 글과 루미에 관해 언급했던 '역사적' 글에서 문장, 단락, 슬픈 목소리를 모두 같은 방식으로 썼다는 것을 확인하자 이 치환에 대해 확신이 생겼다. 이것이 전부가 아니었다. 이 이상한 놀이를 사적인 공책에서, 인쇄되지 않은 초고에서, 역사적 담화에서, 쉐흐 갈립에 대한 에세이에서, 꿈 해석에서, 수많은 칼럼에서 계속했다.

제랄은 「믿거나 말거나」 칼럼에다 자신이 다른 사람이라고 생각한 왕에 대해, 다른 사람이 되기 위해 궁전을 불태운 중국 황제에 대해, 밤에 변장하고 백성들 사이를 돌아다니는 데 재미를 붙여 며칠 동안 궁전과 국사를 멀리했다는 술탄에 대해 수백 번이나 이야기했다. 회고록처럼 보이는 쓰다 만 이야기가 담긴 공책에서는, 제랄이 평범한 여름날 자기 자신을 라이프니츠, 유명한 부자 제브데트 씨, 마호메트, 신문사 사장, 아나톨 프랑스, 솜씨 좋은 요리사, 설교를 하는 유명한 이맘, 로빈슨 크루소, 발자크 같은 사람들로 생각했다는 것을 갈립은 알아냈다. 부끄러웠던지 다른 여섯 명의 이름은 지워 놓았다. 우표와 포스터에 나온 루미를 보고 그린 캐리커처를 훑어보다가, 서툴게 그림을 그려 놓고 '루미 제랄'이라고 써 놓은 작은 상자를 발견했다. "루미의 가장 위대한 작품이라고 하는 『메스네비』는 처음부터 끝까지 표절물이다!"라는 문장으로 시작하는 발표되지 않은 칼럼도 있었다.

신실한 학자들의 조롱을 사면 어쩌나 하는 두려움과 우려 사이에서 갈팡질팡한 듯, 그는 상당히 공격적인 내용을 고도로 양식화된 문장으로 과장하며 늘어놓고 있었다. 『메스네비』에 있는 어떤 이야기는 『칼릴라와 딤나』에서 가지고 왔으며, 어떤 이야기는 아타르의 『새들의 회의』에서 도용했고, 다른 어떤 일화는 『레일라와 메즈눈』에서 인용했으며, 어떤 것은 『성인 이야기』에서 훔쳐 왔다. 긴 표절 작품 목록에는 『엔비야 일화』, 『천일야화』, 이븐 제르하니의 책도 보였다. 목록 끝에는 다른 사람의 이야기를 도용하는 것에 관한 루미의 생각을 덧붙여 놓았다. 날이 어두워지면서 점점 짙어지는 비관적인 생각을 읽고 있자니, 그것이 루미가 아니라 자신을 루미의 위치에 놓은 제랄의 생각처럼 느껴졌다.

제랄은 계속해서, 혼자가 되는 것을 견디지 못하고 오로지 다른 사람으로 가장했을 때만 평온을 찾는 사람들처럼 루미도 다른 데서 들었다고 말할 수 있는 이야기만 할 수 있었다고 설명했다. 결국, 다른 사람이 되기 위해 안달하는 불행한 사람들에게, 이야기를 하는 것은 자신을 속박하는 몸과 영혼에서 벗어날 수 있는 가장 유용한 속임수였다. 하나의 이야기를 하는 것은 또 다른 이야기를 얻는 방법이었다. 『메스네비』는 『천일야화』처럼, 한 이야기가 끝나기 전에 두 번째 이야기가 시작되고 두 번째 이야기가 끝나기 전에 세 번째로 넘어가는 기이하고 복잡한 구조를 지녔다. 얼마 지나지 않아 싫증을 내는 인간 속성처럼, 이야기들은 바닥나지 않고 항상 뒤에 무엇인가를 남겨 두고 있었다. 제랄이 소장한 『메스네비』를 뒤적여 보니 선정적인 이야기에 줄이 그어져 있고, 어떤 페이지는 초록색 펜으로 화가 난 듯이 쓴 물음표와 감탄부호, 갈겨 쓴 글씨로 뒤덮여 있었다. 잉크로 지저분해진 이야기들을 급히 읽고 나서야, 자신이 어린 시절과 청년 시절에 읽고 독창적인 칼럼이라고 생각했던 이야기들은 제랄이 『메스네비』에서 따와 현대 이스탄불에 적용한 것임을 알게 되었다.

제랄이 며칠 밤 내내 나지레[5]가 지닌 유일한 기교는 내용이나 형식 모두 기존의 시에서 따오는 것뿐이라고 말했던 것을 갈립은 기억해 냈다. 뤼야가 그들이 사 온 케이크를 먹는 동안, 제랄은 많은 칼럼을, 아마 모든 칼럼을, 다른 이의 도움을 받아 썼다고 고백했다. 중요한 것은 새로운 무언가를 창조하는 것이 아니라, 우리보다 앞선 수천 명의 위대한 작가들이 수천 년 전에 창조한 훌륭한 작품들을 가지고 와서 이곳저곳을 바꾸고 새롭게 하는 것이라고 했다. 그래서 자기도 다른 사람들의 글에서 따와 칼럼을 쓰는 거라고 주장했다. 갈립이 방안의 물건, 책상 위에 있는 종이가 진짜라는 데 대해 낙관적인 믿음을 잃은 것은, 오랜 세월 동안 제랄의 이야기라고 생각했던 것이 다른 사람의 이야기임을 알았기 때문이 아니라, 이

---

5) 한 운율시를 본보기로 삼아, 그 시와 같은 운율, 같은 운으로 쓴 운율시.

사실이 알려 주는 다른 가능성 때문이었다.

　이십오 년 전의 상태를 똑같이 모방한 이 집과 이 방처럼, 이스탄불 다른 곳에 똑같이 꾸민 다른 집과 다른 방이 있을지도 모르겠다는 생각이 들었다. 지금 이 순간 제랄이 그 방에 앉아 있는 게 아니라면, 그 방에서 갈립이 앉아 있는 책상과 똑같은 책상에 앉아 자신의 말 한 마디 한 마디에 열중하는 뤼야와 이야기를 나누고 있는 게 아니라면, 똑같은 책상에 앉아 지난 칼럼들을 읽으면서 잃어버린 아내를 찾아낼 단서를 추적하는 갈립과 비슷한 불행한 남자가 있을 것이다. 사물, 이미지, 비닐봉지 위에 있는 상징이 서로 다른 것의 신호라면, 제랄의 칼럼이 읽을 때마다 새로운 의미를 던져 준다면, 자신의 삶도 생각할 때마다 다른 의미를 지닐 수 있을 것이다. 기차의 객차처럼 무정하게 서로를 쫓는 이 의미들을 생각하니 그 안에서 영원히 길을 잃을 것만 같아 두려워졌다. 밖은 어두워져 있었다. 방 안에는 손으로 만질 수 없는 희미한 빛이 쌓여, 곰팡내와 죽음의 냄새가 가득하고 거미줄로 덮여 있는 포도주 창고를 연상시켰다. 갈립은 본의 아니게 뛰어든 이 악몽, 이 유령 같은 세계에서 벗어나기 위해서는 피로한 눈으로 계속 읽어 가는 수밖에 다른 방법이 없다는 것을 알고는 책상 위의 스탠드를 켰다.

　이렇게 해서, 샴스의 시체를 던진 거미줄 쳐진 우물로 되돌아갔다. 계속되는 이야기에서 '친구이자 연인'을 잃어버린 시인은 정신이 나가 있었다. 샴스가 살해당했다는 것을, 시체가 우물로 던져졌다는 것을 그는 도무지 믿을 수 없었다. 게다가 바로 코앞에 있는 우물을 보여 주려는 사람들에게 화를 내며, 연인을 다른 곳에서 찾기 위한 구실을 댔다. 처음에 사라졌을 때처럼 다마스쿠스로 돌아간 건 아닐까?

그래서 루미는 다마스쿠스로 가서 연인을 찾기 시작했다. 모든 거리를 돌아다녔고, 모든 방과 모든 술집에 들어가 보았고, 모든 지역과 심지어 돌 밑까지 살펴보았다. 연인의 옛 친구들, 둘이 알고 지냈던 사람들을 만나 보았고, 그가 좋아하던 장소, 사원, 수도원을 일일이 다 둘러보았다. 그러다 보니 찾는 행위 자체가 루미가 이곳에 온 목적을 이루는 것보다 중요한 일이 되고 말았다. 이쯤에서 독자들은 신비주의적이며 범신론적인 세계의(찾는 주체와 대상의 자리가 뒤바뀐) 아편 연기, 장미수, 박쥐에 둘러싸인 자신을 발견하게 된다. 목적을 이루는 것보다 계속해서 추구하는 것이 중요하고, 잃어버린 사랑을 찾는 것보다 사랑을 구실로 희열을 느끼는 것이 더 중요한 세계이다. 이야기는 이어서 시인이 이 도시에서 겪는 다양한 모험을 간략히 보여 준다. 이 모험은 수피 종단 구도자들이 깨달음을 얻기 위해 거쳐야 하는 단계와 비슷했다. 연인이 사라진 것을 알고 놀라는 장면과 그 뒤를 추적하는 것이 '부인(否認)' 단계라면, 연인의 옛 친구와 적을 만나고, 그가 걸었던 거리를 거닐고, 가슴 아픈 추억으로 들끓는 오래된 물건들을 조사하는 장면은 '시련' 단계에 해당했다. 매음굴 장면이 '사랑 속에서 용해'되는 것을 상징한다면, 알 할라즈 만수르가 죽은 후 그의 집에서 발견된 편지, 필명이나 문학적 기교와 언어유희로 가려진 글들의 암호를 풀어 내는 것은, 아타르가 '신비의 계곡에서 길을 잃어버린 것'이라고 표현한 것처럼, '천당과 지옥에서 길을 잃어버린 것'을 상징했다. 한밤중 술집에서 이야기꾼들이 각기 다른 '사랑 이야기'를 해 주는 장면이 아타르의 『새들의 회의』에 나온 것이라면, 신비로 들끓는 도시를 배회하며 거리, 상점, 창문 사이를 걷고 걷다가 그 신비에 취해 버린 시인이 카프 산에서 찾던 사람이 바로 자기 자신이었음을 이해하는 것 또한 같은 책에서 따온 '신과의 절대적 합치' 상태의 예가 되었다.

모색하는 사람이 모색해 왔던 사람이 되는 데 대해 수피 시인들이 읊던 현란하고 멋진 아루즈[6] 시행들로 제랄은 칼럼을 장식했다. 하지만 몇 달에 걸쳐 다마스쿠스에서 헤매다 지쳐 버린 루미의 그 유명한 시행은, 시 번역을 극도로 싫어한 제랄이 산문으로 첨가해 놓았다. 도시의 비밀 속에서 길을 잃은 어느 날 시인은 이렇게 말하고 있다. "만약 내가 그라면, 왜 나는 아직도 그를 찾고 있는가?" 제랄은 칼럼의 이 절정 부분을 모든 메블레비가 자랑스럽게 반복하는 이 문학적 사실로 끝맺었다. 여정이 여기에 이르자 루미는 그사이 쓴 시들을 모아 자신의 이름이 아닌 『샴스 타브리즈 디완』이라는 이름으로 묶었다.

어린 시절 처음으로 이 칼럼을 읽었을 때와 마찬가지로, 갈립이 가장 흥미롭게 생각한 것은 경찰 수사 과정을 따르는 방

---

6) 음절의 장단에 따라 이루어진 운율 형태. 첫 번째 행의 음절의 장단(長短)이 다른 행에서도 재현된다. 아랍 특유의 운율이며, 이슬람 전파 이후 이란과 터키 시 문학에서도 사용되기 시작했다.

식이었다. 수피 종단에 대한 설득력 있는 주장에 호응했던 신실한 독자들을 다시금 분노케 하고, 반면 세속 공화주의자들은 즐겁게 한 다음과 같은 결론에 제랄은 도달했다. "샴스를 죽게 하고, 우물에 던져지기를 바란 것은 물론 루미 자신이다!" 제랄은 베이올루 법원 담당 기자였던 1950년대에 잘 알았던 터키 경찰과 검사가 자주 사용한 방법으로 이것을 증명했다. 죄를 덮어씌우는 데 익숙한 마을 검사 스타일로, 연인이 살해되면 가장 커다란 이익을 얻는 사람이 루미이며, 그가 샴스 덕분에 평범한 종교인에서 가장 위대한 수피 시인으로 알려졌다는 것을 상기시킨 후, 그렇다면 이 살인을 그 누구보다도 루미가 원했을 거라고 주장했다. 물론 상대방의 죽음을 바라는 것과 실제로 살인을 저지르는 것은 다른 일이지만 이는 기독교 소설에서나 문제가 될 사소한 법적인 구분일 뿐이었다. 따라서 제랄은 이 문제에 대해 길게 왈가왈부하려 하지 않고, 살해 후 루미의 이상한 행동에 대해 이야기하려 했다. 죄책감을 나타내는 행동과 살인자의 서툰 연기, 즉 상대의 죽음을 믿을 수 없는 척하며 미친 사람처럼 날뛰고, 우물 안의 시체를 보려 하지 않는 행동 말이다. 제랄은 사건을 만족스럽게 증명한 뒤 갈립을 깊은 절망 속으로 파묻는 다른 주제를 꺼냈다. 루미가 살인자라면 그가 다마스쿠스 거리를 헤매며 보낸 몇 달은 어떻게 이해해야 할까? 그 시간 동안 그는 온 도시를 몇 번이고 샅샅이 뒤지며 걸어 다녔다. 이것이 무엇을 의미할까?

제랄은 이 주제에 대해 칼럼에서보다 더 많은 시간을 할애했다. 갈립은 제랄의 공책에 적어 둔 메모와, 오래된 축구 경기 표와(터키 3 : 헝가리 1) 영화표를(「주홍의 거리」, 「마르탱 게르의 귀향」) 보관해 놓은 상자에서 발견한 다마스쿠스 지도를 보고 알게 되었다. 지도에는 루미의 이동 경로가 초록색 볼펜으로 표시되어 있었다. 루미는 샴스가 죽었다는 것을 알았으므로 그를 찾아다녔을 리 없다. 루미에게는 다른 이유가 있었을 것이다. 하지만 그것이 무엇이었을까? 시인이 들렀던 모든 곳에 표시가 되어 있었고, 발길이 닿았던 마을, 여인숙, 대상의 숙소, 술집의 이름이 지도 뒤쪽에 쓰여 있었다. 제랄은 숨겨진 의미와 비밀스러운 균형을 찾으면서 글자와 음절을 뒤섞었다.

날이 어두워진 지도 한참이 지났을 무렵 추리소설과 유사한 『천일야화』 속의 이야기에(「카이로의 알리」, 「영리한 도둑」 같은) 관한 칼럼을 썼던 시기에 제랄의 손에 들어온 잡동사니를 모아 놓은 상자에서 카이로 지도와 이스탄불 시가 발행한 1934년 도시 안내도를 찾아냈다. 기대했던 대로 『천일야화』에 나오는 이야기의 전개가 카이로 지도에 초록색 볼펜으로 화살표로 표시되어 있었다. 이스탄불 도시 안내도의 몇몇 지도에도 같은 펜은 아니지만 초록색으로 그려진 화살표 몇 개가 보였다. 지도는 아주 복잡했지만, 그 초록색 화살표로 그려진 모험을 따라가 보니 갈립은 자신이 나흘간 이스탄불을 헤맸던 여정을 보는 것 같았다. 이것이 단지 착각임을 증명하기 위해, 자신이 들르지 않았던 여인숙, 들어가지 않은 사원, 올라가지 않았던 가파른 길에도 초록색 화살표가 그려져 있다는 것을 떠올렸다. 하지만 바로 옆 여인숙에 들렀고, 근처에 있는 사원에 들어갔고, 같은 언덕으로 통하는 가파른 길을 올라갔다는 사실은 인정할 수밖에 없었다. 그러니까, 지도가 어떻게 그려졌건 간에 이스탄불에는 같은 경로로 움직이는 사람들이 우글거리는 것이다!

오래전에 제랄이 에드거 앨런 포에게서 영감을 얻어 쓴 칼럼에서 예견한 것처럼, 갈립은 다마스쿠스 지도, 카이로 지도, 이스탄불 지도를 나란히 놓았다. 화장실에서 면도칼을 찾아와 이스탄불 도시 안내도를 찢어 냈다. 날에 털이 묻어 있는 것으로 보아 제랄이 턱수염을 깎는 데 사용한 모양이었다. 지도 세 개를 나란히 놓고 보니 화살 표시와 짧은 선으로 된 표시의 크기가 제각각이라 어디서부터 어떻게 시작해야 할지 알 수 없었다. 그래서 어린 시절 뤼야와 함께 사진을 베끼기 위해 했던 것처럼, 지도들을 거실 유리문 위에 겹쳐 놓고 뒤에서 전등을 비춰 보았다. 그런 다음 제랄의 어머니가 옷본을 책상 위에 펼쳐 놓고 보았던 것처럼, 지도들을 책상에 펼쳐 놓고 수수께끼를 완성할 조각인 듯 바라보았다. 겹쳐 놓은 지도들에서 희미하게 구별할 수 있었던 것은, 우연히 나타난 무척이나 쭈글쭈글한 노인의 얼굴이었다.

얼굴을 보면 볼수록 마치 예전부터 알았던 듯한 느낌에 휩싸였다. 그를 안다는 느낌과 밤의 정적이 갈립에게 평온을 가져다주었다. 이 평온함은, 이전에 경험했고 계획되었으며 다른 사람을 위해 예정되었다는 확신을 주는 감정이었다. 이제 갈립은 진정으로 제랄이 자신을 조종하고 있다고 생각했다. 얼굴들의 의미에 대해 언급한 글이 많이 있었지만, 제랄이 외국 여자 배우들의 얼굴을 보면서 느꼈던 '내적 평온'과 관련된 문장들이 갈립의 머리에 떠올랐다. 이렇게 해서 갈립은 제랄이 젊은 시절에 썼던 영화와 관련된 글을 상자에서 꺼내게 되었다.

제랄은 이 리뷰에서 미국 배우의 얼굴에 대해, 대리석과 투명한 돌로 만든 동상과 어떤 행성의 보이지 않는 비단 같은 표면, 꿈을 연상시키는 먼 나라의 동화에 대해 말하듯 고통과 그리움을 담아 이야기했다. 갈립은 이 글들을 읽으면서, 제랄과 자신이 공유하는 사랑의 지점은, 뤼야와 이야기의 기술이 아니라 희미하게 들려오는 멋진 음악을 연상시키는 그리움의 조화라고 느꼈다. 지도, 얼굴, 말 같은 것들에서 자신과 제랄이 발견해 낸 것에 애착이 갔지만 한편으로는 두렵기도 했다. 그 음악을 찾기 위해 영화 리뷰 속으로 더 깊이 빠져들고 싶었지만 주저하며 멈추고 말았다. 제랄은 유명한 터키 배우들의 얼굴에 대해서는 이런 식으로 말하지 않았다. 터키 배우들의 얼굴은 제랄에게 암호와 함께 의미도 잊혀 사라진 반세기 전의 전쟁 전보(電報)를 연상시켰다.

이 책상에 처음 앉아 아침 식사를 할 때 온몸을 감쌌던 낙관론이 왜 사라져 버렸는지도 이제는 아주 잘 알게 되었다. 여덟 시간 동안 칼럼을 읽으면서 갈립의 머릿속에 있던 제랄의 이미지는 완전히 바뀌었고, 갈립 자신도 다른 사람이 되었다. 낙관적으로 세상을 보았던 아침에는, 이 세상이 자신에게 숨긴 근본적인 비밀이 풀릴 거라고 순수하게 믿으며 참고 읽어 나갔던 때에는, 다른 사람이 되려는 열망 같은 것은 전혀 없었다. 하지만 지금, 세계의 비밀이 자신에게서 멀어지고, 방 안의 사물들이 미지의 세계에서 온 알 수 없는 낯선 표시가 되고, 지도에서는 알 수 없는 얼굴들이 보이자, 갈립은 절망적인 앞날을 예견하는 실체로부터 벗어나고 싶었다. 루미와 메블레비 규율과의 관계를 설명하기 위해 제랄 자신의 과거를 이야기하는 칼럼을 읽기 시작했을 때는 저녁 식사 시간이 되어, 테쉬비키예 대로로 흘러나오는 텔레비전의 푸른빛이 보였다.

제랄이 메블레비 종단에 관심을 가지게 된 것은, 독자들이 이해할 수 없는 어떤 종속감을 느끼며 이 주제에 몰입할 거라는 것을 알았기 때문이 아니라 자신의 의붓아버지가 메블레비였기 때문이었다. 그의 어머니는 바느질을 하는 것으로는 아들과 자신을 건사할 수 없었기 때문에 유럽과 아프리카에서 도무지 돌아오지 않는 멜리흐 백부와 헤어질 수밖에 없었다. 제랄의 어머니는 '코맹맹이 소리를 내는 꼽추 변호사'와 결혼했는데 이 남자는 야우즈술탄 지역 뒷골목의 비잔틴 저수지 옆에 있는 메블레비 수도원에 다녔다. 제랄은 이 비밀 의식을 세속적으로 풍자했고, 갈립은 그것이 볼테르에 비할 만하다고 생각했다. 제랄은 의붓아버지와 한지붕 아래서 살던 당시 돈을 벌려고 극장에서 좌석 안내 일을 했고 싸움에 자주 휘말려 주먹을 휘두르거나 맞기도 했다. 막간에 사이다도 팔았다. 사이다를 많이 팔기 위해 빵 장수와 짜고 빵에 소금과 고추를 넣었다는 이야기를 읽으면서, 갈립은 먼저 자신을 좌석 안내원과 동일시하고, 그다음엔 시끄러운 관객, 빵 장수, 마지막으로 착한 독자답게 자신을 제랄의 위치에 놓았다.

제랄이 쉐흐자데바쉬에 있는 영화관 일을 그만둔 뒤 아교와 종이 냄새가 나는 제본소에서 보낸 날을 회고한 글을 읽다가, 문장 하나가 눈에 들어왔다. 지금 갈립이 겪고 있는 곤경을 예시하는 듯한 문장이었다. 작가들이 회고록에서 슬프지만 자랑할 만한 과거를 표현할 때 흔히 쓰는 평범한 문장이었다. "나는 손에 잡히는 것은 닥치는 대로 읽었다."라는 문장에서 갈립은, 제랄에 대해 손에 잡히는 것은 닥치는 대로 읽은 갈립은, 제랄이 제본소에서 일했던 시절에 대해서가 아니라 갈립에 대해 말한다는 것을 알게 되었다.

한밤중 그 집을 나서기 전까지, 이 문장은 계속 갈립의 머릿속을 맴돌았고, 자신이 무엇을 하고 있는지 제랄이 알고 있을 것만 같았다. 그러자 나흘간의 노력이, 자신이 제랄과 뤼야의 흔적을 뒤쫓기 위해 했던 추적이 아니라, 제랄이(어쩌면 뤼야가) 자신을 위해 꾸민 게임으로 보였다. 결국 제랄은 멀리서도 다른 이들을 조종할 수 있는 작은 함정, 불확실함, 허구적인 이야기에 사로잡혀 있었던 것이다. 갈립은 이 살아 있는 박물관에서 했던 조사가 이제는 자신이 아니라 제랄의 자유의 징후라고 생각하게 되었다.

이 답답한 느낌과 너무나 많이 읽어 피로해진 눈의 고통을 견딜 수 없었을뿐더러, 부엌에 먹을 것도 없었기 때문에 한시라도 빨리 집에서 나가고 싶었다. 문 앞에 있는 옷장에서 제랄의 군청색 외투를 꺼내 입었다. 관리인 이스마일과 그의 아내 카메르가 잠을 자지 않고 있다면, 밖으로 나가는 자신을 졸린 눈으로 보고 제랄이라고 여기도록 하기 위해서였다. 전등을 켜지 않고 계단을 내려갔다. 관리인 집에서 아파트 현관문을 향해 나 있는 낮은 창문에서는 빛이 새어 나오지 않았다. 아파트 현관 열쇠가 없었기 때문에 현관문을 완전히 닫지 않은 채로 두었다. 인도로 발을 내디딜 때 한순간 소름이 끼쳤다. 오랫동안 생각하지 않으려 했던, 전화를 건 그 사람이 어두운 모퉁이에서 튀어나올 것만 같았다. 전혀 모르는 사람이 아닌 것 같은 느낌이 들던 그의 손에 군사 쿠데타를 증명할 서류가 아니라 더 끔찍한 것, 더 치명적인 것이 들려 있을 수 있다는 생각이 들었다. 하지만 거리에는 아무도 없었다. 거리를 걸으면서 전화 속 목소리의 주인공이 자신을 주시하고 있다는 상상을 했다. 아니다, 그는 자신을 자신 이외의 그 누구의 처지에도 놓을 수 없었다. 그는 경찰서 앞을 지나면서 '난 모든 것을 있는 그대로 보고 있어.'라고 생각했다. 손에 기관총을 들고 경찰서 앞에서 보초를 서던 경찰들이 졸리고 의심스러운 눈으로 그를 바라보았다. 갈립은 벽에서 보았던 포스터, 네온 전등이 지직거리는 광고판, 정치적 구호의 글자를 읽지 않으려고 앞만 보고 걸었다. 니샨타쉬에 있는 식당과 간이 매점은 모두 문을 닫았다.

녹아내린 눈이 빗물 홈통으로 슬픈 소리를 내며 흘러가는 인도를, 밤나무, 사이프러스 나무, 플라타너스 나무 밑을 내딛는 자신의 발소리와 마을 찻집에서 들려오는 소리를 들으며 한참 동안 걸었다. 카라쾨이에 있는 무할레비 가게에서 수프, 닭 요리, 카다이프로 배를 채운 후 청과물 가게에서 과일을 사고 간이 매점에서 빵과 치즈를 산 다음 쉐흐리칼프 아파트로 돌아갔다.

4장
이야기를 하지 못하는 사람들의 이야기

"그렇다! 이것은 기발하고 천재적이다.
나는 이를 이해하고 찬미한다. 똑같은 것을 나도 수백 번 생각했다!"
독자가 기뻐하며 이렇게 말했다.
다시 말하면, 이 사람은 나의 영리함을 상기시켰다.
이러한 이유로 나는 그를 찬미한다.
— 콜리지, 『그의 시대에 대한 에세이』

아니다, 나의 최고 걸작은 십육 년하고도 사 개월 전에 다마스쿠스, 카이로, 이스탄불 지도들 간의 믿을 수 없는 유사성에 대해 쓴(부지불식간에 우리의 모든 삶을 삼킨 비밀을 해독했던) 글이 아니다.(그것을 원한다면 다르발 무스타킴[7], 할릴리 시장, 우리의 카팔르 차르시가 모두 M 자 모양이며, 이 M이 어떤 얼굴을 연상시켰는지를 그 칼럼에서 알 수 있을 것이다.)

아니다, 나의 가장 의미 있는 글은, 연필을 쥐고 흥분을 하며 써 내려간, 가련한 교주 마흐무트가 유럽의 스파이에게 영생을 대가로 종단의 비밀을 팔았지만 나중에 후회했다는 이백이십 년 된 이야기에 대한 글이 아니다.(교주가 영생의 저주로부

---

7) 시리아의 수도 다마스쿠스에 있는 동서로 곧게 뻗은 도로.

터 도망치기 위해 전장에서 피투성이로 죽어 가는 용사들을 어떻게 속이려고 했는지를 알고자 하는 사람들은 그 칼럼을 읽으면 된다.)

베이올루의 도둑, 기억을 잃어버린 시인, 마법사, 이중의 정체성을 지닌 여자 가수, 치명적인 사랑 때문에 괴로워하는 사람에 대한 이야기를 생각할수록, 내가 오늘날 가장 중요하게 여기는 주제를 항상 빼먹거나 놓치거나 혹은 이상하게 경직되어 주제 주위만 맴돌았다는 것을 깨닫는다. 하지만 나만 그런 것은 아니다! 나는 삼십 년 동안 글을 썼고, 집필 기간만큼은 아니더라도 이와 비슷한 시간을 독서에 할애했지만 그 어떤 동양의 작가나 서양의 작가도 지금 내가 드러내려고 하는 진실을 비추는 것을 본 적이 없다.

지금 이 글을 읽으며 내가 앞으로 설명할 얼굴들을 하나하나 눈앞에 떠올려 주기를 바란다.(어차피 읽는다는 것은 작가의 글을 이성의 소리 없는 영화관에서 하나하나 그려 내는 것이 아니고 무엇이겠는가?) 이성의 하얀 스크린에 동부 아나톨리아 도시에 있는 한 잡화점을 투영하길 바란다. 날이 벌써 어둑해진 추운 겨울 오후, 시장에 물건을 사러 오는 사람이 별로 없기 때문에 이발소를 조수에게 맡기고 온 이발사, 은퇴한 노인, 이발사의 남동생, 물건을 사기 위해서라기보다는 사람들과 만나기 위해 마을에서 온 손님이 잡화상의 난로 주위에 모여 수다를 떨고 있다. 그들은 군 복무 시절의 기억을 이야기하고, 신문을 뒤적이고, 잡담을 나누고, 가끔 함께 웃기도 했다. 하지만 그들 중 말을 거의 하지 않고, 하더라도 사람들이 경청해 주지 않아 마음이 상한 사람이 있다. 이발사의 남동생. 다른 사람들처럼 그의 머릿속에도 해 줄 이야기가 있고 농담이 있다. 하지만 그렇게나 원하는데도 설명을 하거나, 이야기를 하거나, 자신을 돋보이게 만드는 방법을 몰랐다. 오후 내내, 그가 이야기를 하려고 나서면 다른 사람들이 무의식중에 그의 말을 가로막았다. 부탁이니 지금, 말이 도중에 잘리고, 이야기를 하다 멈추게 된 이발사 남동생의 얼굴 표정을 눈앞에 떠올려 보기 바란다.

서양화는 되었지만 그렇게 부자는 되지 못한 이스탄불 출신의 한 의사 집안에서 열리는 약혼식을 생각해 보길 바란다. 집을 완전히 점령한 손님 중 몇은 약혼한 딸의 방에, 외투가 겹겹이 쌓여 있는 침대 주위에 모여 있다. 아름답고 사랑스러운 젊은 처녀와 그녀에게 관심이 있는 청년 둘도 그 자리에 있다. 한 명은 그렇게 잘생기거나 그렇게 똑똑한 사람은 아니었지만 적극적이고 말이 많았다. 그래서 그 방에 있던 친척 아저씨들과 아름다운 처녀는 그 청년의 이야기에 관심을 보이며 귀를 기울였다. 이 수다쟁이 청년보다 더 똑똑하고 감성적이지만, 자신의 이야기를 경청하게 만드는 재주가 없는 또 다른 청년의 얼굴을 지금 생각해 보기 바란다.

이번에는, 지난 이 년 동안 결혼한 세 딸이, 막내 동생이 결혼한 지 두 달이 지난 후 친정에 모여 있는 모습을 그려 보기 바란다. 커다란 벽시계가 똑딱거리고 카나리아가 새장에서 파닥거리는 중산층 상인 가족의 집. 겨울 오후, 희미한 불빛 아래 그들은 차를 마시고 있다. 언제나 명랑하고 말이 많은 막내딸은 두 달간의 결혼 생활을 어찌나 재미있게 이야기하고,

상황이나 우스운 사건을 얼마나 그럴듯하게 말하는지, 장녀에다 가장 아름다운 딸은 자신이 결혼 생활을 더 잘 알고 있는데도 어쩌면 자신의 삶에, 어쩌면 자신의 남편에게 뭔가 부족한 부분이 있는 건 아닌지 생각하며 슬퍼하고 있다. 지금, 이 슬픈 얼굴을 눈앞에 떠올려 보기 바란다!

생각해 보았는가? 이 얼굴들이 이상하게도 서로 닮지 않았는가? 마치 이 사람들을 서로 깊게 연결하는 어떤 보이지 않는 매듭이 있어서 이들의 얼굴 또한 서로 비슷하게 만드는 것 같지 않은가? 말 없는 사람들, 이야기하는 법을 모르는 사람들, 자신의 말을 경청하게 만드는 재주가 없는 사람들, 중요한 사람으로 보이지 않는 사람들, 벙어리 같은 사람들, 적절한 대답을 항상 일이 끝난 후 집에서 생각해 내는 사람들, 아무도 그들의 이야기를 궁금해하지 않는 그 사람들의 얼굴이 다른 사람들보다 더 의미 있고 더 꽉 차 있지 않은가? 자신들이 설명하지 못한 이야기의 글자가 그 얼굴에 들끓고 있는 것 같고, 정적, 낙담, 패배의 신호가 그 얼굴에 어려 있는 것만 같다. 이 얼굴들 속에 당신의 얼굴도 있다고 생각하는가, 그렇지 않은가? 우리 중 이러한 사람들이 얼마나 많으며, 우리 모두는 얼마나 가련하며, 우리 대부분은 얼마나 무기력한가?

하지만 그래도 난 여러분을 속이고 싶지 않다. 나는 여러분 중 하나가 아니다. 손에 종이와 연필을 들고 무엇인가를 쏟아낼 수 있고, 쓴 것을 다른 사람들에게 그럭저럭 읽게 만드는 사람, 그러니까 약간은 이 병에서 구제된 축에 낀다. 아마 이러한 이유로 어쩌면 가장 중요한 인간의 이 상태에 대해 타당하게 언급한 작가를 나는 한 번도 발견하지 못했을 것이다. 하지만 나는 손에 펜을 쥘 때마다 이것이 유일한 주제라는 것을 깨닫는다. 나는 지금부터 오직 우리 얼굴에 있는 비밀의 시로, 우리 시선 속에 있는 끔찍한 비밀로 들어가는 데 전념할 것이다. 그러니 준비하기 바란다.

5장
얼굴에 있는 수수께끼

일반적으로, 인식하지 않고 지나치는 것은 얼굴이다.
— 루이스 캐럴, 「거울 나라의 앨리스」

화요일 아침, 갈립은 책상 위에 쌓아 놓은 칼럼을 조사하면서, 전날 아침처럼 낙관적인 기분이 들지 않았다. 어제 하루 동안 작업을 하면서 그의 머릿속에 있는 제랄의 이미지는 원하지 않는 상태로 변했고, 이러한 이유로 조사의 목표가 불분명해져 버린 것 같았다. 하지만 현재 닥친 시련에 맞서서 할 수 있는 일이라고는 책상에 앉아 복도의 장식장에서 꺼낸 제랄의 칼럼과 메모를 읽으며 제랄과 뤼야가 어디에 숨어 있는지 추측해 보는 것밖에 다른 선택의 여지가 없다는 것이 확실하다는 데 위안을 느꼈다. 게다가 제랄의 칼럼을 읽으며 어린 시절의 행복한 추억으로 가득한 방에 앉아 있는 것이, 시르케지에 있는 먼지투성이 사무실에서, 집주인의 횡포를 막아 주기를 원하는 세입자의 계약서와 서로 사기를 치는 철물상과 카펫 상인의 서류를 읽는 것보다 훨씬 나았다. 그의 인생이 나락으로 떨어졌을지는 몰라도 갈립은 승진하여 더 좋은 책상에서 더 재밌는 일을 하게 된 관료가 된 기분이었다.

갈립은 이런 고양된 기분으로 커피를 두 잔째 마시며 지금까지 모은 실마리들을 모두 재검토했다. 관리인이 문 밑으로 밀어 넣은 《밀리예트》를 보니 수년 전에 게재된 적이 있는 「사과(謝過)와 조롱」이라는 칼럼이 다시 실려 있었다. 제랄이 지난 일요일에 신문사로 새 글을 보내지 않았음이 확실했다. 칼럼이 재게재된 게 이번으로 여섯 번째니까 예비 칼럼 서류철에는 이제 하루치만 남아 있을 것이다. 서른여섯 시간 안에 제랄이 신문사에 새 칼럼을 보내지 않으면 그의 목요일자 칼럼은 비게 될 것이다. 삼십오 년 동안, 매일 아침(제랄은 다른 칼럼 작가들처럼 병이나 휴가 때문에 칼럼란을 비운 적이 없었으므로) 신문 2면을 넘겨 제랄의 칼럼을 읽는 것으로 하루를 시작하다가, 어느 날 아침 빈 공간을 발견한다면 마치 세상이 끝나는 듯한 기분이 들 것이다. 이는 마치 보스포루스의 물이 다 빠져나갈 날을 연상시킬 듯했다.

그에게 닿을 수 있는 모든 실마리와 연결될 수 있도록 빼놓았던 전화 코드를 다시 꽂았다. 전화를 걸어와서 마히르 이킨지라고 했던 사람을 잠깐 떠올렸다. 갈립은 그 남자가 트렁크 살인과 임박한 군사 쿠데타에 대해 했던 이야기를 다시 생각해 본 다음, 제랄의 옛날 칼럼을 다시 훑어보기로 했다. 칼럼들을 상자에서 꺼내 주의 깊게 읽고 있으니 제랄이 메시아에 대해 쓴 구절들이 생각났다. 다양한 칼럼 속에 분산시켜 놓았던 이 구절들의 날짜와 그 흔적들을 찾는 데 아주 많은 시간이 걸려서, 갈립은 얼마 안 가 하루 종일 일한 것처럼 피곤해졌다.

1960년대 초, 군사 쿠데타를 유발할 목적으로 글을 썼을 때, 제랄은 루미의 원칙 중 하나를 염두에 두었을 것이다. 어떤 생각에 대해 보다 넓은 독자층의 지지를 얻고 싶은 칼럼 작가라면, 수세기 동안 흑해 바닥에 잠겨 시체처럼 자고 있는 그 썩은 사고와 추억의 앙금을 소생시켜 독자들의 뇌리에 떠오르게 할 수 있어야 한다! 제랄이 역사 자료 속에서 모아 놓은 이야기들을 읽으면서 갈립 자신의 기억의 잔재도 떠오르기를 기다렸지만, 글자들은 그의 상상력만을 소생시킬 뿐이었다.

카팔르 차르시를 돌아다녔던 열두 번째 이맘이 어느 날, 가격 농간을 부리는 상인들과, 아버지에 의해 메시아로 선언된 후 쿠르드 양치기와 철물 기술자를 끌어들여 성을 공격한(『병기의 역사』에 자세히 나와 있다.) 교주의 아들과, 꿈에서 흰색 캐딜락 컨버터블 뒷좌석에 타고 베이올루의 오물로 뒤덮인 돌길 위를 지나는 마호메트를 본 뒤, 갱단과 포주에 대항해 창녀, 집시, 소매치기, 이방인, 떠돌이, 담배 파는 아이, 구두닦이를 선동해 자신을 메시아로 선언한 접시 닦이 조수를 공포로 몰아넣었다는 글을 읽으며 갈립은 모든 장면에 붉은 벽돌 같은 새벽녘 오렌지 빛을 띤 자신의 삶과 기억을 대입해 보았다. 갈립의 상상력을 더욱 자극하는 이야기가 하나 있었다. 왕자가 되고, 다시 술탄의 지위까지 얻은 후 자신을 예언자로 선언한 아브즈 메흐메트의 이야기를 읽으니 문득 어느 저녁, 뤼야가 졸린 듯 순수한 미소를 짓고, 제랄이 자기를 대신해서 '가짜 제랄'이 어떤 칼럼을 써야 하는지 오랫동안 이야기했던 저녁이 생각났다.(그는 신기하게도 '가짜 제랄'에게 필요한 것은 그의 기억으로 접근하는 일뿐이라고 했다.) 이 이야기가 떠오르자 두려움이 엄습해 왔다. 그가 끌려든 위험한 게임, 치명적인 함정이었다.

제랄의 주소록에 있는 이름과 주소를 하나하나 전화번호부와 비교해 보았다. 의심스러워 보이는 몇 군데에 전화를 걸었다. 랄레리에 있는 한 플라스틱 제조 공장. 설거지통, 양동이, 빨래 바구니 전문으로, 모델만 주면 온갖 색깔의 온갖 물건 수백 개를 일주일 안에 제작하여 넘겨줄 수 있다고 했다. 두 번째는 어떤 아이가 받았다. 아버지, 어머니, 할머니와 함께 살고 아버지는 집에 없다고 말하는데, 언급되지 않았던 형이 끼어들어 모르는 사람에게 이름을 알려 주지 않는다고 했고, 다시 어머니가 의심스러운 듯 전화를 받았다. 그녀는 조심스럽고 겁에 질린 목소리로 물었다.

"성함이 어떻게 되세요? 누구세요? 전화 잘못 걸었어요."

제랄이 버스표와 영화표 위에 써 놓은 것을 읽기 시작했을 때는 정오가 되어 있었다. 제랄은 섬세한 필체로, 영화에 대한 생각과 배우들의 이름을 적어 놓았다. 어떤 데에는 밑줄이 그어져 있어서, 갈립은 그것이 무슨 의미인지 이해하려 노력했다. 버스표 위에도 이름과 단어가 적혀 있었다. 라틴 문자로 된 얼굴이 그려져 있기도 했다.(15쿠루시짜리 버스표이니 1960년대 초에 발행되었을 것이다.) 버스표에 써 둔 글자를 검토해 본

다음, 옛날 영화 평론, 기자 생활 초기의 인터뷰('유명한 미국 영화배우 메리 말로 어제 우리 도시 방문!'), 미완성 낱말 퍼즐 초안, 두서없이 고른 독자 편지, 칼럼을 쓰려고 신문에서 오려 놓은 베이올루의 여러 가지 살인 사건에 대한 여러 가지 기사를 읽었다. 살인 사건은 모두 자정에 일어났고 살인자와 희생자 모두 취해 있었으며 무기는 항상 날카로운 부엌칼이었다. 모든 이야기가 '뒤가 구린 사업을 하는 사람들의 종말은 이것이다!'라는 식의 비정한 도덕률로 결론이 나는 남성적인 스타일로 쓰여 있었다. 사건은 대부분 이전 사건의 모방처럼 보였다. 제랄은 이 사건을 다른 칼럼에서 다시 다루면서 '이스탄불의 가장 흥미로운 곳들'에(지한기르, 탁심, 랄레리, 쿠르툴루쉬) 대한 기사를 인용했다. 같은 상자에서 「우리 역사상 최초」라는 칼럼 시리즈를 발견하자, 갈립은 1928년에 라틴 문자로 된 최초의 터키어 책을 발간했던 교육도서관 출판사 사장인 카슴 씨가 떠올랐다. 이 사람은 몇 십 년 후에 『기도 시간 일력(日曆)』을 만들었다. 일 년 삼백육십오 일이 하나씩 페이지로 되어 있어서 하루에 한 장씩 찢어서 넘기게 만들어 놓았다. 각 페이지에는 '오늘의 메뉴'가 적혀 있고(뤼야가 좋아했던 부분) 아타튀르크나 이슬람 위인, 혹은 벤저민 프랭클린이나 보트폴리오 같은 외국 유명인의 경구나 재미있는 유머와 함께 그날의 기도 시간을 가리키는 시계 문자판 등이 나와 있었다. 제랄은 뜯어 낸 일력의 시계 문자판에 낙서를 해서 수염이 늘어지고 코는 휘어진 사람 얼굴을 그려 놓았고, 갈립은 새로운 실마리를 찾았다고 믿으며 빈 종이에 메모를 했다. 점심 식사로 빵, 흰 치즈, 사과를 먹으면서 종이 위에 적어 둔 메모에 이상하게 마음이 빼앗겨 바라보았다.

제랄이 두 외국 추리소설의(『황금 벌레』, 『일곱 번째 글자』) 줄거리와, 독일 스파이와 마지노선에 대한 책에서 수집한 비밀 암호의 열쇠를 요약해 놓은 공책의 마지막 페이지에 질질 끌려가듯 이어진 초록색 볼펜의 흔적이 보였다. 카이로, 다마스쿠스, 이스탄불 지도 위에 그어 놓은 초록색 볼펜의 흔적과 비슷해 보였다. 때로는 얼굴, 때로는 꽃, 때로는 벌판을 휘감아 도는 가느다란 강의 굴곡을 닮은 듯도 했다. 갈립은 앞부분 네 페이지의 비대칭적이며 무의미한 굴곡을 보았고, 다섯 번째 페이지에서 그 비밀을 풀었다. 초록색 선은 개미의 자취를 따라간 것이었다. 개미가 하얀 종이 위에서 허둥대며 기어가는 길을 따라가며 표시한 것이었다. 불규칙적으로 동그라미를 그리다 지친 개미가 다섯 번째 페이지 중간에서 멈췄고 그 시체가 공책 사이에 눌려 붙어 있었다. 아무런 결론에 이르지 못했다는 이유로 벌을 받은 불행한 개미의 시체가 몇 년이나 되었을지 궁금했다. 루미가 이 이상한 실험에 빛을 던져 줄지도 모른다는 생각이 들자 갈립은 조사를 해 보기로 결심했다. 루미는 『메스네비』 4권에서 자신의 초고 위를 기어가는 개미 이야기를 쓴 적이 있다. 개미는 먼저 아랍 문자에서 수선화와 백합을 인식했다. 그러고는 말의 정원을 창조하는 펜을 인식했고, 펜을 움직이는 손을 인식했으며, 손을 움직이는 이성을 인식했다. "결국 이성을 움직이는 보다 더 높은 이성이 있다는 것을 인식했다."라고 제랄은 한 칼럼에서 덧붙인 적이 있다. 이렇게 해서 이 신비주의 시인의 환상과 제랄의 꿈이 다시 한 번 서로 뒤엉켰다. 갈립은 칼럼과 일기가 쓰인 날짜 사이의 상관관계를 찾아보려 했으나, 이스탄불에서 대규모 화재가 일어난 날짜와 위치, 불타 버린 목조 가옥의 숫자를 마지막 페이지에서 발견했을 뿐이었다.

이어서 갈립은 세기 초에 집집마다 방문하며 책을 팔던 헌책방 주인의 조수가 저지른 사기 행각에 관한 글을 읽었다. 그는 매일 배를 타고 이스탄불 곳곳에 있는 부자들의 저택을 돌며 규방의 여자들에게, 집에서 나오지 않는 노인들에게, 일에 파묻혀 사는 관리들에게, 꿈 많은 아이들에게, 보따리에 담아 온 책을 할인 가격으로 팔았다. 그러나 그의 진짜 고객은, 압둘하미트의 금지령으로 첩자들의 통제를 받아 관청과 관저 밖으로 나가지 못하는 각료 파샤들이었다. 책 속에 끼워 넣은 메시지를 해석하는 데 필요한 후루피주의의 비밀을 헌책방 주인의 조수가 어떻게 파샤들에게(제랄은 '독자들에게'라고 썼다.) 가르쳤는지 읽으면서, 갈립은 자신이 원하던 대로 서서히 다른 사람이 되어 가는 것을 느꼈다. 이 후루피주의의 비밀이 먼 바다의 성난 파도를 배경으로 한 미국 모험 소설의 축약본의 마지막 페이지에서 보았던 신호와 실마리가 되는 글자처럼 단순하고 유치하다는 것을 알게 되었다. 어린 시절 어느 토요일 오후, 제랄은 이 책을 뤼야에게 주었다. '거듭해서 읽으면 다른 사람이 된다.' 이것이 비밀을 풀 열쇠였다. 그때 전화벨이 울렸다. 물론 그때 그 목소리였다.

"전화를 다시 연결해 놓다니 기쁩니다, 제랄 씨!"

그는 중년이 지난 듯한 목소리로 갈립에게 말했다.

"언제든지 가장 끔찍한 일이 일어날 수 있는 요즘, 당신같이 중요한 사람이 모든 도시, 모든 나라와 연락을 끊는 것은 생각조차 하기 싫습니다."

"전화번호부를 몇 페이지까지 보았습니까?"

"열심히 보고 있지만 예상보다 느리게 진행되고 있습니다. 몇 시간 동안 숫자를 읽다 보면, 생각할 수도 없던 것들을 떠올리게 되지요. 숫자 속에서 마법적인 공식, 대칭적 배열, 반복, 정형화된 틀, 형태가 보이기 시작했답니다. 이런 것 때문에 읽는 속도가 떨어지는 거지요."

"얼굴도 볼 수 있습니까?"

"그렇소. 하지만 당신의 얼굴들은 숫자들의 대칭군을 보고 나서야 떠오르지요. 숫자들이 항상 말을 하는 건 아닙니다. 때로는 침묵할 때도 있습니다. 어떤 때는 4라는 숫자가 내게 무엇인가를 속삭인다고 느낍니다. 그 숫자가 연달아 나왔기 때문이죠. 그러고 나서 이 숫자들이 두 개씩 짝지어 나오다가 대칭적인 형태로 열(列)을 바꾸기도 하지요. 그러더니 16이 되어 있더군요. 그러다 그것들이 떠나자 7이 그 자리를 차지하고, 같은 선율로 속삭인답니다. 나는 이 모든 것을 터무니없는 우연일 뿐이라고 말하고 싶습니다. 하지만 전화번호가 140 22 40인 티무르 일드름울루라는 사람은, 야만인 티무르가 일드름 베야즈트 술탄을 칼로 찔러 죽였던 1402년에 일어난 앙카라 전투를 연상시키지 않습니까? 티무르가 베야즈트의 부인을 자신의 하렘으로 잡아간 것이 생각나지 않습니까?

전화번호부에는 우리의 모든 역사가 생생하게 살아 있습니다. 이러한 것들 때문에 전화번호부의 페이지를 넘길 수 없고, 그래서 당신에게 도달할 수가 없습니다. 하지만 이 거대한 음모를 오로지 당신만이 저지할 수 있다는 것도 알고 있습니다. 당신의 활시위가 그쪽을 향하고 있고, 오로지 당신만이 이 군사 쿠데타를 저지할 수 있습니다, 제랄 씨!"

"왜요?"

"지난번 통화 땐 사람들이 헛되이 메시아를 믿고 '그'를 기다린다는 말을 하지 않았습니다. 당신이 수년 전에 쓴 칼럼들을 군인들이 읽었을 뿐 아니라 믿었지요, 나처럼. 당신이 1961년 초반에 쓴 칼럼들을 상기해 보세요. '대심문관'에 관해 쓴 나지레를, 주택 복권에 그려진 행복한 가족의 모습과(어머니는 뜨개질을 하고, 아버지는 신문을 읽고, 어쩌면 당신의 글을 읽는 건지도 모르지요, 아들은 거실 바닥에서 공부를 하고, 고양이와 할머니는 난로 옆에서 졸고 있지요. 모두들 이렇게 행복하다면, 모든 가족이 내 가족과 비슷하다면, 왜 주택 복권이 그렇게 많이 팔립니까?) 이 행복을 왜 믿지 않는지를 설명한 그 거만한 칼럼의 마지막 부분, 영화와 관련된 칼럼들을 다시 보시오! 국내 영화를 왜 그토록 조롱했소? 많은 사람들이 좋건 나쁘건 우리의 감정을 표현한 그 영화를 볼 때, 당신은 왜 오로지 주변의 질서를, 침대 머리맡 서랍 위에 있는 화장수 병을, 연주되지 않는 거미줄투성이의 피아노 위에 진열해 놓은 사진을, 거울 틀에 끼어 놓은 그림엽서를, 가족들이 함께 듣는 라디오 위에서 잠자고 있는 개 조각상만을 보았습니까?"

"모르겠습니다."

"아, 당신은 알고 있소! 이러한 것들을 우리의 가련함과 몰락의 신호로 보여 주기 위해서였소. 당신은 우리가 아파트 통풍구에 버린 더러운 물건들, 같은 아파트 안이지만 각기 다른 집에 사는 가족들, 이러한 결과로 결혼한 사촌들, 헤지지 말라고 씌워 놓은 소파 커버에 대해서도 같은 방식으로 언급했지. 당신은 이러한 것들이, 막을 수 없는 몰락, 평범함으로의 추락을 가리키는 슬픈 신호라고 보았소. 하지만 이후, 역사적 내용을 담은 칼럼에서 해방은 항상 가능하다고 암시했지. 가장 최악의 날조차 가련함 속에서 우릴 꺼내 줄 누군가가 나타날 수 있다고. 이전에, 아마도 수백 년 전 이 땅에 살았을 구원자가 다른 사람으로 부활할 수도 있다고. 오백 년 뒤 그가 이번에는 루미 혹은 쉐흐 갈립 혹은 어떤 칼럼 작가로 이스탄불에 나타난다! 당신이 이러한 것을 언급할 때, 마을의 공공 우물가에서 기다리는 여자들의 슬픔에 대해 언급할 때, 옛 전차의 나무 의자 뒤에 새긴 슬픈 사랑의 비명(碑銘)에 대해 언급할 때, 당신이 쓴 것들을 믿는 젊은 장교들이 있었소. 자신들이 믿고 있는 메시아가 다시 와서 이 모든 슬픔과 가난이 끝날 것이고, 한순간 모든 것이 제 질서를 잡을 거라고 생각했소. 당신은 그들을 믿게 만들었소! 당신은 그들이 누군지 알고 있소! 당신은 그들을 위해 썼으니까!"

"그래서 당신이 지금 원하는 게 뭡니까?"

"당신을 한번 만나면 됩니다."

"이유가 뭐요? 그 서류 이야기는 지어 낸 거지요, 그렇지 않소?"

"한 번 만나기만 해 주면 모든 것을 설명해 주겠소."

"당신 이름도 가명이고!"

"당신을 만나고 싶소!"

그는 이 말을 마치 "당신을 사랑합니다!"라고 말하는 성우처럼 인공적이면서도 이상하게 감동을 주는 목소리로 말했다.

"당신을 만나고 싶소! 일단 만나면 내가 왜 만나고 싶어 했는지 이해하게 될 거요. 아무도 나만큼 당신을 알지 못하오, 아무도. 난 당신이 밤마다 손수 끓인 차와 커피를 마시고, 라디에이터 위에서 말린 말테페 담배를 피우며, 아침까지 환상을 꿈꾼다는 것을 알고 있소. 타자기로 원고를 쓰며, 초록색 볼펜으로 수정을 하고, 자기 자신과 삶에 만족하지 못한다는 것을 알고 있소. 새벽이 될 때까지 방 안에서 서성거리며, 다른 사람이 되고 싶어 하지요. 하지만 당신이 되고 싶어 하는 그 사람이 어떠해야 할지 도무지 결정을 내리지 못하고 있다는 것도 알고 있소."

"그런 것에 대해서는 내가 여러 번 썼소."

"당신이 당신의 아버지를 사랑하지 않는다는 것, 그가 새 부인과 아프리카에서 돌아온 후 당신이 살고 있던 아파트 꼭대기 층에서 당신을 내쫓았다는 것도 알고 있소. 어머니 곁으로 돌아간 후에 당신이 겪은 고충도 알고 있소, 아 나의 형제여! 가난한 베이올루 담당 기자였을 때는, 관심을 끌기 위해 일어나지도 않았던 살인 사건을 꾸며 냈지. 촬영되지도 않았던 미국 영화의 존재하지도 않는 영화배우들과 페라 팔라스 호텔에서 인터뷰를 했지! 터키인 아편 중독자의 고백을 쓰기 위해 아편도 피웠지! 가명으로 썼던 레슬링 연재물을 끝내기 위해 아나톨리아로 갔을 때는 몰매도 맞았지! 눈물을 흘리며 자신의 인생에 대해 「믿거나 말거나」 칼럼에 썼지만 아무도 이해하지 못했지! 당신 손에 땀이 차며, 두 번 교통사고를 당했고, 물이 새지 않는 신발을 신은 적이 평생 한 번도 없으며, 외로움을 두려워하면서도 항상 혼자 있다는 것도 난 알고 있어. 당신은 사원 첨탑에 올라가는 것, 포르노 잡지, 알라딘의 가게에서 빈둥거리는 것, 의붓여동생과 시간을 보내는 것을 좋아하지."

"그 사실들은 다른 사람들도 내 글을 읽고 알 수 있소. 날 만나고 싶은 진짜 이유를 말해 보시오."

"군사 쿠데타!"

"전화를 끊겠소."

"맹세하오! 당신이 한 번만 만나 주면 모든 것을 설명하겠소."

그는 당황스럽고 절망적인 목소리로 말했다.

갈립은 전화 코드를 빼 버렸다. 어제 그의 눈길을 끌었던 연감을 복도에 있는 장식장에서 꺼내서, 제랄이 저녁마다 지치고 피곤한 모습으로 돌아와 앉았을 안락의자에 앉았다. 장정이 잘 된 1947년 사관학교 연감은 아타튀르크, 대통령, 참모총장, 군대 지휘관, 사관학교 지휘관, 교관, 교직원, 말끔하게 단장한 사관생도의 사진으로 꽉 차 있었다. 갈립은 페이지 사이에 반 투명지가 끼워져 있는 연감을 넘기면서도 전화 통화 후에 왜 이 연감이 보고 싶어졌는지 정확히 설명할 수 없었다. 모든 얼굴, 모든 시선이 머리에 쓴 모자와 옷깃에 단 배지처럼 놀랄 만큼 서로 비슷했다. 순간 갈립은 헌책방 앞에서 흔히 보는 먼지 쌓인 탁자 위에 놓여 있는 오래된 화폐 전문 잡지를 보는 것 같았다. 전문가들만이 식별할 수 있는 비슷비슷하게 생긴 은화들이 실린 책 말이다. 거리를 걸으면서, 혹은 페리 대기실에 앉아서 들었던 음악이 그의 마음속에서 솟아오르는 것을 느꼈다. 얼굴을 보는 것이 좋았다. 페이지를 넘기자, 몇 주 동안 출간되기를 손꼽아 기다리다가 마침내 잉크 냄새와 종이 냄새가 나는 최신호 어린이 만화를 넘기던 일이 떠올랐다. 물론 책에 쓰인 것처럼 모든 것은 서로서로 연결되어 있었다. 길을 걸을 때 보았던 순간적으로 반짝이는 표정이 사진들에서 보이기 시작했다. 얼굴이 그랬던 것처럼 눈도 많은 의미를 제공해 주는 것 같았다.

1960년대 초에 실패로 끝난 군사 쿠데타를 계획한 사람들은 대부분(그 불길 속으로 뛰어들지 않고 젊은 반란자도 못 본 체했던 장군 이외에) 이 연감에 사진이 실린 젊은 장교들이었을 것이다. 하지만 연감의 책장에, 때로는 책장에 덮인 반투명지 위에, 제랄이 갈겨쓰고 낙서한 것 중 군사 쿠데타와 관련된 기록은 없었다. 마치 어린아이의 장난같이 얼굴에 콧수염과 턱수염이 그려져 있기도 했다. 광대뼈나 콧수염을 진하게 칠해서 음영을 더한 얼굴도 있었다. 이마에 의미 없는 라틴 문자들을 그려 놓기도 했고, 눈 밑의 처진 살에 선을 넣어 C나 O를 만들어 놓고, 눈에 별이나 뿔, 안경을 그려 넣기도 했다.

젊은 장교들의 턱뼈, 이마뼈, 코뼈의 윤곽이 그려져 있고, 얼굴의 너비와 길이, 코와 입, 이마와 턱 비율을 계산한 것처럼 선이 그어져 있기도 했다. 어떤 사진 밑에는 다른 페이지의 사진에 대한 참고 메모가 있었다. 많은 장교 후보들의 얼굴에 여드름, 사마귀, 기미, 부스럼, 점, 멍, 화상 흔적이 더해져 있었다. 선이나 문자를 더할 수 없을 만큼 깨끗하고 빛나는 얼굴 옆에는 다음과 같은 문장이 쓰여 있었다. "사진을 수정하는 것은 영혼을 죽이는 것이다!"

장식장에서 꺼낸 다른 연감들을 뒤적이면서도 같은 문장을 보았다. 기술학교 학생들, 의대 교수들, 1950년에 국회에 들어간 국회의원들, 시와스-카이세리 구간에서 일하는 기술자와 관리자, 부르사 미화 단체, 한국전에 지원한 이즈미르 시(市) 알산작 구(區) 사람들의 사진에서도 제랄의 같은 낙서를 보았다. 양쪽의 글자가 더 잘 보이게 하려는 듯, 얼굴 대부분은 가운데에 직선을 그어 둘로 나누어 놓았다. 갈립은 책장을 빠르게 넘기기도 하고, 어떤 사진을 오랫동안 응시하기도 했다. 그럴 때마다, 어렵사리 기억한 어떤 추억을 망각의 영원한 절벽으로 떨어지기 전에 가까스로 잡은 것처럼, 어둠 속에서 뒤따라갔던 집의 주소를 다시 생각해 내려 하는 것처럼 느껴졌다. 어떤 얼굴들은 첫눈에 떠올랐던 것 이상을 보여 주지 않았다. 어떤 얼굴들은 전혀 기대하지 않았던 순간, 생기 없고 조용한 표면에서 이야기를 시작하기도 했다. 그럴 때 갈립은 어떤 색깔들이 기억났다. 오래전에 보았던 외국 영화에서 잠깐 본 웨이트리스의 슬픈 시선이, 듣고 싶었지만 매번 놓쳤던 음악이 라디오에서 마지막으로 연주되던 것이 기억났다.

날이 어두워질 무렵, 갈립은 복도에 있는 장식장에서 찾아 낸 연감과 앨범, 신문과 잡지에서 오린 사진과 그림으로 가득 찬 상자를 모두 거실로 가지고 와서, 술 취한 사람처럼 마구 뒤적이기 시작했다. 젊은 여자, 중절모를 쓴 신사, 머리에 스카프를 쓴 여자, 정직해 보이는 젊은이, 절망적인 사람, 어디서, 어떻게, 언제 찍혔는지 전혀 알 수 없는 사진 속 얼굴들을 보았다. 장관과 경호원의 관용적인 시선 아래 수상에게 건의서를 제출하는 마을 이장을 걱정하며 바라보는 두 시민, 베쉭타쉬의 데레보유 거리에서 발생한 화재에서 침낭과 아이를 구해 낸 어머니, 이집트인 영화배우 압둘와합이 출연한 영화 「알함브라」를 보려고 줄을 서서 기다리는 여자들, 마약 소지죄로 체포된 후 베이올루 경찰서에서 경찰들 사이에 서 있는 유명한 벨리 댄서와 영화배우, 자금을 횡령한 것이 발각되자 멍한 표정을 짓는 회계원……. 상자에서 아무렇게나 빼낸 이 사진들은 자신들의 존재와 자신들이 보관된 이유를 스스로 말하는 것 같았다. 갈립은 '사람의 얼굴 표정을 포착한 사진보다, 사람의 얼굴 표정이 숨겨져 있는 자료보다 더 의미 있고, 더 만족스럽고, 더 궁금한 것이 있을까?'라고 생각했다.

수정되거나 조작된 사진조차, 심지어 공허한 얼굴조차 의미를 숨기고 있었고 말로는 설명될 수 없는 숨겨진 비밀을 눈, 눈썹, 시선으로 표현하고 있었다. 그들은 이제 갈립을 응시했고, 갈립은 말할 수 없이 슬퍼졌다. 복권에 당첨된 이불상 조수의 행복하지만 어리둥절해하는 얼굴을 보면서, 아내를 칼로 찌른 보험 중개인을 보면서, 미스 유럽 대회에서 3위로 선발되어 유럽에서 우리 나라를 '가장 잘 대표한' 미스 터키를 보면서 갈립은 눈물을 흘릴 뻔했다.

어떤 얼굴에서는 제랄이 칼럼에서 자주 표현했던 슬픔의 흔적이 보였기 때문에, 그 칼럼을 쓸 때 그가 분명히 이 사진들을 보았을 거라고 확신했다. 공장 창고가 내려다보이는 어떤 집 마당에 걸려 있는 빨래에 관한 글은, 갈립이 지금 들고 있는 '우리의' 아마추어 권투 챔피언의(57킬로그램급) 얼굴에서 영감을 받아 썼을 것이다. 구불구불한 갈라타 골목에 대한 글은, '우리의' 111세 된 가수의 연보랏빛 얼굴을 보고는, 그녀가 얼마나 자랑스럽게 아타튀르크와의 동침을 암시했는지 기억하면서 썼을 것이다. 메카에서 버스를 타고 돌아오다가 교통사고를 당해 사망한 납작한 모자를 쓴 순례자들의 얼굴을 응시하자, 옛 이스탄불의 지도와 판화에 관한 칼럼이 생각났다. 제랄은 이 칼럼에서, 보물이 숨겨진 장소가 지도에 표시되어 있고, 우리의 술탄을 암살하기 위해 이스탄불에 온 미친 적들이 유럽 판화에 새겨져 있다고 썼다. 갈립은 제랄이 이스탄불 어딘가 있는 비밀 아파트에서 몇 주 동안 은둔한 채 이 글을 쓰는 모습을 상상하면서, 이 칼럼과 초록색 볼펜으로 표시된 지도 사이에 어떤 관련이 있을 거라고 생각했다.

그는 이스탄불 지도에 있는 지역 이름을 소리 내어 읽기 시작했다. 일상생활 속에서 수천 번씩 이 지명을 말했기 때문에 너무나 많은 기억이 담겨 있어서 마치 '물'이나 '물건' 같은 단어처럼 아무런 의미도 없어 보였다. 하지만 일상생활과 별로 상관없는 지명을 큰 소리로 반복하자 즉시 다른 것이 떠올랐다. 제랄이 이스탄불의 잊힌 지역을 시리즈로 다루었던 것을 갈립은 기억해 냈다. 장식장으로 가 보니 '이스탄불의 비밀 장소'라는 헤드라인이 달린 글이 몇 편 있었다. 하지만 이 글은 이스탄불의 덜 알려진 지역을 이야기하기보다는 제랄의 짧은 소설을 위한 수단으로 쓰인 것이 확실했다. 다른 때라면 미소를 지으며 받아들였을 이 실망감은 그를 너무도 화나게 만들었고, 제랄이 평생 글을 쓰면서 독자뿐 아니라 갈립 자신도 의도적으로 속였다는 생각이 들었다. 파티흐-하르비예 구간 전차에서 일어났던 작은 싸움, 페리쾨이 집에서 가게로 심부름 갔다가 다시는 돌아오지 않은 아이, 톱하네에 있는 시계방의 똑딱거리는 시계 소리 음악에 대한 칼럼을 읽으면서, 갈립은 "이제는 속지 않을 거야." 하고 중얼거렸다.

하지만 잠시 후 제랄이 하르비예나 페리쾨이, 혹은 톱하네 어딘가에 숨어 있을지도 모른다는 생각이 다시 떠오르자, 그의 분노는 자신을 덫으로 끌고 간 제랄이 아니라, 제랄의 모든 글에서 실마리를 찾으려는 자신의 이성으로 향했다. 계속해서 오락거리를 찾는 아이를 경멸하는 것처럼, 이야기 없이 살 수 없는 자신의 이성을 경멸했다. 한순간, 세상에 신호나 실마리, 두 번째나 세 번째 의미, 신비, 비밀의 장소는 없다는 결론이 내려졌다. 모두 상상의 산물일 뿐이었다. 그가 본 신호는 자신이 간절히 찾길 원했기 때문에 의미로 읽힌 것뿐이었다. 모든 물건이 단지 그 물건으로서 존재하는 세상에서 평온하게 살고 싶은 바람이 솟아올랐다. 칼럼도, 글자도, 얼굴도, 가로둥도 단지 자기 자신만을 가리키는 세상, 제랄의 책상도, 멜리흐 백부의 유산인 저 장식장도, 뤼야의 지문이 묻어 있는 이 가위와 볼펜도 그 어떤 비밀을 품지 않은 세상 말이다. 초록색 볼펜이 오로지 초록색 볼펜일 뿐이고, 자신도 자신 이외에 다른 누군가가 되고 싶어 하지 않는 세상에 어떻게 들어갈 수 있을까? 영화 속에 나오는 멀고 생소한 나라에서 산다고 상상하는 아이처럼, 갈립은 이 세상에서 산다는 것을 스스로 확신하고 싶어 책상 위에 있는 지도들을 바라보았다. 순간 이마에 주름이 가득한 노인의 얼굴이 보였고, 다시 술탄의 얼굴이 모두 뒤섞여 나타났으며, 뒤이어 어쩌면 왕자처럼 보이는 얼굴이 나타났지만, 누구인지 확실해지기 전에 사라져 버렸다.

잠시 후, 그는 제랄이 삼십 년간 모은 얼굴 사진이, 그가 도망치고 싶어 하는 그 새로운 세계를 보여 줄 수 있을 거라 생각하며 안락의자에 앉았다. 상자에서 되는대로 사진을 잡아빼 어떤 비밀 혹은 신호를 무시하려고 애쓰며 얼굴을 들여다보았다. 그러자 모든 얼굴이 신분증 사진처럼 오로지 눈, 코, 입으로 덮인 어떤 대상의 신체적인 묘사로만 보이기 시작했다. 이따금 보험 서류에 붙어 있는 사진에서 유난히 슬프고도 아름다운 여성의 얼굴을 보기도 했지만, 그녀의 슬픈 비밀에 빠지지 않고, 아무런 고통이나 이야기도 품고 있지 않은 다른 얼굴로 곧 관심을 돌렸다. 얼굴의 이야기에 몰입하지 않기 위해, 캡션이나 제랄이 사진 위나 가장자리에 써 놓은 글은 읽지 않았다. 이 사진들을 단순히 인간 얼굴의 지도로만 보기

위해 안간힘을 쓰고, 거리의 차량이 점점 늘어 가는 소리를
들으면서 오랜 시간 동안 이 사진들을 조사했지만, 눈물이 뺨
을 타고 흘러내리는 동안, 그는 제랄이 삼십 년 동안 모아 온
사진의 일부만을 훑어보았을 뿐이었다.

6장
사형집행인과 우는 얼굴

왜 남자가 우는 모습은 그토록 우리를 당황하게 하는가? 우는 여자를 일상적으로 보는 건 아니지만, 여자가 우는 모습은 애처로운 장면으로 인식하며 진심 어린 마음으로 그녀를 대한다. 하지만 남자가 우는 경우, 우리는 어찌할 바를 모른다. 세상의 종말이나 사랑하는 사람의 죽음 같은 끔찍한 일이 그에게 일어났을 거라고 생각한다. 남자가 허탈하게 속수무책으로 서 있으면, 우리는 단지 걱정만 해 줄 수 있을 뿐이다. 그러면서 자문해 본다. 저 남자도 우리와 같이 등줄기를 오싹하게 하는 공포를 느끼는 사람이었나? 친숙한 얼굴, 그러니까 너무나 잘 알고 있다고 생각한 지도에서 전혀 알지 못하는 어떤 나라를 발견하는 공포와 혼란의 느낌을 우리는 알고 있다. 나는 이 주제에 대해 나이마[8]의 『역사』 제6권에서, 메흐메트 할

리페의 『왕정 실록의 역사』에 나오는 이야기에서, 에디르네 출신의 카드리의 『사형집행인의 역사』에서 읽은 적이 있다.

지금으로부터 그리 오래지 않은 과거의(기껏해야 삼백 년 전) 어느 봄날, 당시의 가장 유명한 사형집행인 카라 외메르는 말을 타고 에르주룸 성으로 가고 있었다. 그는 십이 일 전에 이스탄불에서 궁전 호위대장에게 받은 술탄의 칙령을 지니고 있었는데, 바로 에르주룸 성을 통치하고 있는 압디 파샤를 처형하라는 명령이었다. 그는 그 계절에 평범한 여행자라면 한 달이 걸릴 이스탄불-에르주룸 여정을 십이 일 만에 끝마친 데 만족했다. 신선한 봄밤이 피곤함도 날려 보냈지만, 그래도 이전과는 달리 임무 수행에 대한 불안감을 느꼈다. 그의 일을 정당하게 수행하는 것을 방해할 어떤 저주의 그림자, 의혹의 조짐, 어렴풋하게 느껴지는 결단력 결핍 같은 것이 감지되었기 때문이었다.

그의 일은 실상 어렵고 위험이 따르는 것이었다. 전혀 알지도 못하고, 보지도 못한 파샤의 부하들로 꽉 찬 저택에 혈혈단신 들어가야 하며, 칙령을 알려야 하고, 확고한 존재감과 자신감으로 파샤와 그 측근에게 술탄의 결정을 거부하는 것은 쓸데없는 짓임을 느끼게 해야 한다. 만의 하나 파샤가 일의 심각성을 빨리 알아채지 못한다면, 주위에 있는 사람들이 칼을 빼 들기 전에 지체하지 않고 그를 죽여야 한다. 사형 집행 경험이 아주 풍부한 그로서는, 지금처럼 이렇듯 결단력 결핍을

---

8) Naima(1655~1716). 오스만 제국 역사를 저술한 역사가.

느낀다는 것은 절대 있을 수 없는 일이었다. 삼십 년간의 직업 생활 동안 스무 명 가까운 왕자, 두 명의 총리대신, 여섯 명의 대신, 스물세 명의 파샤를 처형했다. 그 외 사람들까지(정직한 사람이나 부정한 사람, 결백한 사람이나 죄 지은 사람, 남자나 여자, 아이나 노인, 기독교인이나 무슬림) 포함하면 모두 육백 명이 넘는 사람의 목숨을 앗았고, 견습 시절부터 지금까지 수천 명의 사람을 고문했다.

봄날 아침, 사형집행인은 도시로 들어가기 전 물가에서 잠시 멈추고 말에서 내려, 몸을 정갈히 한 다음 무릎을 꿇고 기도를 올렸다. 일이 순조롭게 진행되기를 신께 빌면서 기도하는 것은 그에게는 아주 드문 일이었다. 하지만 매번 그러했던 것처럼 신은 이 부지런한 종의 기도를 들어주었다.

이렇게 해서 모든 것이 계획대로 되었다. 파샤는 방문객을(민머리에 붉은 원추형 모자를 쓰고 허리띠에 기름 먹인 올가미를 찬) 보자마자 사형집행인이 왔음을 알아챘지만, 별다른 저항은 하지 않았다. 아마도 자신의 죄를 알고 그 운명을 오래전부터 각오하고 있었던 것 같다.

파샤는 우선 칙령을 처음부터 끝까지 최소한 열 번 읽었는데, 매번 주의를 집중했다.(진정한 복종의 표시다.) 그러고 나서는 과장된 태도로 칙령에 입을 맞추고 이마에 갖다 댔다.(여전히 주위 사람들에게 감동을 주고 싶어 하는 사람들의 공통된 행동이었지만, 카라 외메르는 바보 같은 반응이라고 생각했다.) 그는 코란을 읽고 기도를 올리고 싶다고 말했다.(신실한 신자가 하는 일방적인 요구이기도 하고 시간을 벌려는 요구이기도 하다.) 기도를 올린 후에는 지니고 있던 보석을(반지, 목걸이, 장신구) 주위 사람들에게 나누어 주면서 "나를 기억해."라고 중얼거렸고, 그럼으로써 사형집행인에게는 아무것도 돌아가지 않도록 했다.(이 역시 일반적인 행동, 특히 사형집행인에게 악의를 품을 정도로 세속적이거나 얄팍한 사람들의 행동이었다.) 그런 다음에는 이 모두를 마친 사람들이 보이곤 하는 행동, 즉 사형집행인이 목에 올가미를 걸려 하자 저항을 하며 소리를 지르고 욕을 퍼부었다. 하지만 턱에 내리친 주먹 한 방에 무너졌고, 죽음을 준비하기 시작했다. 그는 눈물을 흘렸다.

우는 것 역시 이러한 상황에서 희생자들이 보이는 평범한 반응이었지만 그는 파샤의 우는 얼굴에서 말로 설명할 수 없는 무언가를 보았기 때문에, 삼십 년간 이 일을 해 오면서 처음으로 망설였다. 결국 그는 한 번도 하지 않았던 일을 하게 되었다. 목을 조르기 전에 희생자의 얼굴을 천으로 덮은 것이다. 이 일을 하는 동료들이 본다면 비난할 행동이었다. 처음부터 끝까지 기술적인 흔들림 없이 희생자의 눈을 응시할 수 있어야만 사형집행인이라는 타이틀이 아깝지 않다고 생각해 왔기에, 그 역시 이렇게 하는 동료들을 비난하곤 했다.

파샤가 숨을 거두었다는 확신이 들자, '암호'라고 불리는 특별한 면도칼로 재빨리 시신의 머리와 몸을 분리했고, 아직도 김이 나는 머리를 이스탄불까지 가는 오랜 여정 내내 잘 보존하기 위해 꿀을 가득 채워 놓은 모헤어 자루 속에 넣었다. 자신의 임무를 성공적으로 끝냈다는 것을 증명하기 위해 희생자의 머리를 손상 없이 이스탄불로 가지고 가야만 했던 것이다. 꿀을 가득 채운 자루에 넣는 순간, 그는 파샤의 우는 얼굴을 다시 한 번 보고 겁에 질렸고, 머지않아 맞게 될 생의 마지막 날까지 거기에 홀려 혼란스러워했다.

그는 곧바로 말을 타고 도시를 떠났고, 머리는 자루 속에 안전하게 들어 있었다. 비탄에 빠진 추모자들이 희생자의 나머지 몸을 마지막 안식처로 데려갈 때쯤에는 그의 머리를 그곳에서 최소한 이틀 거리는 떨어진 곳에 두고 싶었다. 이렇게 해서 쉬지 않고 하루 반나절을 달려 케마흐 성에 도착했다. 대상의 숙소에서 배를 채우고, 자루를 들고 방으로 들어가 깊은 잠에 빠졌다.

반나절 동안이나 꿈에서 꿈으로 이어졌던 잠에서 깨어날 즈음, 그는 에디르네에 있는 어린 시절의 자신을 보았다. 어머니가 끓이고 또 끓여서 집 안과 정원뿐 아니라 온 마을에 시큼한 냄새를 풍겼던 무화과 잼이 가득 담긴 커다란 병으로 다가가자, 먼저 무화과라고 생각했던 그 작은 초록색 구체들이 울고 있는 머리의 눈이라는 것을 알게 되었다. 그러고는 금지된 짓을 한다는 느낌 때문이 아니라, 우는 얼굴에서 이해할 수 없는 공포를 보았다는 데 죄책감을 느끼며 뚜껑을 열었다. 병 속에서 남자가 흐느끼는 소리가 들려오자, 그는 공포로 입이 얼어붙고 움직일 수도 없었다.

다음 날 밤, 다른 대상의 숙소의 다른 침대에서 잠을 자다가, 청년 시절의 어느 저녁에 대한 꿈을 꾸었다. 밤이 되기 직전, 에디르네의 한 뒷골목이었다. 한 친구가(그런데 그가 누구지?) 그를 불러 하늘을 보라고 했다. 한쪽에서는 해가 지고,

한쪽에서는 창백한 달이 떠오르고 있었다. 잠시 후, 해가 지고 날이 어두워지자 둥그런 달의 얼굴이 금빛으로 빛났는데, 그는 곧 그것이 사람의 얼굴이며 그를 내려다보며 울고 있다는 것을 깨달았다. 달은 밝아지며 확연해졌다. 얼마 지나지 않아 반짝반짝 빛나는 그 얼굴이 어떤 사람의 우는 얼굴이라는 것을 알게 되었다. 아니다, 에디르네의 밤을 불안하게 만들고 거리에 이해할 수 없는 기운을 드리운 것은 우는 달의 얼굴의 슬픔이 아니었다. 그것은 수수께끼였다.

다음 날 아침, 꿈에서 보았던 것을 떠올린 사형집행인은 그것이 자신의 기억에서 나왔음을 깨달았다. 그는 이 일을 하면서 우는 얼굴을 수천 번이나 보았지만, 그 어느 것도 지금처럼 매정함이나 두려움 혹은 죄책감을 불러일으키지는 않았다. 사람들에게 알려진 것과는 달리 그는 희생자들에게 연민을 느꼈지만, 정의는 반드시 실현되어야 한다는 확신은 한 번도 흔들리지 않았다. 왜냐하면 그가 참수하고, 교살하고, 목을 부러뜨렸던 희생자들은 자신을 죽음으로 몰고 간 원인의 사슬을 사형집행인들보다 더 잘 알고 있었기 때문이었다. 눈물을 흘리며 발버둥치고, 콧물을 흘리며 애원하고 흐느끼며, 질식해 죽어 가는 남자의 모습에서 견딜 수 없거나 참을 수 없는 것은 없었다. 사형수들에게 역사와 전설로 남을 과장된 태도나 용감한 말을 기대하는 바보들처럼 우는 남자를 경멸하지도 않았고, 우연적이고 필연적인 삶의 매정함을 전혀 이해하지 못하는 또 다른 바보들처럼 그들 앞에서 속수무책의 연민에 휩싸이지도 않았다.

그렇다면 꿈속에서 그를 속수무책으로 만든 것은 무엇이었나? 눈부신 어느 아침, 말 엉덩이에 모헤어 자루를 매달고 바위로 뒤덮인 깊은 절벽 사이를 지날 때, 그는 이 속수무책의 감정이 에르주룸에 들어가기 전에 느꼈던 망설임과 희미하게 느꼈던 저주와 관련이 있다는 생각을 했다. 그는 파샤의 얼굴에서 어떤 신비를 보았고, 그렇기 때문에 얼굴을 덮으려 했으며, 그렇기 때문에 이 얼굴을 그토록 필사적으로 잊으려 했던 것이다. 그 긴 하루 동안, 사형집행인은 말을 타고 특이한 모양의(냄비처럼 아래가 불룩한 범선, 머리가 무화과 모양인 사자) 바위 절벽을 지나면서, 여느 때보다 생소하고 놀라운 소나무와 너도밤나무가 늘어선 길을 지나면서, 기슭에 이상한(그가 본 것 중에서 가장 이상한) 자갈이 깔린 얼음 덮인 강을 따라가면서, 말 꽁무니에 매달아 놓은 모헤어 자루 속에 넣어 둔 얼굴을 한 번도 생각하지 않았다. 이제는 세상 그 자체가 진정으로 놀라웠다. 새로운 세상, 그가 이제 막 발견하였고 처음으로 깨달은 세상이었다.

　잠 못 들던 밤에 기억 속에서 깜빡거리던 어두운 그림자와 나무가 닮았다는 것을 처음으로 깨달았다. 초록 언덕에서 양 떼에게 풀을 먹이는 순진한 양치기가 자신의 머리를 마치 다른 사람의 것인 양 어깨 위에 얹어 두고 다니는 것을 보았다. 산자락의 작은 마을을(열 가구가 나란히 누워 있는) 지나면서는, 그 집들이 사원 문 앞에 나란히 놓여 있는 신발 같다고 처음으로 느꼈다. 반나절 후, 세밀화에 나올 듯한 구름 아래로, 서쪽 지방의 보랏빛 산을 지나면서, 그는 처음으로 그것이 무엇을 상징하는지 알게 되었다. 바로 벌거벗은 세계, 그 정수까지 다 드러낸 세계였다. 주변의 모든 식물, 물체, 겁먹은 동물이 기억만큼이나 낡고, 무기력하게 만들 만큼 단순하고, 악몽만큼 두려운 세계의 신호라는 것을 지금에서야 파악했다. 서쪽으로 가면 갈수록, 길어지는 그림자가 새로운 의미를 지닐수록, 사형집행인은 그의 주위로 그 비밀을 풀 수 없었던 신호와 징후가, 금이 간 오지 항아리에서 흘러나오는 피처럼 스며나오는 것을 느꼈다.

어둠이 깔리자 그는 대상의 숙소에 들어가 배를 채웠지만, 방으로 들어가 모헤어 자루 옆에서 잠을 이룰 수는 없다는 것을 알았다. 터진 상처에서 흐르는 고름처럼, 한밤중 서서히 퍼질 공포스러운 꿈이 두려웠고, 매일 밤 매번 다른 기억으로 가장해 나타나는 그 우는 얼굴을 견딜 수 없었다. 그래서 그는 대상의 숙소에 있는 사람들의 다양한 얼굴을 경이롭게 바라보면서 한동안 휴식을 취한 후 다시 길을 나섰다.

밤은 춥고 고요했다. 바람은 불지 않았다. 나뭇가지 하나 움직이지 않았다. 지친 말은 스스로 갈 길을 찾았다. 한동안 아무것도 보지 않고, 행복했던 옛날에 그랬던 것처럼, 머릿속을 초조하게 만들 그 어떤 의문도 곱씹지 않고 계속 길을 갔다. 나중에 그는 이것이 어둠 때문이라고 생각할 참이었다. 왜냐하면 구름 사이로 달이 나타나자 나무, 그림자, 바위가 풀리지 않을 비밀의 신호로 서서히 변했기 때문이다. 그를 두렵게 만드는 것은 묘지에 있는 슬픈 비석도, 외로운 사이프러스 나무도, 고요한 밤에 울려 퍼지는 늑대의 울부짖음도 아니었다. 두려울 정도로 경이로운 것은, 이 모든 것을 하나의 이야기로 만들고 싶어 하는 자신의 열망이었다. 세계는 마치 사형집행인에게 무엇인가를 말하고 싶은 듯 어떤 의미를 드러내고 있었지만, 그 목소리는 꿈속에서처럼 구름 덮인 모호함 속에서 사라져 갔다. 동이 터 올 무렵, 사형집행인의 귓가에 흐느끼는 소리가 들려왔다.

해가 떠오르자, 사형집행인은 잘못 들은 거라고 혼잣말을 했다. 흐느끼는 소리가 아니라 나뭇가지를 스치는 이제 막 불기 시작한 바람 소리라고 생각했다. 이후에는 그것이 피곤과 불면 때문이라고 결론지었다. 그러나 정오 무렵이 되자 모헤어 자루에서 들려오는 흐느낌이 너무나 확연해져서, 끽끽거리는 창문을 닫으려고 한밤중에 일어나는 사람처럼, 그는 말에서 내려 말 둔부와 자루를 연결하는 줄을 꽁꽁 묶었다. 하지만 그 후 혹독하게 내리는 빗속을 달리면서, 그는 흐느끼는 소리뿐 아니라 자신의 피부 위에 쏟아지는 우는 얼굴의 눈물도 느끼게 되었다.

해가 다시 나왔을 때는, 세상의 신비가 우는 얼굴에 나타난 비밀과 관련이 있다는 것을 알았다. 이제 그가 알았던 세상이, 그가 이해했다고 생각했던 세상이 뚜렷해지는 것 같았다. 그가 알던 세상은 평범한 얼굴들이 표현하는 평범한 의미를 통해 친근하게 느껴졌던 것이다. 우는 얼굴의 무시무시한 표정을 본 그 순간 이후, 세계 그 자체의 의미는 산산조각 났다. 그가 비참하게 바라보고 있는 것은 깨져 버린 마법 그릇의 조각들, 되붙일 수 없이 갈라져 버린 마법의 수정 주전자,

엉망진창이 되어 버린 세계였다. 비에 젖은 옷을 햇볕에 말리면서, 그는 과거의 질서를 회복할 수 있는 유일한 길을 깨달았다. 자루에 들어 있는 머리가 가면처럼 쓰고 있는 표정을 바꾸어야 했다. 하지만 그의 직업상의 도덕은 엄격해서, 머리를 모헤어 자루 안의 꿀에 완벽하게 보존한 채로 전혀 손상시키지 않고 이스탄불까지 가져가야 했다.

자루에서 끈질기게 들려오는 신경 거슬리는 흐느낌을 무시해 보려 하면서, 잠들지 못한 채 말 위에 앉아 밤을 샜다. 동이 터 올 무렵이 되자 세상이 너무나 많이 변해 버려서 자신이 누구였는지도 기억할 수 없었다. 플라타너스, 소나무, 진흙탕 길, 마을 우물가에 모여 있다가 자신이 등장하자 공포에 질려 도망쳤던 사람들은 그가 전혀 알지 못하는 세계에서 나온 존재였다. 한 마을에 들러 게걸스레 점심을 먹을 때는 접시에 담긴 음식이 무엇인지도 분간하기 힘들었다. 말도 쉬게 할 겸 마을 밖 나무 밑에 드러눕자, 하늘이라고 생각했던 것이 전혀 모르는, 전혀 보지 못했던 이상한 푸른색 둥근 지붕이 되어 있었다. 해가 지자마자 말을 타고 길을 나섰다. 앞으로 엿새나 더 가야 했다. 자루 속에서 들려오는 흐느낌을 멈추지 못한다면, 우는 얼굴의 표정을 바꾸지 못한다면, 그의 세계를 예전에 알고 있던 세계로 되돌리지 못한다면, 이스탄불에 결코 도착하지 못할 것이 분명해 보였다.

날이 어두워진 후, 개 짖는 소리가 들리는 마을 옆에 우물이 보이자 말에서 내렸다. 말의 둔부에 있던 자루도 내려서 자루 입을 풀었다. 조심스레 머리채를 잡고 머리를 꿀 속에서 꺼냈다. 우물에서 물을 퍼 올려, 새로 태어난 아기를 씻기는 것처럼 정성스레 머리를 씻었다. 머리카락에서부터 귓구멍까지 천으로 닦은 후, 보름달 빛 아래서 그의 얼굴을 바라보았다. 여전히 울고 있었고, 예전과 똑같이 견딜 수 없고 잊을 수 없는 비애가 그대로 어려 있었다.

그는 머리를 우물가에 놓고, 말에 묶어 놓은 작업 도구를 (특수 칼 두 자루와 고문할 때 쓰곤 하던 가장자리가 뭉뚝한 꼬챙이) 꺼내 왔다. 먼저 칼로 피부와 뼈를 천천히 움직여 입가를 바로잡으려고 했다. 오랜 시간 동안 공을 들였더니 입술은 거의 너덜너덜해지고 입은 비뚤어져 버렸지만 희미하게나마 미소 짓게 만드는 데 성공했다. 그러고는 더 섬세한 작업에 들어가 고통으로 오그라진 눈을 크게 뜨도록 만들기 시작했다. 갖은 애를 쓴 결과, 온 얼굴에 미소가 퍼지게 만들 수 있었지만, 그는 너무나 지쳐 버렸다. 하지만 교살하기 전 압디 파샤의 턱에 주먹을 내리쳐 생긴 보라색 멍을 보자 기분이 좋아졌다. 모든 것을 제대로 돌려놓았다는 어린아이 같은 기쁨을 느끼며 말에게로 달려가 작업 도구들을 제자리에 다시 묶어 놓았다.

다시 우물가로 되돌아왔을 때, 머리는 없었다. 처음에는 미소 짓는 머리가 장난을 친다고 생각했지만, 머리가 우물 속으로 떨어졌다는 것을 알고는 지체 없이 가장 가까운 집으로 뛰어갔다. 대문을 두드려 자고 있는 사람들을 깨웠다. 눈앞에 서 있는 사형집행인을 보자 겁에 질린 늙은 아버지와 젊은 아들은 두말없이 그의 명령을 따랐다. 아침까지 셋은 별로 깊지 않은 우물 바닥에서 머리를 꺼내려고 안간힘을 썼다. 날이 밝아

올 무렵, 교살용 줄을 허리에 묶고 우물로 내려간 아들이 머리채를 잡아 들고 공포에 휩싸여 비명을 지르며 밖으로 나왔다. 머리는 뭉개지고 부서져 있었지만 이제 울지는 않았다. 사형집행인은 평온한 마음으로 머리를 말린 다음 꿀이 가득한 자루에 넣었다. 아버지와 아들에게 몇 푼을 쥐여 주고 행복한 마음으로 마을에서 나와 서쪽으로 향했다.

해가 뜨고 새싹이 돋은 나무 사이에서 새들이 지저귈 때, 사형집행인은 하늘처럼 넓고 깊은 마음으로 기쁘게 주변을 둘러보았다. 세계는 그가 원래 알던 그 모습으로 돌아와 있었다. 이제 자루 속에서 흐느끼는 소리는 들려오지 않았다. 정오가 되기 전, 소나무로 덮인 언덕 사이에 있는 호숫가에 이르러 말에서 내렸고 오랫동안 이루지 못했던 깊은 잠을 자기 위해 드러누웠다. 잠들기 전, 잠시 일어나 기분 좋게 호숫가를 거닐었고, 물에 비친 자신의 얼굴을 보며 세상이 모두 제자리에 있다는 것을 다시 한 번 확신했다.

그가 닷새 후 이스탄불에 도착했을 때, 압디 파샤를 잘 아는 사람들은 모헤어 천으로 된 자루에서 꺼낸 머리가 그의 것이 아니라고, 미소 짓는 표정이 전혀 파샤와 닮지 않았다고 했다. 그러나 사형집행인은 그 얼굴을 들여다보면서, 그날 호수에 비쳤던 자신의 행복한 모습을 보았다. 그가 압디 파샤에게 뇌물을 받고 그 대가로 다른 사람, 예를 들면 죄 없는 양치기를 죽여 그 머리를 자루에 넣어 가져왔으며, 그 속임수가 드러나지 않도록 얼굴을 엉망으로 만들었다는 누명에 저항해도 전혀 소용이 없을 것임을 알았기에 아무 대답도 하지 않았다.

자신의 머리를 몸에서 떼어 낼 사형집행인이 문으로 들어오는 것을 이미 보았던 것이다.

압디 파샤 대신에 죄 없는 양치기의 머리를 잘랐다는 소문이 아주 빠르게 퍼져 나갔기 때문에, 에르주룸으로 보낸 두 번째 사형집행인이 성 안으로 들어갔을 때는 압디 파샤가 기다리고 있다가 그를 죽여 버렸다. 이렇게 해서 이십 년에 걸쳐 육천오백 명의 목숨을 앗아 간 반란이 시작되었다. 진짜 지도자의 정체가 불확실하고, 후에 파샤의 얼굴에서 글자를 읽은 사람들은 그가 가짜라고 주장했음에도 불구하고 말이다.

7장
글자의 신비와 신비의 상실

수십만 가지 비밀이 알려질 것이다.
그 베일에 싸인 얼굴이 모습을 드러내면.
— 아타르, 「새들의 회의」

저녁 식사 시간이 되어, 니샨타쉬 광장의 교통 체증이 풀리고, 길모퉁이에 서 있는 경찰의 성마른 호루라기 소리가 멈추었을 무렵, 얼마나 오랫동안 사진들을 보고 있었던지, 이제 그 사진들은 더 이상 갈립을 동요시키지 못했다. 한때는 고통, 괴로움, 슬픔을 불러일으켰던 얼굴들이 아무 말도 하지 않았고 갈립의 눈에서도 눈물이 흐르지 않았다. 또한 그 얼굴들이 그의 내부에서 불러일으킬 즐거움, 기쁨, 흥분도 고갈되었다. 인생에서 기대할 것이 아무것도 없었다. 사진들을 보아도 기억, 희망, 미래를 모두 잃어버린 사람처럼 냉담해졌다. 이성의 한 구석에서 꿈틀거리다가, 서서히 커져서 온몸을 감싸 버리는 정적이 존재하는 것 같았다. 부엌에서 가지고 온 치즈와 빵을 먹으면서, 신선하지 않은 차를 마시면서, 빵 부스러기로 뒤덮인 사진들을 보았다. 끊질기던 도시의 소음이 잠잠해지고 밤의 정적이 내려앉았다. 이제는 냉장고 모터 소리, 골목 끝 가게에서 덧문 내리는 소리, 알라딘의 가게에서 나는 웃음소리만이 들려왔다. 가끔씩은 인도 위를 빠르게 걸어가는 구두 소리가 들렸고, 때로는 어떤 얼굴을 공포, 두려움, 이해할 수 없는 놀라움에 휩싸여 바라보면서 정적을 잊기도 했다.

이즈음부터 갈립은 글자의 비밀과 얼굴의 의미 사이에 존재하는 관계를 생각하기 시작했다. 제랄이 얼굴 사진 위에 해놓은 낙서의 의미를 해독하고 싶다는 생각보다는, 뤼야가 읽은 추리소설의 주인공을 모방하고 싶다는 생각이 들었다. 갈립은 지친 채 이렇게 생각했다.

"보이는 모든 것에서 끝없는 실마리를 파악하는 추리소설의 주인공처럼 되기 위해서는, 주위에 있는 모든 사물들이 어떤 비밀을 감추고 있다고 믿는 것만으로 충분해."

장식장으로 가서 제랄이 후루피주의에 대한 자신의 책과 전문 서적, 신문 잡지 스크랩, 수천 장의 그림과 사진을 넣어 둔 상자를 찾아 책상으로 가져와서 곧장 읽기 시작했다.

아랍 문자로 만들어진 얼굴들을 보았다. 눈은 와우(wâw, و)와 아인(âyın, ع)으로, 눈썹은 자이(zây, ز)와 라(râ, ر)로, 코는 알리프(alif, ا)로 되어 있었다. 제랄도 옛 터키 문자를 배우는 착한 학생처럼 세심하게 일일이 글자를 표시해 놓았다. 석판 인쇄된 페이지에서 와우와 짐(jîm, ج)으로 만들어진 눈물 흘리는 눈을 보았다. 짐의 점은 페이지 바닥에 떨어지는 눈물처럼 보이게 만들어 놓았다. 수정되지 않은 오래된 흑백 사진에서도 눈썹, 눈, 코, 입술에 새겨진 글자들을 쉽게 읽어 낼 수 있었다. 제랄은 사진 밑에다 벡타쉬 교주의 이름을 명료한 글자로 써 놓았다. '아, 사랑의 한숨!'이라는 제명도 보았는데, 글자들이 폭풍에 흔들리는 범선 같은 모양이었다. 공포에 질린 듯 크게 뜬 눈처럼 새겨진, 하늘에서 내리꽂히는 번갯불을 보았다. 또한 각각 서로 다른 글자로 만들어진 얼굴, 나뭇가지 속에 얽혀 있는 얼굴, 가닥가닥이 글자인 수염을 보았다. 제랄이 펜으로 후벼 파서 눈을 사진에서 떼 내 버린 창백한 얼굴을 보았다. 제랄이 입술 가장자리에 죄인으로 표시해 놓은 무고한 사람과 두려운 운명을 이마에 새겨 놓은 죄인을 보았다. 하얀 사형수복을 입고, 목에는 판결문을 걸고, 발이 닿지 않은 땅을 내려다보는 교수형에 처해진 도둑과 수상의 넋 나간 표정을 보았다. 제랄의 독자들이 그 눈에서 창녀의 수치를 읽은 영화배우의 빛바랜 컬러 사진을 보았고, 술탄, 파샤, 루돌프 발렌티노, 무솔리니 같은 이들과 닮았다며 자신들의 얼굴에 글자와 기호를 그린 사람들의 사진을 보았다. 언젠가 제랄이 알라(Allah)의 마지막 글자가 'h'인 것은 특별한 이유가 있다며 장황한 글을 쓰자, 그 비밀을 읽어 낸 독자들이 보낸 편지도 있었다. 이 독자들의 편지와, 아침, 얼굴, 태양 같은 단어를 제랄이 일주일, 한 달, 일 년 동안 몇 번이나 사용했는지 숫자 대칭군을 만들어 해석한 사람들의 편지와, 글자를 연구하는 것은 우상을 숭배하는 것과 같다고 항의하는 독자들의 편지에서 제랄이 발견한 비밀 글자 게임의 신호를 보았다. 세밀화에서 복사한 후루피주의 창시자 파즐랄라흐 아스타라바드의 초상화 위에 가득한 아랍 문자와 라틴 문자를 보았다. 알라딘의 가게에서 사곤 했던 초콜릿 웨이퍼에 따라오거나, 신발 밑창처럼 딱딱한 색색 풍선껌에 들어 있는 축구 선수와 영화배우의 사진들을 보았다. 모두 글자와 단어로 뒤덮여 있었다. 지난 삼십 년 동안 아나톨리아 곳곳에서 우리 동포 독자들이 보내 온 살인자, 죄인, 교주의 사진과 그림 수백, 수천, 수만 장이(모두 글자들로 덮여 있는) 있었다. 먼지로 뒤덮인 작은 도시에서, 여름에는 태양 때문에 땅이 갈라지고 겨울에는 눈 때문에 넉 달 동안 굶주린 늑대 외에는 아무도 들르지 않는 외딴 마을에서, 남자들 절반이 절름발이인 시리아 국경에 있는 밀수업자들의 마을에서, 사십 년 동안 도로가 닦이기를 기다려 온 산골 마을에서, 아나톨리아 대도시의 바나 나이트클럽에서, 동굴에 있는 불법 도살장에서, 담배와 마약 밀매업자의 비밀 본부에서, 한적한 철도역의 역장실에서, 가축상이 밤을 보내는 호텔 로비에서, 소욱올룩에 있는 홍등가에서 제랄에게 보내 온 것들이었다. 관공서나 지방자치단체 건물 앞에서 문맹자들의 탄원서를 대신 써 주는 사람들 옆에서 흔히 보는 길거리 사진사들이 찍은 사진도 수천 장 보았다. 전부 라이카 카메라로 찍은 사진들로, 사진사가 흉안(凶眼)이 달려 있는 삼각대에 고정시키고 검은 천 밑으로 들어가서 연금술사나 점쟁이처럼 화학 처리된 유리, 검은 렌즈 커버, 펌프, 풀무를 사용하여 작업을 하는 구식 카메라였다. 카메라 렌즈를 응시하는 동포들의 기분이 어땠을지, 영생에 대한 소망이 죽음의 암시에 조금씩 잠식당하는 것을 어떻게 느꼈을지 갈립은 어렵지 않게 상상할 수 있었다. 하지만 그들이 그것을 얼마나 강렬히 원했는지를 알 수 있었고, 그들의 얼굴에서 수도 없이 읽어 냈던 죽음, 패배, 몰락의 신호와 그것이 관련이 있다는 것을 알 수 있었다. 행복한 세월 뒤에 따라오는 거대한 패배 이후, 폭발한 화산이 분출하는 재와 먼지가 과거를 두껍게 뒤덮었지만, 감춰지고 사라진 신비스러운 기억의 의미를 밝히기 위해 그들의 얼굴에 스민 신호를 갈립이 읽고 해독해야만 할 것 같았다.

어떤 사진 뒤에는 메모를 해 두어서 제랄이 퍼즐, 영화 평론, 「믿거나 말거나」 칼럼을 쓰던 1950년대에 이어받은 「당신의 얼굴, 당신의 성격」 칼럼으로 독자들이 보낸 것임을 알 수 있었다. 어떤 사진은 그 후에 제랄의 요청으로("우리 칼럼에 실을 만한 독자 여러분의 사진을 받아 보고자 합니다.") 보낸 것이었고, 어떤 사진은 별로 중요치 않은 이유로 보내온 것이었다. 사람들은 이제 막 먼 과거의 기억이 떠오른 것처럼, 지평선 너머 희미하게 보이는 먼 육지에서 한순간 번쩍였던 번개의 푸르스름한 빛을 본 것처럼, 어두운 늪에서 서서히 가라앉는 자신의 미래를 익숙한 눈으로 바라보는 것처럼, 잃어버린 기억이 다시는 되돌아오지 않을 것임을 의심하지 않는 기억상실증에 걸린 사람들처럼 카메라를 응시하고 있었다. 갈립은 이런 얼굴 표정에 나타난 정적이 뇌리의 한구석에서 커지는 것을 느끼면서, 제랄이 오랜 세월 동안 이 모든 사진을, 신문과 잡지에서 오려 낸 것을, 얼굴을, 시선을, 왜 글자들로 채웠는지 확연히 알 수 있었다. 하지만 그 이유를 제랄과 뤼야의 삶에 자신의 삶을 연결하는 고리로, 이 유령의 집에서 나가고 자신의 미래의 이야기를 여는 열쇠로 사용하고 싶은 생각이 들자, 그는 사진에서 보았던 얼굴들처럼 즉시 차분해졌고, 사건들을 서로 연결할 논리가 오로지 글자와 얼굴 사이에 갇힌 의미의 안개 속으로 사라지는 것 같았다. 바로 이렇게 해서 그는 얼굴에서 읽고, 그리하여 그 안으로 들어갈 공포에 가까이 다가가기 시작했다.

철자 오류로 가득한 석판 인쇄된 책과 소책자에서 후루피주의의 창시자이자 예언자인 파즐랄라흐의 일생에 대해 읽었다. 그는 1339년에 호라산의 카스피 해 인근 아스타라바드에서 태어났다. 열여덟 살 때 수피즘에 몰두하여 메카까지 순례를 다녀온 후 쉐흐 하산이라는 사람의 제자가 되었다. 그가 아제르바이잔과 이란의 방방곡곡을 돌아다니며 세상에 대해 배운 것과 그 방식, 타브리즈와 시르반과 바쿠에 있는 교주들과 주고받은 이야기에 대해 읽으면서, 갈립은 이 석판 인쇄 책에 쓰여 있는 것처럼, 마음속에서 자신의 인생을 '새로 시작하는' 데 대한 거부할 수 없는 욕구를 느꼈다. 자신을 기다리는 삶과 죽음에 관한 파즐랄라흐의 예언들이, 갈립에게는 새로운 삶을 살고 싶은 사람들이라면 누구나 일어나기를 바랄 평범한 사건처럼 보였다. 파즐랄라흐는 처음에 해몽으로 명성을 얻었다. 한번은 그가 꿈속에서 휴드휴드 새[9] 두 마리, 자기 자신, 예언자 쉴레이만을 보았다. 나무에 앉은 이 새들이 아래에서 잠들어 있는 두 남자를 보고 있었는데, 파즐랄라흐의 꿈

---

9) 신비주의 문헌에 나오는, 천국의 전령자를 나타내는 대중적 심상이자 예언자 솔로몬의 전령으로 알려진 새.

과 예언자의 꿈이 서로 뒤섞이자, 나무 위의 휴드휴드 새 두 마리가 하나로 합쳐졌다. 또 다른 꿈에서는 자신이 은둔하고 있는 동굴로 한 탁발승이 찾아왔다. 이후, 실제로 그 탁발승이 그를 찾아왔고, 그 역시 파즐랄라흐에 대한 꿈을 꾸었다고 했다. 함께 동굴에 앉아 책장을 넘기면서 글자들 속에서 자신들의 얼굴을 보았고, 고개를 들었을 때는 서로의 얼굴에서 책에 쓰인 글자를 보았다는 것이었다.

파즐랄라흐에 의하면, 존재와 부재 사이의 경계선은 소리인데, 영적인 세계에서 물질 세계로 넘어가는 모든 것에는 자신만의 소리가 있기 때문이며, '가장 조용한' 사물조차 부딪히면 분명한 소리를 낸다. 물론 가장 발달된 소리는 '단어'이다. 단어는 우리가 '말'이라 부르는 고귀한 것의 기초 요소이며 글자로 형성된다. 존재의 의미와 생명의 존엄함을 이해하려면, 지상에서의 신의 현신을 보려면, 인간의 얼굴에 숨겨진 글자들을 읽으면 된다. 우리 얼굴에는 태어날 때부터 7개의 선이(눈썹 선 2개, 속눈썹 선 4개, 머리카락 선 1개) 있다. 사춘기가 되어 '뒤늦게 형성되는' 코 선이 더해지면, 얼굴에 새겨진 글자는 14개가 된다. 보다 시적인 진짜와 상상의 선을 합하면 선의 수는 배가 되고, 모든 의심의 그림자는 사라지며, 예언자 마호메트가 글자 수가 28개인 언어로 이야기한 것이나, 코란이 이 언어로 쓰인 것이 우연이 아님이 증명된다. 파즐랄라흐가 그의 유명한 책 『영생의 서』에서 말하고 썼던 페르시아어의 문자 개수 32에 도달하기 위해서는, 머리카락과 턱선을 더욱더 주의 깊게 관찰하고 둘로 나누어, 4개의 다른 글자를 찾아야 한다.

갈립은 이것에 대해 읽고 나서야 상자에서 찾아 꺼낸 사진 속 얼굴의 머리카락이, 왜 1930년대 미국 영화에 나오는 머릿기름을 바른 연기자들처럼, 가운데에서 탄 가르마로 둘로 나누어졌는지 알게 되었다. 모든 것이 아주 단순해 보였다. 갈립은 순간 이런 어린애 같은 단순함이 마음에 들어서, 다시 한 번 제랄을 글자 게임으로 이끈 것이 무엇인지 이해할 수 있었다.

제랄의 칼럼에 나오는 '그'처럼, 파즐랄라흐는 자기 자신을 구원자나 예언자라고, 유대인과 기독교도가 모두 기다리는 하늘의 혈통을 이어받은 메시아라고, 마호메트가 인정한 구세주라고, 제랄이 칼럼에서 '그'라고 언급할 뿐 이름 붙이기를 거부했던 고귀한 인물이라고 스스로 선언했다. 그는 이스파한에서 제자 일곱을 모아 자신의 복음을 퍼뜨리기 시작했다. 파즐랄라흐가 도시마다 떠돌며 세상은 그 비밀을 쉽게 드러내지 않는다, 세상에 가득한 비밀에 도달하기 위해서는 글자의 신비에 도달해야 한다고 설교했다는 내용을 읽으니, 갈립은 평안이 밀려오는 것만 같았다. 바로 그가 기대했던 것, 오랫동안 원했던 것이었고, 자신의 세계 역시 비밀로 가득하다는 증거였다. 갈립을 가장 안심시키는 것은 무엇보다 증거의 단순함이었다. 세상이 비밀로 가득하다는 것이 진실이기 때문에, 바로 앞에 놓인 탁자 위에 있는 것들이(커피 잔, 재떨이, 종이 자르는 칼, 심지어 칼 옆에 넋이 나간 게처럼 놓여 있는 자신의 손조차도) 다른 세계를 가리키는 신호일 뿐 아니라, 그 세계에 속해 있다는 것도 진실이었다. 뤼야는 다른 세계에 있었다. 갈립은 문턱에 있었다. 그는 곧 글자의 비밀 속으로 들어갈 것이다.

그러기 위해서는 좀 더 주의 깊게 읽어야 했다. 갈립은 파즐랄라흐의 삶과 죽음을 다시 읽었다. 파즐랄라흐는 꿈에서 자신의 죽음을 보고, 꿈을 꾸듯 자신의 죽음으로 다가갔음이 틀림없다. 신이 아니라 글자, 사람, 우상을 숭배했으며, 자신을 구세주로 선언하고 코란의 실제적이며 보이는 의미가 아니라 비밀스럽고 보이지 않는 의미라고 했던 자신의 환상을 믿는다고 하여 이단으로 비난받았으며, 결국 체포되어 재판을 받고 교수형에 처해졌다.

파즐랄라흐와 그 측근들이 사형당한 후, 이란에서 살아남기가 힘들어진 후루피주의자들은 그의 후계자 중 시인이었던 네시미의 도움을 받아 거점을 아나톨리아로 옮겼다. 시인은 이후 후루피주의자들 사이에서 전설적인 지위를 얻게 될 파즐랄라흐의 책과 후루피주의와 관련된 필사본을 초록색 궤에 넣고 아나톨리아의 모든 도시를 돌아다니며, 거미가 잠들어 있는 한적한 신학교에서, 도마뱀으로 들끓는 게으른 자들의 수도원에서 새로운 신자를 얻었다. 그는 자신이 훈육한 후계자들에게 코란만이 아니라 세계 역시 비밀로 가득하다는 것을 보여 주기 위해, 자신이 가장 좋아했던 게임인 체스에서 영감을 받은 단어와 문자 놀이를 사용했다. 그의 가장 유명한 2행 연구(聯句)에서, 네시미는 연인의 얼굴과 거기에 있는 아름다운 부분을 글자와 마침표에, 이 글자와 마침표는 바다 밑 심연에 있는 해면과 진주로 비유했고, 자신은 이 진주를 쫓다가 죽은 잠수부로, 기꺼이 죽음을 향해 물속으로 몸을 던진 잠수부는 신을 찾는 구애자로, 그 구애의 대상인 잠수부의 연인은 신으로 비유하여 원형 구조를 완성했다. 네시미는 알레포에서 체포된 후, 긴 재판을 거쳐 가죽이 벗겨지는 형벌로 처형당했다. 시신은 모든 도시가 볼 수 있는 곳에 매달려 전시되었다가 일곱 토막으로 나뉘어져, 그의 지지자들이 살고 그의 시들이 암송되는 일곱 도시에 따로따로 매장되었다.

그러나 이것이 네시미의 영향을 막지는 못했고, 후루피주의는 오스만 전 지역의 벡타쉬 사이로 급속하게 확산되어, 이스탄불이 정복된 지 십오 년 후에는 정복자 술탄 메흐메트도 흥미를 느끼게 되었다. 그러나 술탄이 손에 파즐랄라흐의 소책자를 들고 다니며 세계의 신비에 대해, 글자들이 묻는 물음들에 대해 이야기하고, 새로 정착한 궁전에서 본 비잔틴의 비밀에 대해 언급하면서 모든 굴뚝, 모든 돔, 모든 나무를 가리켜 그 무엇이든 발밑에 있는 지하 세계의 신비를 풀 열쇠가 될 수 있다고 했다는 사실을 안 울라마[10]들은 음모를 꾸며서 술탄과 가까운 후루피주의자들을 산 채로 불에 태워 죽여 버렸다.

갈립은 소책자를(마지막 페이지에 손으로 적어 놓은 메모를 보면, 이 책은 2차 세계대전 초 에르주룸 근처 호라산의 한 인쇄소에서 몰래 인쇄한 것으로 되어 있는데, 사실은 그렇게 보이도록 일부러 적어 둔 것 같았다.) 훑어보다가, 정복자의 아들 베야즈트 2세를 겨냥한 암살 시도가 실패로 끝난 이후 참수당하거나 화형된 후루피주의자들의 사진을 발견했다. 또 다른 페이지에는 카누니 술탄 쉴레이만이 내린 유배 명령에 복종하지 않아 화

---

10) 이슬람교의 법학과 신학 지도자.

형에 처해진 후루피주의자들의 공포에 질린 표정을 역시 똑같이 조악하게 표현해 놓았다. 몸을 에워싼 활활 타오르는 불길 속에서, '알라(Allah)'의 첫 네 문자를 이루는 알리프(alif)와 람(lam, ل)을 쉽게 알아볼 수 있었다. 그러나 더욱 이상한 것은 몸이 아랍 문자로 활활 타는 동안 눈에서 라틴 문자의 O, U, C로 가득한 눈물이 솟아나는 것이었다. 갈립은 1928년에 있었던 문자 혁명, 즉 아랍 문자에서 라틴 문자로 옮겨 가는 것에 관한 후루피주의의 첫 해석을 이 그림에서 보았다. 하지만 그는 풀어야 할 비밀의 공식에 여전히 몰두하고 있었기 때문에, 지금 본 것에 특별한 의미를 부여하지 않은 채 상자에서 찾은 것을 계속 읽어 내려갔다.

그는 신의 본질적 속성이 '비밀의 보물', 즉 신비라는 것과 관련된 수많은 글을 읽었다. 이제 남은 것은 이 신비에 도달하는 방법을 찾는 것이었다. 이제 남은 것은 이 신비가 세상에 무엇을 반영하는지를 이해하는 것이었다. 이제 남은 것은 신비가 사방에, 모든 것에, 모든 물체에, 모든 인간에게 있음을 파악하는 것이었다. 세상은 실마리들의 바다였고, 모든 물방울은 그 뒤에 짭조름한 비밀의 흔적을 머금고 있었다.

피로하고 충혈된 눈으로 읽어 나갈수록, 갈립은 자신이 이 바다의 비밀에 들어갈 것임을 더욱더 확신하게 되었다. 신호들이 사방에, 모든 것에 존재하고 있었기 때문에, 신비도 사방에, 모든 것에 존재하고 있었다. 마치 시에 나오는 연인의 얼굴, 진주, 장미, 포도주 잔, 나이팅게일, 황금빛 머리카락, 밤, 불꽃처럼 읽어 나갈수록 주위에 있는 물체들도 그 자체일 뿐 아니라, 서서히 다가오는 비밀의 표시라는 것을 아주 잘 볼 수 있었다. 희미한 전등 빛이 비추는 커튼, 뤼야의 추억으로 충만한 오래된 안락의자, 두려움을 안겨 주는 수화기가 이렇게 많은 의미와 이야기로 꽉 차 있다는 것이, 어린 시절 가끔 느꼈던 것처럼 부지불식간에 어떤 게임 속으로 들어가는 듯한 느낌을 주었다. 모든 사람들이 다른 사람을, 모든 것이 다른 것을 모방했던 그 무서운 게임에서, 어린 시절에 그러했던 것처럼 다른 사람이 되어야만 벗어날 수 있다는 것을 믿었기 때문에, 희미한 불안감을 느끼며 계속 나아갔다.

"무서우면 불을 켤게."

뤼야와 어둠 속에서 놀이를 할 때, 그녀도 자기와 똑같은 두려움에 휩싸였다고 느끼면 갈립은 이렇게 말하곤 했다.

"켜지 마."

게임과 무서움을 좋아하는 뤼야는 이렇게 대답하곤 했다.

갈립은 계속 읽어 내려갔다.

17세기 초, 아나톨리아를 아수라장으로 만든 제랄리 반란 시기에 시골 사람들이 파샤, 재판관, 도둑, 이맘을 피해 다른 곳으로 도망치자, 후루피주의자들은 텅 빈 마을에 정착했다. 후루피주의자들의 행복하고 의미 있는 시골 생활을 표현한 긴 시 구절을 해석하려 애쓰다가, 갈립은 뤼야와 함께 보낸 어린 시절의 행복한 기억을 떠올렸다.

시 속에 나타난 오래전 황금 시절에는 행동과 의미가 같은 것이었다. 이 땅이 곧 천국이었고 우리의 집을 채운 물건들이 우리의 꿈과 일치했다. 그 행복한 시절에는 손에 집히는 모든 물건, 기구와 컵, 단검과 연필은 단지 우리 몸뿐만 아니라, 우리 영혼의 연장선이라는 것을 모두들 알고 있었다. 그 당시는 시인들이 '나무'라고 하면 모두들 정확하게 같은 나무를 머릿속에 떠올렸다. 시 속에 나오는 단어와 그것이 의미하는 나무를 볼 수 있었고 그 나무가 의미하는 정원을 볼 수 있었으며 그 정원이 의미하는 삶을 볼 수 있었다. 장황한 기교를 부리며 잎사귀와 가지를 나열하지 않아도 모두들 알고 있었다. 단어와 사물이 매우 긴밀하게 연결되어 있었기에, 산 사이에 자리 잡은 그 유령의 마을에 안개가 내려앉은 아침에 시는 삶과 뒤섞였고 단어는 그것이 나타내는 사물들과 뒤섞였다. 그 안개 낀 아침에 잠에서 깨어난 사람들은 꿈과 현실을, 시와 인생을, 사람과 이름을 서로 구분할 수 없었다. 그 당시에는 이야기가 삶처럼 사실적이어서, 어떤 것이 삶의 본질이며, 어떤 것이 이야기의 본질인지 그 누구도 궁금해하지 않았다. 사람들은 그들의 꿈을 살았고 그들의 삶을 해석했다. 당시에는 모든 사물처럼 사람들의 얼굴도 의미들로 가득 차 있어서, 읽고 쓰는 것을 모르는 사람, alfa[11]를 과일, a를 모자, alif(ı)를 막대기로 생각하는 사람들, 즉 낫 놓고 기역 자도 모르는 사람들조차, 우리 얼굴에 나타난 확연한 의미의 글자를 쉽게 읽을 수 있었다.

그 오래전 행복했던 시절, 즉 사람들이 시간의 개념조차 인

---

11) 남아프리카와 스페인에서 자생하는 식물. 종이, 밧줄, 카펫 등을 만드는 데 사용된다.

식하지 못했던 날들을 설명하기 위해, 시인은 저녁 하늘에 정지해 있던 오렌지 빛 태양을 묘사했고, 불지 않은 바람으로 돛을 부풀려 나아가지만, 어찌 된 일인지 유리 같은 잿빛 바다 위에 고요히 정박해 있는 범선에 대해 묘사했고, 갈립은 그 바다 위로 솟아오른 하얀 사원과 그것들보다 더 하얀 첨탑에 대해 읽으면서, 17세기부터 감추어져 온 후루피주의자들의 가르침이 모든 이스탄불을 포용하고 있다는 것을 알게 되었다. 오래전에 황새, 신천옹, 시무르그[12], 불사조가 하얀 삼층 첨탑에서 지평선으로 날아올라 수세기 동안 이스탄불의 돔 위에서 창공을 떠돌고, 한 곳도 직각으로 교차하지 않고 어떻게 교차되는지도 확실치 않은 이스탄불 거리를 사람들은 정처 없이 걸으며 영원히 휴일의 현기증 나는 오락을 즐긴다. 이 여행이 끝난 뒤 자신이 거닐었던 길을 지도 위에서 손가락으로 따라가면, 자신을 응시하는 자신의 얼굴을 볼 수 있었고, 그 얼굴에서 삶의 신비를 드러내 주는 글자들을 볼 수 있었다. 달빛이 비추는 더운 여름밤, 앞서 말했던 그 여행자들이 우물에서 물을 길어 올리면, 얼음처럼 차가운 물뿐 아니라 신비스러운 기호와 별도 한가득 건져졌다. 그들이 아침까지 밤새 신호의 의미와 의미의 신호를 언급한 시를 암송했다는 글을 읽으며, 갈립은 다음 두 가지를 더욱 확신하게 되었다. 한때 이스탄불에 순수한 후루피주의의 황금기가 존재했

---

12) 페르시아 신화에 나오는 공작, 그리핀, 사자, 개가 합쳐진 새. '하늘'을 상징한다.

다는 것과, 뤼야와 함께한 자신의 황금기는 사라져 버렸고 다시는 돌아오지 않는다는 것을. 하지만 이 행복한 황금기는 오래 지속되지 않았다. 왜냐하면 신비가 확연히 드러나 있던 황금기 바로 직후에 비밀은 더욱 뒤섞였으며, 마치 유령의 마을에 있는 후루피주의자들처럼, 어떤 사람들은 의미를 꼭꼭 감추기 위해 피, 계란, 똥, 체모로 만든 묘약에 의지했으며, 어떤 사람들은 이스탄불의 비밀스러운 지역에 있는 집에 그들의 비밀을 묻기 위해 지하 통로를 팠다고 갈립은 읽었기 때문이다. 그 통로를 판 사람들보다 운이 없었던 사람들이 예니체리 반란에 동참했다 붙잡혀 교수형에 처해진 나무에서, 기름 먹인 올가미가 넥타이처럼 조이자 오그라진 얼굴에서 글자가 변형되었다는 것을 읽었다. 한밤중 손에 사즈를 들고 외곽 마을에 있는 수도원으로 후루피주의의 비밀을 속삭이러 간 방랑 시인들이 몰이해의 벽과 만났다는 것을 읽었다. 이 모든 징후는 한적한 유령의 마을뿐만 아니라, 이스탄불의 비밀스러운 지역과 신비스러운 거리에 존재했던 그 황금기가 커다란 불행으로 인해 종말을 고했다는 것을 증명하고 있었다.

갈립은 책 가장자리를 군데군데 쥐가 파먹은 시집을 펼치고, 책장 구석에 핀 초록빛 곰팡이에 감탄하며 습기 차고 향기가 나는 책장을 넘겼다. 마지막 쪽에 이르자, 이 주제에 관한 더 자세한 정보를 에르주룸 근처 호라산에서 발간된 소책자에서 찾을 수 있다는 메모가 있었다. 언급된 소책자 마지막 장에(시의 마지막 행과 출판사 및 인쇄소 주소, 조판 날짜 및 인쇄 날짜가 적힌 상세 서지 사이) 식자공이 작은 글씨로 끼워 넣은 길고 문법에 맞지 않는 문장에 의하면, 이것은 시리즈의 제7권인 『글자의 신비와 신비의 상실』이며, 이스탄불 신문기자 셀림 카츠마즈가 저자인 F. M. 위췬쥐에 대해 찬사를 쏟아 부었다.

잠이 모자라 몽롱해진 갈립은 단어 게임과 뤼야에 대한 꿈 때문에 머리가 어찔한 채, 제랄이 신문사에서 처음 일하기 시작한 때를, 단어 게임에 대한 흥미는 「오늘의 운수」, 「믿거나 말거나」 칼럼을 통해 친구나 동료, 친척, 애인에게 보낸 비밀 메시지가 전부였던 시절을 더듬어 보기 시작했다. 갈립은 그 소책자를 찾아 잡지, 신문, 종이 더미를 맹렬하게 뒤졌다. 사방을 완전히 뒤집어엎은 후, 제랄이 1960년대에 모아 둔 스크랩이 들어 있는 첫 번째 상자를 별 생각 없이 들여다보았는데, 바로 거기에 있었다. 그러나 이미 자정이 훨씬 지나 있었다. 거리는 계엄령 시기, 야간 통행금지가 내려졌던 때 느꼈던 그 절망적이며 소름 끼치는 정적을 떠올리게 했다.

곧 출간될 거라고 광고하는 이러한 유의 '작품'들처럼 『글자의 신비와 신비의 상실』도 광고에서 말한 시기에 맞춰 출간되지 못했다. 1962년에야, 호라산이 아니라 출판사가 있을 거라고 생각지도 않았던 괴르데스라는 도시에서 이백이십 쪽짜리 책이 출간되었다. 누렇게 변색된 표지에는 조잡한 연판과 나쁜 잉크를 사용해 거무스름하게 인쇄된 그림이 있었다. 양쪽에 밤나무가 늘어선 길이 지평선을 향해 뻗어 나가는 그림이었다. 모든 밤나무 뒤에는 글자가 있었다. 소름 끼치는 끔찍한 글자였다.

처음에 그 책은 당시의 '이상주의자' 장교들이 자주 썼던 '이백 년 동안 우리는 왜 서양을 따라잡지 못하는가? 어떻게 하면 발전할 수 있는가?' 하는 식의 책처럼 보였다. 한적한 아나톨리아 마을에서 작가가 자비로 찍은 책에서나 볼 법한 헌사가 서두를 장식하고 있었다. "사관학교 제군이여! 이 나라를 구할 사람은 당신이다!" 하지만 책장을 넘기자 갈립은 자신이 아주 색다른 '작품'과 마주하고 있음을 알게 되었다. 그는 안락의자에서 일어나 제랄의 책상으로 가서 팔꿈치로 책을 누른 채 주의 깊게 읽어 내려가기 시작했다.

　『글자의 신비와 신비의 상실』은 전체가 세 개의 장으로 구성되었으며, 두 장은 책의 제목에 나타나 있었다. 1장인 「글자의 신비」는 후루피주의의 창시자인 파즐랄라흐의 생애로 시작되었다. F. M. 위췬쥐는 파즐랄라흐의 생애에 세속적인 차원을 첨가해, 그의 수피주의 원칙이나 신비주의적인 면모보다는 합리주의자, 철학자, 언어학자, 수학자로서의 정체성을 더 부각시켰다. 파즐랄라흐는 예언자, 구세주, 순교자, 성인이기에 앞서 섬세한 철학자, 천재였고 '우리에게 속한' 사람이었다. 이러한 이유로, 서양의 동양학자들이 그러했던 것처럼 파즐랄라흐를 플로티노스, 피타고라스, 유대 신비주의 영향을 받은 범신론자나 사상가로 설명하려 한다면, 평생 그가 반대했던 서양 사상을 이용하여 파즐랄라흐를 찔러 죽이는 것과 다를 바 없다. 파즐랄라흐는 순수한 동양인이었다.

　F. M. 위췬쥐에 의하면, 세계는 서로 반대되는 두 부분으로 나뉘어 있으며, 동양과 서양은 선과 악, 흑과 백, 천사와 악마

처럼 전혀 달랐다. 나태한 몽상가들의 환상과는 달리, 이 두 세계는 서로 화해하여 평화 속에 공존할 가능성이 전혀 없었다. 두 세계 간에는 언제나 우열이 존재하며 한쪽이 지배하면 다른 한쪽은 지배받을 수밖에 없었다. 두 세계 중 하나는 항상 주인이고, 다른 하나는 노예가 될 수밖에 없었다. 이 끝나지 않는 쌍둥이들의 전쟁에 대한 예로, 알렉산더 대왕이 검을 내리쳐 고르디아스의 매듭을(작가는 '암호'라고 언급했다.) 자른 것에서부터, 십자군 전쟁, 하룬 알 라시드가 샤를마뉴에게 보냈던, 두 가지 의미가 있는 글자와 숫자로 덮인 마법 시계에 대한 책, 알프스를 넘는 한니발의 원정, 안달루시아에서의 이슬람의 승리(저자는 코르도바 사원의 기둥 개수에 대해 한 장을 할애하여 설명했다.), 자신도 후루피주의자인 정복자 술탄 메흐메트가 콘스탄티노플을 의기양양하게 정복한 것, 하자르 제국의 멸망, 오스만 제국이 도피오 성과(하얀 성으로도 알려져 있다.) 베네치아에서 패배한 것까지 설명했다.

이 모든 역사적 사실이 이미 파즐랄라흐의 작품에서 암시적으로 묘사되었다는 중요한 점을 F. M. 위췬쥐는 지적했다. 동양과 서양이 상대보다 우위에 있던 각 시기는 우연이 아니라 논리적인 결과였다. '그 특별한 역사적 시기에' 승기를 잡은 쪽은 세계를 비밀과 이중적 의미로 가득 찬 신비스러운 장소로 보는 쪽이었다. 세계를 단순하고 단일한 의미로, 신비스럽지 않은 곳으로 보는 사람들은 패배했고 노예가 되는 길을 피할 수 없었다.

2장에서 F. M. 위췬쥐는 '신비의 상실'에 관한 세부적인 논쟁을 설명했다. 그는 동양과 서양의 전통 속에는 세계로부터 숨겨진 중심이라는 개념이 모두 있다고 했다. 그리스 철학에서의 이데아, 신플라톤주의 기독교에서의 신성, 힌두교의 니르바나, 아타르의 시무르그 새, 루미의 연인, 후루피주의자들의 비밀스러운 보물, 칸트가 말하는 실체, 추리소설의 범인이 바로 그것이었다. 그러니까 F. M. 위췬쥐는 문명이 '신비'의 개념을 상실하는 것은 사고의 '중심'을 박탈당해 그 질서를 상실하는 것으로 보았다.

갈립은 이어서 루미가 연인 샴스를 왜 죽일 수밖에 없었는지, 이 죽음으로 '확인했던' 신비를 지키기 위해 왜 다마스쿠스로 갔는지, 그 도시에서 배회하고 조사한 것이 왜 '신비'에 대한 사고를 지탱하기에 충분하지 못했는지, 이성적 사고가 마비될 때마다 왜 특정한 장소에 멈춰 회복시켜야 했는지 설명한 부분을 읽었다. 범인을 찾을 수 없는 완벽한 살인을 저지르는 것, 혹은 자취도 없이 사라지는 것이 사라진 신비를 다시 찾는 좋은 방법이라고 작가는 말했다.

이후 F. M. 위췬쥐는 후루피주의자들의 가장 중요한 주제인 '글자와 얼굴'의 관계를 언급했다. 파즐랄라흐가 『영생의 서』에서 말한 대로, 자신의 얼굴을 숨긴 신이 인간 얼굴에 나타난다고 설명했다. 그는 오랫동안 인간의 얼굴에 있는 선을 조사하고, 그 선을 아랍 문자와 연관시켰다. 네시미, 라피, 미살리, 바그다드 출신 루히, 귈 바바 같은 위대한 후루피주의 시인들의 시에서 따온 길고 유치한 논쟁에 이어, 다음과 같은 공식을 내놓았다. 행복과 승리의 시대에는, 우리가 살고 있는 세계처럼 우리 얼굴도 의미로 가득했다. 세상의 신비와 우리 얼굴의 글자를 볼 수 있었던 것은 후루피주의자들이었으므로, 이것 역시 후루피주의자들 덕분이었다. 그러나 후루피주의는 이제 지구상에서 사라졌고, 세계는 신비를 잃어버렸으며, 우리 얼굴도 글자를 잃어버렸다. 이제 우리의 얼굴은 공허하고, 과거와 같이 얼굴에서 무엇인가를 읽을 가능성은 없어졌다. 우리의 눈썹, 눈, 코, 눈길, 표현, 공허한 얼굴은 무의미하다. 갈립은 책상에서 일어나 거울에서 자신의 얼굴을 들여다보고 싶었지만, 주의를 집중하여 글을 읽어 내려갔다.

얼굴의 공허함과 사진술의 어두운 기술은 분명 관련이 있었다. 터키, 아랍, 인도의 영화배우를 본 사람은 누구나 알 수 있는 것이다. 그 이상한 지형도는 달의 이면을 생각하게 하기 때문이다. 이스탄불, 다마스쿠스, 카이로의 거리를 메운 사람들이 한밤중 흐느끼는 유령처럼 서로 닮은 것도, 눈썹이 치켜 올라간 남자들이 모두 똑같이 콧수염을 기르고, 모두 똑같이 스카프를 머리에 쓴 여자가 진흙투성이 인도를 걸으며 항상 똑같이 앞을 바라보는 것도 이 공허함 때문이다. 그러니까, 우리 얼굴에 있는 이 공허감을 다시 의미 있게 만들고, 우리 얼굴에 있는 라틴 문자를 볼 수 있는 새로운 시스템을 세워야만 한다. 책의 2장은 이에 관해 「신비의 발견」이라는 3장에서 다룰 거라는 희소식을 전하며 결론을 맺었다.

갈립은 단어를 이중의 의미로 사용하고, 단어를 가지고 어린애같이 순수하게 놀고 있는 F. M. 위췬쥐가 마음에 들었다. 그에게는 제랄을 연상시키는 면이 있었다.

8장
긴 체스 게임

백성이 자신과 자신의 통치에 대해 어떻게 생각하는지 알고 싶어서
하룬 알 라시드는 변장을 하고 바그다드를 돌아다녔다.
그래서 오늘 밤도 또다시…….
— 『천일야화』

우리 역사에는 '민주화의 길'이라는 암흑기가 있었는데, 우리 독자가 이 비밀의 핵심을 밝힐 편지를 입수했다. 물론 그는 자신의 신원뿐 아니라 그 편지가 우연, 불가피함, 배반으로 가득 찬 경로를 거쳐 자신의 손에 들어왔다는 것 역시 밝히고 싶어 하지 않았다. 나는 그 당시의 우리 독재자가 해외에 있던 아들 혹은 딸에게 쓴 것으로 보이는 이 편지를 문체를, 파샤의 문체를, 전혀 바꾸지 않고 이 지면에 공개하겠다.

정확히 육 주 전, 8월의 어느 밤에 우리 공화국의 건국자가 마지막 숨을 내쉬던 방은 시간이 멈춰 버렸다고 생각할 정도로 아주 덥고 숨이 막혔다. 시간이 멈춰 버렸다고 느낀 건 그 유명한 금박 벽시계가 아타튀르크가 서거한 시각인 9시 5분

에서 멈춰 있었기 때문만은 아니다. 이제는 죽고 없는 네 어미가 그 벽시계를 보고 얼마나 놀랐는지, 그 놀라는 모습을 보고 네가 얼마나 웃었는지 기억나느냐? 아니다, 그 8월의 밤은 너무나 더워서 돌마바흐체 궁전에 있는 모든 시계가, 이스탄불에 있는 모든 시계가 신음하며 멈춰 서고, 모든 움직임이 멈추고, 생각마저 멈추었다. 보스포루스 해협에서도 바람 한 점 불어오지 않아 커튼이 조용히 늘어져 있었다. 해안을 따라 마네킹처럼 늘어서 있는 보초들은 나의 명령 때문이 아니라, 마치 시간이 멈췄기 때문에 꼼짝하지 않는 것 같았다. 오랜 세월 동안 마음에 품고 있었지만 결단 내리지 못했던 것을 시도할 때가 왔다고 생각하며 옷장에 있던 촌부의 옷을 꺼내 입었다. 이제는 전혀 사용하지 않는 궁전의 하렘 문을 통해 밖으로 몰래 빠져나오면서 스스로에게 용기를 북돋워 주기 위해, 지난 오백 년 동안 나보다 먼저 이 뒷문을 통해, 이스탄불의 다른 궁전, 그러니까 톱카프 궁전, 베이레르베이 궁전, 일디즈 궁전의 뒷문을 통해 그리워하던 도시의 어둠 속으로 사라졌던 많은 술탄들이 아무 탈 없이 되돌아왔다는 것을 떠올렸다.

　이스탄불은 정말 많이 변했더구나! 방탄 처리가 된 시보레 리무진의 창문은 총알뿐 아니라 나의 도시, 사랑하는 나의 도시의 현실도 막을 것만 같았다. 궁전 벽을 지나 카라쾨이를 향해 걸어가면서 행상인에게 할바[13]를 샀는데 탄 설탕 맛이 났다. 야외 찻집에서 주사위 놀이를 하고, 카드를 하고, 라디오

---

13) 깨와 꿀로 만든 터키 과자.

를 듣는 남자들과 대화를 나누었다. 무할레비 가게에서 손님을 기다리는 창녀, 식당 진열장에 있는 케밥을 가리키며 구걸하는 아이를 보았다. 해가 진 뒤 기도를 하러 나온 인파에 섞여 사원 안뜰로 들어갔고, 마을 외곽 정원에 있는 찻집에 앉아 많은 사람들과 함께 차를 마시고 해바라기 씨를 먹었다. 커다랗고 네모반듯한 돌이 깔린 뒷골목에서는 이웃집에 놀러 갔다가 집으로 돌아가는 젊은 부부를 보았다. 스카프를 쓴 여자가 남편의 팔짱을 끼고 있는 모습이 어찌나 믿음직스럽던지, 남편이 졸고 있는 아들을 어깨에 둘러메고 가는 모습이 어찌나 사랑스럽던지…… 눈물이 났다.

아니다, 나는 우리 국민들의 행복 혹은 불행 때문에 동요했던 건 아니다. 이 자유롭고 환상으로 가득 찬 밤에 누추하지만 진정한 국민들의 삶을 목격하자, 내가 현실과 떨어져 있다는 생각이 들었고, 꿈에서 그렇게 자주 날 괴롭히던 슬픔과 두려움이 다시 타올랐다. 나는 이스탄불을 바라보며 이 두려움에서 벗어나려고 애를 썼다. 제과점 진열장을 보면서, 마지막 밤 운행에서 돌아온 굴뚝이 아름다운 시외선 배에서 내리는 동포들을 보면서 내 눈에서는 더 많은 눈물이 흘러나왔다.

야간 통행금지 시간이 다가오고 있었다. 돌아가는 길에 물의 서늘한 기운을 느껴 보려고 에미뇌뉘에 있는 뱃사공에게 다가가 50쿠루시를 건네면서, 나를 태우고 반대편 할리치 만으로 가서 카라쾨이나 카바타쉬에 내려 달라고 했다.

"아니 이 사람, 지금 머리가 어떻게 된 거 아냐! 뇌를 빵하고 치즈에 넣고 같이 먹어 버렸나? 우리 대통령 파샤께서 매일 밤 이 시간에 정찰을 하다가 눈에 띄면 누구든지 잡아서 지하 감옥에 넣는다는 것을 모른단 말이야!"

그는 이렇게 소리쳤다.

나는 어둠 속에서 내 사진이 찍혀 있는(이 사실이 못마땅한 나의 적들이 처음부터 어떤 헛소문을 퍼뜨리고 다니는지 나도 잘 안다.) 분홍색 은행권을 한 다발 꺼내 그에게 내밀었다.

"당신 나룻배를 타고 가면서 그 대통령 파샤의 보트도 알려 줄 수 있소?"

그는 돈을 낚아챈 손으로 나룻배 앞쪽 밑에 있는 구석을 가리키며 이렇게 말했다.

"저 방수포 밑으로 들어가쇼, 절대 움직이지 말고! 신이 우리에게 가호를 베푸시길!"

그러고는 노를 젓기 시작했다.

어두운 바다에서 나룻배가 가는 방향이 어느 쪽인지, 보스포루스 해협 쪽인지, 할리치 만 쪽인지, 아니면 마르마라 해 쪽인지 알 수 없었다. 잔잔한 바다는 어두운 도시만큼이나 고요했다. 방수포에 누운 채 물 위로 내려온 희미하고 가느다란 안개 냄새를 느꼈다. 멀리서 모터 소리가 들려오자, 사공이 "그가 오는군! 매일 밤 똑같지! 언제나 같은 시간에!" 하고 속삭였다. 우리가 탄 나룻배가 홍합이 쌓여 있는 부두의 부교 뒤에 숨은 다음에, 탐조등 불빛이 주위를 살피듯 좌우로 돌며 도시, 해변, 바다, 사원 위로 매정하게 훑고 가는 바람에 눈을 뜰 수가 없었다. 그런 후에 천천히 다가오는 하얀 배가 보였다. 갑판 위에는 구명조끼를 입고 무기를 든 경호원이 몇 명 있었고, 더 위쪽에 선장실이 있었으며, 그보다 더 높은 곳에 가짜 대통령 파샤가 있었다! 그는 희미한 어둠 속에, 그림자 속에서 전진하는 배 위에 있었기 때문에 알아보기가 힘들었지만 안개와 그림자 속에서도 내 옷을 입은 것은 보였다. 뱃사공에게 그를 따라가라고 했지만 소용없었다. 곧 야간 통행금지 시간이 시작될 것이고 자기 목숨도 중요하다며 나를 카바타쉬에 데려다 놓았다. 나는 한적한 거리를 걸어서 조용히 궁전으로 돌아왔다.

밤새 그를, 나와 비슷한 사람을, 가짜를 생각했지만, 그가 누구인지, 혹은 그가 바다 한가운데서 무엇을 하는지가 아니라, 그 사람 때문에 나 자신을 생각할 수 있었기 때문에 그를 생각했다. 그를 더 잘 관찰하기 위해, 아침에 계엄 사령관에게 야간 통행금지 시간을 한 시간 줄이라고 했다. 라디오에서 나의 담화와 이 내용을 곧장 발표했다. 약간 부드러운 분위기를 조성하기 위해 구금된 사람들 중 일부를 풀어 주라는 명령도 내렸고, 곧 이행되었다.

다음 날 밤 이스탄불은 더 활기가 넘쳤던가? 아니다! 내 국민들의 끝없는 슬픔은, 내 천박한 반대파들이 주장했던 것처럼 정치적 압박이 아니라, 더 깊고 거부할 수 없는 어떤 원천에서 양육되고 있음을 증명했다. 다음 날 밤, 나의 국민들은 담배를 피우고, 커피를 마시고, 해바라기 씨와 아이스크림을 먹었으며, 똑같이 넋이 나간 모습으로 찻집 라디오에서 흘러나오는 야간 통행금지 시간이 줄었다는 나의 담화문을 들었다. 하지만 그들은 모두 너무나 진짜 같았다. 나는 그들 사이에서,

도저히 잠에서 깨어나지 못해서 진짜 사람들 사이로 돌아갈 수 없는 몽유병 환자의 아픔을 느꼈다. 에미뇌뉘에서 뱃사공이 나를 기다리고 있었다. 우리는 즉시 바다로 나갔다.

바람도 불고 파도도 치는 밤이었다. 대통령 파샤는 문제가 발생했음을 알리는 신호를 느낀 듯 늦게 왔기 때문에 우리는 기다려야 했다. 카바타쉬 앞 바다의 다른 부교 뒤에 숨어서, 먼저 배를, 다음에 대통령 파샤를 보면서 그가 아름답다고 느꼈다. 만약 이 두 단어를 나란히 쓸 수 있다면, 그는 아름다웠고 진짜 같았다. 이것이 가능할까? 그의 눈은 두 개의 탐조등처럼, 이 도시와 사람들과 역사 그 자체를 훑어보았다. 무엇을 찾고 있었을까?

분홍색 은행권 한 뭉치를 호주머니에 쑤셔 넣어 주자 사공은 노를 젓기 시작했다. 파도에 흔들리며 나아가다가 카슴파샤 조선소 근처에서 그들을 따라잡았지만, 멀리서 바라볼 수밖에 없었다. 그들은 나의 시보레 자동차처럼 검은 또는 짙은 푸른색 리무진에 나눠 타고 금세 갈라타의 어둠 속으로 사라져 갔다. 사공은 늦었다고, 통행금지 시간이 다가온다고 했다.

파도치는 바다에서 오랫동안 흔들리다 육지에 발을 내디뎠을 때 느낀 비현실감이 처음에는 균형의 문제라고 생각했지만 그렇지 않았다. 꽤 늦은 시간, 내가 내린 금지령으로 텅 빈 골목과 한산한 거리를 걷고 있을 때, 조금 전 느꼈던 비현실감에 너무나 몰입되었기 때문인지 몰라도, 꿈에서나 볼 수 있을 광경이 눈앞에 나타났다. 폰득르에서 돌마바흐체 궁전으로 뻗어 나가는 길에는 개들뿐이었다. 스무 걸음 정도 앞에서 빠르게 손수레를 밀면서 계속 뒤를 돌아보는 옥수수 장수를 제외하고는. 그의 시선을 보고서 그가 나를 두려워한다는 것을, 내게서 서둘러 도망치고 있다는 것을 알았다. 그가 두려워해야 할 것은 길을 따라 죽 늘어선 밤나무 뒤에 숨어 있다고 말하고 싶었지만 마치 꿈속인 양, 그에게 아무 말도 할 수 없었다. 그가 두려워하거나 혹은 내가 두려워했기 때문에 말을 할 수 없었던 것이다. 걸음이 빨라질수록, 그림자 사이로 천천히 움직이는 무서운 것에서 나 자신을 멀리 떨어뜨리려 했고, 옥수수 장수는 점점 더 겁에 질렸으며, 걸음 역시 빨라졌다. 그것이 무엇인지 알 수 없었지만, 한 가지 분명했던 것은, 가장 두려웠던 것은, 이것이 꿈이 아니라는 사실이었다.

다음 날 아침, 같은 두려움이 다시 반복되기를 원치 않았기 때문에 나는 야간 통행금지 시간을 많이 줄이고 체포된 사람도 더 많이 풀어 주라고 했다. 이 문제에 대해 나는 그 어떤 해명도 하지 않았고, 라디오에서는 나의 옛날 담화문 중 하나가 방송되었다.

나는 세월이 가져다준 지혜 덕분에, 이번에도 도시의 거리에서 같은 광경을 볼 것임을, 그 어떤 것도 절대 변하지 않을 것임을 알았다. 그저 몇몇 야외극장이 상영 시간을 늘렸을 뿐이었다. 솜사탕 장수의 손은 여전히 분홍색으로 물들어 있었고, 비록 안내인을 대동했지만 밤에 거리로 나올 용기를 낸 서양 관광객들의 얼굴은 여전히 하얬다.

같은 장소에서 사공이 날 기다리고 있었다. 가짜 파샤도 그렇게 날 기다리고 있었다고 할 수도 있다. 바다로 나간 후 얼마 지나지 않아 그와 만났기 때문이다. 바다는 첫날처럼 잠잠했지만 안개는 전혀 없었다. 어두운 바다의 거울에 도시의 불빛과 첨탑이 비쳤고, 전처럼 선교(船橋) 갑판에 우뚝 선 가짜의 형상을 볼 수 있었다. 그는 진짜였다. 도시처럼 밝게 빛나는 불빛 속에서 우리가 그를 본 것처럼 그도 우리를 볼 수 있었다.

배를 저어 그를 따라 카슴파샤 부두로 다가갔다. 육지로 살그머니 올라갔지만 군인이라기보다는 나이트클럽 건달처럼 보이는 남자들이 어둠 속에서 튀어나와 내 팔을 붙들었다. 이 시간에 여기서 뭘 하고 있지? 나는 떨리는 목소리로 다급하게 아직 야간 통행금지 시간이 시작되지 않았다고 대답했다. 나는 시르케지 호텔에서 묵고 있는 가난하고 불운한 시골 사람이다, 마을로 돌아가기 전에 뱃놀이를 하고 싶었을 뿐이다, 파샤의 야간 통행금지에 대해서도 아는 바가 없다고 했다. 하지만 겁쟁이 사공이 이 남자들과, 우리에게 다가오는 파샤에게 모든 것을 다 불어 버렸다. 민간인 옷을 입은 파샤는 나와 아주 많이 닮았고, 나는 촌사람을 더 많이 닮아 있었다. 그는 우리의 말을 다시 한 번 들은 후, 사공은 가도 되지만, 나는 그와 함께 가야 한다고 명령했다.

항구를 빠져나가는 동안, 방탄 시보레 뒷좌석에는 나와 대통령 파샤 둘이 앉아 있었다. 방음 유리로(내 시보레에는 없다.) 분리된 앞좌석에 앉은, 자동차처럼 조용하고 눈에 띄지 않는 운전사의 존재는 우리의 외로움을 줄여 주기는커녕 키우고 있었다.

"우리 둘 다 오랜 세월 동안 오늘을 기다려 왔다! 나는 내가 기다린다는 것을 알지만, 너는 네가 기다린다는 것을 모르는 채 우리 둘 다 기다리고 있었다."

파샤는 내 목소리와는 전혀 닮지 않은 목소리로 이렇게 말했다.

그는 반쯤은 열정적이고, 반쯤은 피곤한 목소리로, 드디어 자신의 이야기를 할 수 있어서 흥분된다기보다는 그것을 마침내 끝낼 수 있어서 평안하다는 듯 설명했다. 우리는 같은 사관학교에 다녔다. 같은 교관에게서 같은 수업을 받았다. 추운 겨울밤에 함께 야간 훈련을 나갔으며, 더운 여름날에는 석조 건물 병영의 수도꼭지에서 물이 나오기를 함께 기다렸고, 휴가 때는 우리가 아주 좋아하는 이스탄불에 함께 놀러 갔다. 그는 모든 것이 지금과 같은 결과를 낳으리라는 것을 그 당시부터 알았다고 했다. 지금과 정확히 똑같지는 않을지라도.

수학 시간에 가장 좋은 점수를 받고, 사격 훈련에서 목표물을 정확히 맞히고, 친구들이 자신을 더 좋아하게 만들고, 가장 좋은 성적을 얻기 위해 둘이 은밀히 경쟁할 때부터 그는 내가 그보다 더 뛰어나고, 결국은 9시 5분에서 멈춰 버려 네 어미를 놀라게 한 그 시계에 둘러싸인 궁전에서 살게 될 것을 알았다고 했다. 나는 그에게 그것이 정말로 은밀한 경쟁이었다고, 사관학교 시절에 나는 어떤 동료와도 경쟁한 기억이 나지 않고(네가 어렸을 때 내가 이런 것에 대해 자주 이야기했던 것을 기억할 것이다.) 그가 친구였는지도 기억나지 않는다고 했다. 그는 전혀 놀라지 않았다. 그는 내가 경쟁자를 인식하지 못할 만큼 자신감이 있었으며, 그 당시부터 내가 속한 반이나 다른 반에 있는 학생들보다, 당시의 소위들보다, 아니 대위들보다 더 뛰어나다는 것을 알고 있었기 때문에, 그는 어차피 그 경쟁에서 물러났다고 했다. 왜냐하면 내 뒤에서 어슴푸레한 모방자, 성공의 이류 그림자가 되고 싶지 않았기 때문이었다. 그는 그림자가 아니라 '진짜'가 되고 싶었던 것이다. 그가 이러한 것들을 설명할 때, 나는 내 시보레와는 별로 닮지 않았다는 것을 이제는 알게 된 차창 밖으로 한산해지는 이스탄불 거리를 내다보았다. 그리고 가끔 우리 앞에 똑같이 나란히 놓여 있는 우리의 네 개 다리와 네 개 무릎으로 시선을 돌렸다.

한참 후, 그는 우리의 드라마에 우연이란 없다고 말했다. 우리의 가난한 동포가 사십 년 후에 다른 독재자에게 한 번 더 복종할 것이며, 이스탄불을 그에게 양도할 것이고, 그 독재자가 우리 또래의 군인일 것이며, 그 군인이 바로 나라는 것을 추측하기 위해 예언자가 될 필요도 없었다. 우리가 아직 사관학교에 다닐 때, 그는 이렇게 자신이 이미 아는 것의 논리를 확대해서 미래를 그렸다. 그는 내가 대통령 파샤로 통치할 미래의 그 유령 같은 도시 이스탄불에서 다른 모든 사람처럼 확실함과 불명료함 사이에서, 지옥에 떨어진 현재와 과거와 미래의 꿈 사이를 왕래하는 반쯤 유령 같은 그림자가 되려고 했다. 아니면, 최소한 진짜가 될 새로운 길을 찾기 위해 전 생애를 바치리라고 결심했다. 그 길을 찾기 위해, 군대에서 제명될 만큼은 크지만 감옥에 들어갈 정도는 아닌 죄를 저질렀다. 학생 신분이던 당시 사관학교 사령관의 제복을 입고 야간 보초

병을 감독하다 적발되는 데에 성공했다는 것을 설명했을 때야 나는 비로소 이 희미한 학생을 처음으로 기억했다. 그는 퇴학을 당한 후 즉시 사업에 뛰어들었다.

"우리같이 가난한 나라에선 부자가 되는 게 가장 쉬운 일이라는 걸 누구나 알고 있지!"

그는 자랑스럽게 말했다. 역설적으로 들리겠지만, 우리 나라에 이렇게나 가난한 사람이 많은 이유는 사람들에게 부자가 되는 법을 가르치는 게 아니라, 가난한 삶에 만족하는 법을 가르치기 때문이었다. 잠시 침묵이 흐른 후 그는 나에게서 진짜가 되는 법을 배웠다고 덧붙여 말했다. "너!" 그는 이렇게 말한 후 잠시 말을 멈췄다. "그 많은 세월이 지난 뒤 난 결국 알게 되었어. 네가 나보다도 진짜 같지 않다는 것을. 가련한 촌놈!"

긴 정적이 흘렀다. 보좌관이 진짜 카이세리 촌부의 복장이라고 자랑하며 준비한 옷을 입은 나는 우스꽝스럽기보다는 비현실적이며, 전혀 원하지 않는 모습으로 꿈의 일부가 되었다는 생각이 들었다. 나는 그 정적 속에서, 차창을 통해 슬로모션으로 찍은 영화처럼 흘러가는 어두운 이스탄불의 풍광으로 이 꿈이 만들어졌다는 것도 알게 되었다. 텅 빈 거리와 인도, 황량한 광장. 통행금지 시간이 되어 모두가 떠나 버린 도시는 유령들에게 자리를 내준 채 텅 비어 있었다.

자만심에 가득 찬 동창이 보여 준 것은 바로 내가 창조한 이 꿈의 도시라는 것을 나도 이제 알게 되었다. 커다란 사이프러스 나무 밑에서 갈수록 작아지다가 종국에는 완전히 사라지는 목조 가옥 사이를, 묘지와 뒤엉켜서 꿈의 나라의 문턱에 도달한 빈민가를 지나쳤다. 싸우고 있는 개들이 차지한 네모 반듯한 돌이 깔린 비탈길을 내려갔으며, 가로등이 주위를 밝히지 못하고 오히려 어둡게 만들고 있는 비탈길을 올라갔다. 꿈속이 아니면 볼 수 없을 거라고 생각했던 어두운 분수, 무너진 벽, 굴뚝이 깨진 유령의 골목을 지나갔다. 동화 속 거인처럼 어둠 속에서 잠들어 있는 사원을 이상한 두려움을 느끼며 바라보았고, 단지 나의 궁전이 아니라 모든 이스탄불의 시간이 멈추었다고 믿게 만드는 메마른 분수, 잊힌 동상, 시계가 멈춘 광장을 지났다. 나의 가짜가 자랑스럽게 설명했던 그의 사업적 성공도, 우리의 처지와 잘 맞는다며 해 주었던 이야기도(애인과 동침하는 아내를 현장에서 잡은 늙은 목동 이야기, 하룬 알 라시드가 『천일야화』의 어떤 곳에서 사라진 이야기) 나는 듣지 않았다. 아침 무렵, 나와 너의 성(姓)을 딴 거리는 다른 모든 거리, 골목, 광장처럼 현실보다는 꿈의 연장인 것 같았다.

나의 모방자가, 루미가 '두 화가의 경연'이라 했던 꿈을 설명할 무렵, 나는 이 자만심 가득한 사람을 석방하고, 야간 통행금지를 폐지하고, 계엄령 해제를 전국적으로 방송할 선언문에 대해 생각했다. 우리의 서방 친구들이 네게 내막을 알아봐 달라고 부추겼던 그 선언문 말이다. 잠을 이루지 못한 밤이 끝나 갈 때, 침대에 누워 이리저리 뒤척일 때, 광장이 행복한 사람으로 가득 차고, 멈춰 있던 시계가 움직이고, 찻집에서 해바라기 씨를 먹는 사람들, 다리를 건너는 사람들, 극장 입구에서 기다리는 사람들이 유령보다, 꿈보다 더 현실적인 새로운 삶을 시작하는 세상에 있다고 상상했다. 나의 환상이 실현되었는가? 우리의 이스탄불은 내가 진짜가 될 수 있는 풍경으로 변했는가? 하지만 자유는, 항상 그렇듯이, 환상보다는 나의 적들에게 영감을 주었다는 것을 나의 부관들을 보고 알게 되었다. 그들은 다시 찻집, 호텔 방, 다리 밑에 모여 나를 상대로 음모를 꾸미기 시작했다. 벌써부터 기회주의자들은 한밤중에 궁전의 벽을, 의미를 해독할 수 없는 암호가 담긴 글로 채우고 있다. 하지만 이런 것은 중요하지 않다. 술탄이 변장을 하고 서민들 사이에 섞였던 때는 아주 먼 옛날 이야기이며 책에서만 볼 수 있다.

바로 얼마 전 이런 책을 우연히 보았다. 함메르는 『오스만 제국의 역사』에서 야우즈 술탄 셀림이 왕자였을 때 수도승으로 변장하고 타브리즈에 갔던 이야기를 했다. 그는 체스를 꽤 잘 둔다고 명성이 나 있었기 때문에, 체스를 좋아하는 이스마일 샤는 수도승으로 변장한 이 젊은이를 궁전으로 불렀다. 긴 체스 게임 결과 야우즈가 이스마일 샤를 이겼다. 찰드란 전투 후에 이제는 오스만의 술탄이 된 셀림이 타브리즈를 손에 넣었을 때에야, 샤는 그가 오래전에 자신을 이겼던 그 젊은이임을 알아보았다. 그토록 많은 세월이 지난 후에 그 체스 게임의 공격을 기억했을까, 나는 궁금해졌다. 자만심 가득 찬 나의 가짜는 우리 게임의 모든 공격을 기억하고 있을 것이다. 그런데 체스 잡지 《왕과 볼모》의 구독 기간이 끝난 모양이다, 몇 달 전부터 보내지 않는 걸 보니. 대사관에 있는 너의 구좌로 돈을 보낼 테니 받으면 구독을 갱신해 다오.

9장
신비의 발견

당신이 읽는 부분은 당신 얼굴의 텍스트를 해석한다.

— 니야지 므스리, 『디완』

『글자의 신비와 신비의 상실』의 3장을 읽기 전에, 갈립은 진한 커피를 준비했다. 잠을 쫓으려고 화장실에 가서 차가운 물로 얼굴을 씻었지만, 자신을 겨우 억눌러 거울에 비친 자신의 얼굴은 보지 않았다. 커피 잔을 들고 제랄의 책상으로 가서 앉았을 때는, 오랫동안 풀지 못한 수학 문제를 풀려고 하는 고등학교 학생처럼 의욕에 가득 차 있었다.

F. M. 위췬쥐에 의하면, 모든 동양을 구할 구세주가 아나톨리아에서, 터키 땅에서 출현하기를 기다렸던 시기에, 1928년 이후 사용된 터키어의 스물아홉 개 라틴 문자가 인간의 얼굴에 있는 선을 기초로 삼은 것은 사라진 신비를 재발견하기 위해 내디딘 첫걸음이었다. 이렇게 해서 잊힌 후루피주의자의 소책자, 벡타쉬 파의 시, 아나톨리아 동포들의 사진, 순

수한 후루피주의자들의 마을에 있던 유령 같은 잔해, 수도원 벽, 파샤의 저택에 그려진 형상, 수천 개의 명판에서 출발하여 아랍어와 페르시아어에서 터키어로 전환되던 시기에 몇몇 음이 어떤 '가치'에 도달했는지를 실례와 함께 제시했다. 그러고는 이 글자들을 몇몇 사람들 사진에 무서운 확신을 가지고 일일이 표시해 놓았다. 갈립은 다음 페이지에 있는 그 얼굴들을 (저자는 라틴 문자를 몰라도 의미가 너무나 분명해서 쉽게 읽을 수 있다고 주장했다.) 응시하면서, 제랄의 장식장에서 꺼낸 사진을 들여다볼 때 경험했던 오싹한 공포를 느꼈다. 형편없이 인쇄된 사진 밑에는 이 얼굴이 파슬랄라흐와 그의 두 후계자라는 설명이('세밀화에서 복사한 루미 초상화', '올림픽 레슬링 챔피언 하미트 카플란') 붙어 있었지만, 다음 페이지에서 1950년대 후반에 찍은 제랄의 사진을 보았을 때는 숨이 멎는 것 같았다. 다른 사진들처럼 글자들을 표시해 두었고 화살표로 가리켜 놓았다. F. M. 위췬쥐는 제랄이 서른다섯에 찍은 이 사진을 보고, 코에서 U를, 눈에서 Z를, 얼굴 전체에서는 옆으로 누운 H를 찾아냈던 것이다. 갈립은 빠르게 페이지를 넘기면서, 이 시리즈에 포함된 후루피주의 교주들, 사후 다른 세계에서 돌아다니다가 다시 현생으로 돌아온 이맘들, '얼굴에 심오한 의미가 있는' 미국 영화배우들(그레타 가르보, 험프리 보가트, 에드워드 G. 로빈슨, 베티 데이비스), 유명한 사형집행인, 제랄이 젊었을 때 그 모험을 이야기해 준 베이올루의 도둑들의 사진을 보았다. 그는 얼굴 위에 표시한 모든 글자에는 이중의 의미가 있다고 했다. 얼굴에 쓰여 있는 그대로의 단순한 의미와 얼굴에서 비롯된 숨겨진 의미.

이어서 F. M. 위췬쥐는 모든 글자에 개념을 표시하는 숨겨진 의미가 있다는 것을 우리가 인정하기 때문에, 글자로 만들어진 모든 단어에 두 번째 숨겨진 의미가 있는 것은 필연이라고 주장했다. 마찬가지로, 문장과 단락에는, 간단하게 말하면 모든 글에는 두 번째 숨겨진 의미가 있다. 하지만 이 의미도 결국에는 다시 다른 문장과 단어, 그러니까 글자로 쓰여 있다는 것을 고려한다면, 두 번째 의미에서 세 번째로 계속되고, 또 그다음에도 계속돼 '해석'으로 발견될 수 있는 숨겨진 의미가 끝없이 연속으로 나타난다. 이것은 한 곳이 다른 곳으로, 다른 곳은 또 다른 곳으로 열리며 한 도시를 에워싸는 수많은 거리의 망에 비유될 수 있고, 인간의 얼굴을 닮은 지도에 비유될 수 있다. 그러니까 비밀을 자신이 아는 바대로, 손에 들고 있는 자로 풀어 보려는 독자는, 지도에 있는 거리를 걸을수록 비밀을 발견하지만, 발견할수록 비밀은 더욱더 확산되고, 비밀이 확산될수록 자신이 걷는 거리에서, 선택한 길에서, 올라갔던 비탈길에서, 자신의 여행과 인생에서 비밀을 찾는 여행자와 전혀 다를 게 없다. 그러니까 기다렸던 바로 그 구원자 혹은 구세주는 독자들이, 불행한 사람들이, 이야기에 관심이 있는 사람들이 비밀의 심연 속으로 파묻힐수록 사라지는 이 지점에서 출현할 것이다. 삶과 글의 중간에서, 지도와 얼굴이 교차하는 지점에서, 도시와 신호 속에서, 구세주에게서 필요한 신호를 받은 여행자의(마치 신비주의 구도자들처럼) 손에 있는 글자 열쇠와 암호로 길을 찾기 시작할 것이다. '거리와 골목에 있는 표지판으로 길을 찾는 여행자처럼'이라고 F. M. 위췬쥐는 순수한 기쁨으로 말하고 있었다. 그러니까 F. M. 위췬쥐에 의하면, 문제는 구세주의 신호를 삶과 글 속에서 볼 수 있느냐의 여부이다.

F. M. 위췬쥐에 의하면, 이 문제를 해결하기 위해서는 지금부터 우리가 우리 자신을 신의 위치에 놓고, 그 신이 어떻게 행동할지 예견해야 한다. 그러니까 우리는 체스를 두는 사람처럼 다가올 공격을 추측해야만 한다. 그는 이런 추측을 함께 하기를 원하는 독자들에게, 언제나 어느 상황에서도 넓은 독자층에게 호소할 수 있는 영향력 있는 사람을 떠올리라고 충고하고 있다. 그런 다음에 "예를 들면 한 칼럼 작가를 생각해 보자."라고 썼다. 매일 페리에서, 버스에서, 돌무쉬에서, 찻집에서, 이발소에서, 전국 방방곡곡에서 수십 만의 사람들이 읽는 칼럼의 작가는, 구세주가 길을 제시하는 비밀스러운 신호를 확산시킬 수 있는 사람에 해당한다. 비밀을 모르는 사람들에게 이 칼럼 작가는 오로지 한 가지 의미만을 지닌다. 보이는 그대로의 의미. 구세주를 기다리는 사람들, 암호와 공식에 대해 아는 사람들은 글자의 두 번째 의미에서 출발하여 숨겨진 의미도 읽을 수 있을 것이다. 예를 들면, 구세주가 "나는 나 자신을 바깥에서 바라보면서 이러한 것들을 생각한다."는 문장을 글 안에 넣는다면, 평범한 독자가 눈에 보이는 의미의 이상함만 생각할 때, 글자의 비밀에 대해 아는 독자는 이 문장이 자신이 기다리던 특별한 메시지임을 곧장 이해할 것이고, 자신이 가지고 있는 암호로 자신을 새로운, 아주 새로운 삶으로

여행하게 만드는 모험에 도전할 것이다.

F. M. 위췬쥐는 '신비의 발견'이라는 3장의 제목에서 암시하듯, 신비의 '개념'을 재발견하는 것만으로는 충분하지 않다고 썼다. 이 개념을 잃어버린 것이 동양이 서양에 종속된 원인임은 틀림없지만 가장 급한 일은 구세주가 그의 텍스트 안에 감춰 놓은 문장들을 발견하는 것이다.

F. M. 위췬쥐는 이어, 에드거 앨런 포의 '비밀스러운 글에 관한 몇 마디'라는 제목의 에세이에 제시된 암호 공식으로 화제를 돌렸다. 문자 뒤섞기는 수피주의자 만수르 할라즈가 사용한 방법에 가장 가까우며 메시아 역시 같은 코드를 사용했다고 단언하더니, 갑작스럽게 앞서 얘기했던 것을 이렇게 요약하면서 책을 마무리해 버렸다. 모든 암호와 공식의 출발점은 모든 여행자가 자신의 얼굴에서 읽을 글자이다. 여행을 떠날 사람, 새로운 세계를 건설할 사람은 먼저 얼굴에 있는 글자를 보아야 한다. 독자들이 들고 있는 이 비천한 책은 모든 사람의 얼굴에서 어떻게 글자를 찾을 것인가에 관한 안내서이지만, 단지 비밀에 도달할 암호와 공식의 머리말에 해당될 뿐이다. 이러한 것들을 텍스트 속에 정착시키는 것은 물론 곧 태양처럼 떠오를 구세주의 일이다.

갈립은 아랍어로 태양에 해당하는 단어가 살해당한 루미의 연인 샴스의 이름을 표시한다는 것을 깨달았다. 화장실로 달려가 자신의 얼굴을 거울에 비추어 보고는, 그의 뇌리에서 희미하게 빛을 발하던 생각이 확연한 공포로 변한 것을 알게 되었다. "내 얼굴에 있는 의미를 제랄은 벌써 읽었던 거야!" 어린 시절과 사춘기 시절 무슨 잘못을 했을 때나, 다른 사람이 되었을 때, 어떤 비밀에 연루되었을 때, 모든 일이 이미 일어나고 끝나 버렸을 때, 이미 일어난 일을 돌이킬 수 없을 때 느꼈던 것처럼, 그는 절망감에 휩싸였다.

"나는 이제 정말 다른 사람이 되었어!"

갈립은 놀이를 하는 아이처럼 이렇게 혼잣말을 하면서도 이미 돌아갈 수 없는 길을 떠났다는 것을 알고 있었다.

새벽 3시 12분, 도시와 아파트는 오로지 이 시간대에 느낄 수 있는 그 마법적인 정적에 싸여 있었다. 정적보다는 정적의 느낌이라고 해야 옳을 것이다. 왜냐하면 가까운 곳에서 보일러 돌아가는 소리가 희미하게 들리고, 저 멀리 보스포루스 해협을 지나는 배의 발전기 돌아가는 소리가 들렸으니 말이다. 때가 왔다는 것을 알고는 있었지만, 그래도 행동에 옮기기 전에 그는 좀 더 자신을 억눌렀다.

사 일 내내 붙들고 있던 생각이 다시 떠올랐다. 만약 제랄이 뭔가 보내지 않았다면, 내일 칼럼은 비게 될 것이다. 오랜 세월 동안 한 번도 이런 일이 일어나지 않았기에 갈립은 상상도 할 수가 없었고, 만약 내일자 신문에 새 글이 게재되지 않는다면, 뤼야와 제랄이 이 도시의 어딘가에 숨어서 웃고 이야기하면서 갈립이 찾아오기를 기다리고 있다고는 더 이상 생각할 수 없을 것이다. 갈립은 장식장에서 되는대로 빼낸 옛날 칼럼을 읽으며 '나도 이런 것을 쓸 수 있어!' 하고 생각했다. 어쨌든 그는 처방전이 있었다. 물론 사 일 전에 신문사에서 만난 나이 많은 칼럼 작가가 준 처방전은 아니다. "나는 당신이 쓴 모든 글을 읽었고 당신에 대한 모든 것을 알고 있어, 모두 읽었기에 모두 알고 있어." 그는 혼잣말을 하면서도 마지막 부분을 큰 소리로 내뱉을 뻔했다. 장식장에서 되는대로 빼낸 다른 칼럼을 읽었다. 하지만 읽었다고도 할 수 없었다. 머리로 단어의 소리를 들으면서도, 단어 안에 숨겨져 있을 두 번째 의미를 찾고 있었고, 이 두 번째 의미를 찾을수록 제랄을 더 가까이 느끼게 되었다. 글을 읽는 것이 다른 사람의 기억을 서서히 취하게 되는 것이 아니라면 도대체 무엇이겠는가?

그는 이제 거울 앞에 서서 얼굴의 글자를 읽을 준비가 되어 있었다. 화장실로 가서 거울을 들여다보았다. 그다음부터는 모든 것이 아주 빨리 진행되었다.

많은 시간이 흐른 후, 몇 달이 지난 후, 삼십 년 전의 세계를 확고하고 고요하게 모방하는 사물에 둘러싸여 이 책상에 앉을 때마다, 갈립은 처음 거울을 들여다보던 순간을 회상할 것이고, 그의 머리에는 같은 단어가 떠오를 것이었다. 공포. 하지만 자신의 모습을 바라보기 위해 거울 앞으로 달려갔던 그때, 그는 이 단어가 연상시키는 두려움을 느끼지 않았다. 그가 느낀 것은 공허였다. 더 이상 기억할 수 없는 무언가를 잃어버린 듯한, 느낄 수 있는 능력마저 잃어버린 듯한 공허감이었다. 거기, 갓 없는 전등 아래 서서, 총리나 영화배우의 사진을 볼 때처럼 무덤덤하게 자신의 얼굴을 관찰했다. 마침내 며칠 동안 쫓아다니던 신비를 풀고 비밀 암호를 해독한다는 느낌은 더 이상 들지 않았고, 오랜 세월 입고 입어서 익숙해진 낡은 외투, 오래된 우산, 혹은 겨울 아침처럼 익숙해서 눈길을 끌지 않는 것을 보듯 자신의 얼굴을 들여다보았다. 시간이 흐른 후 이때를 다시 떠올리면 '그때는 내가 나 자신과 함께 사는 데에 너무 익숙해져 있어서 나의 얼굴을 인식하지 못했어.'라고 생각할 것이었다. 하지만 이 무관심은 오래가지 않았다. 제랄의 장식장에서 꺼낸 사진과 그림 속 얼굴을 보듯이 거울에 비친 자신의 얼굴을 보자, 글자들의 그림자를 식별하기 시작했기 때문이다.

그의 얼굴은 마치 글씨로 뒤덮인 종이, 다른 얼굴과 다른 눈에 신호를 제공하는 간판처럼 보였다. 하지만 자신의 두 눈과 눈썹 사이 그림자에서 떠오르는 특이한 글자가 보였기 때문에 그 사실에 오래 주의를 기울이지 않았다. 얼마 지나지 않아, 글자들은 이전에 왜 인식하지 못했는지 이해되지 않을 정도로 확연해졌다. 그에게 떠오른 것은 단지 잔상, 제랄이 글씨를 써 놓은 사진 수천 장을 오랫동안 들여다본 결과 생겨난 시각적인 환상일 뿐이거나, 진지하게 따라 들어간 환상 게임의 다음 단계일지 몰랐다. 하지만 눈을 돌렸다 다시 거울을 바라보아도 그가 본 글자들은 그대로 있었으며, 어릴 때 좋아했던 잡지에 나오던 착시 사진처럼(처음에는 나뭇가지가 보이고, 다시 보면 나무 뒤에 숨은 도둑이 보이는) 글자들이 한 번 나타났다가 사라지지도 않았다.

글자는 그곳에, 갈립이 매일 아침 무심하게 면도를 했던 얼굴의 지형 속에, 눈과 눈썹에, 후루피주의자들이 알리프(alif)를 써 놓은 코에, '안면 궤도'라고 하는 둥근 표면 위에 있었다. 이제는 글자를 읽지 않는 것이 읽는 것보다 더 힘들 듯했다. 갈립은 얼굴 위의 이 기분 나쁜 가면에서 벗어나기 위해, 며칠 동안 후루피주의자들의 그림과 문학을 검토하고 주의 깊게 읽으면서 뇌리 한구석에 항상 신중하게 준비해 놓았던 그 경멸하는 사고를 불러들여, 글자와 얼굴에 관련된 모든 것이 우습고 억지스러우며 유치하다는 회의론을 되살리려 했다. 하지만 얼굴의 직선과 곡선은 이제 너무나 확연하게 글자들을 표시하고 있었기 때문에 거울 앞에서 물러설 수가 없었다.

공포가 그를 덮쳐 왔다. 하지만 모든 것이 너무나 빨리 일어났고, 먼저 글자들이 나타나고 거의 동시에 글자가 의미하는 단어가 나타났기 때문에, 나중에 생각했을 때는 신호로 가득한 가면으로 변한 얼굴을 보았기 때문인지 글자가 전하는 무시무시한 의미를 읽었기 때문인지 알 수 없었다. 글자는 갈립이 몇 년 동안 알면서도 잊기 원했던 것을, 기억하면서도 기억하지 못한다고 생각했던 것을, 배우고도 몰랐던 사실을, 나중에 쓰려고 했을 때 전혀 다른 단어로 기억할 비밀을 보여 주었다. 하지만 그가 처음으로 얼굴에 있는 글자를 읽었던 아침에, 그가 이미 얼굴에 쓰인 글자를 읽었기 때문에 진실은 그 이상 분명할 수 없을 것 같았다. 그는 놀란 척할 수도 없었다. 어쩌면 이후에 공포라고 부르게 될 것은, 진실이 이토록 단순하다는 데에 대한 놀라움으로 인한 것이리라. 책상 위에 놓인 날씬한 유리 찻잔을 대단히 아름다운 물체로 인식하는 동시에, 특별할 것 없는 익숙한 사물로 보는 것과 같은 놀라움이었다.

자신이 얼굴에서 읽은 것이 환상이 아니라 진실임을 인정하고 나서야, 갈립은 거울에서 물러나 복도로 갔다. 시간이 흐른 후에 공포라고 부르게 될 것은, 지금까지는 가면으로 변한 얼굴과, 다른 사람의 것인 얼굴과, 신호로 가득한 간판보다는 이 간판이 가리키는 것과 관련이 있었다. 왜냐하면 그날이 끝날 무렵에는, 이 오묘한 게임의 법칙에 따라 모든 얼굴에서 이 글자들을 발견할 수 있을 것이기 때문이었다. 그는 이것을 확신했고, 이 확신이 그를 위로해 주었지만, 복도의 장식장을 들여다보자 마음속으로부터 너무나 깊은 고통이 솟아 올라왔다. 뤼야와 제랄이 너무나 그리워, 서 있는 것조차 힘이 들었다. 몸과 영혼이 자신이 저지르지도 않은 죗값으로 그를 버리고 떠난 것 같았고, 모든 기억이 오로지 패배와 폐허의 비밀을 담고 있는 것 같았으며, 모든 사람들이 행복하게 잊었던 과거의 모든 슬픔과 추억이 오로지 자신의 기억과 어깨에만 남아 있는 것 같았다.

　거울에서 물러난 후 사오 분 동안 무엇을 했는지 기억하려고 할 때마다(모든 것이 아주 빨리 지나갔기 때문에) 그는 복도 장식장과 통풍구가 내다보이는 창문 중간에 서 있던 자신, '공포'에 휩싸여 숨쉬기조차 힘들고 이마엔 식은땀이 맺힌 채 어둠 속에 두고 온 거울과 멀어지려고 애쓰고 있던 자신을 떠올릴 것이었다. 잠깐 동안, 그는 거울로 돌아가 상처에서 딱지를 떼 내듯이 얼굴에서 가면을 벗어 버리는 것과, 더 이상 가면 뒤로 떠오르는 새로운 얼굴뿐 아니라 간판, 비닐봉지, 도시의 복잡한 거리에서도 신호와 글자를 읽지 못하게 되는 것을 상상해 보았다. 고통을 잊기 위해 장식장에서 꺼낸 글을 읽으려 했지만, 이제 그는 제랄이 쓴 모든 것을 마치 자신이 쓴 것처럼 잘 알았다. 그는 자신이 장님이 되거나 눈동자 대신 검은 구멍이 뚫린 대리석 눈이 되는 것을, 입이 있어야 할 자리에는 오븐의 문이 있고 코가 있어야 할 곳에는 녹슨 볼트 구멍이 있는 것을 상상해 보았다.(그 후 몇 달 아니 몇 년 동안 자주 그렇게 상상했다.) 자신의 얼굴을 떠올릴 때마다, 제랄이 거기 쓰인 글자를 보았으며 갈립도 언젠가는 그것을 볼 것임을 항상 알고 있었고, 갈립도 처음부터 그와 공모하고 있었다는 생각이 들었다. 하지만 이러한 것들을 첫 순간에 명백하게 알아냈는지 이후에는 그다지 확신할 수 없었다. 울고 싶었지만 눈물이 나지 않았고, 숨쉬기가 힘들었으며, 목에서는 통제할 수 없는 고통스러운 신음 소리가 흘러나왔고, 손은 저절로 창문 손잡이로 뻗었다. 그곳이, 통풍구가, 한때 우물이었던 곳이 보고 싶었다. 그는 자신이 누구인지 알지도 못하는 사람을 모방하는 아이인 듯 느껴졌다.

창문을 열고 어둠 속으로 몸을 숙였다. 팔꿈치를 창턱에 기댄 채, 깊이를 알 수 없는 우물 쪽으로 얼굴을 내밀었다. 악취가 올라왔다. 반세기 넘게 쌓여 온 비둘기 분비물, 버려진 잡동사니, 아파트 먼지, 도시 매연, 진흙, 타르, 절망의 냄새. 사람들은 잊고 싶은 것을 여기로 던지곤 했다. 자신을 되돌아올 수 없는 이 심연 속으로 내던지려는, 여기 살았던 사람들이 버리고 간 기억 속으로, 제랄이 오랜 시간 동안 끈기 있게 옛 시에서처럼 우물과 공포, 신비의 모티프로 장식했던 검은 구멍 속으로 뛰어들고 싶은 충동을 느꼈다. 하지만 그저 술에 취한 사람처럼 기억해 내려고 애를 쓰면서 심연 속을 바라볼 뿐이었다.

냄새는 뤼야와 이 아파트에서 함께 보낸 어린 시절의 기억을 떠올리게 했다. 한때 자신도 순수한 아이였고, 성격 좋은 청년이었으며, 성실한 남편이었고, 비밀의 가장자리에 사는 평범한 시민이었다. 그들은 이 냄새로 만들어졌다. 제랄과 뤼야와 함께하고 싶은 바람이 마음속에서 강하게 솟구쳐 올라 고함을 지르고 싶었다. 마치 꿈을 꾸는 것만 같았고, 마치 몸의 반쪽이 찢겨져 멀고 어두운 곳으로 끌려가는 것 같았고, 마치 이 함정에서 벗어나려면 누군가 구해 줄 때까지 발버둥을 치고 소리를 질러야만 할 것 같았다. 하지만 차가운 겨울밤과 눈의 습기를 얼굴에 느끼며 깊이를 알 수 없는 어둠 속을 바라볼 뿐이었다. 어두운 빈 공간을 바라보는 것만으로 도시를 헤매며 느꼈던 고통을 나누고, 공포를 이해하고, 이후에 패배, 비참함, 폐허라고 부를 것들을 볼 수 있었다. 제랄의 삶 전체는 그가 오랜 세월 동안 대비해 온 완벽하게 준비된 함정이었다. 갈립은 오랫동안 창문 밖으로 몸을 내민 채 한때 우물이었던 곳을 하염없이 응시했다. 얼굴, 목, 이마에 쓰라린 추위를 느끼고서야 창문을 닫았다.

그 이후는 명백하고, 밝게 빛났으며, 이해하기 쉬웠다. 날이 밝을 때까지 그가 한 모든 것은 나중에 떠올려 보았을 때도 논리적이었으며, 필요한 것이었고, 타당했다. 또한 자신의 행동을 명백하고 정확하게 기억할 것이었다. 거실로 가서 의자에 몸을 던졌다. 제랄의 책상 위를 정리하고, 종이, 스크랩, 사진을 상자에 다시 넣고, 상자를 장식장에 다시 가져다 놓았다. 이틀 동안 이 집에서 자신이 어지른 것뿐 아니라, 이전에 제랄이 여기저기 방치한 자질구레한 것도 모두 정리했다. 담배꽁초로 꽉 찬 재떨이를 비우고, 유리컵과 찻잔을 씻고, 창문을 약간 열어 집 안을 환기시켰다. 얼굴을 씻고, 진한 커피 한 잔을 더 준비한 다음, 제랄의 낡은 레밍턴 타자기를 깨끗이 정돈된 책상 위에 올려놓고 의자에 앉았다. 서랍 속에 제랄이 오랫동안 사용해 온 종이가 들어 있어서, 그는 한 장을 타자기에 끼우고 즉시 글을 써 내려가기 시작했다.

두 시간가량 책상에서 일어나지 않았다. 이제 모든 것이 제대로 맞아 들어갔다. 새 종이 냄새조차 상쾌했으며, 단어들은 쏟아져 나오는 것 같았다. 타자기를 두드리자 익숙한 옛 음악이 흘러나왔기에, 자신이 쓰고 있는 것을 아주 오래전부터 생각했고 알고 있었던 것 같았다. 이따금 적당한 단어를 찾으려 잠시 멈추어야 했지만, 제랄이 말한 것처럼 강요하지 않고 생각의 흐름에 자신을 맡겼다.

첫 번째 칼럼을 "거울을 들여다보고 내 얼굴을 읽었다."라는 단어들로 시작했다. 두 번째 칼럼은 "드디어 오랜 세월 동안 되고 싶었던 사람이 되는 꿈을 꾸었다."로 시작했다. 세 번째 칼럼에서는 과거의 베이올루에 대해 이야기했다. 마지막까지 쉽게 쓰였지만, 글을 써 내려갈수록 가슴으로 느끼는 고통은 깊어 갔고 더해져 갔다. 그는 정확히 제랄의 독자가 원하고 기대하는 것을 썼다고 확신했다. 세 편의 글에 제랄의 서명을 (중학교와 고등학교 시절 공책 마지막 페이지에 수천 번 따라 했던)

했다.

날이 밝은 후 양철통을 두드리는 소리를 내며 쓰레기차가 지나갈 때, 갈립은 F. M. 위췬쥐의 책에 나오는 제랄의 사진을 들여다보고 있었다. 다른 페이지에 실려 있는 희미하고 빛바랜 사진에는 설명이 없었지만, 갈립은 그가 저자라고 생각했다. 책의 앞부분으로 돌아가 F. M. 위췬쥐의 이력을 주의 깊게 읽어 보았다. 1962년 실패로 끝난 군사 쿠데타에 연루되었을 때 그가 몇 살이었는지를 계산했다. 임무 수행을 위해 아나톨리아로 처음 갔을 때, 그러니까 중위 계급을 달고 있을 때 젊은 하미트 카플란의 레슬링을 관람했던 것으로 보아 F. M. 위췬쥐는 제랄의 연배였을 것이다. 갈립은 사관학교 연감 중 1944년, 1945년, 1946년의 것을 다시 상세히 조사했다. 「신비의 발견」에 나오는 신분이 불분명한 사람의 젊은 시절 얼굴을 발견했지만, 그의 가장 주목할 만한 특징은(대머리) 장교 모자로 가려져 있었다.

아침 8시 반, 갈립은 외투를 입은 다음 안주머니에 칼럼 세 편을 접어 넣고, 직장에 가는 가장처럼 급하게 쉐흐리칼프 아파트의 출입구에서 나와 반대편 인도로 건너갔다. 아무도 그를 보지 못했거나, 보았을지라도 그를 부르지 않았다. 쾌청한 아침이었고, 하늘은 겨울다운 푸른색이었으며, 인도는 눈, 얼음, 진흙으로 뒤덮여 있었다. 통로로 들어가서, 매일 아침 할아버지를 면도해 주러 왔고 나중에는 갈립도 제랄과 함께 종종 오곤 했던 비너스 이발관을 스쳐 지난 다음 열쇠 가게에 제랄의 현관문 열쇠를 맡겼다. 모퉁이 가판대에서《밀리예트》를 샀다. 그러고는 제랄이 아침을 먹으러 가던 쉬티쉬 무할레비 가게로 들어가 계란 프라이, 고체 크림, 꿀, 차를 주문했다. 그는 아침을 먹으며 제랄의 칼럼을 읽었고, 뤼야가 읽던 추리소설 주인공들도 많은 실마리 속에서 의미 있는 이야기를 찾았을 때 지금 자신처럼 느꼈을 거라 생각했다. 자신이 비밀을 풀 의미 있는 열쇠를 찾아 새로운 문을 여는 탐정처럼 느껴졌다.

오늘 신문에 실린 제랄의 칼럼은 지난 토요일에 갈립이 신문사에 갔을 때 예비 칼럼 서류철에서 보았던 마지막 글이었으나, 갈립은 글자의 두 번째 의미를 파악하려는 시도조차 하지 않았다. 아침을 먹은 후 돌무쉬 줄에 서 있자니, 한때 자신이었던 사람과 그 사람이 최근까지 살았던 삶이 떠올랐다. 그는 매일 아침 돌무쉬 안에서 신문을 읽었으며, 저녁 때 귀가할 시간을 생각하고, 집 안 침대에서 자고 있는 아내를 상상했다. 눈물이 맺혔다.

돌무쉬가 돌마바흐체 궁전 앞을 지나갈 때, 갈립은 이렇게 생각했다. '세상이 머리끝부터 발끝까지 바뀌었다고 믿기 위해서는, 자신이 다른 사람이라는 것을 알아 버리는 것으로 충분해.' 돌무쉬 창밖으로 보이는 것은 그가 평생 알고 있던 이스탄불이 아니라, 그가 막 비밀을 풀어 냈고 나중에 글로 쓸 다른 도시였다.

신문사에서는 편집자들이 부서장들과 회의를 하는 중이었다. 갈립은 문을 두드리고 잠시 기다린 후 제랄의 사무실로 들어갔다. 내부도, 책상 위도, 물건도 갈립이 마지막으로 왔을 때 보았던 그대로였다. 제랄의 책상에 앉아 서둘러 서랍을 뒤졌다. 오래된 개막식 칵테일 파티 초대장, 좌익과 우익 정치 당파에서 보낸 성명서, 지난번에 왔을 때 보았던 신문 스크랩, 단추, 넥타이, 손목시계, 빈 잉크병, 약, 지난번에 왔을 때 보지 못한 색안경……. 그는 색안경을 끼고 제랄의 사무실에서 나갔다. 넓은 편집실로 들어가면서, 책상에서 일하는 늙은 논객 작가 네샤티를 보았다. 바로 그 옆에, 지난번에 왔을 때 연예부 기자가 앉았던 의자가 비어 있었다. 갈립은 그곳에 가 앉았다. 한참 후 "날 기억하겠습니까?" 하고 노인에게 물었다.

"물론 기억하지! 자네도 내 기억의 정원에 있는 꽃이니까. 기억은 정원이다, 누가 한 말이지?"

네샤티는 읽던 페이지에서 머리도 들지 않고 말했다.

"제랄 살리크."

"아니야, 보트폴리오의 말이네. 이븐 제르하니가 번역했던 그의 고전에 나오지. 항상 그렇듯이, 제랄 살리크는 훔쳤어. 자네가 제랄의 안경을 훔친 것처럼."

그는 책상에서 고개를 들며 이렇게 말했다.

"이 안경은 내 것입니다."

"그러니까 사람처럼 안경도 똑같이 쌍으로 만들어지는군. 이리 줘 보게."

갈립은 안경을 벗어 그에게 건넸다. 노인이 잠시 살펴본 후 조심스럽게 색안경을 쓰자, 제랄이 칼럼에서 언급한 1950년대의 전설적인 도둑, 즉 캐딜락과 함께 사라진 카지노, 사창가, 나이트클럽 사장과 닮아 보였다. 그는 갈립에게 불가사의한 웃음을 지어 보였다.

"가끔은 다른 사람의 눈으로 세상을 봐야 한다고들 하지. 그래야만 다른 사람들의 비밀뿐 아니라 삶의 비밀까지 이해한다고. 누가 한 말이지?"

"F. M. 위췬쥐."

"그와는 아무 관련이 없네. 그는 바보일 뿐이라고. 가련한 멍청이에다 형편없이 망가진 인간이지……. 그 사람 이름은 누구한테 들었나?"

"제랄이 제일 좋아하는 가명이라고 했습니다. 오랫동안 사용했어요."

"그러니까 사람이 노망이 들면, 자신의 과거와 글을 부정하는 데 그치지 않고 다른 사람을 자신처럼 기억하는가 보군. 하지만 난 우리의 약삭빠른 제랄 씨가 그 정도로 노망이 들었다고는 생각하지 않아. 무슨 계산이 있어서 고의로 거짓말을 했을 거야. F. M. 위췬쥐는 진짜로 존재했던 인물이거든. 이십오 년 전에 우리 신문사로 소나기가 퍼붓듯 편지를 보냈던 장교였지. 예의상 한두 통을 독자란에 실어 주자, 마치 신문의 고정 작가라도 된 듯 뻐기며 신문사에 들락거리기 시작했어. 그러다 갑자기 발길이 끊겼지. 이십 년 정도 감감무소식이었어. 그런데 일주일 전에 다시 그 번쩍거리는 대머리 남자가 나타난 거야. 나를 만나러 왔대, 내 글을 숭배한다나. 별로 좋아 보이지 않더구먼. 가련한 모습이었어. 징조니 신호니 하고 떠들어 대더군."

"무슨 징조 말입니까?"

"알면서 왜 그렇게 능청을 떠나? 아니면 제랄이 전혀 언급하지 않았나? 그러니까, 시간이 왔다, 징조가 나타났다, 자 거리로 나가자, 하는 헛소리 말이야. 최후의 심판의 날, 혁명, 동양의 해방 기타 등등······."

"그저께 이 문제와 당신에 대해 제랄과 이야기했습니다."

"그래, 그가 어디 숨어 있나?"

"잊었습니다."

"편집자들이 저기서 회의를 하고 있어. 새 글을 보내 주지 않으니 이제 해고할 모양이야. 나한테 2면에 자리를 줄 모양이야. 하지만 나는 거절할 거라고 그에게 말해 주게."

"그저께, 당신이 연루되었던 1960년대 초 군사 쿠데타에 대해 이야기하다가, 제랄이 당신에 대해 큰 호의를 보였습니다."

"거짓말. 그는 우리를 배반했어, 나를 증오하고 쿠데타에 관계된 모든 사람을 증오했기 때문이야."

늙은 칼럼 작가는 이렇게 말했다. 색안경을 낀 모습이 전혀 생소해 보이지 않았고, 이제는 옛날 베이올루의 도둑보다는 '대가'에 가까워 보였다.

"그는 군대를 팔아넘겼어. 물론 자네에게는 그렇게 설명하지 않았겠지. 모든 것을 자신이 주관했다고 말했겠지. 하지만 항상 그랬듯이 자네의 사촌 형 제랄은 모두들 사건이 성공했다고 믿기 시작했을 때에야 동참했어. 이전에 아나톨리아 사방에 흩어져 있는 독자 망을 구축할 때, 피라미드, 첨탑, 프리메이슨 상징, 외눈박이, 불가사의한 컴퍼스, 도마뱀 사진, 셀주크 왕조 시대의 돔, 신호가 들어 있는 백러시아 은행권, 늑대

머리가 손에서 손으로 돌아다닐 때, 제랄은 배우 사진을 모으는 아이처럼 독자 사진을 모았지. 어느 날 마네킹들의 집 이야기를 만들더니, 언젠가부터는 어두운 밤에 좁은 거리에서 자신을 따라오는 눈에 대해 언급하기 시작했어. 그가 우리 사이에 끼고 싶어 하는 것을 알고는 우리도 동의했지. 우리는 그의 칼럼이 그 일에 봉사할 거라고 생각했고, 군인 몇을 이끌거라고 믿었거든. 이끌긴 이끌었지! 당시 그의 주위에는 광인들, 공짜로 무엇인가를 얻고자 하는 사람들, F. M. 위췐쥐 같은 부류의 사람들이 있었어. 그가 맨 처음 한 일은 그들을 옥죄는 것이었지. 그런 후에는 암호, 공식, 글자 게임을 사용했던 또 다른 부류와 관계를 맺더군. 각각의 것들을 새로운 승리로 보았던 이러한 관계 이후, 우리에게 와서 혁명 후 내각에서 차지할 자리를 흥정하곤 했어. 흥정의 힘을 높이기 위해, 자신이 종단에 남은 사람, 구세주를 기다리는 사람, 프랑스와 포르투갈에서 빈둥거리고 있는 오스만 제국의 왕자들과 소식을 주고받는 사람들과 알고 지냈다고 주장했지. 심지어는 존재하지도 않는 사람들에게 편지를 받았으며, 자신의 집을 방문한 파샤와 교주의 손자들이 비밀로 가득 찬 필사본과 유언을 자신에게 남겼으며, 한밤중에 이상한 사람들이 자신을 보기 위해 신문사에 왔다고 주장했어. 모두 그가 꾸며 낸 사람들이었지만.

프랑스어도 잘 모르는 그가 혁명 후에 외무부 장관이 될 거라는 소문이 퍼졌기 때문에, 나는 이 풍선을 터뜨려야 한다고 생각했어. 당시 그는 칼럼에서 베일에 가린 전설적인 남자의 유언 이야기를 했어. 알려지지 않은 우리 역사와 관련된 사실을 주장하며 어떤 음모와 관련된 예언자, 구세주, 종말 나부랭이로 꽉 찬 엉터리 말들을 늘어놓은 거지. 나는 이븐 제르하니와 보트폴리오 이야기를 포함하여 사실을 폭로하는 글을 썼고. 그는 아주 겁쟁이더군! 그는 곧바로 우리에게서 떨어져 나가더니 다른 그룹에 들어갔어. 새로운 친구들은 젊은 장교들과 더 밀접한 관계를 맺고 있다고 했는데, 내가 꾸며 낸 인물이라고 한 그 사람들이 실재하는 것을 증명하기 위해 밤마다 옷을 바꿔 입고 영웅으로 변장한다는 소문도 돌더군. 그는 어느 날 밤 베이올루의 극장 앞에 구세주 혹은 정복자 술탄 메흐메트의 모습으로 나타났고, 영화를 기다리던 어리둥절해하는 대중들에게 모든 동포는 변장을 하여 다른 인생 속으로 들어가야 한다고 설교를 했다는 거야. 미국 영화도 국산 영화처럼 희망이 없고, 이제 그것들을 모방할 기회조차 없다고 했지. 예쉴참에 있는 영화 제작사에 대항하고 자신을 따르라며 극장에 있는 대중들을 종용했다고 하더군. 그의 글에서 자주 언급했던 빈민가에 있는 다 쓰러져 가는 목조 가옥이나 이스탄불의 진흙투성이 거리에서 사는 '가련한 소부르주아'뿐 아니라 모든 터키인이 지금 그러한 것처럼 그 당시에도 '구원자'를 기다리고 있었지. 군사 쿠데타가 일어나면 빵이 싸질 것이며, 고문을 당하면 천국의 문이 열릴 거라고 죄인들은 진심으로 희망에 차 믿었어. 하지만 모든 사람을 자신에게 얽매이게 하려는 그의 열망 때문에, 탐욕 때문에, 반란 음모자들은 서로 다투었고, 군사 쿠데타는 물거품이 되고 말았어. 길을 나섰던 탱크는 라디오 방송국이 아니라 병영으로 되돌아갔지.

결과? 자네도 보는 바와 같이, 우리는 유럽의 수치스러운 그늘 아래서 여전히 굽실거리며, 주눅 들어 살고 있네. 가끔 투표를 하지, 외국 신문 앞에서 그들과 비슷해졌다고 말하고 싶어서. 하지만 이것이 우리에게 희망도 없고, 구원의 길도 없다는 의미는 아닐세. 구원의 길은 있어. BBC 텔레비전 방송국 사람들이 제랄이 아니라 우리와 이야기하고 싶어 했다면, 나는 그들에게 앞으로 수천 년 동안 어떻게 행복하게 동양으로 남을 수 있을지에 대한 비밀을 이야기했을 거야.

아들 같은 갈립 씨, 자네 사촌 제랄 씨에 대해 이야기를 들려주겠소. 그는 가련한 정신 불구자야. 우리가 우리 자신이 되기 위해서는, 그가 했던 것처럼 옷장에 가발, 가짜 수염, 과거의 의상을 숨겨 놓을 필요가 없어. 그래, 마흐무트 1세가 변장을 하고 밤에 도시를 돌아다닌 건 사실이야. 하지만 그가 무엇을 입었는지 아나? 술탄의 터번 대신 페즈를 쓰고 지팡이를 들었을 뿐이야. 그 정도야! 제랄처럼 분장에 시간을 들이거나 이상하게 번지르르한 옷, 혹은 거지 같은 누더기 옷을 입을 필요는 없어. 우리 세계는 총체적인 세계야. 분열된 세계가 아니야. 이 세계 안에 다른 세계가 있지만, 서양인의 세계처럼 겉모양이나 장식 뒤에 숨겨진 세계가 아니기 때문에, 승리라도 한 듯 덮개를 들추고 뒤에 있는 현실을 볼 필요가 없어. 우리의 겸손한 세계는 사방에 있어. 중심부가 없지. 지도에도 없어. 하지만 우리의 비밀도 바로 이것이야. 왜냐하면 이를 파악하는 것은 아주 어렵기 때문이지. 시련이 요구돼. 그들이 찾는 우주의 신비가 그들 자신임을, 신비를 찾는 그가 우주임을 아는 대담한 영웅이 얼마나 되는가? 이것을 깨달은 사람만이 다른 사람으로 가장할 권리, 다른 사람이 될 권리가 있어. 내가 자네 아저씨 제랄 씨와 공유하는 유일한 감정은 자신도 되지 못하고 다른 사람도 되지 못하는 우리의 영화배우에게 느끼는 연민이야. 이 배우들에게서 자신을 보는 우리 동포들은 더욱 가련하지. 이 민족은 구원될 수도 있었어. 동양 전체도 그렇고. 하지만 자네의 제랄 아저씨는, 그러니까 사촌은 자신의 이익을 위해 우릴 팔았어. 그러나 지금은 자신이 한 짓이 두려워, 옷장에 숨겨 놓은 기교와 이상한 옷을 걸치고 모든 동포들로부터 도망치고 있지. 말해 보게, 무엇을 피해 숨어 있나?"

"아시겠지만, 매일 거리에서 열 건, 열다섯 건의 정치적 살인이 저질러지고 있습니다."

"그건 정치적인 것이 아니라 영적 동기로 저질러지는 살인이네. 사이비 수피교도들이 사이비 마르크스주의자들을 죽이고, 사이비 마르크스주의자들이 사이비 파시스트들을 죽인다면, 이게 제랄과 무슨 상관인가? 이제 아무도 그에게 관심이 없네. 몸을 숨기는 것은 관심을 끌 뿐 아니라, 죽음마저 초대하는 거야. 자신이 저격당할 만큼 중요한 사람이라고 믿게끔 만들기 위해서지. 민주당 시기에 사람 좋고 얌전하며 겁쟁이인 작가가 있었어. 지금은 고인이 되었지만. 그는 관심을 끌기 위해 매일 가명으로 언론 검찰에 자신을 고발하는 편지를 썼어. 자신에 대한 재판이 열리면 관심을 끌 것 같아서 말이야. 그것으로 충분하지 않았던지 그 고발장을 우리가 썼다고 주장하기도 했어. 알아듣겠나? 제랄 씨도 나라와의 유일한 끈인

과거를 기억과 함께 이제 잊고 말았지. 그가 새 글을 쓰지 않는 것도 우연이 아니야."

"그가 날 여기로 보냈습니다. 새 칼럼을 신문사에 가져다주라고 했습니다."

제랄은 외투 주머니에서 글을 꺼냈다.

"줘 보게."

늙은 칼럼 작가가 색안경을 벗지 않은 채 세 편의 글을 읽는 동안, 갈립은 책상 위에 터키어로 번역된 샤토브리앙[14]의 『무덤 저편의 추억』이 펼쳐져 있는 것을 보았다. 키 큰 남자가 편집실 문을 열고 나오자 늙은 작가는 손짓을 하며 불렀다.

"제랄 씨의 새 칼럼일세. 기교 부리는 것은 여전하군, 여전해……."

"빨리 아래층 식자공에게 보냅시다. 다른 옛날 칼럼을 넣을 생각이었는데."

키가 큰 남자가 말했다.

"그의 칼럼은 한동안 제가 가지고 오겠습니다."

갈립이 말했다.

"그런데 그는 왜 나타나지 않는 거요? 요즈음 찾는 사람이 많은데."

키가 큰 남자가 말했다.

---

14) François-Auguste-René, vicomte de Chateaubriand(1768~1848). 19세기 프랑스 낭만파 문학의 선구자이자 외교관. 당대의 젊은이들에게 깊은 영향을 미쳤으며, 미국과 인디언 원주민을 이국적으로 묘사했다. 그의 대표작 『무덤 저편의 추억』은 사망 후에 출간된 회고록이다.

"밤마다 둘이서 변장을 한다는군."

늙은 작가가 코로 갈립을 가리키며 말했다. 키가 큰 남자가 미소를 지으며 멀어지자, 노인은 갈립을 바라보았다.

"자네들, 유령이 있는 뒷골목으로 가지, 그렇지 않나? 이상한 옷을 입고, 가면을 쓰고, 이 안경을 쓰고, 더러운 거래, 이상한 비밀, 유령, 백이십 년 된 시체들을 뒤쫓아, 첨탑이 부러진 사원, 폐허, 빈집, 버려진 수도원, 위조지폐 발행자와 마약중독자 사이로 말이야. 아들 같은 갈립, 자네도 보지 못한 사이에 많이 변했군. 얼굴이 창백해지고, 눈은 휑하니 들어갔고, 다른 사람이 되었군그래. 이스탄불의 밤은 끝나지 않지, 죄를 범한 양심의 가책 때문에 잠을 이루지 못하는 유령. 뭐라고 했나?"

"안경을 주시지요, 가야겠습니다."

10장
내가 주인공이었던 것이다

문체에 있어서의 개성: 글을 쓰는 것은
반드시 이전에 쓰인 것을 모방하는 것에서 시작된다.
이는 당연하다.
아이들도 다른 사람들을 모방하며 말을 시작하지 않는가?
— 타히르 윌 메블레비, 『문학 사전』 문체 편

거울을 들여다보고 내 얼굴을 읽었다. 거울은 고요한 바다, 내 얼굴은 코발트색 잉크로 글씨를 써 놓은 창백한 종이였다. 옛날에 내가 멍하니 있으면, 너의 아름다운 어머니는, 그러니까 나의 백모는 "얘야, 얼굴이 백지장처럼 하얗구나." 하고 말했다. 내가 멍하니 앉아 있었던 것은(의식하지 못할 때에도), 내 얼굴에 쓰여 있는 것들이 두려웠기 때문이다. 내가 멍하니 앉아 있었던 것은, 너를 두고 온 곳에서(오래된 탁자, 낡아 빠진 의자, 희미한 전등, 신문, 커튼, 담배 사이에서) 너를 찾을 수 없을까 봐 두려웠기 때문이다. 겨울은 저녁의 어둠처럼 빨리 찾아오곤 했다. 하늘이 깜깜해지고 대문이 닫히고 전등이 켜지면, 나는 구석에(좀 더 어릴 때는 다른 층, 성장해서는 같은 문 뒤) 앉아 있던 너를 생각했다.

독자여, 아, 독자여, 내가 같은 지붕과 굴뚝 밑에 사는 친척 (젊은 여자)에 대해 이야기하고 있다는 것을 알아차린 독자여, 당신을 내 처지에 놓고 나의 신호에 주의하여 읽기를 바란다. 나 자신에 대해 언급하는 것이 당신에 대해 언급하는 것임을 나는 알고 있고, 내가 당신의 이야기를 할 때 실은 내 기억을 말한다는 것을 당신도 알고 있을 것이다.

거울을 들여다보고 내 얼굴을 읽었다. 내 얼굴은 꿈에서 암호를 풀었던 로제타석이었다. 내 얼굴은 터번이 떨어져 나간 비석이었다. 내 얼굴은 독자가 바라보던 가죽으로 된 거울이었다. 너와 나, 우리는 모공을 통해 함께 숨을 쉬었다. 네가 사랑하는 추리소설은 마루에 쌓여 있었고, 우리의 담배 연기로 공기는 탁해졌으며, 냉장고는 어두운 부엌에서 구슬프게 윙윙거렸고, 책표지 색깔의 전등갓에서 네 피부 색깔의 빛이 나와서 나의 죄 많은 손가락과 너의 긴 다리로 떨어졌다.

네가 읽은 책에 나오는 기략이 풍부하고 슬픈 주인공은 나였다. 나의 안내자와 함께 대리석, 거대한 기둥, 검은 바위 사이를 지나 지하에 갇혀 안달 내는 죄수들에게 달려가고, 별들로 덮인 천상의 계단을 올라가고, 절벽을 건너는 다리 반대편에 있는 연인에게 "나는 너야!" 하고 소리치는 여행자는 나였다. 친절한 작가가 이끄는 대로 재떨이에서 독의 흔적을 발견하고 무엇을 의미하는지를 알아내는 비정한 탐정은 나였다. 너는 조급하게, 말없이 책장을 넘겼다. 나는 사랑 때문에 살인을 저질렀고, 말을 타고 유프라테스강을 건넜으며, 피라미드에 묻혔고, 추기경을 암살했다. "뭐에 대한 책이야?" 너는 만족스러운 주부였고, 나는 매일 저녁 때 귀가하는 남편이었다. "아무것도 아냐." 마지막 버스, 텅 빈 마지막 버스가 집 앞을 지나가면, 우리가 앉아 있던 안락의자가 흔들렸다. 너는 표지가 두꺼운 마분지로 된 책을 들고 있었고, 나는 채 읽지 못한 신문을 들고 있었다.

"내가 주인공이라면, 날 사랑할 거야?"

"엉뚱한 소리 마!"

네가 읽은 책은 매정한 밤의 정적을 말하고 있었다. 난 정적의 매정함이 무엇인지 알고 있었다.

그녀의 어머니가 옳았다는 생각이 들었다. 내 얼굴은 언제나 창백했기 때문이다. 다섯 개의 글자가 쓰여 있었다. 교본에 나오는 말[馬] 위에는 A가 있었다. A는 at을 나타냈고, at은 말이라는 뜻이다. D는 나뭇가지를 뜻하는 dal을 나타냈다. DD는 할아버지를 뜻하는 dede를 나타냈다. BB는 아버지를 뜻하는 baba를 나타냈다. 프랑스어라면 papa를 나타내는 PP. 어머니, 백부, 백모, 친척. 카프라는 산은 없었으며, 뱀이 둘러싸고 있지도 않았다. 나는 쉼표와 함께 달렸고, 마침표와 함께 멈추었으며, 느낌표에서 놀라 울음을 터뜨렸다! 톰믹스라는 방랑자가 네바다 주에 살았다. 텍사스의 영웅 페코스 빌은 여기, 보스턴에 있고, 카라오울란은 검을 들고 중앙아시아에 있다. 천한 개의 얼굴을 가진 사나이, 주정뱅이, 로디, 배트맨. 알라딘, 아, 알라딘. 『텍사스』 125권 나왔어요? 잠깐! 할머니는 우리 손에서 잡지를 낚아채면서 말했다. 잠깐! 그 쓸모없는 잡지의 최근호가 나오지 않았다면, 내가 너희들에게 이야기를 해 주마. 할머니는 입에 담배를 물고 이야기를 들려주었다. 우리 둘, 너와 나는 카프 산에 올라가 나무에서 사과를 따고, 콩 줄기를 타고 아래로 내려오고, 굴뚝으로 들어가 실마리를 따라갔다. 우리 다음으로 추적을 잘했던 사람은 셜록 홈스였다. 그 다음은 페코스 빌의 친구 베야즈 튀이, 그다음은 인제 메 흐메트[15]의 적인 토팔 알리. 독자여, 아, 독자여, 당신도 나의 글자를 추적하고 있는가? 내 얼굴이 지도라는 것을 나는 모르고 있었다. 너는 그다음에는요, 하고 묻곤 했다. 할머니의 맞은편 의자에 앉아, 할머니, 그다음에는요, 바닥에 닿지 않는 다리를 흔들거리며, 그다음에는요?

많은 세월이 흐른 후, 아주 많은 세월이 흐른 후, 내가 저녁때면 피로에 지쳐 집으로 돌아오는 너의 남편이 되었을 때, 가방에서 알라딘의 가게에서 새로 산 잡지를 꺼냈을 때, 네가 그 잡지를 낚아채 같은 의자에 앉았을 때, 너는 다리를, 아, 신이시여, 또 똑같이 단호하게 흔들곤 했다. 나는 똑같은 공허한 시선으로 널 바라보면서 두려워하며 나 자신에게 묻곤 했다. 너의 이성 속에는 무엇이 있을까? 내게는 금지된 이성 속 그 비밀스러운 정원에 숨겨진 신비는 무엇일까? 나는 너의 어깨 위에서, 긴 머리카락이 흘러내린 곳에서, 그림이 들어간 컬러 잡지에서, 너의 다리를 흔들게 하는 비밀을, 이성의 정원에 있는 그 신비를 풀려고 했다. 뉴욕의 마천루, 파리에서 터뜨린 폭죽, 잘생긴 혁명가, 결단력 있는 백만장자. (페이지 넘겨서)

---

15) 터키 작가 야샤르 케말의 대표적인 소설 제목이자 주인공 이름.

수영장이 있는 비행기, 분홍색 넥타이를 맨 슈퍼스타, 세계적인 천재, 최신 게시물들. (페이지 넘겨서.) 할리우드의 젊은 스타, 반항적인 가수, 국제적인 공주와 왕자. (페이지 넘겨서). 국내 소식: 시인 둘과 비평가 셋이 독서의 유용성에 대한 대담을 했다.

나는 여전히 신비를 풀 수 없었지만, 시간이 계속 지나 늦은 밤이 되어 굶주린 개들이 거리를 지나가고, 퍼즐 게임을 다 풀 때까지 너는 계속 책장을 넘겼다. 수메르 건강의 여신: Bo. 이탈리아의 평원 이름: Po. 텔루르 기호: Te. 음계: Re. 아래에서 위로 흐르는 강: 알파벳? 글자의 계곡에 존재하지 않는 산: 카프. 마법적인 단어: 들어라. 이성의 극장: 꿈. 사진에 보이는 잘생긴 주인공: 너는 언제나 답을 알았고 나는 전혀 알지 못했다. 네가 밤의 정적 속에서 잡지에 파묻었던 고개를 들었을 때, 네 얼굴의 반은 밝고 반은 어두운 거울이었다. 너는 물었다. "머리를 잘라 볼까?" 난 이해할 수 없었다. 나한테 물어본 거야, 단어 퍼즐에 나오는 잘생기고 유명한 주인공한테 물어본 거야. 나는 잠시, 아 독자여, 멍하니, 아주 멍하니 그녀를 바라보았다.

내가 주인공 없는 세계를 믿는다는 것을 한 번도 너에게 납득시키지 못했다. 주인공을 꾸며 낸 가련한 작가들이 주인공이 아니라는 것을 한 번도 너에게 납득시키지 못했다. 잡지에 실린 사진 속 사람들이 우리와는 다른 종족이라는 것을 한 번도 너에게 납득시키지 못했다. 평범한 삶에 만족해야 한다는 것을 한 번도 너에게 납득시키지 못했다. 그 평범한 삶에 나의 자리도 있어야 한다는 것을 한 번도 너에게 납득시키지 못했다.

11장
오, 나의 형제여

내가 들어 본 모든 통치자 중에서,
신의 진정한 영혼에 가장 근접했던 사람은
여러분도 아는 대로 변장 취미가 있는,
바그다드의 하룬 알 라시드이다.
— 이자크 디네센,[16] 「노르데르나이의 홍수」, 『일곱 개의 고딕 이야기』

갈립은 색안경을 낀 채 신문사 밖으로 나와서 사무실로 가
는 대신 카팔르 차르시를 향해 걸어갔다. 관광 상품 가게를
지나 누루오스마니예 사원의 안뜰을 가로지를 때 갑자기 불
면으로 인한 피곤이 몰려와, 이스탄불이 완전히 다른 도시처
럼 느껴졌다. 카팔르 차르시에서 보았던 가죽 가방, 해포석(海
包石) 담배 파이프, 커피 분쇄기는 이 세계에 사는 사람들이
수천 년에 걸쳐 자신들에 비유했던 도시의 사물들이 아니었
다. 이 물건들은 수백만 명의 사람들이 일시적으로 추방당해

---

16) Isak Dinesen(1885~1962). 덴마크의 여성 소설가. 독일에서는 타니아
블릭센이라는 이름으로 알려져 있다. 기괴한 소재를 골라 극도로 세련된 문
장으로 그려 나갔으며 『아웃 오브 아프리카』, 『풀 위의 그림자』 등의 작품
을 남겼다.

있는 이방의 끔찍한 신호를 연상시켰다. 갈립이 시장 안의 복잡한 길을 헤매면서 생각해 보니, 가장 이상한 것은 그의 얼굴에서 글자를 읽었을 때 이제 진정으로 자기 자신이 될 수 있을 거라 확신했다는 점이었다.

테를릭치레르[17] 거리로 들어갔을 때쯤에는 도시가 변한 게 아니라 자신이 변했다는 것을 거의 인정하게 되었지만, 신비의 핵심에서 그것을 푼 지금, 자신이 정말 변했는지는 완전히 확신하지 못했다. 카펫 가게의 진열장을 들여다보다가, 불현듯 이 카펫을 전에 본 적이 있을 뿐 아니라 진흙 묻은 신발과 낡은 슬리퍼를 신은 채 그 위를 지나다녔으며, 문 밖의 긴 의자에 앉아 커피를 홀짝이면서 그를 의심스러운 듯 바라보는 가게 주인을 알고, 이 가게의 먼지투성이 역사 속에서 일어났던 작은 속임수나 작은 사기를 모두 안다는 확신이 들었다. 금은방, 골동품 가게, 신발 가게를 들여다볼 때도 마찬가지 생각이 들었다. 두 거리를 지나 다른 아케이드로 들어가자 구리 주전자에서부터 천칭 저울까지, 거기서 파는 모든 물건과 빈둥거리고 있는 점원에서부터 거리를 걸어가는 사람들까지 모두를 안다는 확신이 들었다. 그에게 이스탄불은 어떤 비밀도 숨기지 않는 펼쳐진 책이었다.

그는 평온한 느낌으로 꿈속에서처럼 거리를 걸었다. 난생처음으로, 진열장에서 본 잡동사니들과 거리를 지나는 얼굴들이 꿈속에 나오는 허구로 보였지만, 그럼에도 다 함께 둘러

---

17) '슬리퍼 가게'라는 의미.

앉아 저녁을 먹는 가족처럼 익숙했고 위안을 주었다. 줄지어 늘어선 번쩍거리는 보석 가게를 지나면서, 자신이 지금 가슴으로 느끼는 이 평온함은 자신의 얼굴에서 읽은 글자의 비밀과(공포를 불러일으킨 그 비밀) 관련이 있다고 중얼거렸다. 하지만 글자를 읽은 지금, 그는 과거에 남겨 둔 그 슬프고 불운한 사람은 생각하고 싶지 않았다. 세상을 신비스럽게 만드는 것은, 우리 안에 숨어 있는 두 번째 사람, 쌍둥이 형제처럼 함께 살았던 두 번째 사람의 존재였다. 점원들이 문 앞에서 빈둥거리고 있는 카와프라르[18] 거리를 지나, 작은 가게 앞에서 밝은 엽서에 나온 도시 경치를 보면서, 갈립은 자신이 이미 오래전에 그 쌍둥이를 떠났다는 결론을 내렸다. 그 엽서에 나온 이스탄불은 너무나 익숙해서 투박하고 평범해 보였다. 갈라타 다리로 다가오는 페리, 톱카프 궁전의 굴뚝, 홀로 떨어져 있는 크즈 쿨레시, 보스포루스 다리를 관찰하면서, 더 이상 도시는 어떤 신비도 품고 있지 않다고 다시 한 번 중얼거렸다. 그러나 오래된 시장 한가운데에 있는, 암녹색 유리가 불길하게 서로를 비추는 베데스텐[19]으로 발을 딛는 순간, 그 느낌은 사라졌다. 그는 두려워하며 '누군가 날 따라오고 있어.' 하고 생각했다.

그 좁은 길에는 의심스러워 보이는 사람이 없었음에도, 그는 확실히 재앙을 예감했다. 그는 빨리 걷기 시작했다. 칼팍츠

---

18) '신기료장수'라는 뜻.
19) 골동품 상가.

라르[20] 거리로 들어가 오른쪽으로 꺾은 다음 가능한 한 빨리 시장을 나왔다. 사하프라르[21] 거리를 지나면서도 속도를 늦추지 않으려 했지만, 알리프 서점 앞에서 자신을 발견하고는 우뚝 멈춰 서고 말았다. 오랫동안 알아채지 못하고 지나쳤지만, 지금은 어떤 징조처럼 보였다. 서점 이름보다는(물론 후루피주의에 의하면, 알리프(alif)는 알라(Allah)의 첫 글자이며 알파벳과 우주의 근원이다.) F. M. 위췬쥐가 예견했던 것처럼 알리프라는 글자가 라틴 문자로 쓰여 있다는 점이 그를 전율케 했다. 그는 이것에 별 특별한 점이 없고, 그러므로 신호가 될 수도 없다고 스스로에게 말해 보았지만, 쉐흐 무암메르 에펜디의 서점의 어두운 창문은 다르게 이야기를 걸어왔다. 옛날에는 가난하고 슬픈 미망인들이(가련한 미국의 억만장자들 역시) 도시에서 멀리 떨어진 곳에서 찾아왔던 자마니 교주의 서점 문은 닫혀 있었으나, 그가 추워서 집에서 나오지 않았거나 죽은 것이 아니었다. 문이 닫혀 있는 것은, 자신에게 도시 안에 아직도 또 다른 신비가 숨어 있다고 말하려 하기 때문이라고 갈립은 결론지었다. 그는 다른 서점 문 앞에 쌓아 놓은 번역한 추리 소설과 코란 해석본을 보면서 '내가 도시 안에서 여전히 신호를 본다는 건 아직 내 얼굴에 있는 글자들이 가르쳐 주려 하는 것을 파악하지 못했다는 의미야.'라고 생각했다. 하지만 그것이 진짜 이유가 아니었다. 누군가 따라온다는 생각이 들 때

---

20) '털모자 가게'라는 뜻.
21) '고서점'이라는 뜻.

마다 다리는 저절로 빨라졌고, 걸음을 빨리할 때마다 도시는 모든 신호와 물건이 익숙한 고요한 장소가 아니라 신비와 위험으로 들끓는 두려운 세계가 되어 버렸다. 더 빨리 걷는다면, 자신을 따라오는 그림자를 떨쳐 버릴 수 있다면, 갈립은 불안에서 벗어나고 잠식해 들어오는 신비에서 도망칠 수 있을 것이었다.

베야즈트 광장에서 차드르즈라르[22] 대로로 들어갔고, 다시, 이름이 마음에 들어 사모바르[23] 거리로 갔다. 거기서, 이 길과 나란히 나 있는 나르길레지[24] 거리로 가서 할리치 만 쪽으로 내려갔다. 다시 하완즈[25] 거리로 들어가 다시 비탈길을 올라갔다. 작은 식당, 구리 그릇 제작소, 열쇠 가게, 플라스틱 제품을 만드는 공방을 지나갔다. 새로운 인생을 시작하니까 이 가게들을 지나가야 하는 거야, 하고 그는 아이같이 순진하게 생각했다. 양동이, 대야, 구슬, 번쩍이는 스팽글, 군복, 경찰복을 보았다. 베야즈트 탑을 목적지로 정하고 그 방향으로 걸어가다가 발걸음을 돌려, 트럭, 오렌지 장수, 마차, 오래된 냉장고, 리어카, 쓰레기 더미, 대학의 벽을(정치 구호로 뒤덮인) 지나서, 쉴레이마니예 사원의 안뜰에 이르렀다. 안으로 들어가 사이프러스 나무를 따라 걸었다. 신발이 진흙투성이가 되고서야 신학교 옆 거리로 나왔는데, 페인트칠이 되어 있지 않은 목

---

22) '천막 가게'라는 뜻.
23) 차 끓이는 주전자.
24) '물 담배 가게'라는 뜻.
25) '절구 가게'라는 뜻.

조 가옥이 서로 기댄 채 늘어서 있었다. 초라한 집 1층 창문 밖으로 뻗어 나온 난로 연통을 바라보면서 짧은 엽총, 녹슨 잠망경, 무시무시한 대포의 쩍 벌린 입처럼 보인다고 생각했다. 하지만 더 이상 어떤 것과 어떤 것을 관련지을 기분이 들지 않아 '처럼'이라는 단어를 떠올리고 싶지 않았다.

델리칸르[26] 거리로 가기 위해 쥐제체시메[27] 거리로 들어섰다. 이것이 또 다른 신호라고 생각하지 않을 수 없었다. 네모난 돌이 깔린 이 오래된 거리가 그를 함정으로 이끌 신호로 가득하다고 결론을 내리면서 쉐흐자데바쉬 대로로 나왔다. 시미트 장수, 차를 마시는 미니버스 운전사, 손에 라흐마준[28]을 들고 극장 밖에 붙어 있는 포스터를 보는 대학생을 보았다. 세 편 동시 상영. 두 편은 이소룡이 출연하는 무술 영화였다. 찢겨 나간 포스터와 빛바랜 게시판에 의하면 세 번째 영화는 쥐네이트 아르큰[29]이 셀주크 왕조의 영주로 분해 중세 그리스를 습격하고 여자들과 동침하는 내용이었다. 입구에 서서 배우들의 얼굴이 주황색으로 나와 있는 포스터를 보고 있으면 장님이 될 것만 같아 그는 걸음을 재촉했다. 쉐흐자데[30] 사원 옆을 지날 때는, 생각하지 않으려고 애를 쓰는 데도 왕자 이야

---

26) '젊은 남자'라는 뜻.

27) '난쟁이 우물'이라는 뜻.

28) 터키 피자 혹은 아르메니아 피자로도 알려져 있다. 얇고 둥글게 만든 반죽 위에 고기 등을 올려 만든 음식.

29) Cüneyt Arkın. 터키의 유명한 남자 배우.

30) '왕자'라는 뜻.

기가 떠올랐다. 하지만 이제 어디로 눈을 돌려도 신비스러운 신호가 보였다. 가장자리가 녹슬어 가는 교통 표지판, 삐뚤삐뚤한 낙서, 더러운 식당과 호텔의 플렉시 유리 간판, '아라베스크' 가수와 세제 광고 포스터…… 이 모든 신호를 무시하려고 안간힘을 썼지만, 보즈도안 수도교[31]를 따라 걸으면 어린 시절 역사 영화에서 보았던 붉은 수염이 난 그리스 정교회 사제가 떠올랐고, 외파 보자 가게를 지날 때는 집에 있던 리큐어를 다 마시고 술에 취한 멜리흐 백부가 온 식구를 데리고 택시를 타고 여기로 와서 모두에게 보자를 맛보게 했던 명절날 저녁이 떠올랐다. 그러나 이 기억된 이미지도 과거에 남겨진 신비의 신호가 되었다.

아타튀르크 대로를 달려가면서, 그는 빨리, 아주 빨리 걷는다면 자신이 보고자 하는 방식으로, 즉 신비의 파편으로서가 아니라 그 자체로서 도시의 글자와 이미지를 볼 수 있을 거라고 다시 한 번 결론 내렸다. 곧장 테즈가흐츠라르[32] 거리로 들어섰다가, 거기서 케세르지[33] 거리로 가서 한동안 거리 이름을 보지 않고 걸었다. 목조 가옥과 나란히 붙여 지은, 발코니 창살이 녹슨 허름한 아파트, 앞부분이 긴 1950년산 트럭, 이제는 아이들의 놀이기구가 된 타이어, 휘어진 전신주, 파헤친 채 방치해 놓은 인도, 쓰레기통을 뒤지는 고양이, 창가에서

---

31) 로마 황제 발렌스 통치 시기에 완성되었다 하여 발렌스 수도교라 불리기도 한다.
32) '가게 점원'이라는 뜻.
33) '목재 장수'라는 뜻.

담배를 피우는 머릿수건을 쓴 노파, 요구르트 행상인, 하수구 파는 사람, 이불상을 보았다.

할르즈라르[34] 대로를 내려가다가 와탄 대로 직전에서 왼쪽으로 꺾어 반대편으로 건너갔다가 다시 돌아왔다. 아이란[35]을 사러 작은 구멍가게에 들르면서는, 사람들이 미행을 당하는 것은 뤼야의 추리소설에서나 일어나는 일이라고 생각하려 했다. 하지만 머릿속에서 이 생각을 쉽사리 없앨 수 없을 뿐 아니라, 도시 속의 이해할 수 없는 신비도 떨쳐 버릴 수 없다는 것도 알고 있었다. 치프테쿰루라르[36] 거리로 들어가, 다음 모퉁이에서 다시 왼쪽으로 돈 다음 걸음을 재촉해 오쿠무쉬아담[37] 거리를 따라 뛸 듯이 걸었다. 신호가 빨간 불로 바뀌어서 미니버스들 사이를 재빨리 빠져나가 페브지파샤 대로를 건넜다. 다음 거리에서 표지판을 올려다보고 아슬란하네[38] 거리임을 확인하자 갑자기 공포에 휩싸였다. 나흘 전에 갈라타 다리에서 느꼈던 존재의 비밀스러운 손이 여전히 도시 전역에 신호를 배치하고 있다면, 그가 이토록 강렬하게 느끼는 신비는 여전히 먼 곳에 있음이 분명했다.

고등어, 칠성장어, 가자미를 파는 생선 가게 앞을 지나 붐비는 시장을 빠져나온 다음, 모든 길이 통하는 파티흐 사원 안

---

34) '카펫 장수'라는 뜻.
35) 요구르트에 물을 타서 만든 터키 전통 음료.
36) '비둘기 한 쌍'이라는 뜻.
37) '교육받은 남자'라는 뜻.
38) '사자 우리'라는 뜻.

뜰로 들어갔다. 넓은 안뜰에는 눈 위를 까마귀처럼 걷고 있는 검은 외투를 입고 검은 턱수염을 기른 사람 외에는 아무도 없었다. 작은 묘지도 텅 비어 있었다. 정복자 술탄 파티흐의 분묘는 문이 잠겨 있었다. 갈립은 창문을 통해 안을 들여다보면서 도시의 포효 소리를 들었다. 시장에서 들려오는 소음, 자동차 경적 소리, 먼 학교 운동장에서 들려오는 아이들의 고함 소리, 망치 두드리는 소리, 윙윙거리는 엔진 소리, 안뜰에 있는 나무에 앉은 참새와 까마귀가 우는 소리, 미니버스가 지나가는 소리, 오토바이의 부르릉 소리, 가까운 곳에서 창문과 문이 열리고 닫히는 소리, 건설 현장, 집, 나무, 공원에서 들려오는 소리, 배가 바다로 나가는 소리, 온 마을과 온 도시의 소리. 정복자 술탄 파티흐는, 먼지 낀 유리창을 통해서는 석관(石棺)만 보이는 그 사람은, 갈립이 그토록 되고 싶어 했던 그 남자는, 갈립이 태어나기 오백 년 전에 자신이 정복한 이 도시의 신비를 후루피주의 문서를 통해 감지했다. 그는 천천히 그러나 확실히, 그 자체가 아닌 다른 것의 신호를 의미하는 모든 문, 굴뚝, 거리, 수도교, 플라타너스 나무를 해독하려 했다.

갈립은 생각했다. '그들이 그 음모를 발견하지 못했으면 어땠을까?', '그들이 후루피주의의 책자와 후루피주의자들을 불태워 버리지 않았다면 어땠을까?' 하타트 이제트[39] 거리에서 제이렉 거리로 접어들면서, 그는 또 '만약 술탄이 신비를 풀었다면 자신이 정복한 비잔틴 거리를 거닐면서 무엇을 보았을

---

39) '서예가 이제트'라는 뜻.

까?' 하고 생각했다. '지금 내가 보고 있는 무너져 가는 벽, 수백 년 된 플라타너스 나무, 먼지 많은 거리, 텅 빈 공터를 보면서 그는 무엇을 이해했을까?' 하고 생각했다. 무섭고 오래된 지발리 담배 창고 근처를 걸으면서, 그는 자신의 얼굴에서 글자를 읽은 다음부터 알게 된 답을 혼자 되뇌었다. '그가 처음으로 도시를 보았을 때는 이미 수천 번이나 본 것같이 잘 알고 있었을 것이었다.' 그러나 가장 이상한 점은 이스탄불이 방금 정복된 도시처럼 보인다는 것이었다. 질펵거리는 거리, 울퉁불퉁한 인도, 무너져 가는 벽, 가련한 회색 나무, 낡아 빠진 자동차, 그보다 더 낡은 버스, 하나같이 슬픈 얼굴의 끝없는 흐름, 굶주린 개……. 이 모두를 전에 본 적이 없고, 존재하는지를 알지도 못했던 것 같았다.

이제는 그를 따라다니는(진짜든 상상이든) 이것을 떨쳐 버리지 못하리라는 것을 깨달았다. 그렇지만 이 도시를 평온하고 익숙한 장소로 보고 싶다는 욕구가 솟구쳐 자신을 다른 사람으로, 정복자 메흐메트로 상상할 때까지 계속해서 할리치 만을 따라 늘어선 작은 공장, 빈 산업용 드럼통, 무너져 가는 비잔틴 수도교, 작업복을 입은 채 점심으로 미트볼과 빵을 먹거나 진흙 마당에서 축구를 하는 인부들을 지나 걸었다. 이 유치한 환상으로(그에게는 정신 나간 짓이나 심지어 우스운 짓으로도 보이지 않았다.) 잠시 자신을 위로하고 나자, 제랄이 몇 년 전에 썼던 콘스탄티노플 정복 기념일 칼럼에서, 콘스탄티노플 시대부터 오늘날까지 1650년 동안 이스탄불을 통치했던 124명 중에서 정복자 술탄 파티흐만이 밤에 변장을 하고 도시로 나가 볼 필요성을 느끼지 않았다고 했던 것이 기억났다. 시르케지-에윕 구간 버스에서 승객들과 이리저리 흔들릴 때, 제랄이 썼던 "우리 독자들은 그 이유를 아주 잘 알 것이다."라는 문장이 떠올랐다. 운카파느에서 탁심행 버스를 탔다. 갈립은 자신을 미행하는 사람이 어떻게 지금까지 버스를 잘 갈아탔는지 놀라웠다. 그의 시선이 느껴졌다. 목덜미에 있는 듯했다. 탁심에서 한 번 더 버스를 갈아탄 후에, 옆 좌석에 앉은 노인과 대화를 하면 자신이 다른 사람으로 변할 수 있고 그를 따라오는 그림자로부터도 벗어날 수 있을 거라는 생각이 들었다.

"눈이 계속 올까요?"

갈립은 버스 창밖을 바라보며 이렇게 말했다.

"누가 알겠나?"

노인은 더 말하려는 것 같았으나, 갈립이 다시 질문을 던져버렸다.

"이 눈은 무슨 신호일까요? 이 눈은 무엇의 전령일까요? 위대한 루미의 열쇠 이야기를 아십니까? 어젯밤 그 이야기에 관한 꿈을 꾸었지요. 사방이 하얬어요, 새하얬습니다, 지금 보는 이 눈처럼 하얬습니다. 그러다 갑자기 가슴에서 차갑고, 얼음처럼 차갑고 심한 고통을 느끼며 깨어났습니다. 가슴을 짓누르는 눈 뭉치, 얼음 덩어리, 수정 구체가 있는 것만 같았지만 아니었습니다. 가슴 위에는 루미 메블라나의 다이아몬드 열쇠가 있었습니다. 그 열쇠를 손에 들고 침대에서 일어나면서 내 침실 문을 열 수 있을 거라 생각했고, 그렇게 열었습니다. 하지만 나는 다른 방에 있었고, 거기, 침대에는 나를 닮았지만 내가 아닌 다른 사람이 있었습니다. 잠들어 있는 그의 가슴 위에 놓인 열쇠를 집어 들고 대신 내 열쇠를 거기에 놓아둔 다음, 그 방문을 열었습니다. 그다음 방도 같았고, 나와 닮은(나보다 잘생기긴 했지만) 다른 남자가 자고 있었으며, 그의 가슴 위에도 다른 다이아몬드 열쇠가 놓여 있었습니다. 그다음 방도, 그다음 방도 마찬가지였습니다. 게다가 그 방들에는 다른 사람들도 보였습니다. 나를 닮은 다른 그림자, 잠 못 든 다른 유령, 모두 과시하듯 열쇠를 들고 있었습니다. 모든 방에 침대가 있었고, 모든 침대에서 나를 닮은 사람이 꿈을 꾸고 있었습니다! 그제야 내가 천국의 시장에 와 있다는 것을 알게 되었습니다. 그러나 팔거나 사지도 않았고, 돈도 없었고, 단지 얼굴과 형상뿐이었습니다. 무엇이든 원하는 것이 될 수 있었습니다. 마음에 드는 얼굴을 가면 쓰듯이 내 얼굴에 쓰고 새로운 인생을 시작하면 되는 겁니다. 하지만 내가 되고 싶은 얼굴은 1001개 방 중 마지막 방에 있었고, 마침내 마지막 자물쇠에 마지막 열쇠를 꽂았을 때 문은 열리지 않았습니다. 그제야 나는 그 문을 열 수 있는 것은 처음 깨어났을 때 가슴 위에 놓여 있던 눈처럼 차가운 열쇠였다는 것을 알았습니다. 설사 내가 떠나온 침대에, 혹은 천한 개의 방 중 한 곳에 그것이 있다 해도, 이제는 어디에 있는지, 누구의 손에 있는지 알 길이 없었습니다. 이렇게 자책의 눈물을 흘리며, 다른 모든 절망적인 사람들과 함께, 방에서 방으로, 열쇠에서 열쇠로 헤매 다니며, 매번 잠자는 얼굴을 보고 놀라면서 알게 된 것은 내가 영원히……."

"저것 봐!"

갈립은 색안경을 낀 채 노인이 가리키는 곳을 보았다. 라디오 방송국 바로 앞 인도에 시신이 누워 있었다. 한두 사람이 옆에서 소리를 지르자 순식간에 호기심 많은 구경꾼이 몰려들었다. 차량 흐름이 더뎌지자, 앉아 있던 사람이건 서 있던 사람이건 할 것 없이 가능한 한 몸을 기울여 두려움에 싸인 채 조용히, 피를 흘리는 시체를 바라보았다.

교통 체증이 해소되고도 정적은 한동안 계속되었다. 갈립은 코낙 극장 앞에서 내렸다. 니샨타쉬 모퉁이에 있는 앙카라 시장으로 들어가서, 소금에 절인 삼치, 어란, 얇게 자른 혀, 바나나 한 다발, 사과 몇 개를 산 다음 빠른 걸음으로 쉐흐리칼프 아파트를 향해 걸어갔다. 지금은 자신이 너무나 다른 사람처럼 느껴져서, 그렇지 않았으면 하고 바라야 할 정도였다. 곧바로 관리인 집으로 내려갔다. 관리인 이스마일과 카메르 부인은 손주들과 함께 파란색 비닐 커버가 덮인 식탁에 앉아, 다진 고기가 들어간 감자 요리를 먹고 있었다. 너무나 행복해 보이는 가족이 갈립에게는 머나먼 과거 속 한 장면처럼 보였다. 갈립은 잠시 뜸을 들이다 이렇게 말했다.

"식사하시는 데 방해가 되고 싶진 않습니다만, 제랄에게 봉투를 건네주지 않았더군요."

"문을 여러 번 두드려 봤는데, 집에 없어."

관리인의 부인이 대답했다.

"지금 집에 있어요. 봉투 어딨죠?"

"제랄이 있다고? 올라갈 거면 이 전기료 고지서 좀 갖다주

렴."

이스마일 씨가 말했다.

그는 식탁에서 일어나 텔레비전 위에 있는 고지서를 잘 보이지 않는 눈으로 하나하나 뒤적였다. 갈립은 주머니에서 꺼낸 열쇠를 재빨리 라디에이터 위 선반 가장자리에 박힌 못에 걸었다. 그러고는 봉투와 고지서를 건네받은 후 그곳에서 나왔다.

"제랄에게 걱정 말라 해, 아무한테도, 아무 말도 않을 테니!"

카메르 부인은 유쾌하게 소리쳤지만, 목소리에는 의구심이 담겨 있었다.

갈립은 오랜만에 쉐흐리칼프 아파트의 낡은 엘리베이터를 타는 기분을 즐겼다. 여전히 기계 오일 냄새와 나무에 칠한 니스 냄새가 났고 여전히 요통 걸린 노인처럼 신음 소리를 냈으며, 뤼야와 등을 맞대고 키를 재던 거울도 그대로 있었지만, 갈립은 글자의 공포에 휩싸이는 게 겁이 나서 감히 자신의 얼굴을 들여다보지 못했다.

집 안으로 들어가 외투와 재킷을 벗어 걸자마자 전화벨이 울렸다. 무엇에건 준비를 하고 싶어, 전화를 받기 전에 화장실로 뛰어갔고, 삼, 사, 오 초 동안, 갈망하듯이, 용기 있게, 단호하게, 거울을 통해 자신의 얼굴을 응시했다. 우연이 아니었다, 글자는 여전히 제자리에 있었다. 모든 것이, 모든 세계와 신비가. 갈립은 전화를 받으며 '난 알아. 난 알아.' 하고 생각했다. 수화기를 들기 전부터 전화를 건 사람이 군사 쿠데타라는 기쁜 소식을 알려 준 그 목소리의 주인공이라는 것을 알고 있었다.

"여보세요?"

"이번에는 무슨 이름으로 할 거요? 가명들이 너무 많아 이제는 헷갈립니다."

갈립이 말했다.

"영리하게 시작하는군. 뭐든 당신이 좋은 대로 내 이름을 정하시오, 제랄 씨."

갈립이 예상한 것보다 자신감 있는 목소리였다.

"메흐메트."

"정복자 메흐메트요?"

"그렇소."

"좋소, 나는 메흐메트요. 전화번호부에서 당신의 이름을 찾지 못했어요. 주소를 주면 바로 가겠소."

"모두에게 비밀로 하는 주소를 왜 당신에게 알려 주겠소?"

"나는 곧 닥쳐올 피비린내 나는 군사 쿠데타를 밝혀 줄 자료를 유명한 기자에게 제공하려는 평범하고 선량한 시민이기 때문이오."

"평범한 시민이라기엔 나에 대해 너무 많이 알고 있소."

"육 년 전, 카르스 기차역에서 한 동포와 우연히 만났소. 평범한 동포였소. 그날도 물건을 사기 위해 에르주룸으로 가는 길이었다고 했소. 우리는 짧은 여정 내내 당신 이야기를 했소. 그는 당신이 본명으로 발표한 첫 칼럼을 '들어라'라는 단어로(페르시아어로 비쉬노브(bishnov)이며, 루미의 『메스네비』 첫 단어) 시작한 이유를 알았소. 당신이 1956년 7월에 쓴 칼럼에서 인생을 연재소설에 비유했고, 정확히 일 년 후에는 연재소설을 인생에 비유하는 칼럼을 썼다는 것을 알았을 뿐 아니라, 그때 당신 글에 숨겨진 균형과 그 안에 흐르는 강한 실리주의 경향도 잘 알고 있었소. 왜냐하면 원래 작가가 신문사와 싸움을 한 후 중도에 그만둬 버린 레슬링에 관한 연재물을 당신이 완결했다는 것을 알았기 때문이오. 당연히 가명을 썼지만 문체를 보고 알아냈던 거요. 비슷한 시기에 당신은 거리를 지나는 아름다운 여자들을 노려보지 말고 유럽 사람들처럼 따뜻하게 미소를 지으며 바라보아야 한다는 칼럼을 쓰면서, 당신은 무뚝뚝하게 노려보는 남자들의 시선에 불쾌해하는 여자를 예로 들었는데, 사랑과 열정과 찬미를 담아 묘사했던 그 아름다운 여자가 당신의 계모였다는 것도 그 남자는 알고 있었소. 이스탄불의 먼지투성이 아파트에 모여 사는 대가족을 수족관에 득실거리는 금붕어에 비유하며 비꼬았던 칼럼을 보고서는, 그 물고기가 당신의 귀머거리에다 벙어리인 삼촌이 기르는 것이고 그 대가족도 당신 가족이라는 것을 알았소. 그는 이스탄불은 고사하고 에르주룸 밖으로도 나가 본 적이 없는 사람이었지만, 당신이 이름을 거론하지 않았던 모든 친척들과 당신이 살던 니샨타쉬 아파트의 정확한 위치, 근처의 거리, 모퉁이에 있는 경찰서, 길 건너에 있는 알라딘의 가게, 분수가 있는 테쉬비키예 사원, 마지막 정원, 쉬티쉬 무할레비 가게, 인도를 따라 늘어선 밤나무와 보리수나무를, 향수에서부터 신발끈, 담배에서부터 바늘과 실까지, 알라딘의 가게와 똑같은 것을 파는 자신의 작은 가게가 있는 카르스 성 근방만큼이나 잘 알고 있었소. 라디오 방송망이 아직 연결되지 않아 한 개의 방송만 나오던 시절이었는데, 당신이 이파나 치약의(당신도 분명히 기억하겠죠.) 후원을 받던 이스탄불 라디오 방송국의 「11시 퀴즈 대결」을 조롱하는 칼럼을 쓴 지 삼 주 후에, 그 프로그램이 그렇게 아첨을 하면 당신이 입을 다물어 줄 거라 기대하며 1200리라가 걸린 질문의 답을 당신 이름으로 만들었지만, 그가 예상한 대로 당신은 그 작은 미끼를 거부하고 바로 다음 칼럼에서 독자들에게 미국산 치약을 사용하지 말고, 대신 집에서 깨끗한 손으로 만든 박하 비누로 이를 문질러 닦으라고 했다는 것을 이 단순한 남자는 알고 있었소. 물론 당신은 알 리 없겠지만, 이 사람 좋은 가겟집 남자는 당신이 그 칼럼에 써 놓은 대로, 그 비누로 몇 년 동안이나 이를 문질러 닦았고 이는 하나씩하나씩 빠져 버렸소. 우리는 남은 시간 동안 '주제: 우리 유명한 칼럼 작가 제랄 살리크'라는 재미난 퀴즈 게임을 만들었다오. 이 남자는 에르주룸 역에서 못 내릴까 봐 노심초사하고 있었는데도 나는 그를 간신히 이길 수 있었소. 그는, 나이보다 늙어 보이고 빠져 버린 이를 해 넣을 돈도 없는 그는, 당신의 글 이외에는 인생에서 유일한 취미가 마당에 있는 새장에다 여러 종류의 새를 기르며 예뻐하는 것이었고, 새에 관한 이야기도 많이 알고 있었소. 그렇소, 그는 그저 평범한 시민이었소. 그래, 내가 무슨 말을 하려는지 알겠소, 제랄 씨? 평범한 시민조차도, 그들을 얕보지 마시오, 평범한 시민조차도 당신을 알고 있소. 하지만 나는 평범한 시민보다 당신에 대해 더 많이 알고 있소. 그래서 우리가 밤새 이야기를 나누어야 하는 거요!"

"치약에 관한 두 번째 칼럼을 쓰고 네 달이 지난 후, 나는 다른 칼럼을 썼소. 어떤 것이었소?"

"밤에 잠자기 전, 사랑스러운 소년과 소녀가 아버지, 어머니, 고모, 이모, 외숙부, 숙부, 이복형제에게 '굿나이트 키스'를 할 때, 그 사랑스러운 입에서 박하 치약 향이 난다는 거였소. 그리 좋은 글은 아니었지만."

"그 금붕어에 대해 언급했던 다른 칼럼은?"

"육 년 전 죽음과 정적에 대한 갈망을 주제로 쓴 칼럼에서, 다시 한 달 후 이번에는 질서와 조화에 대한 모색을 주제로 쓴 칼럼에서 언급했던 것을 기억하오. 당신은 종종 텔레비전과 수족관을 비교하곤 했지. 근친교배를 한 와킨 물고기의 재앙에 관하여 브리태니커 백과사전에서 도용한 지식을 나열하기도 했고. 누가 번역해 준 거요, 여동생? 아니면 사촌?"

"경찰서에 관한 칼럼은?"

"연상되는 게 아주 많소. 암청색, 어둠, 구타, 신분증, 시민이라는 비애, 녹슨 수도관, 검은 신발, 별 없는 밤, 찡그린 얼굴, 형이상학적인 정지의 느낌, 불운, 터키인이라는 것, 비가 새는 지붕, 그리고 물론 죽음."

"그 가겟집 남자도 이 모든 것을 알았소?"

"더 많이 알았소."

"가겟집 남자가 뭘 물었소?"

"그는 평생 전차를 본 적이 없고 앞으로 볼 것 같지도 않았지만, 이스탄불에 있는 말이 끄는 전차와 말이 끌지 않는 전차의 냄새가 다른지 첫 번째로 물었소. 나는 말과 땀 냄새뿐 아니라 진짜 차이는 다른 것에 있다는 것도 말해 주었소. 모터, 오일, 전기 냄새. 그는 이스탄불 전기는 냄새가 특별한지 물었소. 당신이 그렇게 쓰지는 않았지만, 그는 당신 칼럼에서 이러한 결론을 도출한 거요. 그는 금방 인쇄돼 나온 신문의 냄새도 묘사해 달라고 했소. 1958년 겨울에 쓴 당신 칼럼에 따르면 대답은 이러하오. 퀴닌에 습기 찬 지하실 냄새와 유황과 와인이 섞인 듯한 냄새, 그러니까 머리가 어쩔한 냄새. 카르스 시까지는 사흘이 지나야 신문이 도착하니까 이 냄새가 사라져 버리는 모양이오. 가겟집 남자가 했던 가장 어려운 질문은 라일락 꽃 향기에 관한 것이었소. 나는 당신이 그 꽃에 특별한 관심을 보인 적이 없다고 기억하오. 그러나 그 가겟집 남자에 의하면, 미소를 머금고 이야기를 하는 그는 달콤한 추억을 떠올리는 노인 같았소만, 당신은 이십오 년 동안 세 번 이 꽃의 향기에 대해 언급했소. 한 번은, 왕위에 오를 날을 기다리며 주위를 공포로 몰아넣은 이상한 왕자 이야기를 하면서 그의 애인에게서 라일락 꽃 향기가 났다고 썼소. 다른 한 번은, 당신은 이 이야기를 반복한 적이 있소, 친척이 확실한 어린 소녀에 대해 쓰면서, 여름 방학이 끝나고 학교에 가야 하는 날, 슬프지만 하늘은 화창한 어느 가을 아침에 새로 다림질한 깨끗한 교복을 입고, 머리에는 산뜻한 새 리본을 달았다고 했소. 처음에는 머리카락에서, 그다음에는 머리에서 라일락 향기가 났다고 썼지. 실제 삶의 반복이었소, 아니면 작가가 자신의 글에서 베낀 것의 반복이었소?"

갈립은 한동안 아무 말도 하지 않았다. 그런 후 마치 꿈에서 깨어나듯 말했다.

"기억이 나지 않소. 왕자에 관해 쓸까 생각한 것은 기억하지만, 정말 썼는지는 기억할 수 없소."

"그 남자는 분명히 기억했소. 냄새에 대한 감각만큼 그는 장소에 대한 감각도 탁월한 사람이었소. 그는 당신의 칼럼을 면밀히 읽고서, 냄새가 차고 넘치는 곳으로 이스탄불을 그려냈다오. 당신이 배회하고, 그 신비 때문에 사랑하게 된(비밀스럽게, 아무에게도 말하지 않고 사랑했소.) 모든 곳을 (그는) 알고 있었지만, 어떤 냄새는 상상하지 못했던 것처럼, 어느 지역이 다른 지역과 얼마나 가깝고 먼지는 알지 못했소. 나는 당신 덕분에 그 장소에 이따금(당신을 찾아야 할 때) 가 보곤 했지만, 이번에는 그렇게 할 수 없기에, 전화번호를 통해 당신이 니샨타쉬─쉬쉬리 근처에 숨어 있다는 것을 알 수 있었소. 당신이 궁금해할 것 같으니 말해 주겠는데, 가겟집 남자더러 당신에게 편지를 쓰라고 했소. 그러나 당신의 칼럼을 그에게 읽어주던 조카가 읽을 줄은 알지만 쓸 줄을 모른다지 않겠소. 물론 가겟집 남자는 읽을 줄도 쓸 줄도 몰랐지만. 한번은 글자를 아는 것이 기억을 저하시킨다고 당신이 쓴 적이 있었소. 우리가 탄 증기기관차가 칙칙폭폭 에르주룸에 도착할 즈음, 당신의 칼럼을 듣기만 하고 읽은 적은 없던 이 남자를 어떻게 이겼는지 말해 줄까요?"

"말하지 마시오."

"당신이 칼럼에서 언급한 추상적인 개념 하나하나를 그는 기억했지만, 그 의미가 무엇인지는 모르는 것 같았소. 예를 들면, 그는 표절 혹은 문학적 도용이 무엇인지 전혀 몰랐지. 그의 조카는 당신의 글만 읽어 주었고, 그 역시 다른 사람의 글을 궁금해하지 않았소. 단 한 사람이 세상 모든 글을, 단 한 순간에 쓴다고 그는 생각하는 듯했소. 나는 그에게 당신이 계속 시인 루미에 대해 언급하는 이유를 물었소. 그는 아무 말도 하지 못했지. 나는 가겟집 남자에게, 당신이 1961년에 쓴 '숨겨진 글의 신비'라는 제목의 칼럼이 어느 정도 당신의 것이고, 어느 정도 에드거 앨런 포의 것인지 물었소. 그는 모두 당신의 것이라고 대답했소. 나는 계속해서 그에게, 당신과 칼럼 작가 네샤티 사이에 벌어졌던 보트폴리오와 이븐 제르하니에 대한 그 유명한 논쟁에서(그는 싸움으로 기억했지만) 상당히 미심쩍다고 확인된 딜레마에('이야기의 본질과 본질의 이야기'라는 딜레마라고도 했던) 대해 물었소. 그는 확신에 차 모든 것의 본질은 글자라고 말했소. 그는 아무것도 이해하지 못했고, 결국 내가 이겼지."

"당신이 말한 그 논쟁에 대해 말하자면, 네샤티에 대항해 주장했던 내 생각은 모든 것의 본질이 글자라는 데에 의거하고 있소."

"하지만 그건 이븐 제르하니가 아니라 파즐랄라흐의 말이었소. 당신은 대심문관에 관한 나지레를 쓴 후 안전을 생각해야겠다고 느낀 것 아니오? 그래서 이븐 제르하니를 연막으로 쓴 거요. 그 칼럼들을 쓸 때는 오직 네샤티를 사장의 눈 밖에 나게 해서 쫓아내는 것밖에 생각하지 않았잖소. 먼저 '번역인가 표절인가?'라는 질문으로 그를 자극했지요. 그가 얼마나 당신을 질투하는지 알았기에, 그가 '표절'이라며 당신을 비난하게 만드는 데는 별 계략도 필요 없다는 것도 알았으니까. 그러자 당신은, 동양은 아무것도 창조할 수 없다고 터키 국민들을 모욕했다며 네샤티를 맹렬하게 비난했지. 그런 다음 당신은 갑자기 신문사 사장에게 편지를 쓰라고 독자들을 선동하면서, 우리의 영예로운 역사와 '우리 문화'를 옹호하기 시작했지. 당신은 자신이 무슨 일을 벌이는지 알고 있었소. 가련한 신문 구독자들에겐 우리의 위대한 역사를 무너뜨리려는 자들과 맞서 새로운 십자군 원정을 선언하는 것보다 중요한 것은 없소. '가장 위대한 터키 건축가' 시난이 사실 카이세리 출신의 아르메니아인이라고 주장하는 변태들에 대항해 항상 경계 태세를 갖추고 있는 가련한 터키 독자들이 여느 때처럼 이 기회를 놓치지 않고 사장에게 이 변절자 네샤티를 고발하는 편지 공세를 퍼붓자, 당신이 문학적 표절을 했다는 것을 포착한 기쁨에 취해 있던 가련한 네샤티는 직장과 자신의 칼럼란을 동시에 잃었지. 물론 나중에 다시 당신과 같은 신문사에서, 그러나 낮아진 직위에서 일을 하게 되었지만, 그가 당신 뒤에서 험담을 하며 함정을 팠다던데, 이걸 알고 있소?"

"우물에 관해 내가 쓴 글들은 어떻소?"

"나처럼 충직한 독자에게는 묻는다는 것 자체가 실례라고 먼저 말해 주겠소. 당신은 이 주제에 대해 아주 잘 알고 있으며 할 얘기도 무한하오. 그러니 디완에 있어서의 우물에 대해,

루미의 연인 샴스의 시신이 던져진 우물에 대해, 당신이 항상 거리낌 없이 이용하는 『천일야화』 속의 정령과 마녀와 거인이 산다던 우물에 대해, 아파트 통풍구에 대해, 당신이 우리 영혼을 잃어버린 곳이라고 했던 어둡고 깊은 구멍에 대해서는 빨리 지나가겠소. 당신이 이미 많이 언급했으니까. 대신 이건 어떻소? 1957년 가을, 당신은 팽창해 가는 우리 도시의 새로운 지구(地區)에 세워지는 사원에 대해 분노하고 슬퍼하면서도 주의 깊게 칼럼을 썼소. 당신이 가장 못마땅해하던 것은 콘크리트 첨탑과(돌로 만든 첨탑에는 별 이의가 없었던 당신은 콘크리트를 강조했소.) 그 위치였는데, 새 지구가 실제로 도시를 포위하여 우리를 완전히 둘러쌌기 때문에, 하늘로 치켜올라간 이 콘크리트 첨탑이 공격적인 창처럼 보인다고 했소. 그날의 뉴스와 추문을 직접적으로 전하지 않는 글이 다 그렇겠소만, 당신이 마지막 줄에 써 놓아 눈에 띄지 않는 모스크에 대한 언급에 대다수 독자는 주의를 기울이지 않았소. 첨탑은 땅딸막하고, 뒤뜰에는 대칭적인 고사리와 비대칭적인 가시들이 우거져, 헤아릴 수 없이 깊지만 메마른 우물을 덮은 빈민가 사원에 대해 써 두었던 거요. 나는 당신이 이 실제로 존재하는 우물을 묘사함으로써, 눈을 들어 하늘의 콘크리트 첨탑을 바라보기보다는 우리의 과거가 잊혀 가라앉아 있는, 어둡고 메말라 뱀과 망령이 출몰하는 우물 속을 들여다보아야 한다고 암시하는 것을 곧장 알아챘소.

이로부터 십 년 뒤, 당신은 칼럼에다 당신의 불행한 과거에 대한 이야기에 애꾸눈 키클롭스 신화를 끼워 넣으려고 우선 외로운 밤에, 아, 얼마나 외로운 밤인가, 잠이 들지 못한 채 가책을 느끼는 양심에서 나온 유령에게 둘러싸여 있다가, 오랫동안 당신을 따라다니며 괴롭히고 어디를 가든 과거의 죄가 생각나게 하던 어떤 눈에 대해 쓴 적이 있었지. 이 시각 기관이 '이마 한가운데에 파여 있는 어두운 우물' 같다고 한 것은 우연이 아니라 당신의 의도였지."

이 목소리의 주인공은 어떻게 생겼을까? 갈립은 하얀 칼라에 바랜 재킷을 입고 유령 같은 얼굴을 한 남자를 그려 보았다. 이 이야기가 전부 그의 풍부한 기억에서 나온 것일까, 어디서 보고 읽는 것일까? 갈립은 잠시 생각에 잠겼다. 목소리의 주인공은 갈립의 침묵에서 어떤 신호를 읽은 듯, 승리의 폭소를 터뜨렸다. 도시 아래로, 비잔틴 주화와 오스만인의 해골이 흩어져 있는 지하 통로를 지나, 플라타너스와 밤나무, 녹슨 기둥 사이에 빨랫줄처럼 팽팽하게 당겨지고, 벽토가 벗겨진 낡은 아파트 벽에 검은 담쟁이덩굴처럼 감긴 전화선을 지나는 긴 여정을 상상했다. 그들을 연결하는 것이 전화선이 아니라 그들을 같은 어머니에게 이어 주는 탯줄인 것만 같았다. 그는 탯줄을 공유하는 형제애 같은 감정으로 마치 비밀을 알려 주듯 속삭이며 말했다. 그는 제랄을 아주 사랑했고, 제랄을 소중히 여겼으며, 제랄을 아주 잘 알고 있었다. 제랄은 이제 이에 대해 의심하지 않았다, 그렇지 않나?

"모르겠소."

갈립은 대답했다.

"그렇다면 우리를 떼어 놓는 이 검은 전화기를 없애 버립

시다."

목소리가 말했다.

왜냐하면 가끔 스스로 울려 사람을 두렵게 만들기 때문에. 왜냐하면 수화기는 타르처럼 검고 아령처럼 무겁기 때문에. 왜냐하면 번호를 돌리면 카라쾨이-카드쾨이 페리 부두에 있는 낡은 회전문처럼 끙끙거렸기 때문에. 왜냐하면 전화를 거는 사람이 원하는 곳이 아니라 전화기가 원하는 곳으로 연결되는 일도 있기 때문에.

"무슨 말인지 알겠소, 제랄 씨? 주소를 주시오, 당장 갈 테니."

갈립은 잠시, 천재 학생을 보고 말문이 막힌 선생처럼 주춤했다. 대답을 할 때마다 그의 기억의 정원에서 피어나는 꽃에 놀라고, 상대방이 그의 질문을 낚아채 갈 때마다 그 정원의 무한한 깊이와 천천히 빠져 들어가는 함정을 인식하며 물었다.

"나일론 스타킹에 대해서는?"

"1958년에 쓴 칼럼에서 당신은 그보다 이 년 전 여름, 아직 당신 본명으로 글을 쓰지 않던, 그러니까 여러 개의 가명으로 글을 쓰던 때를 회상했소. 날은 참기 어려울 정도로 더운데다 과로와 외로움으로 괴로워서, 정오의 태양을 피하기 위해 동시 상영하는 영화 중 첫 번째 영화가 상영 중인 베이올루 극장으로(뤼야 극장) 들어갔지. 배경은 시카고였지만 터키어로 더빙된 말소리, 기관총 소리, 병 깨지는 소리, 유리 부서지는 소리, 베이올루에서 가장 애처로운 성우의 가장 터키적인 웃음소리가 울려 퍼지는 사이에서, 어떤 여자가 긴 손톱으로 나일론 스타킹 위로 다리를 긁는 소리가 들려왔소. 영화가 끝나고 불이 켜졌을 때, 당신은 똑똑하고 얌전한 열한 살짜리 아들과 함께 앉아 있는 아름답고 우아한 어머니를 보았소. 그들은 마치 친구처럼 이야기를 나누었지. 얼마나 오랫동안, 얼마나 동경하며 그들을 바라보았던지, 얼마나 가까이서 그들의 대화를 엿들었던지. 이 년 후 다시 이에 대해 쓴 칼럼에서, 두 번째 영화를 보면서 칼 부딪히는 소리나 바다의 폭풍 소리는 듣지 못한 채 끊임없이 이스탄불 모기에게 뜯기는 다리를 긁는 소리에 얼마나 집중했는지 썼소. 당신은 스크린을 종횡무진하는 해적들의 음모를 좇지 못하고 모자 사이에서 느낀 친밀함만을 생각했다고 썼소. 다시 십이 년 후에 쓴 세 번째 칼럼에서 설명한 것처럼, 나일론 스타킹에 관한 글 때문에 신문사 사장이 당신을 나무랐지. 누군가의 아내이자 어머니를 성적인 대상으로 묘사하는 것이 위험하다는 것을, 아주 위험하다는 것을 몰랐소? 터키 독자들이 이런 불명예를 참을 거라 생각했소? 칼럼 작가로 살아남고 싶다면 기혼녀에 대해서뿐 아니라 무엇보다 문체에 주의해야 한다는 것을 몰랐소?”

“문체에 대해서는? 짧게 대답해 주시오.”

“당신에게 문체는 인생이지. 당신에게 문체는 목소리지. 문체는 당신의 사고지. 문체는 진정한 당신 자신이지. 하지만 당신 자신은 하나가 아니라, 둘, 셋이오.”

“그것들에 대해 말해 주겠소?”

“첫 번째 목소리는 당신이 ‘단순한 인격’이라고 했던 거였소. 누구에게나 쓰는 목소리, 가족들과 저녁 식사를 마치고 식탁에 앉아 담배를 피우며 담배 연기 속에서 잡담을 할 때 쓰는 목소리지. 일상생활과 관련된 세부적인 것은 이 목소리가 들려주는 셈이오. 두 번째 목소리는 당신이 되고 싶은 사람의 목소리이자 당신이 가장 사모하는 사람들에게서 훔쳐 온 가면이지. 이 세상에서는 평온을 찾지 못하고 다른 세상으로 들어가 신비에 감싸인 영웅 말이오. 이 영웅이 가져다준 위안이 없었다면, 그가 당신을 놀리거나 비난하거나, 당신 귓가에 영원히 속삭이고 있는 수수께끼와 단어 게임으로 당신을 달래 주지 않았다면, 당신이 노망든 늙은이처럼 계속해서 후렴구를 반복하지 않았다면, 당신이 처음에는 모방하다가 나중에는 정말 그 사람이 되어 버린 이 영웅이 없었다면, 버림받은 외딴 곳으로 물러나 죽음을 기다리는 이 지구상의 모든 불행한 사람들처럼 당신은 오래전에 구석으로 물러나 앉아 죽음을 기다렸을 것이라고 하는 당신 칼럼을 읽으며 나는 눈물을 흘렸소. 그러니 당신의 첫 번째 문체는 당신의 객관적인 목소리이고, 두 번째 문체는 주관적인 데 반해, 세 번째 목소리는 이 둘이 다다를 수 없는 세계로 우리를 이끌었소. 검은 자아, 검은 문체! 가면을 쓰고 남들을 흉내 내는 것으로는 충분하지 못할 정도로 불행했던 밤에 당신이 썼던 것은 당신보다 내가 더 잘 알지만, 그런 밤에 저지른 짓에 대해선, 오, 나의 형제여, 당신만이 말할 수 있소! 이제 당신도 우리는 서로를 이해하며 서로를 찾게 되리라는 걸 알고 있소. 우리는 함께 변장을 하고 밤의 도시로 나갈 것이오. 주소를 주시오."

"주소에 대해 뭐라고 썼는지 말해 보시오."

"도시는 주소로, 주소는 글자로, 글자는 얼굴로 만들어진다고 했소. 1963년 10월 12일 월요일 칼럼에서 당신은 이스탄불에서 당신이 가장 좋아하는 지역들 중 한 곳이라며, 전에 타타블라라고 알려진, 옛 아르메니아 지역인 쿠르툴루쉬에 대해 이야기했소. 아주 재미나게 읽었소."

"읽는 것에 대해서는 뭐라고 썼지요?"

"한번은, 정확히는 1962년 2월인데, 당신도 물론 그 조마조마하던 시절, 이 나라를 구제할 군사 쿠데타를 준비하느라 분주하던 시절을 기억할 거요만, 겨울 저녁, 당신이 어두운 베이올루 거리에 있는, 밸리 댄서와 마술사가 번갈아 등장하던 나이트클럽 앞을 지날 때, 다른 나이트클럽으로 옮겨지고 있었던 모양인지는 몰라도, 난데없이 금테 두른 커다란 거울 하나가 문밖으로 나왔소. 당신이 입을 벌리고 거기에 서 있는데 거울이 처음에는 금이 갔다가, 나중에는 산산조각이 났고(아마 추위 때문에), 당신은 유리를 거울로 만드는 약품을 뜻하는 단어가 우리 말로 '비밀'이라는 것이 우연이 아님을 깨달았소. 칼럼에다 이 통찰의 순간에 대해 쓴 다음, 이렇게 덧붙였소. '읽는 것은 거울을 들여다보는 것이다. 거울 뒤에 있는 '비밀'을 아는 사람은 거울을 통과하여 반대쪽으로 갈 수 있다. 하지만 글자의 비밀을 알지 못하는 사람은 자신의 지루한 얼굴만 볼 뿐이다.'"

"그 비밀이 무엇이오?"

"그 비밀이 무엇인지는 당신 이외에 나만 알고 있소. 전화로 설명할 수 없다는 걸 당신도 알 테니, 주소를 주시오."

"그 비밀이 무엇이오?"

"독자가 그 비밀을 얻기 위해서는 자신의 전 생을 당신에게 바쳐야 한다는 걸 모르겠소? 나는 그렇게 했소, 당신에게 내 인생을 주었소. 그 오랜 세월 동안 난로도 없는 국립 도서관에 앉아, 외투를 입고, 모자를 쓰고, 장갑을 끼고서도 덜덜 떨면서, 당신이 본명을 사용하기 전에 썼을 거라 생각되는 모든 글을(다른 사람 이름으로 썼던 연재물, 수수께끼, 인물 소개, 정치 보도문, 감상적인 여행기) 읽었소. 삼십 년 이상을 하루에 평균 여덟 장 정도 썼으니, 십만 장 혹은 삼백삼십삼 쪽으로 된 책 삼백 권 분량인 거요. 오로지 이 때문에라도 이 민족은 당신 동상을 세워야 해!"

"당신의 것도, 그걸 다 읽었으니까. 동상에 대해서는?"

"내가 아나톨리아를 여행할 때, 지금은 이름을 잊어버린 한 작은 마을의 중앙 광장에 서서 버스가 출발하기만을 기다리는데, 한 젊은이가 옆으로 와서 앉더니 이야기를 하자고 했소. 먼저 우리는 이 가련한 마을에서 할 수 있는 유일한 일은 거기를 떠나는 것이라고 말하는 듯 손가락으로 버스 터미널을 가리키는 아타튀르크의 동상에 대해 이야기했다오. 그러고는 어쩌다 내가 먼저 말을 꺼내, 이 나라에 만 개가 넘는 아타튀르크 동상이 있다고 했던 당신 칼럼 이야기를 하게 됐소. 당신은 최후의 날에 천둥과 번개로 어두운 하늘이 찢어지고 사방이 요동치면, 그 끔찍한 아타튀르크 동상이 모두 소생할 거라고 했소. 무엇을 입고 어떤 자세로 있든 간에(비둘기 똥이 점점이 찍힌 유럽인의 옷을 입었든, 사령관 유니폼을 완벽하게 갖춰 입었든, 실크 모자를 쓰고 유령 같은 망토를 입었든, 앞발을 치켜들어 거대한 생식기를 내보이는 종마를 타고 있든) 대좌 위에서 움직이기 시작할 거라고 썼소. 이 대좌, 셀 수 없이 많은 꽃, 화환, 파리, 먼지투성이 버스, 오랫동안 그들 주위를 돌았던 마차, 땀냄새 나는 군복을 입은 군인, 해마다 나프탈렌 냄새가 나는 교복을 입고 돌로 만들어진 아타튀르크를 쳐다보며 애국가를 부르는 여학생을 당신은 아주 아름답게 묘사했소. 그러나 심판의 날이 오면 그들은 움직이기 시작하고, 하나씩하나씩 동상의 대좌에서 내려와 발아래에 놓인 꽃과 화환을 밟고는 어둠 속으로 사라질 거라고 했소. 그 열정적인 젊은이도 그 칼럼을 읽었다고 하더군. 우리의 가련한 동포들이 흔들리는 창문 안에서 덜덜 떨며, 땅이 흔들리고 하늘이 두 쪽으로 갈라지는 종말의 소란에 꼼짝 못한 채, 밖에서 울리는 청동 장화 소리와 대리석 말발굽 소리에 귀 기울이는 모습에 대해 읽었다고 말이오. 그 젊은이는 아주 흥분해서 당장 당신에게 그 세상의 마지막 날이 언제 오는지 묻는 편지를 썼다더군. 이렇게 해서, 만약 그가 한 말이 사실이라면, 당신은 그에게 짧은 답장을 보내서 그의 사진을 한 장 보내 달라고 했고, 사진을 받은 당신은 그날이 임박했다는 데에 대한 '징조가 될 비밀'을 알려 주었소. 그러나 당신이 젊은이에게 알려 준 비밀은 '그 비밀'이 아니었소. 분수가 마르고, 잔디가 군데군데 뜯겨 나간 공원에서 오랜 세월 기다리다 절망한 젊은이가 당신의 사적인 비밀을 내게 말해 주었지. 당신은 그에게 여러 글자의 두 번째 의미를 설명해 주고, 어느 날 칼럼에서 신호로 읽을 수 있는 문장을 볼 거라고 했다더군. 그는 그 문장을 읽으면, 칼럼을 해독하고, 곧장 행동을 개시해야 했지."

"그 문장은 뭐였소?"

"'나의 삶은 이런 나쁜 기억들로 가득 차 있다.' 바로 이 문장이었소. 그가 만들어 냈는지 당신이 정말로 편지에 써 주었는지는 모르겠지만, 우연하게도, 요즘에는 기억이 말라 간다거나 기억을 송두리째 잃었다거나 하는 불평을 안 하고는 두 줄도 못 쓰는 것 같았소만, 지난주에 재게재된 옛날 칼럼에서 바로 이 문장과 다른 문장들을 읽었소. 주소를 알려 주시오, 당장 달려가서 이것이 무슨 의미인지 설명해 주겠소."

"다른 문장들은 뭐였소?"

"주소를 주시오! 주소를 줘, 당신은 이제 나를 갖고 놀지 못해, 다른 문장들에도, 내가 들려준 그 어떤 이야기에도 당신은 관심이 없어. 당신은 이 나라에 조금도 관심이 없고 이 나라에 대해 듣고 싶어 하지도 않아. 당신은 증오에 차 숨어 버린 그 쥐구멍에서, 친구도 없이, 동지도 없이, 외로움 때문에 미칠 지경이지. 주소를 줘, 그러면 신학교 학생들이 당신 사진을 교환하고, 어린 소년들에게 입맛을 다시는 레슬링 심판들을 볼 수 있는 헌책방이 어디인지 말해 주겠어. 주소를 줘, 그러면 오스만 제국의 술탄 여덟 명이 하렘에 있는 부인들을 서양 창녀로 치장시킨 다음 이스탄불의 은밀한 장소에서 그녀들과 만나는 모습을 그린 판화들을 보여 주겠어. 파리에서 가장 잘나가는 의상실과 매음굴에서, 많은 옷과 장신구로 치장하는 것을 '터키 병'이라고 불렀다는 것을 알고 있나? 변장한 마흐무트 2세가 어두운 이스탄불 거리에서 발에는 부츠만 신은 채 붙어먹고 있는 모습을 묘사한 에칭 판화를 알고 있나? 나폴레옹이 이집트 원정 때 신은 것과 같은 부츠였어. 그가 가장 사랑하는 부인 베즈미알렘 왈리데(이름을 딴 오스만 제국의 배도 있고, 당신이 그토록 좋아하는 이야기 속 왕자의 할머니이기도 하지.) 술탄[40]도 태연하게 다이아몬드와 에메랄드로 된 십자가를 건 채 판화에 등장한다는 것을 알고 있나?"

"내가 십자가에 대해 뭐라고 했소?"

이렇게 묻는 갈립의 목소리에는 즐거움이 배어 있었다. 아내가 떠난 후 처음으로, 엿새하고 네 시간 만에 처음으로 인생을 즐기고 있었다.

"십자가 형태 자체가 초승달의 반대나 부인, 혹은 부정임을 증명하기 위해 초기 이집트 기하학, 아랍 대수학, 시리아 신플라톤주의에 대해 언급했던 1958년 1월 18일자 칼럼 바로 밑에, '연극과 영화에서 시가를 씹는 터프한 남자' 에드워드 G. 로빈슨과(나도 좋아하오.) 뉴욕의 의상 디자이너 제인 아들러의 결혼 소식이 십자가 그림자 아래에 있는 신혼부부 사진과 함께 실린 것이 우연이 아님은 나는 알고 있소. 당신 주소를 주시오. 일주일 후, 당신은 우리 아이들에게 십자가에 대한 두려움과 초승달에 대한 열광을 주입하면, 그들은 어른이

---

40) 오스만 제국에서 술탄은 일반적으로 통치자, 군주를 의미하나, 그 외에 왕가의 공주, 존경하는 왕가 사람에게 주는 칭호이기도 하다.

되어서 할리우드의 마법적인 얼굴을 해독할 수 없게 되고, 얼굴이 둥근 여성은 어머니나 아주머니로 여기게 되어, 성적 방향 감각을 상실한다고 주장했지. 이 점을 증명하기 위해 당신은, 가난한 학생들을 위한 국립 기숙학교에서 역사 시간에 십자군 원정에 대해 배운 날 밤 기숙사를 기습적으로 점검하면, 오줌을 싼 학생들을 수백 명 발견할 거라고 썼지. 이러한 것은 새 발의 피에 지나지 않소. 주소를 주시오, 그러면 당신이 원하는 모든 십자가 이야기와, 도서관에서 당신의 글을 찾다가 발견한 지방 신문에 언급된 것을 다 가져다주겠소. 한 죄수가 지옥으로 가던 중에 십자가를 보고, 뜻밖의 행운으로 죽음의 나라에서 돌아온 이야기를 해 주겠소. 헤드라인이 '목에 씌운 기름 먹인 올가미가 끊어지는 바람에 교수대에서 벗어난 사형수'였던 걸로 기억하오. 1962년 카이세리에서 나온 《에르지에스 포스트》요. 1951년 《그린 콘야》에 실린 것도 있소. '오늘 우리 신문 주필은 대통령에게, 십자가 모양의 그 익히 알려진 알파벳 대신 (.)을 사용하는 것이 터키인의 교양(Na.ional .urkish cul.ure)에 더 적합할 거라고 전보(.elegraph)를 보냈다.' 나에게 주소를 주면 더 자료를 주겠소……. 글을 쓰는 데 사용하라는 의미가 아니오. 왜냐하면 삶을 자료로 보는 칼럼 작가를 당신이 얼마나 혐오하는지 알기 때문이오. 지금 내 앞에 놓여 있는 상자 속 자료를 당장 갖다주겠소. 함께 읽고, 함께 웃고, 함께 웁시다. 자, 내게 주소를 주면, 최신 말더듬이 치료법에 대한 이스켄데룬에서 발간된 신문의 연재물을 가져가겠소. 이스켄데룬의 남자들이 매춘부에게 가서 얼마나 아버지를 증오하는지 말을 할 때는 치료가 된다는 것이오! 당신 주소를 주면, 사랑과 죽음에 대해 예언을 하는 웨이터 이야기를 가져가겠소. 그는 읽고 쓸 줄도 모르고 페르시아어는 물론이거니와 터키말도 제대로 못하는데, 오마르 하이얌[41]의 알려지지 않은 시는 암송할 수 있다고 하오. 왠지 아시오? 그들의 영혼이 쌍둥이이기 때문이오. 당신 주소를 주면, 바이부르트 출신의 기자이자 인쇄업자의 꿈 이야기를 가져가겠소. 그는 기억이 사라지는 것을 보고 나자, 신문 마지막 페이지에다 자신의 삶과 시간에 대해 아직 기억하는 것을 모두 싣기 시작해 죽는 날 밤까지 연재했소. 그는 마지막 꿈에서 넓은 정원 이야기를 했소. 당신도 그 빛바랜 장미, 떨어진 잎사귀, 메마른 우물 사이에서, 오, 나의 형제여, 자신의 이야기를 찾을 거라 확신하오. 나는 당신이 피를 묽게 하는 약을 복용하고 있으며, 뇌로 피가 들어가도록 하기 위해 매일 몇 시간 동안이나 다리를 벽에 댄 채 누워 있고, 그렇게 누운 채 그 메마르고 배은망덕한 우물에서 기억을 끄집어낸다는 것을 알고 있소. '1957년 3월 16일.' 소파나 침대, 혹은 아무 데서나, 너무 오래 거꾸로 있어 얼굴이 새빨개진 채 당신은 중얼거리겠지. 당신은 기억하려고 안간힘을 쓰며 계속 말할 거요. '3월 16일에, 나는 신문사 친

41) Omar Khayyam(1048~1131). 페르시아의 시인, 천문학자, 수학자. 근대 페르시아어로 된 4행시 『루바이야트』를 남겼고, 19세기 영국 시인 피츠제럴드의 번역으로 유명해졌다. 최근에 그가 아랍어와 이란어로 쓴 형이상학과 신비주의에 관한 진솔한 논문의 필사본이 수학 관련 저작물과 더불어 이란에서 발견되어 출간되고 있다.

구들과 함께 빌라예트 미트볼 식당에 갔고, 점심을 먹어 치우면서, 질투에 사로잡혔을 때 쓰게 되는 가면에 대해 이야기를 했지.' 그러고는 좀 더 밀어붙일 거요. '그래, 그래. 물론이지. 1962년 5월에, 쿠르툴루쉬 뒷골목에 있는 어떤 집에서 황홀한 섹스를 하고 잠이 들었다 깼을 때, 내 옆에서 벌거벗고 누워 있던 여자에게 그녀의 커다란 애교점을 보니 계모의 점이 생각난다고 했어.' 하지만 당신은 그 순간, 나중에 '잔인하다.' 고 쓸 의심에 휩싸였소. 정말 그 이야기를 그녀에게 했나? 아니면 창문이 제대로 닫히지 않아 언제나 베쉭타쉬 시장의 소음이 들리는 그 석조 가옥에 있는 피부가 새하얀 여자에게 했나? 아니면 단지 당신을 아주 사랑했기에 남편과 아이 곁으로 늦게 돌아가는 것을 감수하며 지한기르 공원의 벌거벗은 나무들이 바라다보이는 한 칸짜리 집에서 나와, 이후 당신이 칼럼에서 썼듯이, 당신이 왜 그렇게 고집스럽게 요구했는지 기억조차 할 수 없는 라이터를 당신에게 사다 주기 위해 베이올루로 가는 눈망울이 촉촉한 여자에게 했나? 당신 주소를 주면, 유럽산 신약 니모믹스를 가져가겠소. 니코틴과 나쁜 기억들로 막힌 뇌혈관을 열어 주고, 잃어버린 천국으로 곧장 데려갈 거요. 아침 차에 이 자주색 액체를 스무 방울을 떨어뜨리면(상자에 써 놓은 대로 두 방울이 아니라) 영원히 잊어버렸다고 생각했던 기억들이(잊었다는 것도 잊어버린 기억들) 당신 마음속으로 밀려들 거요. 마치 아이가 된 것 같고, 마치 오래된 장식장을 열어 잃어버렸다는 것도 잊어버린 색연필이며 빗, 자주색 구슬을 발견하는 것 같을 거요. 당신 주소를 알려만 준다면, 우리 모두의 얼굴이 들어 있는 지도, 바로 우리 도시에 있는 중요한 장소를 가리키는 신호로 가득한 지도에 대해 쓴 당신의 칼럼을 마침내 기억하게 될 거요. 칼럼뿐 아니라 왜 썼는지도 기억할 거요. 당신 주소를 알려만 준다면, 루미가 쓴 두 유명 화가의 경연 이야기를 칼럼에 왜 써야 했는지도 기억하게 될 거요. 당신 주소를 알려만 준다면, 절체절명의 외로움은 존재할 수 없다는 것을, 왜냐하면 최소한 우리가 외로운 때조차도 상상 속 여인들이 함께하고, 그렇게 상상하고 있다는 것을 본능적으로 항상 느끼는 그 여자들도 우리를 기다리며 찾는다고, 더욱이 그녀들 중 누군가는 우리를 반길 거라고 썼던 그 이해할 수 없는 칼럼을 왜 썼는지를 기억할 거요. 당신 주소를 알려 주면, 당신이 잊어버린 모든 것을 되살려 주겠소. 나의 형제여, 당신이 살고 꿈꾸었던 천국과 지옥은 천천히 당신에게서 사라지고 있소. 당신 주소를 알려 주면, 당장 달려가 당신의 기억이 깊은 망각의 우물 속에 완전히 묻히기 전에 당신을 구해 주겠소. 난 당신에 대해 모두 알고 있소. 당신이 쓴 모든 글을 읽었소.

당신의 마법적인 글이 낮에는 피에 굶주린 독수리처럼, 밤에는 교활한 유령처럼 활보하는 그런 나라를 재창조하는 것을 나 외에 그 누구도 도울 수 없소. 내가 당신 편에 서면, 아나톨리아의 가장 외딴 마을 찻집에 있는 소년들의 가슴에 불을 당기고, 산골 초등학교 선생과 학생이 눈물을 줄줄 흘리게 하고, 소도시 뒷골목에 있는 집에서 사진이 들어간 소설을 읽으며 죽음을 기다리는 어머니들에게 삶의 활력을 불러일으키는 그 마법적인 칼럼을 다시 쏟아 낼 수 있을 거요. 주소를 주시오. 새벽까지 함께 이야기를 나누면, 당신이 잃어버린 과거뿐 아니라 이 나라와 이 나라 사람들에 대한 사랑을 되찾을 거요. 우편배달부가 겨우 보름에 한 번 들르는 눈 덮인 산골 마을에서 당신에게 편지를 쓰는 절망적인 사람들을 생각하시오. 약혼자와 헤어지기 전에, 메카로 순례를 떠나기 전에, 선거에서 투표권을 행사하기 전에 당신에게 편지를 써서 조언을 구하는 혼란스러운 사람들을 생각하시오. 지리 시간에 교실 맨 뒤에 앉아 당신의 글을 읽는 불행한 학생을, 구석에 놓인 책상에서 은퇴할 날을 기다리며 당신의 글을 훑어보는 가련한 배차원을, 당신의 글마저 없다면 저녁마다 찻집에서 듣는 라디오 프로그램 외에 다른 이야깃거리가 없는 불운한 사람을 생각하시오. 지붕 없는 버스 정거장에서, 지저분하고 슬픈 극장의 대기실에서, 외딴 기차역에서 당신의 글을 읽는 사람들을 생각하시오. 모두 당신에게 기적을 기대하고 있소, 모두들! 당신은 그들에게 그들이 원하는 기적을 줘야만 하오. 주소를 알려 주시오. 우리 두 사람이 힘을 합치면 더 잘할 수 있을 것이오. 그들에게 뭔가를 써야 하오. 해방의 날이 임박했다고 쓰시오, 플라스틱 통을 들고 마을 우물에 줄을 선 채 물이 나오기를 기다려야 하는 날은 곧 끝날 거라고 쓰시오, 가출한 여고생들이 갈라타 사창가로 전락하지 않고 영화배우가 될 거라고 쓰시오, 기적이 곧 실현되고 복권에 당첨될 거라고 쓰시오, 술에 취한 남편이 귀가해 아내를 구타하지 않을 거라고 쓰시오, 통근 기차가 추가될 거라고 쓰시오, 마을 광장에서 유럽처럼 밴드가 음악을 연주할 거라고 쓰시오. 언젠가는 모든 사람이 유명한 영웅이 될 거라고, 언젠가 어머니를 포함하여 원하는 모든 여자와 동침할 뿐 아니라, 동침한 여자를, 마술이라도 부린 듯이, 천사로, 순결한 여자 형제로 볼 거라고 쓰시오. 수백 년 동안 우리를 가난으로 이끈 역사적인 신비를 풀 비밀 문서에 대해 쓰고 말하시오. 그들에게 열쇠를 주고, 신비가 풀렸다고 말하시오! 아나톨리아 전체를 연결하는 조직이, 곧 행동을 개시할 준비가 되어 있는 진정한 신자들의 민중 운동이 이미 존재한다고 말하시오. 우리를 빈곤 속으로 몰아넣은 국제적인 음모를 꾸민 동성애자, 성직자, 은행가, 창녀의 이름을 알고, 이들의 국내 협력자의 이름을 안다고 말하시오. 그들에게 적을 보여 주시오, 그러면 그들은 자신들의 지독한 운명이 누구 때문인지 알고 위안을 받을 것이오. 그들이 이 적들을 제거하기 위해 무엇을 해야 하는지 깨닫게 하시오, 그러면 슬픔과 분노로 벌벌 떨면서도 언젠가 아주 큰 일을 할 수 있을 거라 꿈꿀 것이오. 그 구역질 나는 적들을 불러내어 그들의 비열한 행위를 생생하게 묘사하시오, 그러면 그들은 자신의 죄를 다른 사람에게 전가할 마음이 생길 것이오. 오, 나의 형제여, 나는 당신이 이 모든 꿈을(또한 이보다 훨씬 믿기 어려운 이야기도), 다른 사람들은 불가능하다고 여기는 기적을 실현할 수 있는 대단한 펜을 가지고 있다는 걸 알고 있소. 당신의 멋진 단어로, 당신 마음인 그 깊이를 알 수 없는 우물에서 꺼낸 놀라운 기억으로, 당신은 이 모든 꿈을 소생시킬 것이오. 카르스의 가겟집 남자가 당신이 어린 시절을 보낸 거리의 색을 볼 수 있었다면, 그것은 그가 행간에서 이 꿈들을 보았기 때문이오. 그러니 그에게 꿈을 돌려주시오. 옛날에 당신은 어린 시절의 그네와 회전목마가 있는 축제를 연상시켰던, 아나톨리아의 모든 독자의 등골을 오싹하게 만드는 글을 쓴 적이 있는데, 그 글은 단지 기억을 휘젓는 것이 아니라 앞으로 다가올 날에 대한 환상으로 그들을 위로했소. 당신 주소를 알려 주시오. 당신은 다시 그런 글을 써야 하오. 이 빌어먹을 나라에서 당신 같은 사람이 글 쓰는 것 외에 달리 뭘 할 수 있겠소? 나는 당신이 달리 할 것이 없기 때문에, 단지 무력감 때문에 글을 쓴다는 것을 알고 있소. 아, 난 얼마나 오랜 세월 동안 당신이 겪는 그 속수무책의 추억에 대해 괴로워했던지! 나는 당신이 청과물 가게에서 파샤와 과일 사진을 보면서 얼마나 절망했는지, 뒷골목 찻집에서 습기 때문에 축축한 카드로 게임을 하는 눈빛 사나운 불쌍한 형제를 보면서 얼마나 고통스러워했는지 알고 있소. 어두운 새벽에 육류 어류 협동조합 앞에 줄을 선 채 싸게 팔기를 기대하는 모자를 볼 때마다, 어느 일요일 오후 나무도 없는 질퍽이는 공원에 가족과 함께 앉아 담배를 피우며 오후의 지루함을 날리는 아버지들을 볼 때마다, 기차를 타고 아나톨리아를 여행하다가 매일 아침 인력 시장이 열리는 작은 광장 옆을 지날 때마다, 나는 당신이 이들에 대해 뭐라 말할지 궁금했소. 당신이 그 광경을 목격했다면, 저녁에 작은 방으로 돌아가, 잊혀 버린 우리 나라처럼 낡은 책상에 앉아, 하얀 종이로 잉크가 스며드는 것을 보며 이들의 이야기를 써 내려가리라는 것을 나는 알고 있소. 당신이 한밤중까지 종이 위로 머리를 숙이고 있다가, 절망과 슬픔에 잠긴 채 일어나 냉장고로 가지만, 가만히 서서 안을 들여다볼 뿐 아무것도 꺼내지 않고, 다시 방으로 돌아가 몽유병 환자처럼 방 안에서, 책상 주위에서 거니는 모습을 나는 생각하곤 했소. 오, 나의 형제여, 당신은 너무나 슬펐고, 너무나 외로웠으며 고통스러웠소. 내가 얼마나 당신을 사랑했던가! 당신의 글을 읽으며 보낸 그 오랜 세월 동안, 나는 당신만을 생각했소. 제발 내게 당신 주소를 알려 주시오, 최소한 대답해 주시오. 얄로와 행 페리에서 본 것들을 이야기해 주겠소, 바로 사관학교 학생들과 그들 얼굴에 득실거리는 글자들이었소.(커다란 죽은 거미처럼 보였소.) 이 잘생기고 건장한 학생들이 페리의 더러운 화장실에서 나와 따로 남았을 때 당황하던 모습이 얼마나 유쾌하고 천진했는지 말해 주겠소. 앞이 안 보이는 복권 장수 이야기를 해 주겠소. 그는 당신에게 편지를 보냈는데, 답장을 받자마자 자기 단골 술집으로 달려가 라크를 한 잔 들이켠 다음, 주머니에서 편지를 꺼내 옆 사람에게 큰 소리로 읽어 달라고 하고서는 이따금씩 중간에 끼어들어 행간에 숨어 있는 당신과 공유하는 비밀을 자랑스럽게 가리켰으며, 매일 아침 아들에게 《밀리예트》를 읽게 하고는 신비를 드러내 줄 문장이 있나 귀를 기울였소. 당신이 그에게 보낸 편지에는 테쉬비키예 우체국 소인이 찍혀 있었소. 여보세요, 내 말을 듣고 있소? 대답해 주시오, 듣고 있다고 말해 주시오, 내가 요구하는 건 그것뿐이오. 아, 신이시여! 당신이 숨 쉬는 게 들리오, 당신 숨소리가 들리오. 들어 보시오. 내가 미리 조심스럽게 준비한 문장이오, 그러니 내가 말해야만 하는 것을 조심스럽게 들으시오. 당신이 칼럼에서 슬픈 연기를 내뿜는 보스포루스의 낡은 배의 가느다란 굴뚝이 왜 그렇게 우아해 보이고 가냘퍼 보였는지를 설명했을 때, 나는 당신을 이해했소. 여자는 여자끼리, 남자는 남자끼리 춤을 추는 시골 결혼식에서 왜 갑자기 숨이 막혔는지 설명했을 때, 나는 당신을 이해했소. 빈민가의 묘지와 공존하는 다 쓰러져 가는 목조 가옥 사이를 걸을 때 마음속을 꽉 메웠던 답답함이 한밤중 방으로 돌아왔을 때는 왜 눈물로 변했는지를 설명했을 때, 나는 당신을 이해했소. 입구에서 어린아이들이 텍사스-톰믹스 중고 만화책을 팔던 옛날 극장에서 상영하는 헤라클레스, 삼손, 로마 역사를 다룬 영화에서, 아름다운 노예 처녀로 분한 삼류 미국 여배우의 가늘고 긴 다리와 슬픈 얼굴이 스크린에 나타난 순간, 우리 나라 남자로 가득한 상영관의 정적이 당신을 죽고 싶게 했다고 말했을 때, 나는 당신을 이해했소. 어떻소? 날 이해할 수 있나? 대답해, 이 비열한 놈아! 난 어떤 작가든 평생 우연이라도 한 번 만난다면 행복하다고 느낄 대단한 독자야! 주소를 알려 줘, 당신을 선망하는 여고생 사진을 가져다주겠어, 전부 백이십칠 장이야. 사진 뒤에는 주소가 적혀 있기도 하고, 공책에 썼던 당신에 대한 흠모의 글이 적혀 있기도 하지. 서른세 명은 안경을 꼈고, 열한 명은 치아 교정기를 했고, 여섯 명의 목은 백조처럼 길고, 스물네 명은 당신이 좋아하는 뒤에서 하나로 묶은 머리를 하고 있어. 모두 당신을 끔찍이 좋아해, 당신 이름만 들어도 까무러칠 거야. 맹세하오. 주소를 주시오, 당신이 1960년대 초 한 칼럼에서, '어젯밤 라디오 들었는가? 나는 「사랑하는 사람들과 사랑받는 사람들」이라는 프로그램을 들으면서 줄곧 무언가를 생각했다.'라고 썼을 때, 당신이 생각하는 그 무엇이 자신이라고 온전히 믿은 여자들의 리스트를 가져다주겠소. 중산층이나 지방 마을에뿐 아니라 상류 사회에도, 쉽게 흥분하는 감수성 예민한 학생들뿐 아니라 군인의 아내들 중에도 당신의 팬이 있다는 것을 아시오? 당신 주소만 알려 주면, 가장을 하고(무도회에서뿐 아니라 실제 사생활에서도) 외출하는 여자들 사진을 가져가겠소. 당신은 언젠가 이 나라에는 사생활이라는 것이 없고(정말 옳은 말이오.) 번역 소설과 외국 잡지에서 도용한 가십 기사에서 볼 수 있는 사생활이라는 '개념'조차 모른다고 쓴 적이 있소. 하지만 굽 높은 부츠를 신고 악마 가면을 쓴 이 사진들을 본다면 마음이 바뀔 거요……. 오, 제발, 어서 주소를 알려 주시오, 이렇게 애원하겠소. 내가 이십 년 동안 모아 온 그 가공할 동포들의 얼굴 사진 모음을 당장 가져가겠소. 서로의 얼굴에 염산을 뿌린 질투심 많은 연인이 사건 직후에 찍은 사진, 얼굴에 아랍 글자를 쓰고 비밀 의식을 치르는 근본주의자들의(깨끗이 면도하거나 수염을 기른) 지명수배 사진, 네이팜으로 얼굴이 타 버려 글자가 없어진 쿠르드인 반란자 사진, 내가 많은 뇌물을 주고 사형 집행 공식 서류철에서 빼 온, 강간범들이 시골 마을에서 비밀리에 교수형을 당하는 사진이 있소. 기름 먹인 밧줄이 그들의 목을 부러뜨릴 때, 그림으로 그려진 것과는 반대로 혀는 입 밖으로 나오지 않았소. 얼굴에 있는 글자가 더 선명하게 읽힐 뿐이었지. 당신이 옛날식 사형 집행과 사형집행인을 왜 선호하는 지를 쓰면서 어떤 숨겨진 바람을 언급했는지 지금은 알고 있 소. 나는 당신이 암호, 단어 게임, 비밀스러운 글에 얼마나 호 기심이 많은지를 아는 것만큼이나, 사라진 신비를 다시 구성 하기 위해 한밤중 어떤 옷을 입고 우리 사이에 섞였는지도 알 고 있소. 의붓여동생과 만나 아침까지 그녀와 모든 것을 비웃 기 위해, 가장 순수한, 우리를 우리이게 할 가장 순수한 이야 기를 하기 위해 그녀의 변호사 남편에게 어떤 장난을 쳤는지 도 알고 있소. 변호사를 조롱하는 당신의 글에 변호사의 부인 들이 분노하며 항의하자, 사실은 그들에 관해 언급한 것이 아 니라고 하는 당신이 얼마나 정당한지도 알고 있소. 이제 주소 를 주시오. 꿈속에서 소리치는 개, 해골, 말, 마녀가 무엇을 의 미하는지도 이제 일일이 다 알고 있소. 택시 운전사가 백미러 가장자리에 붙여 놓은 작은 여자 사진, 권총 사진, 해골 사진, 축구 선수 사진, 깃발 사진, 꽃 사진이 당신에게 어떤 사랑의 글들을 쓰게 했는지, 가련한 팬들을 떨쳐 버리기 위해 그들의 손에 쥐어 준 핵심 문장도 알고 있소. 이 문장이 쓰여 있는 공 책과 역사적인 의상을 왜 항상 지니고 다니는지도……."

갈립은 한참 후에 조용히 전화를 끊고 코드를 뺀 후, 제랄 의 공책, 오래된 의상, 서랍, 글 사이에서, 기억을 찾는 몽유병 환자처럼 조사를 한 후 제랄의 파자마를 입고 그의 침대에 누 웠다. 니샨타쉬 광장에서 들려오는 저녁의 소음을 들으며 길 고 깊은 잠의 축복이 무엇인지 느꼈다. 그는 과거의 자신의 모 습과 자신이 되고 싶었던 사람의 모습 사이의 비통한 간극을 잊었다. 잠의 심연 속으로 평화롭게 빠져들면서, 그가 들은 것과 전혀 듣지 못한 것, 본 것과 전혀 보지 못한 것, 아는 것과 전혀 알지 못하는 것이 모두 평온하게 혼합될 수 있다는 것을 다시 한 번 알게 되었다.

12장
이야기가 거울 속으로 들어갔다

드디어 오랜 세월 동안 되고 싶어 했던 사람이 되는 꿈을 꾸었다. '꿈'이라는 삶의 한가운데서, 질퍽거리는 도시의 아파트 숲속에서, 어두운 거리와 그보다 더 어두운 얼굴들 사이에서 불행에 지쳐 잠을 잘 때 너를 만났다. 꿈속에서, 꿈이 데려간 이야기 속에서, 나는 네가 여전히 나를 사랑할 거라는 것을 알고 있다, 내가 다른 사람이 되지 못해도. 나 자신을 포기해야 한다는 것을, 날 응시하고 있는 내 사진 속 남자를 바라봐야 한다는 것을, 나 자신을 있는 그대로 받아들여야 한다는 것을 알고 있다. 다른 사람이 되려고 안간힘을 쓰는 것이 쓸데없는 짓이라는 걸 이해하게 되었다. 거리는 어두웠고, 무시무시한 집들이 우리를 에워쌌지만, 우리에게 열려 있는 것 같았고, 우리가 걸어가면서 지나치는 모든 가게와 우리가 건너는 모든 길이 의미를 갖는 것 같았다.

몇 년 전이지, 우리가 살면서 앞으로 자주 보게 될 그 마법적인 놀이를 처음으로 우연히 알게 된 때가? 명절 전날이었고, 어머니가 우리를 옷가게 아동복 코너로 데려간 날이었다.(그 행복하고 아름다운 시절에는 아직 여성복 코너와 남성복 코너가 분리되지 않았다.) 지루한 가게의(제일 지루한 교리 시간보다 더 지루했다.) 가장 어두운 구석이었다, 우리가 두 개의 전신 거울 사이에 있는 우리를 발견한 것은. 우리는 놀란 채로 우리의 반영체가 끝없이 증가하는 것을, 그것들이 점점 작아지고 작아져 영원 속으로 사라지는 것을 보며 서 있었다.

그로부터 이 년 후, 우리는《주간 어린이》의「동물 친구 클럽」에 실린 아는 아이들 사진을 보며 실컷 웃어 젖힌 다음, 언제나처럼 조용히「위대한 발명가」칼럼을 읽었다. 잡지의 표지에는 우리가 함께 펼쳐 들고 있던 잡지를 읽는 빨강머리 소녀가 그려져 있었다. 우리는 그 소녀가 펼쳐 들고 있는 잡지를 유심히 바라보았다. 그림은 갈수록 증가하며 작아졌다. 우리가 펼쳐 들고 있는 잡지와 그 표지에 있는 빨강머리 소녀가 들고 있는 잡지는 같았다. 작아지는 그 빨강머리 소녀 역시 같은 잡지를 펼쳐 들고 있었다. 더 작아지는 빨강머리 소녀 역시 같은 잡지를 펼쳐 들고 있었다. 이렇게 갈수록 작아지는 빨강머리 소녀들은 같은《주간 어린이》잡지를 들고 있었다.

그 후에, 우리 키가 자라고 서로 멀어졌던 시절에, 시장에 나오지만 우리 집에서는 먹지 않아 일요일 아침 너희 집 식탁에서만 보았던 올리브 페이스트 병에서도 같은 것을 보았다.

"우와! 당신 캐비어를 먹고 있군요!", "아니에요, 엔데르 올리브 페이스트예요."라는 광고가 라디오에 자주 나왔고, 병에 붙어 있는 라벨에는 아버지와 어머니, 즐거워하는 아이들이 함께 식탁에 앉아 있는 완벽하고 행복한 가족의 아침 식사 장면이 그려져 있었다. 나는 엔데르 올리브 페이스트 병이 그들 식탁에 놓여 있고, 좀 더 작은 가족이 라벨에(더 작은 가족이 있는) 있다고 했으며, 우리 둘은 소실점으로 이어지는 일련의 가족을 좇아가서 그 이야기의(지금 내가 하려는 그 이야기) 시작을 찾았다. 결말은 찾지 못했지만.

소년과 소녀는 사촌지간이었다. 같은 아파트에서 자랐고, 같은 계단을 오르내렸고, 같은 로쿰과 사자 모양 사탕을 먹었다. 숙제도 함께 했고, 동시에 같은 병에 걸렸고, 숨바꼭질을 하며 서로를 놀래켰다. 나이도 같았다. 같은 학교에 다녔고, 같은 극장에 갔으며, 같은 라디오 프로그램을 들었다. 레코드도, 그들이 읽은 잡지 《주간 어린이》도, 책도, 서랍을 뒤져 꺼낸 페즈도, 실크 덮개도, 궤짝에서 나온 부츠도 같았다. 그들은 둘 다 나이 많은 사촌을 동경했고, 어느 날 그가 사는 아파트로 가서, 그의 손에 있던 책을 빼앗아 읽기 시작했다.

소년과 소녀는, 처음에는 책에 나오는 고어, 고상한 어휘, 이상한 이란어 표현을 보고 웃다가 구석에 던져 버렸다. 그러나 그 후에, 어쩌면 고문 장면, 나체, 잠수함 삽화가 나올지도 모른다는 호기심을 가지고 책장을 넘기다가 곧 열심히 읽기 시작했다. 책은 끔찍이도 길었지만, 소년이 그 주인공이 되고 싶었던 사랑 이야기가 앞부분에 실려 있었다. 사랑이 너무나 아름답게 서술되어 있어서, 소년은 간절히 사랑에 빠지고 싶었다. 이렇게 소년은 주인공과 공유하는 사랑의 징후를(식사를 할 때 안절부절못하는 것, 소녀를 만날 핑계를 꾸며 내는 것, 갈증이 나는데도 물 한 잔 못 마시는 것) 발견하기 위해 계속 읽어 나갔고, 책을 펼쳐 한쪽씩 붙잡고 읽던 그 마법적인 순간, 소년은 자신이 소녀를 사랑하게 되었다는 것을 깨달았다.

그렇다면, 그들이 읽던 것은 무슨 이야기였을까? 아주 오랜 옛날, 같은 부족에서 태어난 소년과 소녀에 대한 이야기였다. 소녀의 이름은 휘순[美]이었고 소년의 이름은 아슥[愛]이었으며, 둘은 같은 날 태어나 같은 선생에게 배웠고, 같은 샘 주위를 거닐었으며 서로 사랑에 빠졌다. 오랜 세월이 흘러 소년이 소녀에게 청혼을 하자, 부족의 어른들은 소년에게 과제를 주었다. 휘순과 결혼하고 싶으면 '심장의 나라'에 가서 연금술 공식을 가져와야 한다. 그렇게 소년은 길을 나섰고, 여정은 길고 고되었다. 우물에 빠졌다가 짙게 화장한 마녀에게 포로로 잡혔고, 두 번째 우물에서는 소용돌이치는 수천 개의 얼굴과 이미지를 보고 취했으며, 자신의 진정한 사랑과 닮은 중국 황제의 딸에게 홀렸다가, 우물에서 올라왔으나 다시 성에 갇혔고, 추적을 하고 또 추적을 당했으며, 추운 겨울과 싸우면서 먼 길을 떠났고, 길을 따라 발견한 모든 신호와 단서를 좇다가 글자의 비밀에 파묻혀 버렸으며, 다른 사람의 이야기를 듣고 자신의 이야기를 해 주었다. 결국, 변장을 하고 항상 그의 뒤를 따라다니던 쉬한[詩]이 어려운 상황에 처해 있는 그를 구해 주며 이렇게 말했다.

"네가 너의 연인이며, 너의 연인이 너다. 아직 모르겠나?"

그때서야 소년은, 같은 선생에게 배우고 같은 책을 읽던 시절, 소녀와 어떻게 사랑에 빠졌는지 기억했다.

그들이 함께 읽던 책은 휴렘 샤라는 술탄과 젊고 아름다운 청년 자비드[永遠]에 대한 이야기로, 술탄이 아직 어리둥절한 시점에서도, 그 연인들이 세 번째 사랑 이야기를 읽는 동안 사랑에 빠질 것임을 이미 너는 알고 있었다. 세 번째 사랑 이야기에 나오는 연인들은 네 번째 사랑 이야기를 읽는 동안 서로 사랑하게 되었고 네 번째 사랑 이야기에 나오는 연인은 다섯 번째 사랑 이야기를 읽으며 사랑에 빠졌다.

아주 오랜 시간이 지난 후는 아니지만, 함께 옷가게에 가고, 함께 《주간 어린이》를 읽고, 함께 올리브 페이스트 병을 관찰한 지 몇 년 후에(네가 집을 나간 후에, 내가 이야기에만 몰두했을 때, 그리고 마침내 내 이야기를 하기 시작했을 때) 우리 기억의 정원이 같은 방식으로 연결되어 있음을 깨달았다. 모든 이야기는 무한한 연결 고리 속에서 다른 이야기로 이어지고, 모든 문은 다른 이야기로 이어지며, 또다시 다른 이야기로 이어진다. 배경이 어디든 간에, 다마스쿠스나 아라비아 사막이건, 아시아 스텝이 내려다보이는 호라산이건, 알프스 산기슭의 베로나건, 티그리스 강가의 바그다드건, 사랑 이야기는 모두 슬프고 감동적이었다. 가장 감동적인 것은, 이야기들이 쉽게 기억에 남고, 가장 슬프고 가장 순수하고 가장 욕심 없는 주인공과 자신을 쉽게 동일시할 수 있다는 점이다.

어느 날 누군가, 내가 아직도 그 결말을 예상할 수 없는 우

리의 이야기를 쓴다면(어쩌면 내가 쓴다면) 내가 그 사랑 이야
기를 읽었던 때처럼, 독자가 주인공들 중 한 명과 자신을 동일
시할 수 있을지 모르겠다. 혹은 우리의 이야기가 그들의 기억
에 남을 수 있을지 모르겠다. 하지만 이러한 책에는 주인공들
과 이야기를 서로 구별하고, 유일무이하게 만드는 아래와 같
은 부분들이 항상 있으니, 나도 한번 이런 내용을 써 보았다.

우리가 함께 어떤 집을 방문한 적이 있어. 자정도 한참이
지난 시간, 우리는 담배 연기가 자욱해 공기가 푸르게 보이
던 어떤 방에 앉아, 세 걸음 정도 떨어진 곳에서 들려오는 길
고 복잡한 이야기에 귀를 기울였고, 나는 너의 얼굴에 떠오른
'난 여기에 없어.'라는 표정을 보았고, 나는 너를 사랑했어. 길
고 좀처럼 지나가지 않는 일주일도 끝나 갈 무렵, 너는 별로
내키지 않는 듯 셔츠와 초록색 점퍼, 도무지 버리지 못한 낡
은 잠옷 사이에서 벨트를 찾으면서, 옷장 앞에 서서 네가 어
질러 놓은 서랍을 보고 풀 죽은 표정을 지었고, 나는 너를 사
랑했어. 한번은, 네가 아직 화가가 되겠다는 환상에 빠져 있던
어린 시절, 할아버지와 함께 책상에 앉아 나무 그리는 법을
배울 때, 할아버지가 너를 놀려도 화를 내지 않고 웃는 네 모
습을 보고, 나는 너를 사랑했어. 너의 보라색 외투 자락이 돌
무쉬 문에 걸린 채 닫히고, 손에 쥐고 있던 5리라가 땅에 떨어
져 인도 가장자리 하수구 쇠살대를 향해 완벽한 포물선을 그
리며 굴러갔을 때, 너의 얼굴에 나타난 장난기 가득한 놀란
표정을 사랑했어, 나는 너를 사랑했어. 눈부신 4월 어느 날,

아침에 널어 둔 손수건이 말랐나 보러 작은 발코니로 나갔다가 아직 젖어 있는 것을 보고는 태양이 널 기만했음을 깨닫고, 바로 그 직후 거기 서서 공터에서 들려오는 아이들의 재잘거리는 소리를 들으며 슬픈 표정을 지을 때, 나는 너를 사랑했어. 우리가 같이 본 영화를 네가 다른 사람에게 설명할 때, 네가 얼마나 다르게 기억하는지, 너의 기억과 나의 기억이 얼마나 다른지 알고 낙담했지만, 그래도 여전히 나는 너를 사랑했어. 나는 너를 사랑했어. 네가 구석에 앉아(내가 눈치채지 않게) 화려한 삽화가 들어간 신문을 볼 때도, 학식 있는 교수가 쓴 친척 간의 결혼에 맹렬히 반대하는 기사였지만, 네가 톨스토이 소설에 나오는 주인공처럼 윗입술을 내밀며 글을 읽는 모습을 보았고, 나는 너를 사랑했어. 네가 엘리베이터 안의 거울에 비친 모습을 보면서, 너를 바라보는 얼굴이 다른 사람의 것인 양 응시하고, 그러고는 방금 떠오른 것을 찾는 양 핸드백을 뒤지는 모습을 사랑했어. 한 짝은 옆으로 누운 좁다란 돛단배, 한 짝은 등이 굽은 고양이처럼 서서 몇 시간이고 너를 기다리던 하이힐 안으로 네가 서둘러 발을 넣는 모습을 사랑했고, 많은 시간이 흘러 집으로 돌아왔을 때, 진흙이 묻은 신발을 다시 비대칭적인 외로움 속에 남겨 두기 전 너의 엉덩이, 다리, 발이 무의식적으로 했던 능숙한 움직임을 사랑했어. 나는 재떨이 가득 담겨 있는 까맣게 탄 절망적인 성냥과 담배꽁초를 슬프게 바라보며 너의 생각이 어딘가로 향하는 것을 알았고, 나는 너를 사랑했어. 평생 동안 알던 거리가 어느 날 갑자기 새로운 빛이 비치는 듯하고 서쪽에서 해가 떠오르는 듯 달라 보일 때 너를 사랑했어, 그러나 내가 사랑한 것은 거리가 아니라 너였어. 어느 겨울날, 남쪽에서 불어온 바람이 눈을 녹이고 이스탄불을 덮고 있던 먹구름을 걷었을 때, 네가 바다 건너 보이는 첨탑, 안테나, 섬 들 사이로 떠오르는 그림자를 가리켰을 때, 내가 사랑한 것은 울루산이 아니라, 어깨에 머리를 묻고 덜덜 떠는 너였어. 양철통을 가득 실은 무거운 마차를 끄는 물장수의 늙고 지친 말을 슬픈 눈으로 바라보는 너를 사랑했어. 사실은 아주 부자니까 거지에게 돈을 주지 말라는 사람을 네가 조롱할 때, 다른 사람은 미로 같은 계단을 돌고 돌아 극장 밖으로 천천히 나오는데, 너는 지름길을 찾아 먼저 인도로 나올 때, 입가에 어리는 미소를 나는 사랑했어. 우리를 죽음으로 하루 더 가까이 데려가는 『기도 시간 일력』을 한 장 뜯은 후, 다가오는 죽음의 신호를 읽듯 그 장 맨 밑에 오늘의 요리로 나와 있는 고기가 들어간 콩 요리, 밥, 피클, 혼합 과일 절임을 신중하고 슬픈 목소리로 읽는 모습을 나는 사랑했어. 독수리 표 안초비 페이스트 튜브의 뚜껑 여는 법을 참을성 있게 내게 가르쳐 준 후, "생산자 무슈 트렐리디에게 존경을 표하며"라고 말하는 너를 사랑했어. 겨울 아침, 너의 안색이 도시 위에 드리워진 하얀 하늘색처럼 창백한 것을 보았을 때, 어린 시절, 자동차들이 거리를 지나는데도, 한쪽 인도에서 맞은편으로 단걸음에 유쾌하게 건너는 너의 모습을 바라보았을 때, 나는 너를 걱정했고, 나는 너를 사랑했어. 사원 안뜰에 놓여 있는 영구대 위에 앉은 까마귀를 관찰할 때 너의 얼굴에 떠오르던 미소를 나는 사랑했고, 라디오 성우 목소리로 너의 어머니와 아버지의 말다툼을 재연하는 너를 사랑했으며, 내가 두 손으로 너의 머리를 감싸 안고, 너의 눈을 들여다보며, 삶이 우리를 어디로 데려가는지 바라볼 때 나는 너를 사랑했고, 어느 날 꽃병 옆에 반지를 놓아두고 왜인지는 모르지만 며칠이 지난 후에도 여전히 그곳에 두었을 때도 여전히 너를 사랑했으며, 너와 사랑을 나눌 때, 우리는 거대한 신화 속 새처럼 천천히 끈기 있게 비상했고, 네가 드디어 우리의 엄숙한 의식에 농담과 창의력을 가지고 동참했다는 것을 알고는, 나는 너를 사랑했어. 네가 사과를 가로가 아니라 세로로 잘라 완벽한 별을 보여 주었을 때 나는 너를 사랑했고, 어느 오후, 어떻게 왔는지 이해할 수 없는 너의 머리카락 한 올을 내 책상 위에서 보았을 때 너를 사랑했으며, 어느 날 함께 외출했을 때, 만원 버스 손잡이를 나란히 잡은 우리 손이 별로 닮지 않은 것을 슬프게 바라보았을 때, 내 몸을 사랑하듯 너를 사랑했고, 네가 나의 잃어버린 영혼인 듯, 내가 다른 사람이 되었다는 것을 고통과 기쁨으로 이해하듯 너를 사랑했어. 어디로 향하는지 알 수 없는 기차를 볼 때 너의 얼굴에 나타나는 미묘한 표정을, 그 슬픈 눈길과 똑같이 닮은 것을, 어느 저녁 무렵, 까마귀들이 떼를 지어 울부짖으며 날아다니던 시간에, 갑자기 전기가 나가 우리 집 안의 어둠과 밖의 밝음이 천천히 자리를 바꾸었을 때, 다시금 너의 미묘하고 슬픈 얼굴을 보았을 때, 내 가슴은 속수무책의 질투심으로 터질 듯 아팠지만, 여전히 나는 너를 사랑했어.

13장
난 정신병자가 아니라 충직한 독자일 뿐이오

나는 너를 나의 거울로 삼았다.
— 쉴레이만 첼레비, 『메브리트』[42]

갈립은 수요일 밤에 잘 자고(그는 결국 거의 이틀 동안 잠을 전혀 자지 못했던 것이다.) 목요일 아침에 몸을 일으켰지만, 완전히 깨어나지는 못했다. 나중에 이날 오전에 있었던 일을 재구성하려 한다면(처음 눈을 뜬 새벽 4시와 다시 침대 속으로 기어 들어갔던 7시 아침 기도 시간 사이에 그가 한 행동뿐 아니라 머릿속에서 방문했던 장소까지) 제랄이 말하던 '꿈과 생시 사이의 놀라운 전설의 나라' 사이를 헤맸다고 해야 할 것이었다.

오랜 불면 후에 깊은 잠에 빠졌다가 한밤중에 깬 사람들이나 다른 사람의 침대에서 일어난 불운한 사람들이 흔히 그렇듯이, 갈립은 처음에는 자신이 어디에 있는지 알 수 없었다.

---

42) 마호메트의 탄생에 관해 쓴 메스네비 형식의 작품.

침대도 방도 아파트도 알아보지 못했고 어떻게 여기 와 있는지도 기억나지 않았으나, 마법에 걸린 듯 어리둥절한 상태에서 벗어나려 발버둥치지는 않았다.

그래서 갈립은, 잠들기 전까지 앉아 있던 책상 바로 옆에 제랄의 변장 소품이 든 상자가 놓여 있는 것을 보고도 전혀 놀라지 않았고, 그 안에 들어 있는 물건에도 놀라지 않았다. 중산모자, 술탄의 터번, 카프탄[43], 지팡이, 부츠, 얼룩이 진 비단 셔츠, 크기가 다양한 형형색색의 가짜 수염, 가발, 주머니 시계, 알이 없는 안경테, 머리 장식, 페즈, 비단 벨트, 단도, 예니체리 병사의 장신구, 팔찌, 역사물을 찍는 터키 영화인에게 의상과 소품을 제공하는 베이올루의 유명한 에롤 씨네 가게에서 파는 자질구레한 물건. 기억의 후미진 곳에 밀어 놓은 오래된 추억을 기억해 내는 것처럼, 제랄이 이 의상을 입고 밤마다 베이올루를 배회하는 모습을 상상했다. 하지만 변장의 장면도, 마치 조금 전 꿈에서 본 움직이는 푸른빛 지붕, 수수한 골목, 유령 같은 사람처럼, '꿈과 생시 사이에 있는 나라'의 전설 중 하나로 보였다. 신비스럽지도 않고 진짜 같지도 않았다. 이해될 수도 없고 이해할 수도 없는 불가사의 같았다. 그는 꿈에서 다마스쿠스와 이스탄불과 카르스 성 자락에 있는 마을에서 주소를 물었으며, 자신이 찾던 것을 신문 부록의 단어 퍼즐의 힌트만큼이나 쉽게 발견했다.

깨어났음에도 여전히 꿈에 매혹되어 있었기 때문에, 책상

---

43) 소매가 길고, 허리띠를 매는 터키의 전통 겉옷.

위에 놓인 이름과 주소로 가득한 공책을 보자 행복한 우연인
듯한 느낌을 받았다. 그것은 보이지 않는 손이나 숨바꼭질 놀
이를 좋아하는 아이처럼 자신을 숨기는 신이 놓아둔 신호인
듯했다. 그래서 갈립은 이 세상에 속한 데에 만족하는 듯 미
소를 지으며 공책에 있는 주소와 그 앞에 놓인 문장을 읽었
다. 아나톨리아와 이스탄불 사방에 있는 의욕적인 팬이 제랄
의 글에 있는 이 문장과 만날 날을 기다리고 있을 것이며, 어
쩌면 몇은 이미 만났을 것이다. 갈립은 잠과 꿈의 안개 속에서
기억해 내려고 애썼다. 전에 이 문장을 제랄의 칼럼에서 본 적
이 있나, 오래전에 읽은 적이 있나? 어떤 문장은 읽었다는 것
을 기억 못 했다 하더라도, 제랄을 통해 몇 번 들은 적이 있
다. "근사한 것을 근사하게 만드는 것은 그것의 평범함이며, 평
범한 것을 평범하게 만드는 것이 그것의 근사함이다."와 같은
문장.

제랄의 글에서 읽거나 제랄에게 들었다는 것을 생각해 내
지는 못했지만, 다른 곳에서 본 기억이 나는 문장도 있었다.
쉐흐 갈립이 이백 년 전에 두 아이, 휘순과 아슥의 학창 시절
을 설명한 아래와 같은 문장처럼.

"신비가 군주이니, 그것을 존중하라."

제랄의 글에서도, 다른 어떤 곳에서도 듣거나 읽은 적이 없
는 듯한 문장도 있었지만, 제랄의 글이나 다른 곳에서 읽은 것
처럼 친근하게 느껴졌다. 베쉭타쉬 구(區) 세렌제베이 동(洞)
에 사는 파흐레딘 달크란 씨에게 신호가 될 다음과 같은 문장
처럼. "우리는 대부분 심판의 날을 끔찍하게 상상하곤 해서,

단순히 선생들을 피투성이가 될 때까지 때리거나, 더 단순하게는 아버지를 거리낌 없이 살해하는 날로 생각하기도 한다. 하지만 이 신사는 오랫동안 절실히 만나기를 기다려 온 자신의 사라진 쌍둥이 형제가 그 앞에 죽음의 모습으로 나타날 것을 상상할 정도로 이성적인 사람이기 때문에, 아무도 모르는 그의 집에서 절대 나오지 않았다." 그 신사는 누구인가?

날이 밝아 올 무렵 갈립은 어떤 충동에 이끌려 전화 코드를 다시 꽂았다. 씻고, 냉장고에서 찾아 낸 것으로 배를 채웠다. 아침 기도 시간 직후 제랄의 침대로 들어가 누웠다. 잠들기 전에, 꿈과 생시 사이에 있는 나라에서, 환상과 꿈 사이의 어떤 지점에서, 그는 어린 시절로 돌아가 뤼야와 함께 보스포루스 해협에서 뱃놀이를 했다. 나룻배에는 어머니도, 백모도, 뱃사공도 없었다. 뤼야와 단둘이 있는 것이 갈립을 불안하게 했다.

잠에서 깨어났을 때 전화벨이 울리고 있었다. 전화기로 가면서 그 끈질긴 목소리가 전화했을 거라고, 뤼야가 아니라고 확신했기 때문에, 여자의 목소리를 듣자 갈립은 깜짝 놀랐다.

"제랄? 제랄 당신이야?"

젊은 목소리도, 갈립이 들어 본 목소리도 아니었다.

"네."

"아, 어디에 있었어, 어디에 있었어, 당신을 찾아서 모든 곳을, 며칠 동안, 며칠 동안이나, 모든 곳을, 아, 세상에, 모든 곳을, 아……."

마지막 음절이 길어지며 흐느낌으로, 흐느낌은 울음으로

변했다.

"댁의 목소리가 기억나지 않는군요."

"댁의 목소리, 내게 댁의 목소리라고 하는군요. 나는 댁의 목소리가 되었어."

여자는 그의 말투를 따라서 이렇게 말했다. 잠시 정적이 흐른 후, 여자는 손에 든 카드를 믿는 사람처럼 자신 있게, 거만하고 비밀을 공유하고 있는 듯한 분위기로 말했다.

"나 에미네잖아."

갈립에게는 아무 연상도 불러일으키지 않는 이름이었다.

"그런데요?"

"그런데요? 할 말이 그것뿐이야?"

"많은 세월이 흐른 후……."

갈립은 중얼거렸다.

"그래, 내 사랑, 많은 세월이 흐른 후 이렇게. 당신 칼럼에서 나를 불렀을 때, 아, 마침내, 내가 어땠을지 알아? 이십 년 동안 오늘을 기다려 왔어. 이십 년 동안 기다렸던 그 문장을 읽고 내가 어땠는지 알아? 온 세상에 대고 소리치고 싶었어. 미칠 것만 같아서 나 자신을 억누르고 울었지. 혁명에 연루되었다며 그들은 메흐메트를 은퇴시켰어. 하지만 그는 매일 아침 외출해, 항상 일이 있거든. 나는 그가 나간 후 곧장 밖으로 나가. 뛰어서 쿠르툴루쉬로 가. 우리의 골목으로. 하지만 아무것도 없었어, 아무것도. 모든 것이 변했고, 모든 것이 파괴되었고, 그 어떤 것도 남아 있지 않았어. 우리의 집도 그 자리에 없었어. 난 길 한가운데서 울기 시작했어. 내 모습을 보고 불쌍했는지 누군가 물 한 잔을 주더군. 난 곧장 집으로 돌아와서 가방을 싸고는 메흐메트가 오기 전에 도망쳤어. 아, 사랑하는 제랄, 내가 당신을 어떻게 찾을지 지금 당장 말해 줘. 나는 일주일 동안 길에서, 호텔 방에서, 내가 머무는 걸 대놓고 싫어하던 먼 친척집에서 몸을 피하고 있어. 몇 번이나 신문사에 전화를 했지만 '우리도 모릅니다.'라고 하더군. 당신 친척들에게 전화를 했지만 그들도 마찬가지였어. 이 번호로 전화를 했지만 받는 사람이 없더군. 물건도 몇 가지 챙기지 못하고 집을 나왔지만, 상관없어. 메흐메트가 미친 듯이 날 찾고 있대. 그에게 아무것도 밝히지 않는 짧은 편지만을 남겼어. 그는 내가 왜 집을 나왔는지 몰라. 아무도 몰라, 아무에게도 말하지 않았어. 내 인생의 유일한 자존심인 나의 비밀을, 나의 사랑을, 우리의 사랑을 아무에게도 말하지 않았어, 내 사랑. 이제는 어떻게 되지? 난 두려워. 난 이제 혼자야! 이제 책임질 것도 없어. 이제 당신의 통통한 토끼가 저녁 식사를 하기 위해, 남편에게 가기 위해 집으로 돌아간다고 걱정할 필요 없어. 아이들은 다 커서, 한 명은 독일에 있고, 한 명은 군대에 갔어. 내 모든 인생을, 내 모든 시간을, 내 모든 것을 당신에게 주겠어. 당신 옷을 다림질하고, 당신의 책상과 아, 그 글들을 정리할게. 베개 커버도 갈게. 가재도구가 없던 그 밀회 장소 이외의 곳에서 당신을 본 적이 없어. 당신의 진짜 집과 물건과 책은 어떤지 정말 궁금해. 지금 어디 있어, 사랑하는 당신? 어떻게 하면 당신을 찾을 수 있어? 당신 칼럼에 왜 주소를 암호화하지 않았어? 주소를 줘, 당신도 오랜 세월 생각했지? 다시, 그

방 한 칸짜리 우리의 석조 가옥에, 오후의 햇빛이 보리수나무 사이로 우리 얼굴에, 찻잔에, 서로가 너무나 잘 알고 있는 손에 비출 때 우린 단둘이 있게 될 거야. 아, 제랄, 그 집은 지금 없어졌어. 철거되어 사라졌어, 그 아르메니아인들도, 그 오래된 가게도…… 몰랐어? 내가 거기에 가서 울기를 바랐어? 왜 이것을 글에 쓰지 않았지? 모든 것을 쓸 수 있는 당신은 이것도 쓸 수 있었을 텐데. 이십 년이 지난 지금, 이제 나에게 이야기해. 부끄러움을 느낄 때 손에 땀이 나는지, 잠을 잘 땐 여전히 그 어린아이 같은 모습인지, 말해 줘, 내 사랑……. 당신을 어떻게 하면 만날 수 있어?"

"부인, 친애하는 부인, 나는 기억을 잃었습니다. 오해가 있는 것 같은데, 난 며칠 동안 신문사로 칼럼을 보내지 않았고, 지금 신문에 실린 칼럼은 삼십 년 전에 쓴 것들입니다. 무슨 말인지 이해하겠습니까?"

"아니."

"나는 당신에게나, 그 누구에게도 암호 문장이나 메시지를 보낼 생각이 없었습니다. 더 이상 글을 쓰지 않습니다. 신문사에서 옛날 칼럼을 다시 싣고 있을 뿐입니다. 그러니 삼십 년 전 글에 그 문장이 있었던 겁니다."

"거짓말!"

여자는 소리쳤다.

"거짓말이야! 당신은 날 사랑하고 있어! 당신은 날 아주 사랑했어. 당신은 칼럼에서 줄곧 나에 대해 썼어. 이스탄불의 가장 아름다운 장소를 설명할 때 나와 사랑을 나누었던 집의 골목을 묘사했어. 우리의 쿠르툴루쉬, 우리만의 작은 장소를 묘사했어, 그곳은 평범한 독신자 숙소가 아니야. 당신이 정원에서 보았던 것은 우리의 보리수나무였어. 당신이 루미의 둥근 얼굴이라고 했을 때, 그건 문학적인 표현이 아니라, 당신 연인의 둥근 얼굴을 말하는 거였어. 나의 앵두 같은 입술에 대해 언급했지, 초승달 같은 나의 눈썹도. 이러한 것에 내가 영감을 준 거야. 미국인들이 달에 갔을 무렵 당신이 달 표면에 있는 얼룩이라고 썼던 것은 내 뺨에 있는 애교점이라는 것을 알고 있어. '헤아릴 수 없이 깊고 어두운 우물의 무서운 심연'도 나의 검은 눈을 말하는 거지. 고마워, 난 울었어. '나는 그 아파트로 돌아갔다!'라고 한 곳도 우리의 2층집이란 걸 알아. 하지만 당신은 우리의 금지되고 비밀스러운 사랑을 아무도 알아채지 못하도록, 그곳을 니샨타쉬에 있는 엘리베이터가 달린 6층짜리 아파트로 설명할 수밖에 없었지. 난 알아. 우리는 그곳 쿠르툴루쉬에서, 그 집에서 당신과 십팔 년 전에 만났어. 정확히 다섯 번. 제발 부인하지 마, 날 사랑했다는 거 알아."

"친애하는 부인, 당신도 말했듯이, 모든 것은 아주 오래전 일입니다. 난 이제 아무것도 기억할 수 없습니다. 내 기억을 하나하나 잊고 있습니다."

"내 사랑, 제랄, 사랑하는 제랄, 그런 말을 하는 사람이 당신일 리가 없어. 난 믿지 않아. 당신을 거기에 억류하고, 억지로 말하게 하는 사람이 있는 거야? 혼자 있어? 진실 하나만 말해, 오랫동안 날 사랑했다고 말해. 그것이면 충분해. 난 십팔 년을 기다렸어. 그만큼 더 기다릴 수 있어. 단 한 번만이라도,

한 번만이라도 나를 사랑했다고 말해 줘. 최소한 그때 나를 사랑했다고 말해 줘, 그때 사랑했어라고 말해 줘. 그러면 다시는 전화하지 않겠어."

"사랑했어."

"내 사랑이라고 말해 줘."

"내 사랑……."

"아니, 그렇게 말고! 진심을 다해서!"

"부인, 제발! 과거는 과거로 묻어 둡시다. 나도 늙었습니다. 아마 당신도 예전처럼 젊지 않겠지요. 나는 당신이 꿈꾸는 사람이 절대 아닙니다. 부탁이니 출판 실수를, 부주의로 인해 발생한 이 불쾌한 농담을 가급적 빨리 잊읍시다."

"하느님 맙소사! 그럼 난 어떻게 되는 거야?"

"가정으로, 남편에게로 돌아가십시오. 당신을 사랑한다면 용서해 줄 겁니다. 이야기를 꾸며 대세요. 당신을 사랑한다면 믿어 줄 겁니다. 당신의 남편을, 당신을 사랑하는 충직한 남편을 상심시키지 말고 가급적 빨리 가정으로 돌아가십시오."

"십팔 년이 지난 지금, 당신을 보고 싶어, 단 한 번만이라도."

"부인, 이제 나는 십팔 년 전의 그 남자가 아닙니다."

"아니야, 당신은 그 사람이야. 난 당신 칼럼을 읽어. 당신에 관해 전부 알아. 항상 당신을 생각해. 얼마나 당신을 생각하는지 모를 거야. 말해 줘, 구원의 날이 얼마 남지 않았지? 우리의 구원자는 누구야? 나도 그를 기다리고 있어. 당신이 그 사람이야. 많은 사람들이 알고 있어. 모든 비밀은 당신에게 있어. 당신은 백마(白馬)가 아니라 하얀 캐딜락을 타고 올 거야. 모두들 그 꿈을 꾸고 있어. 나의 제랄, 당신을 정말 사랑했어. 한 번만, 최소한 멀리서나마 당신을 보게 해 줘. 마츠카 공원에서, 멀리서나마 당신을 한 번만 보고 싶어. 5시에 마츠카 공원으로 와 줘.”

“부인, 실례지만 전화를 끊겠습니다. 그 전에 세상사에 관심을 끊은 늙은이로서, 당신이 베푼 과분한 사랑에 의탁하여 부탁을 하나 하겠습니다. 내 전화번호를 어떻게 알게 되었는지 제발 말해 주십시오. 나의 주소 중 당신이 아는 것이 있습니까? 내게는 아주 중요한 문제입니다.”

“말해 준다면 당신을 한 번만이라도 볼 수 있을까?”

잠시 정적이 흘렀다.

“그러겠소.”

다시 정적이 흘렀다.

“그렇다면 먼저 당신 주소를 알려 줘. 많은 세월이 흘렀으니, 솔직히 말해 당신을 믿을 수가 없어.”

여자는 교활하게 말했다.

갈립은 생각했다. 전화의 다른 한쪽 끝에서 한 여자가(어쩌면 두 명일 수도 있다는 생각도 했다.) 지친 증기기관차처럼 신경질적으로 가쁜 숨을 몰아쉬었다. 그 뒤에서는 희미하게 라디오 음악 소리가 들려왔다. 라디오 프로그램에서 흘러나오는 것은 사랑이나 버림받음, 고통보다는 할머니와 할아버지의 마지막 시절과 마지막 담배를 연상케 하는 터키 민속 음악이었다. 갈립은 한구석에 커다랗고 오래된 라디오가 있는 방을, 그 방의 한구석에서 수화기를 들고 낡은 안락의자에 앉아, 울면서 숨 쉬기 힘들어하는 여자를 상상하려 했다. 하지만 그의 눈앞에는 한때 할머니와 할아버지가 앉아 담배를 피웠던 두 층 아래 있는 그 방이 떠올랐다. 그곳에서 뤼야와 '난 못 봤어.' 놀이를 하곤 했다.

"주소는……."

갈립이 말을 시작하던 차에, 여자가 온 힘을 다해 소리쳤다.

"아니, 아니, 말하지 마! 그 사람도 듣고 있어, 그 사람도 여기 있어. 이 모든 것을 말하게 만든 사람이야. 제랄, 내 사랑, 당신 주소를 말하지 마, 그가 당신을 죽이러 갈 거야! 아, 아, 아!"

마지막 신음 소리가 사라지고, 이상하고 끔찍한 금속성이 들려왔다. 갈립이 귀에다 수화기를 바짝 대자, 달그락거리는 소리가 들려왔으므로, 그는 드잡이가 일어나고 있다고 상상했다. 그러다 커다란 소음이, 총소리 혹은 수화기를 놓고 싸우다가 떨어뜨린 소리가 들려왔다. 그 직후 정적이 흘렀지만, 완전한 정적은 아니었다. 여전히 라디오에서 흘러나오는 베히예 악소이의 「바람둥이, 바람둥이, 당신은 바람둥이」와 라디오만큼 먼 곳에서 우는 여자의 흐느낌이 들려왔다. 지금은 수화기가 다른 사람의 손에 들어갔던지, 가까이에서 숨 쉬는 소리가 들렸다. 하지만 그 인물은 아무 말도 하지 않았다. 이 효과음은 오랫동안 계속되었다. 라디오에서는 새 노래가 시작되었지만, 숨 쉬는 소리, 여자의 일정한 흐느낌 소리는 변함없이 들려왔다.

"여보세요? 여보세요! 여보세요?"

갈립은 분노를 느끼며 이렇게 말했다.

"나요, 나."

남자의 목소리가 드디어 말을 했는데, 갈립이 며칠 동안 들었던 바로 그 목소리, 여느 때와 같은 그 목소리였다. 그는 성숙하고 침착하게 갈립을 달래고 불쾌한 주제를 종료시키려는 듯 말했다.

"에미네가 어제 내게 모든 것을 자백했어. 그녀를 찾아 집으로 데리고 왔어. 제랄 씨, 당신이 역겨워, 당신을 가만두지 않겠어!"

그러더니 아주 오래 지속되고, 그 누구도 만족시키지 못한 지루한 게임의 결과를 선언하는 심판처럼 무심한 목소리로 덧붙였다.

"당신을 죽이겠어!"

정적이 흘렀다.

갈립은 변호사의 습관으로 말했다.

"내 쪽의 이야기도 들어 봐야 합니다. 그 칼럼은 실수로 실린 겁니다. 몇 십 년 전에 쓴 글이란 말입니다."

"그딴 말 집어치우시지."

메흐메트가 말했다. 그의 성이 무엇이었지?

"조금 전에도 들었고, 이전에도 그 이야기를 아주 많이 들었어. 그 때문에 당신을 죽이려는 건 아니야. 그 때문에 당신이 죽어 마땅하더라도 말이지. 왜 당신을 죽이려고 하는지 알아?"

하지만 제랄에게 혹은 갈립에게 대답을 들으려고 묻는 말이 아니었다. 그는 이미 대답을 아는 게 틀림없었다. 갈립은 으레 그러듯 잠자코 그의 말을 기다렸다.

"이 나태한 나라를 제대로 돌아가게 만들 군사적 행동을 배반했기 때문이 아니오. 당신 때문에 치욕으로 끝난 그 애국적인 일을 시도한 용감한 장교와 혹사당하는 용감한 동포를 당신이 조롱했기 때문도 아니오. 당신이 글로 선동했던 이 모험에 그들은 목숨을 걸었고, 존경과 선망으로 당신에게 문을 열어 주며 쿠데타 계획을 설명했는데, 당신은 앉아 있던 자리에서 수치스럽고 음흉한 망상에 빠져 있었기 때문은 더더욱 아니오. 신임을 얻은 후 그 겸손한 애국 국민들의 집으로 들어가 그들 사이에 당신의 망상을 음흉하게 적용시켰기 때문도 아니오. 짧게 말하겠소. 우리 모두가 혁명의 흥분에 휩싸였던 그 시기에 정신적 혼란을 겪은 가련한 내 아내를 유혹했기 때문도 아니오. 나는 당신이 우리 모두를, 온 나라를 속였기 때문에, 당신의 수치스러운 꿈, 엉터리 같은 망상, 거리낌 없는 거짓말을 사랑스러운 익살, 감동적인 섬세함, 적절한 말로 포장해서 우리 모두를, 모든 동포를, 그 누구보다도 수년간, 그 수많은 세월 동안 나를 속여 왔기 때문에 당신을 죽이겠소. 난 이제 눈이 뜨였소. 다른 사람들의 눈도 뜨일 것이오. 당신이 조롱하며 들었던 그 가겟집 남자의, 당신이 웃어넘기며 잊어버릴 그 사람의 복수도 할 것이오. 당신의 행방을 찾아 도시 전체를 샅샅이 뒤졌던 이 일주일 동안, 내가 해야 할 유일한 일은 이것임을 알았소. 왜냐하면 이 민족도 나도 우리가 배운 것을 잊어야 하니까. 우리는 모든 작가를, 그들의 장례식

후 첫 번째 가을이 올 때까지 바닥 없는 망각의 우물에 방치하고 영원히 잠들게 해서 그들에 관한 모든 기억을 잊는다고 당신도 쓴 적이 있지."

"당신의 말에 모두 진심으로 동의합니다. 내 기억이 거의 모두 지워져 버렸다는 것을 말한 적 있던가요? 마지막으로 칼럼 몇 편을 쓰고 나면 글 쓰는 일을 완전히 그만두고 거의 남아 있지 않은 최후의 부스러기까지 다 지워 버릴 거라는 것도? 말이 나온 김에, 오늘 나온 내 칼럼을 어떻게 생각하십니까?"

"빌어먹을 놈! 당신은 책임이 무엇인지 알아? 헌신이 무엇이고, 정직이 무엇이고, 희생이 무엇인지 알아? 이 단어가, 놀림당한 독자나 속아 넘어간 가련한 사람에게 즐거운 메시지를 보내는 것 외에 다른 무언가를 당신에게 생각나게 하나? 형제애가 무엇인지 알기나 해, 당신은?"

갈립은 제랄을 변호한다기보다는 이 마지막 질문이 마음에 들었기 때문에 "압니다!" 하고 대답하려 했다. 하지만 전화선의 다른 끝에 있는 메흐메트는(이 마흐메트는 또 어떤 메흐메트였던가?) 미친 듯이 욕을 퍼붓기 시작했다.

"닥쳐, 그치지 못해!"

그는 이렇게 말했는데, 뒤에서 울고 있는 여자에게 한 말이라는 것을 이후의 정적을 통해 알게 되었다. 그러고는 그녀가 그에게 뭔가 설명하는 소리가 들렸고, 누군가 라디오를 껐다.

자신을 메흐메트라고 말한 목소리가 이렇게 말했다.

"당신은 이 여자가 내 사촌이라는 것을 알기 때문에 친척 간의 사랑을 경멸하는 거만한 글을 썼어. 이 나라 사람들이 절반은 이모의 아들, 나머지 절반은 숙부의 딸과 결혼했다는 것을 알면서도, 친척 간의 결혼을 거리낌 없이 조롱하는 괘씸한 글을 썼지. 아니, 제랄 씨, 나는 다른 여자를 만날 기회가 없어서가 아니라, 친척 이외의 모든 여자를 두려워해서가 아니라, 이모, 고모, 그녀들의 딸 외에 다른 어떤 여자도 나를 진정으로 사랑하지 못할 것이며 날 참고 견디지 못할 거라 생각했기 때문이 아니라, 이 여자를 사랑했기 때문에 결혼했소. 당신은 어린 시절부터 함께 놀았던 여자아이를 사랑하는 것이 어떤 것인지 생각해 보았소? 당신은, 오로지 한 여자를, 평생 한 여자만을 사랑하는 것이 어떤 것인지 생각해 보았소? 지금 당신 때문에 울고 있는 이 여자를 나는 오십 년간 사랑했소. 어렸을 때부터 사랑했고, 알겠소, 지금도 여전히 사랑하고 있소. 당신은 사랑하는 것이 무엇인지나 아시오? 꿈에서 당신 몸을 보는 것처럼, 당신을 완성하는 누군가를 그리움으로 바라보는 것이 무엇인지 아시오? 사랑하는 것이 무엇인지 당신은 아시오? 이 단어가 당신에게, 이미 동화 같은 이야기를 믿을 준비가 되어 있는 그 멍청한 독자를 위해 손재주를 부린 불명예스러운 글 장난의 재료 이외에 다른 것이 된 적이 있소? 난 당신을 동정하고, 당신을 경멸하고, 당신이 안됐다고 생각하오. 평생 말장난을 하며, 단어를 이리저리 돌려 가며 쓰는 것 말고 다른 것을 해 본 적이 있소? 대답해!"

"친애하는 친구여, 그건 내 직업입니다."

전화 반대쪽 목소리가 소리를 질렀다.

"직업이라고! 당신은 우리 모두를 속이고, 희롱하고, 경멸했어! 내가 당신을 얼마나 믿었던지, 내 모든 삶이 비참한 가장 행렬이며, 바보짓과 망상의 연속이며, 악몽 같은 지옥이며, 가련함, 시시함, 통속으로 이루어진 평범함의 결작이라는 것을 가혹하게 증명한 당신의 장대한 글을 읽은 후 당신이 옳다고 생각했어. 게다가 내가 무시당하고 경멸당한다고 생각하기는커녕, 그러한 숭고한 생각과 날카로운 펜의 소유자와 알게 되고 만나게 되고, 더욱이 바다에 띄운 순간 가라앉은 군사 쿠데타라는 배에 함께 있었다는 데에 자부심을 느끼기도 했어. 이 썩어 빠진 놈! 내가 당신을 얼마나 선망했던지, 나의 불운이 내 비겁함 때문이며, 우리 조국이 고통받는 것 역시 그 때문이라고 했을 때도 당신을 믿었어. 내 잘못이 무엇인지 알아내려고 얼마나 시간을 낭비했던지! 이제는 나보다 더 비겁하다는 것을 알게 된 당신을 용기의 본보기로 생각했어. 당신을 얼마나 숭배했던지, 다른 사람과 전혀 다르지 않은(당신은 우리에게 관심이 없으니 이 사실을 몰랐겠지만) 평범한 젊은 시절의 추억이나 어린 시절의 일부를 보낸 오래된 아파트의 기름에 볶은 양파 냄새가 나는 어두운 계단, 더욱이 유령과 마녀가 나오는 꿈과 엉터리 같은 형이상학적인 경험을 설명한 당신의 칼럼을, 그 안에 있는 숨겨진 경이를 발견하기 위해 수백 번 읽고 아내에게도 읽어 주었어. 밤에 그녀와 함께 당신의 글에 대해 이야기를 나눈 후, 믿을 수 있는 유일한 것은 그곳에 표시된 숨겨진 의미라 생각하고, 그 어떤 의미도 없는 그 숨겨진 의미를 이해했다고 나 자신을 믿게 만들었지."

"난 한 번도 그렇게 나를 맹목적으로 선망하라고 요구한 적

없습니다."

갈립이 끼어들었다.

"거짓말! 당신은 글을 쓰면서 항상 나 같은 사람을 사냥하려 했어. 그들에게 답장을 쓰고, 사진을 보내 달라고 했지. 그들의 필체를 주의 깊게 살펴보고, 비밀, 문장, 신비로운 단어를 알려 주듯 행동했어."

"그건 모두 혁명 때문이었소. 심판의 날, 구세주의 출현, 해방의 시간을 위한 것이었소."

"그럼 그 후에는? 그 일을 포기한 후에는?"

"뭐 그 덕분에 독자들도 결국 무엇인가를 믿을 수 있었지요."

"그들은 당신을 믿었고 당신도 그걸 아주 좋아했지. 들어봐, 나도 당신을 얼마나 선망했던지 당신의 훌륭한 칼럼을 읽을 때마다 앉아 있던 의자에서 박차고 일어났고 눈에서는 눈물이 솟아 흘렀어. 가만있지 못하고 방 안에서, 거리에서 배회하며 당신을 상상했지. 이것은 아무것도 아니야. 당신에 대해 얼마나 많이 상상하고, 얼마나 생각했던지 어느 시점 이후에는 우리 둘 사이의 정체성 구분이 내 환상의 안개와 연기 속으로 사라지곤 했어. 하지만 그 글을 내가 썼다고 생각할 정도로 정신이 나갔던 적은 한 번도 없소. 나는 정신병자가 아니야, 단지 당신의 충직한 독자였다는 것을 잊지 마. 하지만 당신이 쓴 그 훌륭한 문장들, 그 섬세한 발견, 사고의 창조에 이상한 형태로, 처음에는 증명될 수 없을 것처럼 복잡한 형태로, 마치 나도 공헌한 듯한 생각이 들곤 했어. 내가 없었다면 당신도 그 근사한 것들을 부화하지 못했을 거라는 생각 말이야. 오해하지 마, 오랜 세월 동안 내게서 훔친, 한 번도 내게서 허락을 받을 필요조차 느끼지 않고 도용한 당신의 그 사고에 대해 언급하고 있는 것이 아니니까. 후루피주의가 내게 준 영감이나, 출판하는 데 고충을 겪었던 책의 마지막 부분에 있는 나의 발견에 대해 말하는 것이 절대 아니야. 그것은 어차피 당신 것이었으니까. 내가 말하고자 하는 것은 단지 같은 것을 생각했다는 느낌 그 자체야. 당신의 성공에 나의 기여도 포함되어 있다는 느낌. 이해할 수 있겠소?"

"그렇소. 난 그와 비슷한 것을 쓴 적이 있소……."

"그렇지, 그것도 재수 없는 우연으로 다시 실린 익히 알고 있는 당신의 그 칼럼에서. 하지만 당신은 이해하지 못하고 있소, 이해했더라면 바로 동의했을 테니까. 이 때문에 당신을 죽일 것이오, 이 때문에. 당신이 한 번도 이해하지 못했음에도 마치 이해한 듯이 가장했기 때문에, 당신이 한 번도 우리 누구의 곁에도 없었음에도, 밤에 우리 꿈에 나타날 정도로 우리 영혼에 오만하게 들어오는 데 성공했기 때문에. 당신의 그 훌륭한 글에 내가 기여했다고 나 자신이 믿게 만들기 위해, 오랜 세월 동안 당신의 모든 글을 삼키듯 읽은 후, 당신이 설명한 것과 비슷한 생각을 당신과 친구 사이로 지냈던 그 행복한 시절에 나도 함께 하고, 이야기를 나누었을 수도 있다고 생각하려 했소. 이런 생각을 얼마나 많이 하고 당신을 얼마나 많이 상상했던지, 당신의 팬이 당신을 두고 하는 믿을 수 없는 칭찬이 나를 향한 것이라고 생각하기도 했소. 나도 당신만큼 유명한 것처럼 생각했소. 당신의 비밀스럽고 감추어진 생활에 대한 소문은, 나도 평범한 사람이 아니며 최소한 당신의 그 신적인 마법의 일부가 내게도 전염되었음을 증명하는 것 같았소. 마치 나도 당신만큼 전설적인 사람이 된 것 같았소. 나는 흥분에 휩싸이곤 했소, 당신 덕분에 다른 사람이 되곤 했소. 처음에는 도시 구간 페리에서 손에 신문을 든 두 사람이 당신에 대해 언급하는 것을 들었을 때 '난 제랄 씨를 알고 있소. 그것도 아주 가까운 사이이지요.'라고 온 힘을 다해 소리친 후, 그들이 놀라고 부러워하는 데서 희열을 느끼고, 당신과 공유하는 비밀에 대해 말하고 싶은 마음이 들었소. 그 후, 나의 이 바람은 더욱 강해졌소. 어떤 사람이 어떤 곳에서 당신에 대해 언급하고, 당신의 글을 읽는 것을 보면 '여보시오, 당신들은 제랄 씨와 아주 가까운 곳에 있소. 실은 내가 제랄 살리크 자신이오!'라고 말하고 싶었소. 너무나 황홀하고, 너무나 아찔한 생각이라, 내가 말할 것들을 생각할 때마다 심장이 쿵쾅거리기 시작하고, 이마에는 땀이 송글송글 맺혔소. 사람들의 놀란 얼굴에 나타날 그 선망의 표정을 생각할 때마다 희열 때문에 기절할 것만 같았소. 이 문장을 고래고래, 승리감과 행복감에 싸여 한 번도 크게 말하지 못했던 이유는 그것이 엉뚱하고 과장되었다고 생각했기 때문이 아니라 내 머릿속에 떠올리는 것만으로 충분했기 때문이오. 알아듣겠소?"

"알아듣겠소."

"나는 나 자신을 당신처럼 영리하게 느끼면서 승리감에 차 당신의 칼럼을 읽곤 했소. 사람들이 당신에게뿐 아니라 내게도 박수를 보낸다고 확신했소. 왜냐하면 우리 둘은 함께 있었고, 우리는 그 군중으로부터 멀리 떨어진 아주 다른 곳에 있었으니까. 나는 당신을 아주 잘 이해했소. 나도 극장, 축구 경기장, 박람회, 페스티발에 가는 그 군중들을 이제는 당신처럼 아주 싫어하오. 당신은 그들이 절대 정신을 차리지 못할 것이며, 항상 같은 바보짓을 할 것이며, 같은 이야기에 속을 거라고, 가장 순진해 보이는 가슴 아프고 안타까운 빈곤과 비참함의 순간에조차, 그들이 희생자일 뿐만 아니라 동시에 죄가 있거나 최소한 공범자라고 생각했지. 당신은 이제 그들이 구원자라며 기다렸던 사기꾼, 수상이 최근 저지른 바보짓, 군사 쿠데타, 민주주의, 고문, 영화에도 싫증 나고 말았소. 이러한 이유로 당신을 사랑했소. 오랜 세월 동안, 당신의 글을 읽을 때마다 흥분에 싸여 '바로 이러한 이유로 제랄 살리크를 좋아해.'라고 말하곤 했소. 매번 아주 새로운 흥분에 휩싸였고, 눈물을 흘리며 좋아했소. 당신의 옛날 칼럼을 모조리 다 기억한다는 것을 어제 나이팅게일처럼 청산유수로 당신에게 증명할 때, 이러한 독자가 있을 거라는 것을 추측이나 해 보았소?"

"어쩌면, 약간……."

"그렇다면 내 말을 들으시오. 내 가련한 삶의 외딴 지점에서, 우리의 이 굴욕적인 세계의 무미건조하고 평범한 순간 중에서, 어떤 무자비한 짐승 같은 놈이 닫은 돌무쉬 문에 내 손가락이 끼었을 때, 내 연금에 작은 보탬이 될까 하여 필요한 서류를 준비하면서 한 푼의 가치도 없는 놈의 거만함을 참아야 했을 때, 그러니까 빈곤의 중심에서 갑자기 구명대를 움켜

쥐듯 이러한 생각을 하게 되었소. '이러한 상황에서 제랄 살리크라면 어떻게 했을까? 그는 뭐라고 했을까? 내가 그처럼 행동하고 있는 것일까?' 최근 이십 년 동안 이 마지막 질문은 병이 되어 버렸소. 친척의 결혼식에서 분위기를 망치지 않기 위해 참석한 사람들과 손을 잡고 춤을 출 때, 혹은 시간을 죽이기 위해 마을 찻집에 가서 카드놀이를 하다 이기고 즐거운 웃음을 터뜨릴 때, 갑자기 또 생각하곤 했소. '제랄 살리크도 이렇게 한 적이 있을까?' 이런 생각은 내 저녁을 엉망으로 만들기에 충분했소, 내 모든 인생 역시. 나는 내 모든 인생을 제랄 살리크는 지금 무엇을 하고 있을까, 제랄 살리크는 지금 무슨 생각을 하고 있을까, 하는 생각으로 보냈소. 하지만 이 정도에서 끝났다면 그래도 좋았겠지. 이와 더불어 내 머릿속에 또 다른 물음이 자리 잡았소. '제랄 살리크는 나에 대해 어떻게 생각할까?' 오랜 세월이 지난 후에 당신이 나를 절대 기억하지 못할 것이고, 생각하지 않을 것이며, 떠올리지도 않을 거라고 결론을 내렸을 때는 이 질문이 이렇게 변했다오. '제랄 살리크가 나의 이러한 모습을 본다면 어떻게 생각할까?' 아침 식사 후에 잠옷을 입은 채 담배를 피우는 내 모습을 본다면 제랄 살리크는 뭐라고 할까? 배 안에서 옆에 있던 짧은 치마를 입은 유부녀를 귀찮게 하는 건달에게 내가 어떻게 대응했는지 제랄 살리크가 듣는다면 어떻게 생각할까? 모든 칼럼을 오려서 온카 표 바인더에 스크랩했다는 것을 안다면 제랄 살리크는 어떻게 느낄까? 그에 관한 나의 생각을, 인생에 관한 나의 모든 생각을 안다면 제랄 살리크는 뭐라고 할까?"

"친애하는 나의 독자여, 나의 충실한 친구여, 왜 그 오랜 세월 동안 한 번도 내게 연락하지 않았소?"

"내가 그걸 한 번도 생각해 보지 않았다고 여기는 거요? 난 두려웠소. 내가 오해되거나, 당신 옆에서 작아지거나, 그런 상황에서 으레 그러하듯, 나 자신을 제어하지 못하고 아부를 하거나, 당신의 아주 평범한 말을 아주 훌륭한 것인 양 선망하거나, 당신이 그렇게 바랄 거라 예단하며 당신이 전혀 원하지 않는 부분에서 큰 소리로 웃을까 봐 두려웠던 건 아니오. 물론 이런 장면은 수천 번도 넘게 상상해 봤지만, 나는 이 장면들이 미치지 못한 곳에 있소."

이에 갈립이 다정하게 말했다.

"그 장면들이 제시하는 당신보다 원래의 당신이 더 영리하오."

"당신과 만났을 때, 지금 말한 것과 같은 유의 선망과 아부의 말을 진심을 다해 한 후에, 당신도 나도 다른 할 말이나 설명할 것이 없을까 봐 나는 두려웠소."

"하지만 보다시피 전혀 그렇지 않잖소. 우리가 얼마나 잘 재잘거리고 있는지 보시오."

잠시 정적이 흘렀다.

"난 당신을 죽이겠소. 당신을 죽이겠소. 당신 때문에 한 번도 나 자신이 되지 못했소."

"사람은 절대 자기 자신이 될 수 없소."

"당신은 그 말을 아주 많이 썼지만, 그것을 나처럼 느낄 수 없을 거요. 그 사실을 나만큼이나 이해할 리가 없소. 당신이

'신비'라고 했던 것은, 이해하지 못한 채 알고만 있던 것이며, 알지도 못하면서 글로 썼던 것이오. 사람이 그 자신이 되지 않고선 누구도 이 진실을 발견할 희망을 품을 수 없기 때문이오. 진실을 발견했다면 그건 아직 자신이 되지 못했다는 의미인 거요. 두 가지가 동시에 옳을 수는 없소. 이 역설을 이해하겠소?"

"나는 나 자신이기도 하면서 동시에 다른 사람이기도 하오."

갈립이 말했다.

이에 전화선 다른 한쪽 끝에 있는 사람이 말했다.

"아니, 당신은 그 말을 진심으로 온전히 믿고 하는 것이 아니오. 바로 이러한 이유 때문에 당신은 죽어야 하오. 당신이 칼럼에서 썼던 것처럼, 당신은 사람들을 믿게 만들지만 정작 당신 자신은 믿지 않소. 자신이 믿지 않기 때문에 믿게 만드는 데 성공하는 거요. 하지만 당신이 믿게 만들었던 사람들은 당신이 믿지 않는데도 자신들은 믿게 만들었다는 것을 알게 되자 두려움에 휩싸였소."

"두려움?"

"나는 당신이 '신비'라고 했던 그것을 두려워하고 있소, 알겠소? 그 모호함이, 글이라는 위선의 놀이가, 글자의 어두운 얼굴이 두렵소. 오랜 세월 동안 당신의 글을 읽으며, 나는 그곳, 내가 있었던 곳, 안락의자나 책상머리에 있었을 뿐만 아니라, 아주 다른 곳에, 이야기를 하는 작가 옆에 있다고 느끼곤 했소. 믿지 않는 사람에 의해 어떤 것을 믿어 왔음을 알게 된 기분이 어떤지 당신은 아시오? 당신을 믿게 만든 사람이 실은 자기 자신의 말을 믿지 않았음을 아는 것이 어떤 것인지 아시오? 당신 때문에 나 자신이 되지 못했다고 불평하는 것이 아니오. 가난하고 가련한 내 인생이 풍부해졌고, 이렇게 해서 나 자신의 지루하고 공허한 어둠에서 나와서 당신이 되었소. 하지만 내가 '당신'이라고 했던 신비로운 것에 대한 확신은 없어졌소. 모르겠소, 하지만 난 모르면서 알고 있소. 이것을 아는 것이라고 할 수 있을까? 삼십 년 동안 함께 살았던 아내가 식탁에 아주 짧은 편지를 놓아두고 아무런 해명도 없이 사라졌을 때 나는 그녀가 어디로 갔는지 알았소. 하지만 내가 알고 있다는 것은 몰랐소. 몰랐기 때문에 도시를 샅샅이 뒤지면서 당신이 아니라 그녀를 찾았소. 그녀를 찾으면서도 나도 모르게 당신도 찾았소. 왜냐하면 모든 이스탄불 거리의 불가사의를 풀려고 했을 때, 첫날부터 내 머릿속에는 끔찍한 생각이 떠올랐으니까. '아내가 뜬금없이 날 떠났다는 것을 제랄 살리크가 안다면 그는 뭐라고 했을까?' 나는 '전형적인 제랄 살리크'다운 상황이라고 결론을 내렸지. 당신에게 모든 것을 설명하고 싶소. 나는 이 주제가 바로 오랜 세월 동안 찾았지만 발견하지 못한, 당신과 토론할 주제라고 생각했소. 너무나 흥분했기 때문에 그 많은 세월이 흐른 후 처음으로 당신에게 연락할 용기를 낸 거요. 하지만 당신을 찾을 수 없었소, 그 어느 곳에도 당신은 없었소. 나는 알고 있었지만 모르고 있었소. 어쩌면 어느 날 당신에게 전화할 거라는 생각을 하며 알아낸 당신의 전화번호들을 나는 가지고 있었소. 그곳에 전화를 했지. 하지만 당신은 없었소. 당신 친척들에게 전화를 했소. 당신을 아주 사랑하는 당신 고모, 당신을 숭배하는 당신의 의붓어머니, 당신에 대한 관심을 제어하지 못하는 당신 아버지, 이들 모두 당신에게 관심이 많았지. 하지만 당신은 없었소.《밀리예트》신문사에 갔소. 거기에도 당신은 없었소. 신문사에는 당신을 찾는 다른 사람들도 있더군. 당신을 BBC 텔레비전 방송국 관계자와 만나게 하려는 숙부의 아들이자 여동생의 남편인 갈립. 나는 어떤 본능으로 그 사람 뒤를 쫓았소. 환상을 꿈꾸는 아이, 몽유병 환자 같은 갈립이 당신이 있는 곳을 알 거라고 생각했소. 그는 알 것이고 게다가 자신이 아는 것도 알 거라고 나 스스로에게 말했소. 나는 이스탄불 거리에서 그림자처럼 그를 추적했소. 그는 앞에서, 나는 약간 뒤에 떨어져서 거리를 지났고, 석조 건물 상가, 낡은 상점, 유리로 된 상가, 지저분한 극장으로 들어갔소. 카팔르 차르시 전체를 돌아다녔지. 인도가 없는 빈민가에 갔고, 다리를 지났고, 어두운 장소와 이스탄불의 미지의 마을 속으로 들어갔고, 먼지, 진흙, 오물 속으로 들어갔소. 우리는 어디에도 도달하지 못했고 다시 길을 걸었소. 우리는 모든 이스탄불을 아는 것처럼 걸어 다녔지만, 그 어느 곳도 알지 못했소. 그를 놓치고, 다시 찾고, 다시 놓치고, 다시 찾고, 나중에 다시 놓쳤소. 결국 그가 나를 허름한 어떤 술집에서 찾았지. 우리는 큰 테이블에 사람들과 둘러앉아 돌아가며 이야기를 했소. 나는 이야기를 해 주는 것을 좋아하지만 들어 줄 사람을 찾지 못했는데, 이번에는 사람들이 내 이야기를 들었소. 이야기를 하면서, 듣는 사람들의 호기심 가득하고 안달하는 시선이 내 얼굴에서 이야기의 결말을 읽으려고 할 때, 이런 상황에서 항상 그러하듯, 나는 내 이야기의 결말이 내 얼굴에서 드러날까 봐 두려워, 이야기와 이러한 생각 사이에서 왔다 갔다 하는 사이 내 아내가 당신에게 도망갔다는 것을 깨달았소. '난 그녀가 제랄에게 도망갔다는 것을 알고 있었어.'라고 생각했소. 난 알았지만 안다는 것을 몰랐던 것이오. 내가 찾던 것이 이러한 정신 상태였을 것이오. 나는 나 자신의 정신을 향해 열린 문을 통해 안으로, 새로운 세상으로 들어가는 데 결국 성공했던 것이오. 많은 세월이 흐른 후에, 처음으로 원했던 것처럼 다른 사람이 되는 동시에 나 자신이 되는 데도 성공했던 것이오. 한편으로, 나는 '이 이야기를 어떤 칼럼 작가의 글에서 읽은 적이 있었습니다.'라고 거짓말을 하고 싶은 생각이 들었소. 다른 한편으로는 오랜 세월 동안 좇던 평온에 결국 감싸일 수 있다는 것을 느꼈소. 이 빌어먹을 평온은, 이스탄불의 모든 거리를 돌아다니며 동포들의 얼굴에 나타난 슬픔을 바라보면서, 당신을 어디서 찾을 수 있을까 하며 당신의 옛날 글을 읽으면서 공포를 느낄 때의 기분과 같았소. 하지만 나는 이야기를 마쳤고, 내 아내가 어디로 갔는지 알게 되었소. 나보다 먼저 이야기를 했던 웨이터, 사진사, 키가 큰 작가의 이야기를 들으면서도 내가 조금 전에 알게 된 것의 끔찍한 결과를 보았소. 나는 평생 배반을 당했고, 평생 속았던 것이오! 아, 하느님, 하느님! 이 단어들이 당신에게 무엇인가를 의미하고 있소?"

"그렇소."

"그렇다면 들으시오. 오랜 세월 동안 '신비'라며 우리가 쫓아다니게 만들었던 사실이 이것이라는 결론을 내렸소. 당신도 모르면서 알았던 것처럼, 이해하지 못하면서 썼던 것처럼, 그 누구도 이 나라에서 자기 자신이 될 수 없소! 패배자와 억압받은 자의 나라에서 존재한다는 것은 다른 사람이 되는 것이오. 나는 다른 사람이다, 고로 존재한다! 그런데 내가 되고 싶어 안간힘을 썼던 그 다른 사람도 다른 사람이라면? 내가 배반당하고, 속았다고 말했던 것이 바로 이것이오. 왜냐하면 내가 믿고, 글을 읽었던 사람은 자신을 맹목적으로 숭배하는 사람의 아내를 빼앗지 않을 것이기 때문이오. 나는 그 한밤중에, 그 나이트클럽에서, 테이블 주위에 앉아 이야기를 하던 창녀에게, 웨이터에게, 사진사에게, 배반당한 남편에게 이렇게 소리치고 싶었소. 패배자들이여! 가련한 자들이여! 저주받은 사람들이여! 잊힌 사람들이여! 중요하지 않은 사람들이여! 두려워하지 마십시오, 그 누구도 자신이 아닙니다. 당신들이 되고 싶었던 왕, 행복한 사람, 술탄, 유명인, 스타, 부자도 그렇습니다. 그들로부터 벗어나십시오! 그러면 비밀이라도 되는 듯 당신들에게 해 주었던 이야기를 그들이 없을 때 찾게 될 겁니다. 그들을 죽이십시오. 당신의 비밀을 당신 자신이 만드십시오, 자신의 비밀을 당신 자신이 찾으십시오. 알겠습니까? 배반당한 남편들이 그렇듯 동물적인 분노와 복수심이 아니라, 당신이 나를 끌어들인 새로운 세계로 들어가고 싶지 않기 때문에 당신을 죽이겠소. 그렇게 되면 모든 이스탄불, 모든 글자와 글속에 당신이 배치한 그 신호와 얼굴도 진정한 비밀에 도달할 것이오. 신문은 '제랄 살리크, 총에 맞다!'라고 쓸 것이오. '불가사의한 살인!' 절대 풀리지 않을 '미궁의 살인.' 어쩌면 애초에 존재하지 않았던 우리 세계의 의미는 사라질 것이고, 당신이 언급한 심판의 날에, 구세주의 출현이 가까워 오는 시기에 이스탄불에 혼란이 있을 것이오. 하지만 이것은 내게, 다른 많은 사람들에게 사라진 신비의 발견이 될 것이오. 왜냐하면 그 누구도 이 일의 배후에 있는 비밀을 풀지 못할 것이기 때문이오. 이것이 당신의 도움으로 출간할 수 있었던 나의 겸손한 책에서 언급한, 당신도 잘 이해했던 비밀의 발견, 재발견이 아니고 무엇이겠소?"

"그렇지 않을 것이오. 당신이 원하는 대로 미궁의 살인을 저지른다 하더라도, 그들, 그 행복한 사람들, 가련한 사람들, 바보들, 잊힌 사람들은 즉시 협력하여 이 일에 신비가 없음을 증명하는 이야기를 꾸며 낼 것이오. 그들은 나를 평범한 음모의 일부로 만들어 버릴 것이고 모두들 그들을 믿을 것이오. 나의 장례식이 치러지기도 전에, 나의 죽음이 우리의 민족적 통합을 위험에 빠뜨리는 음모의 일부이거나 오랜 세월 동안 지속된 사랑과 질투의 모험의 결과라고 곧장 결론을 내릴 것이오. 살인자는 마약 밀매업자와 군사 쿠데타 조직자의 도구였다고 할 것이오. 살인이 낙쉬벤디 종파와 정치화된 포주 조직에 의해 저질러졌다고 할 것이오. 마지막 술탄의 손자들과 우리의 국기를 태우는 사람들이 이 추한 행위를 계획했다고 할 것이오. 우리의 민주주의와 공화주의에 반대하는 사람들과 최후의 십자군 원정을 꾀하는 사람들도 이 음모에 가담했다고들 할 것이오."

"이스탄불 한복판에서, 쓰레기 더미와 채소 껍질, 개의 주검과 복권 사이에서, 진흙투성이 인도에서, 불가사의한 모습으로 발견된 유명한 칼럼 작가의 시신……. 아주 깊은 곳에서, 우리의 과거에서, 우리 기억의 앙금 속에서, 단어와 문장 사이에서, 망각의 해안에서, 여전히 우리 사이에서 변장을 하고 돌아다니는 이 신비를 찾아야 한다는 것을 이 패배자들에게, 사람들에게 달리 어떻게 설명할 수 있겠소?"

"삼십 년간 글을 쓴 경험으로 말하겠소, 그들은 아무것도 기억하지 못하오, 아무것도. 게다가 나를 찾아 손쉽게 그 일을 해낼 수 있을지 확실치 않소. 기껏해야 내게 치명적이지 않은 상처를 입히겠지. 그런 후 당신은 경찰서에서 가혹하게 구타를 당할 것이며(고문에 대해서는 언급하고 싶지도 않소.) 당신은 전혀 바라지 않겠지만 나는 영웅이 될 것이며, 나의 쾌유를 빌러 온 수상의 바보짓을 참아야 하겠지요. 확신하건대, 그럴 가치가 없는 짓이오. 사람들은 이제 도달할 수 없는 비밀이 세상의 뒤에 있다는 것을 믿고 싶어 하지 않소."

"나의 모든 인생이 사기, 차가운 농담이 아니었다는 것을 누가 내게 증명해 줄까?"

"나요, 들으시오……."

갈립이 말했다.

"비쉬노브(bishnov)?" 그는 페르시아어로 반복했다. "난 듣고 싶지 않소."

"믿으시오, 나도 당신만큼이나 믿었소."

이에 메흐메트는 열정적으로 소리쳤다.

"믿겠어! 내 인생의 의미를 구제하기 위해 믿지. 하지만 삶의 사라진 의미를 당신이 손에 쥐여 준 암호로 한 자 한 자 읽으려 애쓰는 이불상의 조수는 어찌 되지? 독일에서 절대 돌아오지 않는, 그들을 절대 그곳으로 부르지 않을 약혼자들을 기다리며, 당신이 약속한 천국의 날에 사용할 가구, 오렌지 주스 짜는 기계, 물고기 머리 장식이 있는 램프, 레이스 달린 침대 시트를 오로지 당신의 글 때문에 상상하게 된 처녀들은 어찌 되지? 당신의 글에서 알게 된 방법으로 거울을 들여다보고, 자신의 얼굴에서 천국에서 양도받을 아파트의 평면도를 보았던 은퇴한 버스 차장은 어찌 되지? 이 가련한 나라를, 우리 모두를 구할 구세주가 네모난 돌이 깔린 거리에 나타날 날을 당신의 글에서 얻은 영감으로 계산했던 부동산 감정인은 어찌 되지? 도시가스 검침원, 시미트 장수, 고물장수, 거지(보시다시피 나는 당신의 단어에서 전혀 벗어나지 못하고 있소.), 카르스의 가겟집 남자, 자신이 찾고 있던 전설적인 새가 바로 자신이라는 것을 당신 덕분에 이해하게 된 독자들은, 이 가련한 독자들은 어찌 되지?"

"모두 잊어버려요."

갈립은 전화 속 목소리가 끝나지 않을 리스트를 열거하는 것이 두려워 이렇게 말했다.

"그들을 잊으시오. 당신 마음에서 모두 내려놓으시오. 대신 변장한 채 돌아다니는 오스만 제국의 마지막 술탄들을 생각하시오. 관습에 얽매여 숨겨 둔 돈, 금, 비밀이 있을지 모른다고 생각하며 죽이기 전에 먼저 고문을 하는 베이올루 도둑의 전통적인 방법을 생각하시오. 2500개 이발소 벽에 걸려 있는 《라이프》,《목소리》,《선데이 포스트》,《세븐 데이스》,《부채》,《님프》,《리뷰》,《디스 위크》같은 잡지에서 오린 사원, 벨리 댄서, 다리, 미스 터키, 축구 선수의 흑백 사진에, 신문의 수정 전문가들이 하늘을 왜 항상 감청색으로, 진흙땅을 왜 항상 초록색으로 칠하는지 생각하시오. 좁고, 어둡고, 두려운 아파트 계단에 있는 수천 가지 냄새의 원천, 냄새로 이루어진 수만 가지 혼합물을 묘사할 수백 개의 단어를 찾기 위해 뒤적여야 할 터키어 사전을 생각하시오."

"이 빌어먹을 놈의 작가!"

"터키인들이 영국에서 처음으로 사들인 증기선의 이름이 스위프트라는 불가사의를 생각하시오. 커피 점(店)[44]에 관심이 많아서 평생 마신 수천 잔의 커피 앙금을 읽고 그 주위에 아름다운 글을 써서 삼백 쪽짜리 작품을 남긴 왼손잡이 서예가의 대칭과 질서에 대한 열정을 생각하시오."

"하지만 이번에는 나를 속일 수 없을 거야."

"이천오백여 년간 우리 도시의 정원에 판 수십 만 개의 우물이 아파트의 기초를 만들기 위해 돌과 콘크리트로 메워지자, 그 안에 있던 전갈, 개구리, 메뚜기, 리키아, 프리기아, 비잔

---

44) 터키 전통 커피 점. 에스프레소보다 진한 터키 커피를 작은 잔에 따라 마신 후 바닥에 가라앉은 앙금이 흘러내리도록 뒤집어서 받침에 올려놓는다. 잠시 후 앙금의 모양을 보고 점을 치며, 받침에 생긴 자국을 보고도 점을 친다.

틴, 오스만 제국의 금화, 에메랄드, 다이아몬드, 십자가, 그림, 금지된 우상, 책, 보물이 묻힌 지도, 미해결 살인 사건 희생자의 해골……."

"또 우물에 던져진 샴스 타브리즈의 시체 말이오?"

"……그 우물이 짊어져야 할 콘크리트, 철근, 아파트, 문, 늙은 관리인, 더러운 손톱처럼 틈새가 검어진 모자이크 마루, 근심 많은 어머니, 성난 아버지, 문이 닫히지 않는 냉장고, 여자 형제, 의붓 여자 형제……."

"당신이 샴스 타브리즈야? 당신이 닷잘이야? 구세주야?"

"……의붓 여자 형제와 결혼한 숙부의 아들을, 수압 엘리베이터를, 엘리베이터에 있는 거울을……."

"그래, 그래, 당신은 이 모든 것들을 썼어."

"……아이들이 발견하여 놀던 비밀 장소, 혼수용 침대보, 할아버지의 할아버지가 다마스쿠스 주지사일 때 중국인 상인에게 산, 아까워서 아직도 아무도 사용하지 않은 비단……."

"미끼를 던지고 있군, 그렇지?"

"……우리 인생의 모든 비밀을 생각해 보시오. 옛날 사형집행인이 사형을 집행한 후 대좌(臺座)에 본보기로 전시할 희생자의 머리를 몸에서 분리하는 날카로운 면도칼을 '암호'라고 일컫던 비밀을 생각해 보시오. 은퇴한 대령이 터키 대가족에서 따와 체스 돌에 새로운 이름을 붙인(킹을 '어머니', 퀸을 '아버지', 루크를 '숙부', 나이트를 '이모', 졸을 '아이들'이 아니라 '자칼'이라고 했던) 통찰력을 생각해 보시오."

"나는 당신이 우리를 배반한 후, 그 오랜 세월 동안 단 한 번 당신을 보았어. 당신이 이상한 후루피주의자인 정복자 술탄 메흐메트의 옷을 입고 있었던 것 같았지……."

"여느 때와 같이 평범한 저녁, 집에서 책상 앞에 앉아 몇 시간 동안 디완에 나오는 수수께끼, 신문에 나오는 낱말 퍼즐을 푸는 남자의 영원한 평온을 생각해 보시오. 책상 위에 있는 램프가 밝히는 종이와 글자 이외에 방에 있는 모든 것이, 재떨이가, 커튼이, 시계가, 시간이, 기억이, 고통이, 슬픔이, 배반이, 분노가, 패배가, 아, 우리의 패배가 어둠 속에 남을 거라 생각해 보시오. 낱말 퍼즐의 글자가 왼쪽에서 오른쪽으로, 위에서 아래로 표시한 비밀의 진공상태에서 멈춰 있을 무중력의 흥취는 오로지 변장을 하는 그 충족되지 않는 매혹과 비교될 수 있을 거라 생각해 보시오."

이에 전화선 다른 편에 있는 목소리가 침착하고 자신감 있는 투로 말해 갈립을 놀라게 했다.

"이보게 친구, 모든 매혹, 모든 게임, 모든 글자, 쌍둥이를 지금은 잊읍시다. 우리는 모든 것을 지나왔고, 모든 것을 극복했소. 그렇소, 난 당신에게 함정을 팠소. 하지만 소용없소. 당신도 알겠지만, 다시 허심탄회하게 말하겠소. 전화번호부에 당신의 이름이 없고, 군사 쿠데타도 없고, 서류도 없소! 우리는 당신을 사랑하고, 항상 당신을 생각하오. 정말로 당신의 팬입니다. 우리는 모든 인생을 당신과 함께 보냈고, 앞으로도 그럴 것이오. 지금 잊어야 할 것은 모두 잊읍시다. 저녁 때 내 아내 에미네와 함께 당신에게 가겠소. 아무 일도 없었던 것처럼 이야기를 나눕시다. 지금 당신이 설명했던 것처럼 또다시 몇 시간 동안 설명해 주십시오. 제발, 그러겠다고 말하십시오! 우리를 믿으십시오, 당신이 뭘 원하든지 다 하겠습니다, 뭘 원하든지 다 가지고 가겠습니다."

갈립은 한동안 생각한 후 이렇게 말했다.

"당신이 가지고 있는 내 전화번호와 주소를 말하시오!"

"당장 말해 주겠습니다, 하지만 내 머릿속에 있는 것은 지울 수 없을 겁니다."

"말해 주시오."

남자가 수첩을 가지러 갔을 때 그의 부인이 전화기를 들고 속삭였다.

"그를 믿어. 이번에 그는 정말로 진심으로 후회하고 있어. 그는 당신을 아주 좋아해. 미친 짓을 하려고 했지만 이미 포기했어. 이제는 내게나 분풀이를 할 거야, 당신에겐 아무것도 하지 않아. 그는 겁쟁이거든. 내 말을 믿어. 모든 일이 잘 되었으니 신에게 감사할 따름이야. 난 저녁 때 당신이 아주 좋아하는 푸른색 체크무늬가 있는 치마를 입을 거야. 그도 나도 당신이 원하는 건 다 할 거야. 뭘 원하든지! 당신에게 이것도 말하고 싶어. 그는 당신처럼 되기 위해, 당신처럼 후루피주의자인 정복자 술탄 메흐메트의 의상뿐만 아니라, 당신의 모든 가족의 얼굴에서 보았던 글자에서……."

그녀는 남편의 발소리가 다가오자 입을 다물었다.

남편이 전화를 받자 갈립은 제랄의 다른 전화번호들과 주소들을 몇 번이고 반복하게 해서, 옆에 있는 서랍에서 꺼낸 어떤 책(라 브뤼에르의 『성격들』) 마지막 페이지에 주의 깊게 적었다. 그런 다음 미리 계획했던 대로 그들에게 생각이 바뀌어 만나고 싶지 않으며, 끈질긴 팬 그 누구에게도 더 이상 낭비할 시간이 없다고 말하려 했다. 하지만 마지막 순간에 포기했다. 머릿속에 다른 생각이 있었기 때문이다. 많은 나날이 지난 뒤, 그날 밤 일어난 일을 옳든 그르든 다시 떠올렸을 때는 '어쩌면 호기심에 휩싸였기 때문일 거야.' 하고 생각했다. '그 부부를 멀리서나마 한 번이라도 보고 싶다는 호기심 때문에. 제랄과 뤼야를 찾게 해 줄지도 모를 전화번호와 주소를 알아냈으니, 그들을 찾았을 때 그들에게 그 부부가 어떻게 생겼는지, 어떻게 걷는지, 어떤 옷을 입었는지 말해 주고 싶었던 거야.'

갈립은 전화 속 목소리에게 이렇게 말했다.

"내 집 주소는 가르쳐 주지 않겠지만, 다른 장소에서 만날 수는 있을 거요. 이를테면 저녁 9시에, 니샨타쉬에 있는 알라딘의 가게 앞에서."

이 정도만으로도 그 부부는 너무나 행복해해서, 갈립은 전화의 반대쪽에서 들려오는 감사의 분위기에 불편해졌다. 저녁 때 제랄 씨를 만나러 갈 때 아몬드가 들어 있는 케이크를 가지고 갈까요? 아니면 외뮈르 제과점에서 프티푸르를 사 가지고 갈까요? 그것도 아니면 오랫동안 앉아서 이야기를 할 테니 땅콩 따위와 코냑 큰 병을 가지고 갈까요?

"모아 놓은 사진도 가지고 가겠소. 얼굴 사진도, 여고생 사진도!"

지친 목소리의 남편이 이렇게 소리치고는 이상하고 두려운 호탕한 웃음을 터뜨리자, 갈립은 뚜껑이 열린 코냑 병이 그

부부 사이에 오랫동안 놓여 있었음을 알게 되었다. 그들은 약속 장소와 시간을 열성적으로 확인한 후 전화를 끊었다.

14장
신비스러운 그림들

나는 신비를 『메스네비』에서 도용했다.

— 쉐흐 갈립, 「휘순과 아슉」

1952년 초여름(정확한 날짜를 말한다면, 6월 첫 번째 토요일), 이스탄불이나 터키뿐 아니라 발칸과 중동 지역 전체에서 가장 커다란 죄악의 소굴이 영국 영사관으로 통하는 좁은 골목 중 한 군데인 베이올루 홍등가에 자리를 잡았다. 동시에, 이 행복한 사건은 육 개월 동안 뜨거운 관심을 받았던 그림 경연 대회의 결과가 나오는 날과 겹쳤다. 세월이 흐른 후 캐딜락을 타고 보스포루스 물속으로 사라져 전설이 될 베이올루의 도둑 두목이, 자신의 사업장 입구의 넓은 홀 벽에 이스탄불의 정경을 그리라고 했던 것이다.

아나, 이 유명한 두목은 이슬람교가 금지했기 때문에 뒤쳐진 우리 예술을(그림을 말하는 겁니다, 매춘이 아니라) 지원하기 위해서가 아니라, 이스탄불과 아나톨리아 사방에서 쾌락의 궁전으로 올 귀빈들에게 음악, 마약, 술, 여자와 함께 이스탄불의 아름다움을 제공하기 위해 이 그림들을 그리게 했다. 각도기와 삼각자를 들고 서양의 큐비즘을 모방하는 화가들, 시골 처녀를 마름모 형태로 표현하는 예술가들은 오로지 은행의 주문만 수락하고 이 두목의 요청은 거절했으므로, 시골 저택의 천장, 여름 극장의 벽, 박람회에서 뱀을 삼키는 사람의 천막, 마차와 트럭을 화려하게 꾸미는 화가, 간판 그리는 사람, 페인트공에게 요청했다. 몇 달 후 두 명의 장인이 나섰고, 그들은 마치 진짜 예술가들처럼 서로 상대보다 더 재능이 있다고 주장했다. 이 두 화가를 놓고 두목은 은행이 하듯이 꽤 많은 상금을 내걸고 '가장 아름다운 이스탄불 그림 경연 대회'를 열었고, 쾌락의 궁전 입구의 마주 보는 두 벽을 이 의욕적인 장인들에게 내주었다.

서로를 의심한 화가들은 첫날부터 벽 사이에 두꺼운 커튼을 쳤다. 백팔십 일 후, 쾌락의 궁전의 개업식 날 밤, 붉은색 벨벳 천으로 덮여 있는 금박 장식 소파, 홀바인 카펫, 은으로 된 커다란 촛대, 크리스털 꽃병, 아타튀르크 사진, 자기 세트, 자개 장식 탁자로 꽉 찬 입구 홀에는 그 낡은 커튼이 여전히 드리워져 있었다. 죄악의 소굴의 이름이 공식적으로 '터키 고전 예술 보존 클럽'이라고 되어 있기 때문에 주지사를 포함해 많은 귀빈이 참석한 가운데, 사장이 거친 마포로 된 커튼을 걷자, 손님들은 한쪽 벽에서 더할 나위 없이 근사한 이스탄불 그림을, 다른 한쪽 벽에서는 그 그림을 은으로 된 커다란 촛대의 불빛 아래서, 원본보다 더 반짝이고, 더 아름답고, 더 매력적으로 보이게 하는 거울을 보게 되었다.

물론 상금은 거울을 걸어 놓은 화가에게 돌아갔다. 하지만 오랜 세월 동안 죄악의 소굴로 떨어진 손님 대부분은 벽을 수 놓은 믿을 수 없는 광경에 매료되어, 각기 두 작품에서 서로 다른 맛을 느끼며, 자신들이 느낀 흥취의 비밀을 이해하기 위해 벽 사이를 거닐며 몇 시간이고 작품을 감상했다.

첫 번째 벽에 그려진, 주인 없는 가련하고 슬픈 개는 맞은 편 거울에서는 슬프면서도 교활한 개로 변했다. 다시 첫 번째 벽에 있는 개에게로 눈을 돌리면 이번에는 실상 그곳에도 교활함이 그려져 있고, 게다가 의심을 불러일으키는 어떤 행동마저 감지되었다. 그러다가 다시 거울 쪽으로 몸을 돌리면 그 행동의 의미를 알 수 있게 하는 다른 이상한 움직임과 징후가 보였다. 하지만 정신이 혼란스러워진 관람객은 다시 첫 번째 벽으로 돌아가 원본을 보지 않기 위해 자신을 억눌러야 했다.

한번은, 망상에 사로잡힌 늙은 손님이 슬픈 개가 돌아다니는 거리와 연결된 광장의 메마른 분수가 거울에서는 콸콸 넘쳐흐르는 것을 보았다. 집에 수도를 틀어 놓고 왔다는 것을 상기한 건망증 있는 노인이 황급히 다시 원래 그림을 보자, 분수는 메말라 있었다. 다시 거울을 보자 물은 더 풍성하게 흐르고 있었기 때문에, 그 노인은 자신이 발견한 것을 매춘부들과 나누고 싶었다. 하지만 그림과 거울의 끝나지 않는 놀이에 이미 오래전에 지치고 질려 버린 매춘부들이 무관심해하자, 속수무책으로 자신의 폐쇄된 삶으로, 이해되지 못한 채 보낸 인생의 고독 속으로 돌아가 버렸다.

실상 쾌락의 궁전에서 일하는 여자들이 노인의 생각처럼 그 주제에 전혀 관심이 없는 것은 아니었다. 눈 오는 겨울밤, 지루해하며 서로에게 동화를 들려주었고, 벽에 있는 그림과 맞은편에 있는 거울의 마법적인 놀이를 손님의 성격을 판단하는 기준으로 사용하곤 했다. 원본 그림과 거울에 나타난 모습 사이의 신비스러운 불일치를 전혀 알아채지 못하는 조급하고 감성이 결여되고 근심 많은 손님들도 있었다. 이런 사람들은 계속해서 자신들의 고민을 이야기하거나, 모두 똑같아 보이는 매춘부들에게서 유일한 것, 모든 남자들이 원하는 그것을 한시라도 빨리 손에 넣으려고만 했다. 거울과 원본 그림의 놀이를 잘 알아채지만 이를 중요시하지 않는 사람들도 있었다. 이들은 산전수전 다 겪고 아무것에도 신경 쓰지 않으며 겁이 없는, 두려워해야 할 사람들이었다. 혹은 속수무책의 대칭 강박관념에 시달리는 것처럼, 거울과 원본 그림 사이의 불일치가 가능한 한 빨리 수정되어야 한다고 아이처럼 떼를 쓰고 불안해하면서 매춘부, 웨이터, 건달을 괴롭히는 사람들도 있었다. 이런 사람들은 인색하거나 검소한 사람들이며, 술을 마시면서도 사랑을 나누면서도 세상을 잊지 못한다. 모든 것을 질서 정연하게 하려는 강박관념은 그들을 불쌍한 친구, 가련한 연인으로 만들 뿐이다.

쾌락의 궁전에 사는 사람들이 그림과 거울의 장난에 익숙해진 시기에, 자신의 재력보다는 보호막이 되어 준다는 호의로 영광스럽게도 클럽에 자주 들렀던 베이올루 경찰서장은, 어두운 거리에서 손에 권총을 든 모습으로 그려진 첫 번째 벽의 수상한 대머리 남자와 맞은편 거울 속에서 눈이 마주치자, 그가 바로 몇 년 동안 해결되지 못했던 그 유명한 '쉬쉬리 광장 살인 사건'의 범인임을 알게 되었다. 그는 벽에 거울을 설치한 화가가 그 비밀을 알 거라고 주장하며 그의 정체를 조사하기 시작했다.

인도에 흐르는 더러운 물이 모퉁이에 있는 하수구에 도달하기도 전에 수증기가 되어 버리던 어느 덥고 끈적끈적한 여름밤이었다. 아버지의 벤츠를 '주차 금지' 표지판 앞에 주차한 지주의 아들은 카펫을 짜는 이스탄불 빈민가의 착실한 처녀를 거울에서 보고는 자신이 평생을 찾아다닌 비밀스러운 애인이라고 결론을 내렸다. 하지만 그림 원본으로 돌아가자, 단지 아버지가 소유한 마을 중 한 곳에 사는 불행하고 핏기 없는 처녀 한 명과 마주쳤을 뿐이다.

이후에 말을 몰듯 캐딜락을 몰고 보스포루스의 급류로 들어가서 세계 안에 있는 다른 세계를 발견할 사장에게는 이 모든 달콤한 장난, 기분 좋은 우연, 세계 안에 있는 신비가 그림의 장난도 거울의 장난도 아니었다. 마약과 라크에 취한 손님들은 불행과 슬픔의 구름 위에서 날아다니는 동안 머릿속에 있는 과거와 행복한 세계를 발견하며, 사라진 천국의 신비를 찾았다는 어린아이 같은 기쁨 속에서 상상 속에 있는 불가해한 것들을 눈앞에 있는 이미지와 혼동할 뿐이었다. 이렇게 현실적인 면이 강한 이 유명한 두목은, 일요일 아침마다 지친 매춘부 엄마들이 극장으로 데려가기를 기다리는 아이들과 함께, 마치 일요일판 신문 부록에 나온 수수께끼를 푸는 것처럼 '두 그림 사이에서 틀린 부분 일곱 군데 찾기' 놀이를 하기도 했다.

하지만 차이, 의미, 헷갈리는 변형은 일곱 군데만이 아니라 헤아릴 수 없이 많았다. 첫 번째 벽에 있는 이스탄불 그림은 기법적으로는 마차나 축제를 떠올리게 했지만, 정신적인 면에서는 어둡고 소름 끼치는 판화를, 소재 면에서는 화려한 벽화를 연상시켰던 것이다. 벽화 위의 커다란 새는 거울에서 전설적인 새처럼 천천히 날갯짓을 했고, 페인트칠을 하지 않은 낡은 목조 가옥의 외관은 거울에서 겁에 질린 얼굴로 변했다. 박람회장과 회전목마는 거울에서 생생하게 움직였고, 오래된 전차, 마차, 사원 첨탑, 페리, 글, 궤짝은 모두 다른 세계의 신호가 되어 나타났다. 화가가 유쾌한 농담처럼 장님 걸인의 손에 쥐여 준 검은 책은 거울에서 둘로 나뉘어져 두 개의 의미와 두 개의 이야기가 있는 책으로 변했다. 첫 번째 벽으로 돌아가면 책은 완전한 한 권의 책이며 신비도 그 안으로 사라졌음을 알게 된다. 첫 번째 화가가 박람회장에서 그렸던 경험으로 첫 번째 벽에 그려 놓은 붉은 입술, 게슴츠레한 눈빛, 긴 속눈썹을 지닌 우리의 영화배우는, 거울에서는 가난 속에서 허우적거리는 넓은 가슴을 지닌 어머니가 되어 국가 전체를 위로하고 있었다. 흐릿해진 눈길을 첫 번째 벽으로 돌리면, 그녀가 어머니가 아니라 오랜 세월 동안 함께 잔 아내라는 것을 공포와 기쁨을 동시에 느끼며 알아채게 된다.

하지만 쾌락의 궁전을 방문하는 사람들을 진짜 공포로 몰아넣는 것은, 화가가 작품 전체에 생생하게 배치해 놓은 끝없이 증가하는 사람들, 다리를 꽉 채운 군중의 거울에 비친 얼굴에 나타나는 새로운 의미, 이상한 신호, 미지의 세계였다. 그림 속에서 고민 많고 슬픈 평범한 시민이나 부지런하고 삶에 만족하는 사람으로 보이는 얼굴이, 거울에서는 어떤 지도나 어떤 신비, 혹은 사라진 이야기의 흔적으로 들끓고 있다는 것을 알아채고, 벨벳 소파 사이를 왔다 갔다 하면서 거울 속에 배치된 자신의 모습을 몽롱하게 바라보던 쾌락의 궁전 방문객은 소수의 명사(名師)들만 아는 비밀을 자신도 알게 되었다는 환상을 품게 되었다. 매춘부들이 파샤처럼 모셨던 이 사람들이 그림과 거울 뒤에 있는 비밀을 풀 때까지 편히 있지 못하고, 비밀과 수수께끼에 대한 해법을 찾을 때까지 여행과 모험과 싸움도 감수하리라는 것을 모두들 알고 있었다.

오랜 세월이 흐른 후, 나이트클럽 사장이 보스포루스 바닷물의 미지 속으로 사라지고도 더 많은 세월이 흐른 후에, 이제는 인기가 떨어진 나이트클럽에 온 베이올루 경찰서장도 평온을 잃은 사람 중 하나임을 늙은 매춘부들은 그의 슬픈 얼굴을 보고 즉시 알게 되었다.

경찰서장은 과거의 유명한 '쉬쉬리 광장 살인 사건'의 비밀을 풀기 위해 다시 거울을 보고 싶어 했다. 하지만 사람들은 일주일 전에, 여자 문제나 돈 문제 같은 심각한 문제가 아니라, 지루해서 벌인 건달들의 싸움에서 그 거대한 거울이 싸움꾼들 위로 쨍그랑하며 깨져 산산조각이 났다고 말해 주었다. 이렇게 해서, 은퇴를 눈앞에 둔 경찰서장은 깨진 유리 사이에 서서 미해결 살인 사건도, 거울 뒤에 있는 비밀도 풀어 낼 수 없었다.

15장
이야기하는 사람이 아니라 이야기

전화 속 목소리는 알라딘의 가게 앞에서 만날 약속을 정하기 바로 전에 제랄의 전화번호 일곱 개를 알려 주었다. 갈립은 제랄과 뤼야를 이 전화번호 중 한 군데에서 찾을 거라 확신하고, 뤼야와 제랄을 다시 보게 될 거리와 아파트와 문턱을 떠올렸다. 제랄과 뤼야를 보자마자, 그들이 왜 숨었는지 말하기 시작하자마자, 타당하고 정당하다고 이해할 것임을 알고 있었다. 그는 제랄과 뤼야가 이렇게 말할 거라고 확신했다. "갈립, 우리도 네게 전화 많이 했어. 하지만 집에도 사무실에도 없던걸. 어디 있었던 거야?"

갈립은 오랫동안 앉아 있던 안락의자에서 일어났다. 제랄의 파자마를 벗고, 세수를 하고, 면도를 하고, 옷을 입었다. 거울에서 얼굴을 보아도, 명백하게 보이는 얼굴 위의 글자가 신비로운 음모나 미친 놀이의 연장, 혹은 자신의 정체에 대한 의문을 불러일으킬 시각적인 착각으로 보이지 않았다. 실바나 망가노가 사용했던 분홍색 럭스 비누, 혹은 거울 앞에 놓인 오래된 면도칼처럼 글자들도 현실 세계의 일부였다.

문 밑에 던져진 《밀리예트》에서 제랄의 칼럼에 실린 자신의 문장을 마치 다른 사람의 문장인 것처럼 읽었다. 위에 제랄의 사진이 실려 있어서 제랄의 문장으로 생각하기 쉬워졌다. 한편으로는 이 단어들을 자신이 썼다는 것도 잊지 않았다. 이 상황은 그에게 모순이 아니라, 정반대로, 이해할 수 있는 세계의 연장선으로 보였다. 자신이 가지고 있는 주소 중 한 곳에서, 제랄이 자신의 칼럼에 게재된 다른 사람의 글을 읽는 상상을 했다. 하지만 제랄이 이 상황을 어떤 공격이나 사기로 보지 않으리라는 것을 알 수 있었다. 아마 그 칼럼이 자신이 옛날에 쓴 것 중 하나가 아니라는 것도 어림할 수 없을 것이다.

빵, 어란(魚卵), 얇게 저민 혀, 바나나로 배를 채운 후, 현실 세계와의 관계를 더욱 강하게 맺기 위해, 도중에 그만두었던 일을 해결하기로 했다. 함께 정치적 사건을 맡았던 변호사 친구에게 전화를 걸었다. 급히 가 봐야 할 곳이 있었기 때문에 며칠 동안 이스탄불을 떠나 있다고 말했다. 친구는 재판 한 건은 여느 때처럼 천천히 진행되고 있으며, 다른 정치적 재판은 판결이 났고, 비밀 공산주의자 단체를 세운 사람들에게 은신처를 제공했던 그들의 의뢰인들은 육 년씩의 실형을 선고받았다고 알려 주었다. 갈립은 조금 전에 읽었던 신문에 나온 이 재판 소식을 보고도 자신과 연관을 맺지 않고 지나쳤다는 것을 깨닫자 화가 났다. 누구에게, 어떤 이유로 느끼는지를 확실히 가늠할 수 없는 분노였다. 그는 자신이 할 수 있는 가장 자연스러운 일인 양, 자신의 집에 전화를 했다. '뤼야가 받는다면 그녀에게 나도 장난을 쳐야지.' 하고 생각했다. 목소리를 바꿔 갈립을 찾는 사람처럼 말하려 했지만, 응답이 없었다.

이스켄데르에게 전화를 걸어, 곧 제랄을 찾을 것 같은데 BBC 텔레비전 방송국 사람들이 언제까지 이스탄불에 있을지 물었다.

"오늘이 마지막 밤이야. 그들은 내일 아침 일찍 런던으로 갈 거야."

이스켄데르가 말했다. 갈립은 제랄을 곧 찾을 거라고 했다. 제랄도 중요한 문제를 발표하기 위해 BBC 텔레비전 방송국 사람들과 만나고 싶어 한다고, 이 만남을 아주 중요하게 여긴다고 말했다.

"그렇다면, 내가 오늘 밤 그들과의 만남을 꼭 주선하지. 그들도 아주 원하고 있으니까."

이스켄데르가 말했다. 갈립은 '현재로서는 여기' 있다고 말하며, 이스켄데르에게 전화번호를 불러 주었다.

그 후 갈립은 할레 고모의 전화번호를 돌렸다. 목소리를 굵게 바꿔서, 제랄 씨에게 오늘자 멋진 칼럼을 잘 읽었다고 전하고 싶은 충실한 독자이자 팬이라고 말했다. 그는 속으로 이렇게 생각했다. 뤼야와 자신에게서 아무 연락이 없어서 경찰에 신고했을까? 아니면 아직도 이즈미르에서 돌아오기를 기다리고 있을까? 뤼야가 그들에게 들러 모든 것을 설명했을까?

그사이 제랄에게서 연락은 왔을까? 제랄 씨는 여기에 없으니 신문사로 연락하라는 할레 고모의 침착한 말은 이 물음에 그 어떤 설명도 해 주지 못했다. 갈립은 2시 20분에 『성격들』의 마지막 페이지에 써 놓았던 일곱 군데에 전화를 걸기 시작했다.

이 일곱 개의 전화번호가, 전혀 알지 못하는 가족, 모두가 알고 있는 말 많은 아이, 무례하고 새된 목소리의 아저씨, 케밥 식당, 전화번호의 전 주인을 전혀 궁금해하지 않는 거만한 부동산업자, 사십 년 동안 같은 전화번호를 써 왔다는 예의 바른 여자 재봉사, 저녁 늦게 귀가한 신혼부부의 것임을 알았을 때는 저녁 7시가 되어 있었다. 전화와 씨름하는 동안 느릅나무로 된 장식장 밑 칸에서, 예전에 뒤적일 때는 관심이 없었던 오래된 우편엽서로 가득 찬 상자 바닥에서 사진 열 장을 발견했다.

보스포루스의 바닷가 에미르걈의 유명한 사이프러스 나무 아래 있는 찻집에서, 넥타이에 양복을 입은 멜리흐 백부, 젊었을 때는 뤼야와 닮았던 아름다운 수잔 백모, 제랄이 데려온 이상한 친구가 아니면 에미르걈 사원의 이맘일 듯한 사람과 함께, 열한 살의 뤼야가 제랄이 들고 있는 것으로 추정되는 사진기를 호기심에 가득 차 바라보고 있는 사진. 뤼야가 초등학교 2학년에서 3학년으로 올라가던 여름에 입었던 멜빵 달린 옷을 입고 와스프와 함께 두 달 된 할레 고모의 고양이 쾨뮈르에게 수족관에 있는 물고기를 보여 주고 있고, 에스마 부인은 입에 담배를 물고 눈을 가늘게 뜬 채 웃으면서 시야에 들어오는지 확실치 않은 사진기를 피하기 위해 손으로 머릿수건을 가다듬고 있는 사진. 뤼야가 할머니 침대 위에서, 칠 일 하고도 열한 시간 전 갈립이 마지막으로 보았던 모습과 같이 다리는 배로 끌어 올리고, 머리는 베개에 푹 파묻은 채 쿨쿨 자고 있는 사진. 하지만 이것은 뤼야가 첫 번째 결혼을 했을 당시 사진으로, 가족들 앞엔 거의 모습을 드러내지 않다가, 혁명적이지만 초라해 보이는 모습으로 어느 겨울날 사탕절에 가족이 함께 모인 자리에 갑자기 혼자 나타나 배불리 먹은 뒤, 식곤증 때문에 할머니 침대에서 잠들어 있는 모습이었다. 쉐흐리칼프 아파트 현관문 앞에서 온 가족이 모여 포즈를 취하고 있고, 관리인 이스마일과 카메르 부인도 사진기를 보고 있는데, 머리를 리본으로 장식한 뤼야는 제랄의 품에 안겨, 인도에 서 있는 주인 없는 개를(벌써 오래전에 죽었을 것이다.) 바라보고 있는 사진. 여자 고등학교에서 저 멀리 알라딘 상점까지 테쉬비키예 가(街) 양쪽 인도를 따라 서 있는 군중 속에서 수잔 백모, 에스마 부인, 뤼야가 사진에서는 보이지 않는 드골의 행렬을 지켜보고 있는 사진. 분첩, 페르테브 콜드크림 튜브, 장미수와 화장수 병, 펌프식 향수, 손톱 다듬는 줄로 가득한 그녀 어머니의 화장대에 앉은 뤼야가 거울의 날개를 펴고 짧게 자른 머리를 그 안으로 들이밀자 셋, 다섯, 아홉, 열일곱, 서른세 개의 뤼야가 되는 사진. 사진을 찍힌다는 것을 모르는 열다섯 살 때의 뤼야. 옆에는 견과류 한 접시. 햇빛이 창을 통해 들어와 소매 없는 원피스를 입은 뤼야를 비출 때, 신문 위로 고개를 숙인 채 머리칼을 잡아당기며 뒤에 달린 지우개를 깨물던 연필로 퍼즐을 풀고 있는 사진. 그녀의 얼굴에는 갈립이 외면당하고 있다는 두려움을 느끼게 하는 표정이 떠올라 있었다. 갈립이 몇 시간 동안 거닐었던 방 안, 갈립이 조금 전에 통화했던 전화 옆, 갈립이 지금 앉아 있는 소파에 앉아 뤼야가 행복하게 웃음을 터뜨리는 사진. 갈립이 최근 그녀의 생일날 사 줬던 히타이트 태양이 달린 목걸이를 걸고 있는 것으로 보아 지난 다섯 달 사이에 찍은 사진이었다. 갈립은 어딘지 알 수 없는 교외 식당에서 뤼야가 부모와 함께 찍은 사진. 이 여행 중 두 분이 심하게 다투었기 때문에 뤼야는 풀이 죽은 얼굴이었다. 뤼야가 고등학교를 졸업하던 해에 갔던 킬요스 해변에서, 뒤에는 포말이 이는 바다, 옆에는 자신의 것이 아니지만 자신의 것인 양 팔을 안장에 올려놓은 자전거가 있고, 몸에는 맹장 수술 자국이, 수술 자국과 배꼽 사이에는 콩알 크기만 한 쌍둥이 점 두 개가 있으며, 비단결 같은 피부와 갈비뼈가 희미하게 드러나는 비키니를 입고, 사진이 흐리게 나왔기 때문이 아니라 갈립의 눈물 때문에 이름을 읽지 못하는 잡지를 든 채, 즐거운 표정을 짓고 싶었지만, 사진을 보고 있는 그녀의 남편이 그 비밀을 절대 이해하지 못할 슬프고 우울한 미소를 짓고 있는 사진.

갈립은 불가사의 속에서 눈물을 흘렸다. 알면서도, 안다는 것을 모르는 곳에 있는 것 같았다. 전에 읽었으면서도, 읽었다는 것을 잊었기 때문에 흥분을 느끼는 책 사이에 있는 것처럼. 그는 자신이 느끼는 재앙과 결핍을 이전에 느꼈을 뿐 아니라, 인간이 인생에서 오직 한 번만 느낄 정도로 이 고통이 크다는 것을 알고 있었다. 자신이 받고 있는 기만당한 느낌, 착각, 상실의 고통이 다른 그 누구에게도 일어나지 않는 고유한 것이라고 느끼는 동시에, 마치 누군가가 체스 게임을 계획하듯이 미리 준비한 함정의 결과라고 느꼈다.

그는 뤼야의 사진들 위로 떨어지는 눈물을 훔치지 않았다. 코로 숨을 쉬는 것이 힘들었다. 꼼짝하지 않고 안락의자에 앉아 있었다. 니샨타쉬 광장에서 금요일 저녁의 소음이 들려왔다. 사람들로 꽉 찬 버스의 지친 듯한 모터 소리, 교통 체증 때문에 계속 울려 대는 자동차의 경적 소리, 모퉁이에 있는 경찰이 신경질적으로 불어 대는 호루라기 소리, 상가 입구에 있는 레코드와 카세트테이프를 파는 가게의 확성기에서 나오는 노랫소리, 인도를 가득 메운 사람들이 내는 소리. 방에 있는 물건도 가끔 희미하게 소리를 냈다. 방 안에서 나는 부스럭거리는 소리에 귀를 기울이면서, 갈립은 가구와 물건에도 그들만의 특별한 세계, 그와 공유하는 세계와는 멀리 떨어진 세계가 있음을 상기했다. 그는 "기만당하는 것은 기만당하는 것이다."라고 혼잣말을 했다. 이 말을 얼마나 많이 반복했던지 단어들이 의미와 고통에서 정화되어 그 어떤 것도 나타내지 않는 소리와 글자로 변했다.

그는 공상에 빠졌다. 이곳, 이 방이 아니라, 금요일 저녁 자신의 집에 뤼야와 함께 있다. 어딘가에서 배를 채운 후 코낙 극장으로 간다. 돌아오는 길에 석간신문을 사고, 집에 와서는 그들의 의자에 앉아 신문과 책에 파묻힌다. 그가 꿈꾸던 다른 공상에서는 어떤 유령 같은 사람이 "나는 오랜 세월 동안 네가 누구인지 알고 있었어. 하지만 넌 나를 알지도 못하는구나."라고 말했다. 이 사람이 누구인지 기억해 냈을 때, 그가 오랜 세월 동안 자신을 주시해 왔다는 것을 알게 된다. 그런 다음 그가 갈립이 아니라 뤼야를 주시해 왔다는 것을 알게 된다. 갈립은 한두 번 뤼야와 제랄을 몰래 주시한 적이 있었는데, 자신이 본 것이 놀랍고 두려웠다. "마치 내가 죽었고, 내가 죽은 후 삶이 어떻게 흘러가는지 멀리서 고통스럽게 지켜보고 있는 것 같았다." 갈립은 제랄의 책상에 앉아 즉시 이 문장으로 시작하는 칼럼을 썼고 제랄의 이름으로 서명을 했다. 누군가 자신을 주시하고 있다는 것을 확신했다. 누군가가 아니라면 최소한 어떤 눈이.

니샨타쉬 광장에서 들려오던 소음이 사라지고, 서서히 근처 건물에서 텔레비전 소리가 들려오기 시작했다. 8시 뉴스 시그널 뮤직이 들려오자 갈립은 모든 이스탄불 사람들이 저녁 식사 테이블에 모여, 육백만 명의 시민이 텔레비전을 보고 있는 모습을 상상했다. 자위를 하고 싶은 생각이 들었지만, 이후 자신이 계속 상상하고 있는 그 눈의 존재 때문에 불안했다. 자신, 오로지 자신이 되고 싶다는 생각이 너무나 강렬하게 들어, 방에 있는 물건을 모두 부수고, 자신을 이 상태에 빠지게 한 사람들을 죽이고 싶은 생각이 들었다. 전화선 코드를 빼 창밖으로 던지려던 차에 전화벨이 울렸다.

이스켄데르였다. BBC 텔레비전 방송국 사람들과 만났다며, 아주 흥분해 있었다. 오늘 밤 페라 팔라스 호텔 방에서 촬영을 하기 위해 제랄을 기다리겠다고 했다. 그는 갈립이 제랄을 만났는지 물었다.

"응, 응, 그럼!"

갈립은 자신의 분노에 자신도 놀라면서 말했다.

"제랄은 준비되어 있어. 아주 중요한 발표를 할 거야. 밤 10시에 페라 팔라스 호텔로 갈게."

전화를 끊은 후, 갈립은 두려움과 행복, 평온과 불안, 복수심과 우애의 기쁨 사이를 왕래하는 흥분에 휩싸였다. 공책, 종이, 과거에 쓴 글, 신문 스크랩 사이에서 다급히 무엇인가를 찾았다. 하지만 무엇을 찾는지는 자신도 몰랐다. 얼굴에 있는 글자의 존재를 증명하는 어떤 표시? 하지만 글자도, 의미도 다른 어떤 증거를 필요로 하지 않을 만큼 명료했다. 그가 해 줄 이야기를 선택하는 데에 유용할 논리? 하지만 그는 분노와 흥분 때문에 다른 어떤 것도 믿지 못할 것 같았다. 비밀의 아름다움을 보여 줄 어떤 예? 그러기 위해서는 설명해야 한다는 것, 오로지 이야기를 믿고 설명해야만 한다는 것을 알고 있었다. 그는 서랍을 뒤졌고, 주소록을 재빨리 읽어 내려갔고, '핵심 문장'을 한 자 한 자 읽었다. 지도를 보았다. 어떤 사람의 얼굴 사진을 본 후, 서둘러 다른 사람의 얼굴 사진을 들여다보았다. 변장 도구가 들어 있는 상자를 뒤지다가, 9시 삼 분 전에, 자신이 일부러 늦장을 부렸다는 것을 저주하듯 후회하며 서둘러 집을 나섰다.

9시 2분에 알라딘의 가게 맞은편 인도에서 어두운 아파트 입구로 들어갔지만, 반대편 인도에는 대머리 이야기꾼이나 그의 아내일 법한 여자는 없었다. 그들이 준 전화번호가 틀렸다는 것 때문에 화가 났다. 누가 누구를 속이고, 누가 누구에게 장난을 하고 있는가?

물건이 가득한 진열장을 통해 환한 알라딘의 가게 안이 조금 보였다. 천장의 줄에 매달린 장난감 총, 그물 안에 들어 있는 공, 오랑우탄과 프랑켄슈타인 가면, 보드 게임, 라크와 리큐어 병, 빨래집게로 집어 진열장에 매달아 놓은 컬러 잡지와 스포츠 잡지, 상자 속에 들어 있는 인형 사이로, 가끔 몸과 머리를 숙였다 일으키는 알라딘이 보였다. 그는 반품을 할 신문을 세고 있었다. 가게 안에는 그 외에 다른 사람은 없었다. 알라딘의 아내는 지금 부엌에서, 하루 종일 계산대에서 일한 그가 돌아오기를 기다릴 것이다. 가게로 누군가가 들어가자, 알라딘은 계산대 뒤로 갔다. 바로 그 뒤를 이어 노부부가 가게 안으로 들어가자 갈립의 심장은 뛰기 시작했다. 먼저 가게에 들어간 이상한 옷을 입은 남자에 이어, 노부부가 커다란 병을 손에 든 채 밖으로 나와 팔짱을 꼈다. 하지만 갈립은 그들이 아니라는 것을 즉시 알아챘다. 왜냐하면 그들은 자신들의 세계에 지나치게 파묻혀 있었기 때문이다. 그 후 안으로 들어간, 칼라에 털이 달린 외투를 입은 신사와 알라딘이 이야기를 하기 시작했다. 갈립은 자신도 모르게 그들이 어떤 이야기를 하는지 상상했다.

니샨타쉬 광장 쪽에도, 사원 쪽에도, 이흘라무르로 통하는 거리에도 주의를 끄는 사람이 없었다. 생각에 잠긴 사람들, 외투를 입지 않은 채 빨리 걷는 점원들, 회색빛이 섞인 밤의 군청색 속으로 사라진 외로운 사람들. 일순 모든 거리와 인도가 텅 비어 버렸다. 진열장에 재봉틀을 전시해 놓은 맞은편에 있는 가게의 네온사인 간판이 직직거리는 소리를 들은 것 같았다. 경찰서 앞에서 기관총을 들고 보초를 서는 경찰관 외에는 아무도 없었다. 알라딘의 가게 앞, 몸통에다 팬티 고무줄과 빨래집게로 컬러 잡지를 걸어 놓은 밤나무의 어둡고 벌거벗은 가지를 보며 두려움을 느꼈다. 자신이 감시당하고 있고, 그곳에 있다는 것이 알려져 있으며, 위험에 처해 있다는 느낌. 소음이 들렸다. 이흘라무르 방향에서 오던 54년산 다지 자동차와 니샨타쉬로 가는 오래된 스코다 시내버스가 모퉁이에서 거의 부딪힐 뻔했던 것이다. 급정거를 해서 멈춘 버스 안 승객들이 정신을 차리고 길의 다른 쪽을 바라보는 것이 보였다. 희미한 차량 실내등 아래, 자신에게서 1미터 떨어진 곳에서 일어난 사건에도 관심을 갖지 않는 피곤한 얼굴과 눈이 마주쳤다. 예순 살 정도의 지친 남자. 눈빛이 이상했다. 고통과 슬픔으로 가득 차 있었다. 전에 그와 만난 적이 있던가? 은퇴한 변호사 혹은 죽음을 기다리는 교사? 두 사람은 어쩌면 비슷한 생각을 하며, 도시의 삶이 자신들에게 부여한 이 우연의 순간을 이용하여 거리낌 없이 서로를 응시했다. 버스가 갑자기 출발하자 어쩌면 다시는 보지 못할 듯 서로의 시야에서 사라졌다. 보라색 매연 속에서, 그사이 맞은편 인도에서 어떤 움직임이 시작되었음을 알아챘다. 알라딘의 가게 앞에서 서로 담뱃불을 붙여 주는 젊은이 두 명이 보였다. 금요일 저녁, 극장에 가기 위해 다른 친구를 기다리는 두 명의 대학생. 알라딘의 가게는 붐볐다. 잡지를 보는 사람 세 명과 야경꾼 한 명. 커다란 콧수염을 기른 오렌지 장수가 모퉁이로 눈 깜짝할 사이에 리어카를 밀고 왔다. 오랫동안 거기 있었는데도 갈립이 알아채지 못했던 걸까? 아래 인도에서 사원 쪽으로 손에 비닐봉지를 든 부부가 걸어왔고, 젊은 아버지의 품에 안긴 아이도 보였다. 바로 옆에 있는 작은 제과점 주인인 늙은 룸 여인이 가게 실내등을 끄고, 낡은 외투로 몸을 감싸며 밖으로 나왔다. 갈립에게 정중하게 미소 지으며 덧문을 갈고리로 걸고, 소리를 내며 밑으로 내렸다. 일순간 인도도, 알라딘의 가게도 텅 비었다. 여자 고등학교 방향에서, 자신을 유명한 축구 선수로 생각하는 윗마을 미친 사람이 노란색과 군청색 유니폼을 입은 채 유모차를 천천히 밀며 그의 앞을 지나갔다. 그는 꽝갈트에 있는 인지[45] 극장 입구에서, 바퀴가 돌아갈 때마다 갈립이 좋아하는 음악이 나오는 유모차에서 신문을 꺼내 팔았다. 별로 세지 않은 바람이 불었다. 추웠다. 9시 20분이 지나고 있었다. '세 명만 더 지나갈 때까지 기다려야지.' 하고 생각했다. 가게 안에 있는 알라딘도, 경찰서 앞에 있어야 하는 경찰도 이제는 보이지 않았다. 맞은편 아파트에서 좁은 발코니 문이 열렸다. 타들어 가는 담배의 붉은빛이 보였다. 남자는 담배를 던지고 안으로 들어갔다. 인도에는 간판과 네온사인의 금속성 빛이 비치는 희미한 물기가 있었다. 종잇조각, 쓰레기, 담배꽁초, 비닐봉지……. 갈립은 순간 어릴 때부터 살아왔고 그 변화를 자세하게 관찰해 온 거리가, 마을이, 무미건조한 밤의 군청색 어둠

---

45) '진주'라는 뜻.

속에서 굴뚝만 보이는 아파트가 어린이 그림책에 나오는 공룡만큼이나 멀고 생소하게 느껴졌다. 또한 자신이 어린 시절에 되고 싶었던, 눈에서 X선이 나오는 남자가 된 느낌이 들었다. 그는 세상 속에 있는 숨겨진 의미를 보고 있었다. 카펫 가게, 식당, 제과점 간판에 있는 글자, 진열장에 있는 케이크와 크루아상, 재봉틀, 신문이 사실 모두 이 두 번째 의미를 나타내고 있지만, 몽유병 환자처럼 인도를 지나가는 불운한 사람들은 한때 비밀을 알고 있던 이 세계의 기억들을 잊었기 때문에, 지금 남아 있는 일차적인 의미로 근근이 살아갈 뿐이다. 마치 사랑을, 우애를, 영웅적 행위를 잊고, 영화에서 본 것들로 그럭저럭 만족하는 사람들처럼. 테쉬비키예 광장으로 걸어가 택시를 탔다.

택시가 알라딘의 가게 앞을 지나갈 때 갈립은, 대머리 남자도 자신이 그랬던 것처럼 모퉁이에 숨어서 기다릴 거라 상상했다. 이것을 상상한 것인지, 아니면 재봉틀이 전시되어 있는 진열장 옆에서 재봉틀로 바느질을 하는 얼어붙은 마네킹, 네온사인으로 밝혀진 신비롭고 두려운 그 몸 사이에서 이상한 옷을 입은 무서운 그림자를 본 것인지, 그 순간 확신할 수 없었다. 니샨타쉬 광장으로 나갔을 때 택시를 멈추게 하고 석간 《밀리예트》를 샀다. 자신의 글을, 제랄의 글을 읽는 것처럼, 놀라움, 장난, 호기심으로 읽으며, 한편으론 자신의 고정 칼럼에, 자신의 사진과 이름 밑에 실린 다른 사람의 글을 읽는 제랄을 상상했다. 하지만 갈립은 그의 반응이 어떨지 도무지 가늠할 수 없었다. 마음속에서 제랄과 뤼야를 향한 분노가 치솟았다. "앞으로도 기대해!" 하고 말하고 싶었지만, 그의 머릿속에 있는 것이 복수심인지, 대담인지 정확히 알 수 없었다. 게다가 머리 한구석에서는 그들과 페라 팔라스 호텔에서 만날 거라는 상상도 하고 있었다. 갈립은 택시가 타를라바쉬의 구불구불한 골목을 지나, 어두운 호텔과, 남자로 넘쳐 나는 살풍경하고 허름한 찻집 앞을 지날 때, 이스탄불 전체가 무언가를 기다리고 있다는 느낌을 받았다. 이후 자동차, 버스, 트럭을 보고는, 마치 처음 안 듯이 너무 낡은 데에 놀랐다.

페라 팔라스 호텔 입구는 따스하고 밝았다. 오른쪽에 있는 넓은 로비에서, 이스켄데르가 오래된 긴 의자에 앉아 관광객 몇과 한 무리의 사람들을 바라보고 있었다. 그들은 호텔의 19세기 분위기를 이용하여 역사 영화를 찍는 국내 영화인들이었다. 환하게 밝혀진 로비에는 재미, 우애, 활기찬 분위기가 감돌고 있었다.

갈립은 이스켄데르에게 설명을 하기 시작했다.

"제랄은 올 수 없었어. 중요한 일이 생겼대. 이 비밀스러운 일 때문에도 숨어 지내고 있어. 그리고 또 같은 비밀스러운 이유로, 나더러 자기 대신 이야기를 좀 해 달라고 부탁했어. 난 내가 해야 할 이야기를 자세하게 알고 있어. 제랄 대신 내가 이야기할게."

"그들이 이를 수락할지 모르겠는걸."

"그들에게 내가 제랄 살리크라고 하면 어때."

목소리에는 자신조차 당황스러운 분노가 담겨 있었다.

"왜 그래야 돼?"

"중요한 것은 이야기이지 이야기하는 사람이 아니잖아. 지금 우리에겐 해 줘야 할 이야기가 있어."

"그들은 널 알고 있는걸. 그날 밤 그 나이트클럽에서 너도 이야기를 하나 해 주었잖아."

"그들이 나를 안다고 생각해?"

갈립은 긴 의자에 앉으면서 말했다.

"넌 지금 단어를 잘못 사용하고 있어. 그들은 단지 나를 보았을 뿐이야. 게다가 난 오늘 다른 사람이야. 그들은 그날 자신들이 본 그 사람을 알지 못하고, 오늘 볼 나도 알지 못해. 그들은 심지어 모든 터키인들이 서로 닮았다고 생각할걸."

"그날 그들이 본 사람이 네가 아니고 다른 사람이라고 해도, 최소한 그들은 좀 더 나이 든 사람을 기대할 거야."

"그들이 제랄에 대해 뭘 아는데? 누군가 그들에게 '유명한 칼럼 작가와 인터뷰를 해 보시오, 당신들이 제작하고 있는 터키에 관한 프로그램을 위해 좋을 테니.'라고 말했을 거야. 그들은 그의 이름을 받아 적었을 테고 말이야. 하지만 나이나 얼굴 생김새에 대해서는 묻지 않았을 거야."

이 말과 동시에 역사 영화를 촬영하는 모퉁이에서 커다란 웃음소리가 들려왔다. 그들은 앉은 채 뒤를 돌아보았다.

"왜들 웃고 있지?"

갈립이 물었다.

"나도 모르겠는걸."

이스켄데르는 이렇게 대답했지만 마치 그 이유를 알겠다는 듯이 미소를 지었다.

갈립은 마치 어떤 비밀이라도 알려 주듯 속삭였다.

"우리들 그 누구도 우리 자신이 아니야. 우리들 그 누구도 우리 자신이 될 수 없어. 너는 모든 사람이 너를 다른 사람으로 볼 수도 있을 거라고 의심한 적이 전혀 없어? 너는 네가 너 자신이라는 것을 정말 확신하고 있어? 확신한다면, 너 자신이라고 확신하는 그 사람이 누구인지를 확신하고 있어? 그 사람들은 뭘 원하고 있는데? 그들이 찾는 사람은, 저녁 식사가 끝나고 텔레비전을 보는 영국 시청자들이 그의 고민을 고민하고, 그의 슬픔을 슬퍼하고, 그의 이야기로 영향을 받을 외국인 아니냔 말이야! 바로 이 상황에 정확하게 맞는 이야기가 내게 있어! 아무도 내 얼굴을 볼 필요 없어. 내 얼굴을 검게 처리하고 촬영하면 돼. 억압하는 정부, 정치적 살인, 군사 쿠데타를 두려워하는 베일에 싸인 유명한 터키 기자가(내가 무슬림이라는 것도 흥미로운 주제라는 걸 잊지 마.) 자신의 정체를 밝히는 것을 꺼리며 BBC 텔레비전 방송국의 질문에 답했다, 이게 더 좋지 않아?"

"좋아, 내가 위에 전화를 하지, 기다리고들 있으니까."

갈립은 넓은 로비의 반대편 끝에서 진행되고 있는 영화 촬영을 구경했다. 메달을 달고, 넓은 천으로 된 벨트를 두르고, 견장이 번쩍거리는 새 유니폼을 입고, 페즈를 쓴 턱수염 난 오스만 제국 파샤는 자신의 말을 순종적으로 듣는 딸에게 이야기를 하고 있었다. 하지만 그의 얼굴은 딸이 아니라, 웨이터와 벨 보이가 존경스럽게 조용히 바라보는 가운데 돌아가는 카메라를 향하고 있었다.

"아무도 우리를 도와주지 않고, 우린 아무런 힘이 없다. 그어떤 희망도 없고, 아무것도 없다. 모두들, 모든 세계는 터키인의 적이다! 국가는 이 성도 포기할 수밖에 없는 상황에 이르렀다."

파샤는 이렇게 말했다.

"하지만, 아버지, 보세요, 우리는 아직⋯⋯."

딸은 이렇게 말을 시작하며 손에 들고 있는 책을 아버지보다는 시청자들을 향해 보였다. 하지만 갈립은 그것이 무엇인지 말만 들어서는 가늠할 수 없었다. 코란이 아니라는 것을 알았기 때문에 더욱더 궁금했던 그 책을 같은 장면의 재촬영에서도 알 수 없었다.

그런 다음, 오래된 엘리베이터를 타고 위로 올라가, 이스켄데르가 안내한 212호로 들어갈 때, 아주 잘 알고 있던 이름을 잊어버렸을 때 느끼는 상실감이 마음속에서 일었다.

베이올루의 나이트클럽에서 보았던 영국 기자 세 명도 방에 있었다. 남자들은 손에 라크 잔을 든 채 카메라와 조명 기구를 준비하고 있었다. 여자는 읽고 있던 잡지에서 고개를 들었다.

"우리 나라의 유명한 기자이자 칼럼 작가 제랄 살리크가 지금 우리 앞에 있습니다!"

이스켄데르가 영어로 이렇게 말하자, 갈립은 생소하다고 느끼면서도 착한 학생처럼 마음속으로 즉시 터키어로 번역하여 생각했다.

"만나서 반갑습니다!"

여자와 남자 두 명이 만화에 나오는 쌍둥이처럼 동시에 말했다.

"그런데 우리 전에 만난 적 없나요?"

여자가 말했다.

"그녀가 '그런데 우리 이미 만나지 않았나요?'라고 했어."

이스켄데르가 갈립에게 터키어로 통역해 주었다.

"어디서요?"

갈립이 이스켄데르에게 말했다.

이스켄데르는 여자에게 갈립이 "어디서요?"라고 물었다고 했다.

"그 나이트클럽에서."

여자가 말했다. 이에 갈립이 대답했다.

"몇 년 동안 나이트클럽에는 한 번도 가지 않았고 갈 계획도 없습니다. 사실 평생 나이트클럽에 간 적도 없습니다. 그런 사회 활동이나 그런 복잡한 장소는 글을 쓰는 데 필요한 외로움이나 정신 건강에 맞지 않는다고 생각합니다. 그래서 난 의무적으로 그런 생활과 떨어져 지내요. 끔찍한 차원까지 이르는 나의 격렬한 글쓰기는 삶에 선택의 여지를 남겨 두지 않습니다. 정치적 살인이 거의 매일 일어나는 상황에선 더더욱 밖에 나가 그렇게 소란스러운 곳에 간다는 건 위험한 일이 아닐 수 없습니다. 한편, 이스탄불뿐 아니라 나라 전체에 자신을 제랄 살리크라고 생각하는 사람들, 자신을 제랄 살리크라고 소개하는 사람들이 있다는 것, 그들을 정당화할 수 있다는 것도 모르는 바 아닙니다. 더욱이 내가 변장을 하고 도시를 돌아다넜던 밤에, 빈민가에 있는 가난한 집들에서, 어둡고 이해할 수 없는 우리의 삶 속에서, 비밀의 중심에서 나도 이러한 사람들 몇을 우연히 만난 적이 있습니다. 내게 공포를 안겨 줄 정도로 '나'가 될 수 있는 이 불행한 사람들과 우정을 나눈 적도 있습니다. 이스탄불은 아주 커다란 나라이며 이해할 수 없는 나라입니다."

이스켄데르가 통역을 하기 시작하자, 갈립은 열린 창문을 통해 할리치 만과 이스탄불 구시가지의 희미한 불빛을 바라보았다. 야우즈 술탄 셀림 사원도 관광객들에게 매력적으로 보이기 위해 불빛을 밝히려 했던 모양이지만, 언제나 그러하듯, 전등을 도난당했기 때문에, 사원은 사람들을 두렵게 하는 이상한 돌 더미로, 이 빠진 노인의 웃음으로 변해 있었다. 이스켄데르의 통역이 끝나자 여자는 유머와 장난이 포함된 고상한 태도로 착각을 해서 미안하다고 사과했다. 그녀는 제랄 씨를 그날 밤 그곳에서 어떤 이야기를 해 준 키가 크고 안경을 쓴 작가와 혼동했다고 말했다. 하지만 그녀는 설득당한 것 같지도 않았고, 자신이 한 말을 확신하는 것 같지도 않았다. 그녀는 어쩌면 이 이상한 상황과 갈립을 흥미로운 터키인의 특징처럼 받아들이기로 한 것 같았다. 다른 문화를 접한 관용적인 지식인들이 가장하는 그 '이해할 수는 없지만 존중합니다.'라는 분위기였다. 갈립은 카드에 속임수가 있다는 것을 보고도 게임을 망치지 않는 이 이해심 많은 도박꾼 여자에게 사랑을 느꼈다. 그녀가 뤼야와 약간 닮지 않았나?

바로 뒤에 조명이 놓여 있고, 바로 옆에 설치한 카메라, 마이크, 검은 전선이 현대적인 처형 의자같이 보이는 안락의자에 갈립이 앉았을 때, 그들은 그가 불안해 보인다고 했다. 그들 중 한 명이 갈립의 손에 컵을 쥐여 주고 미소를 지으며 라크와 물을 갈립이 원하는 만큼 채워 주었다. 여자는 예의 그 장난기 어린 표정으로(그들은 모두 처음부터 미소를 짓고 있었다.) 재생기에 서둘러 비디오테이프를 넣었다. 그러고는 눈 깜짝할 사이에 포르노 테이프를 넣은 사람처럼 도발적으로 버튼을 누르자, 작은 휴대용 화면에 팔 일 동안 그들이 취재한 터키의 모습이 나타났다. 그들은 포르노를 보는 것처럼 약간은 흥미롭게, 하지만 관심을 전적으로 드러내지는 않고 조용히 시청했다. 부러진 팔과 거꾸로 돌아간 다리를 드러내고 유쾌하게 재주를 부리는 거지, 격렬한 정치적 데모와 데모가 끝난 뒤 연설을 하는 열렬한 지도자, 주사위 놀이를 하는 늙은 두 시민, 술집과 나이트클럽의 모습, 자신의 진열장을 보고 자랑스러워하는 카펫 장수, 낙타를 몰고 언덕을 올라가는 유목 부족, 칙칙폭폭 연기를 흩날리며 전진하는 증기기관차, 카메라를 향해 손을 흔드는 빈민가 아이들, 청과물 가게의 오렌지를 보고 있는 머릿수건을 쓴 여자들, 신문지로 덮어 놓은, 정치적 동기로 살해된 희생자와 이어진 사건들, 마차로 그랜드 피아노를 나르는 늙은 짐꾼.

갈립이 갑자기 말했다.

"저 짐꾼을 압니다. 저 사람은 이십오 년 전에 쉐흐리칼프 아파트로 우리 짐을 날랐던 짐꾼입니다."

모두들 여전히 놀이를 즐기는 듯하면서도 진지한 표정으로 고개를 끄덕이며 늙은 짐꾼을 보았다. 노인 역시 이 놀이에 동참한 듯 카메라를 보고 미소를 지어 보이며, 오래된 아파트 정원 앞으로 수레를 끌고 지나갔다.

"왕자의 피아노가 되돌아왔습니다."

갈립은 이렇게 말하면서도, 그것이 누구의 목소리인지, 그가 누구인지를 가늠할 수 없었다. 하지만 모든 것이 제대로 돌아간다는 확신이 들었다.

"한때 그 아파트가 있던 자리에 사냥용 별장이 있었고, 그 별장에는 왕자가 살았습니다. 그 왕자 이야기를 하겠습니다!"

사람들이 촬영 준비를 하는 동안 이스켄데르는 유명한 칼럼 작가가 중요한, 아주 중요한 역사적 연설을 하기 위해 이곳에 왔다는 말을 반복했다. 여자는 이해한다는 듯 고개를 끄덕이며, 오스만 제국의 마지막 술탄을, 비밀스러운 터키 공산주의 정당을, 아타튀르크의 알려지지 않은 비밀 유산을, 터키에서의 이슬람주의 운동을, 정치적 살인과 군사 쿠데타 가능성을 포함하는 광범위한 이야기를 노련하게 배치했다.

"한때, 우리가 사는 이 도시에, 삶에서 가장 중요한 문제가 인간이 자기 자신이 될 수 있는지 될 수 없는지를 알아내는 것임을 발견한 왕자가 살았습니다."

갈립은 이렇게 이야기를 시작했고, 이야기를 해 나가면서 왕자의 분노가 너무나 강하게 느껴져, 자신이 다른 사람으로 여겨질 정도였다. 이 사람은 누구였던가? 왕자의 어린 시절을 설명하면서 어린 시절의 갈립으로 돌아갔다. 왕자가 책과 어떻게 씨름했는지를 설명할 때, 자신이 왕자가 씨름했던 그 책의 작가처럼 느껴졌다. 왕자가 별장에서 보낸 고독한 날들을 설명할 때, 자신이 왕자의 이야기에 나오는 주인공처럼 느껴졌다. 왕자가 서기에게 자신의 생각을 어떻게 받아쓰게 했는지 설명할 때, 자신이 그 생각 안에 있는 사람처럼 느껴졌다. 왕자의 이야기를 제랄이 하는 이야기처럼 설명할 때, 자신이 제랄이 해 준 어떤 이야기의 주인공처럼 느껴졌다. 왕자의 인생의 마지막 시기를 설명할 때 '제랄도 이것을 이렇게 설명했을 거야.'라고 생각했고, 이를 이해하지 못한 호텔 방에 있는 사람들에게 화가 났다. 그가 얼마나 분노에 차 설명을 했던지, 영국인들도 마치 터키어를 이해하듯 그의 말을 들었다. 왕자의 인생의 마지막 시기를 다 설명한 후, 전혀 멈추지 않고 다시 이야기를 시작했다. "한때, 우리가 사는 이 도시에, 삶에서 가장 중요한 문제가 인간이 자기 자신이 될 수 있는지 될 수 없는지를 알아내는 것임을 발견한 왕자가 살았습니다." 그는 다시 똑같은 확신에 차 이야기를 하기 시작했다.

네 시간 뒤 쉐흐리칼프 아파트로 돌아와서야 첫 이야기와 두 번째 이야기의 차이를 깨달았다. 처음 이야기를 했을 때는 제랄이 살아 있었고, 두 번째로 이야기를 했을 때는 제랄이 테쉬비키예 경찰서 바로 맞은편, 알라딘의 가게에서 조금 떨어진 곳에 신문지로 덮인 시체로 누워 있었다. 두 번째로 이야기할 때는, 첫 번째로 할 때 주의하지 않았던 것을 강조했고, 세 번째로 이야기할 때는, 이야기를 매번 다시 할 때마다 자신이 새로운 사람이 될 수 있다는 것을 확연히 알게 되었다.

"왕자처럼 나도 나 자신이 되기 위해 이야기를 합니다."

그는 마음속으로 이렇게 말하고 싶었다. 자신을 자신으로 느끼는 것을 허락하지 않는 사람들에게 분노하며, 도시와 삶 속으로 들어간 비밀이 오로지 이렇게, 이야기를 하는 것으로 풀리리라는 것을 믿게 되었다. 이야기의 결말이 자아내는 죽음과 순백의 감정을 마음속으로 느끼며 세 번째로 이야기를 마쳤을 때는 한동안 정적이 흘렀다. 순간, 영국인 기자들과 이스켄데르는 멋진 공연이 끝난 뒤 거장에게 환호를 보내는 관객들처럼 진심으로, 힘찬 박수를 보냈다.

16장
왕자 이야기

그 시절의 전차는 얼마나 좋았던가.
— 아흐메트 라심, 『시간의 형태들』

한때, 우리가 사는 이 도시에, 삶에서 가장 중요한 문제가 인간이 자기 자신이 될 수 있는지 될 수 없는지를 알아내는 것임을 발견한 왕자가 살았다. 그래서 그는 인생을 자신이 누구인지 발견하는 데 바쳤고, 그가 발견한 것이 그의 모든 인생이 되었다. 왕자는 인생의 마지막 시기에 자신의 짧은 생애의 이 짧은 표현을, 자신이 발견한 이야기를 쓰게 하기 위해 서기를 고용했다. 마지막 육 년 동안, 왕자가 말하고, 서기는 받아썼다.

그 시절, 그러니까 백 년 전, 우리 도시는 아직 수백만 명의 실업자들이 어리둥절한 닭처럼 거리를 돌아다니고, 비탈길에 쓰레기가 쌓여 있고, 다리 밑으로 하수가 흐르고, 굴뚝에서 타르 같은 검은 연기가 나고, 버스 정거장에서 기다리는 사람들이 서로를 매정하게 팔꿈치로 밀어 대는 곳이 아니었다. 그 시절, 말이 끄는 전차는 아주 한가로이 움직여서, 운행하는 도중에도 타거나 내릴 수 있었고, 페리는 아주 천천히 움직여서, 승객들이 한 선착장에서 내린 다음 보리수나무, 밤나무, 사이프러스 나무가 이어진 해안길을 따라 웃고 이야기하며 다음 선착장까지 걸어가서 아까 그 페리에 다시 오르기 전에 찻집에서 몇 분간 쉴 수도 있었다. 지금은 할례를 집도하는 곳과 양복점의 광고지가 붙어 있는 전신주가 서 있는 곳에는 호두나무와 밤나무가 서 있었다. 도시가 끝나는 곳에는 쓰레기와 전신주로 덮일 불모의 언덕이 아니라, 슬픔에 찬 매정한 술탄들이 사냥을 했던 작은 숲과 목초지와 삼림이 시작되었다. 왕자는 이후에 도시를 에워쌀 하수도관, 네모난 보도블록, 아파트 건물이 들어설 녹음이 우거진 이 언덕 중 한 곳에 있는 사냥용 별장에서 이십이 년 삼 개월을 살았다.

글을 받아쓰게 하는 것은, 왕자에게 있어 자신이 되는 하나의 방법이었다. 왕자는 마호가니 책상에 앉은 서기에게 받아쓰도록 할 때만이 오로지 자신이 될 수 있다고 믿었다. 하루종일 귓속에서 들려오는 다른 사람들의 소리를, 별장의 방에서 서성거릴 때 뇌리에 박힌 다른 사람들의 이야기를, 높은 벽으로 둘러싸인 정원을 거닐 때 도무지 벗어나지 못했던 다른 사람들의 생각을 오로지 서기에게 받아쓰게 했을 때만 극복할 수 있었다. "자기 자신이 되기 위해서는, 자신의 목소리를, 자신의 이야기를, 자신의 생각을 파악해야만 한다."라고 왕자는 말했고, 서기는 이를 받아썼다.

그렇다고 글을 받아쓰게 할 때 왕자가 마음속에서 오로지 자신의 목소리만 들었다는 의미는 아니다. 정반대로, 어떤 이야기를 시작할 때 다른 사람의 이야기를 생각했으며, 막 자신의 생각을 전개시키려고 할 때 다른 누군가가 말한 다른 생각에 신경이 쓰였고, 막 자신의 분노에 휩싸이려고 할 때 그 속에서 다른 누군가의 분노도 느꼈다는 것을 왕자는 알았다. 하지만 그는 한편으론 자신이 마음속에서 들었던 이 목소리에 대항하는 목소리를 내면서, 이야기들에 맞서 다른 이야기를 꾸며 내면서, 왕자의 말에 따르면 '다른 사람들의 으르렁거리는 소리와 씨름하면서' 오로지 자신의 소리를 파악할 수 있다는 것도 알았다. 받아쓰게 하는 것은 이 전투에서 자신이 우세인 전쟁터라고 생각했다.

왕자는 이 전쟁터에서 생각과 이야기와 단어와 싸우면서, 별장의 방들을 서성거렸다. 어떤 계단에서 올라가며 말했던 문장을, 다른 계단으로 내려오면서 바꾸고, 다시 처음 계단으로 돌아와서 다시 올라가곤 했다. 서기의 책상 바로 맞은편에 있는 긴 의자에 앉아서 혹은 누워서 받아쓰게 했던 문장을 서기에게 읽어 보라고 하기도 했다. "한번 읽어 보게." 왕자가 이렇게 말하면, 서기는 주인이 받아쓰게 했던 마지막 문장을 단조로운 목소리로 읽었다.

"왕자 오스만 제랄레딘 에펜디는 이 땅에서, 이 저주받은 땅에서 가장 중요한 문제는 자기 자신이 되는 것이며, 이 문제가 적절하게 해결되지 않으면 우리 모두는 파멸하고, 패배하고, 예속될 수밖에 없다고 믿었다. 그는 자신이 될 수 있는 길을 찾지 못한 모든 종족은 예속될 수밖에 없고, 모든 가계는 멸망할 수밖에 없고, 모든 민족은 부재, 아무것도 아닌 것, 아무것도 아닌 것으로 운명 지어질 수밖에 없다고 말했다."

"아무것도 아닌 것이라는 말을 두 번이 아니라 세 번 써야 해!"

왕자는 이렇게 말하며 계단을 오르내리거나 서기의 책상 주변을 서성였다. 이 말을 하자마자 자신의 목소리와 태도가, 청소년 시절에 프랑스어를 가르쳤던 프랑스인 무슈 프랑수아가 '받아쓰기' 시간에 취했던 태도, 화를 내며 내디뎠던 걸음, 교훈적인 목소리를 모방한다고 생각했으며, 단숨에 모든 '지적 활동을 멈추게 하고', '상상력의 모든 색깔을 바래게 만드는' 위기의식에 휩싸였다. 이런 위기의식에 익숙한 서기는 세월에서 얻은 경험으로 펜을 내려놓고는 얼굴에 가면을 쓴 듯 얼어붙고, 의미 없고, 텅 빈 표정으로, 왕자의 '난 나 자신이 되지 못하고 있어.'라는 발작과 분노가 그치기를 기다렸다.

왕자 오스만 제랄레딘 에펜디의 어린 시절과 청소년 시절의 기억은 모순적이었다. 서기는 그가 오스만 제국 왕가의 이스탄불에 있는 궁전, 별장, 저택에서 보낸 즐겁고, 유쾌하고, 활동적인 어린 시절과 청소년기의 행복한 장면에 대해 자주 썼던 것을 기억했지만, 그런 시절은 이제 옛날이야기가 되고 말았다.

왕자는 몇 년 전에 이렇게 말한 적이 있었다.

"나의 어머니 누루지한 카든 에펜디는 술탄이 가장 총애하고 사랑하는 부인이었기 때문에, 아버지 술탄 압둘메지트 한은 서른 명의 자녀 중 나를 가장 사랑하셨다."

하지만 몇 년 전 다른 때에는 이 행복한 장면을 받아쓰게 하면서 이렇게 말했다.

"아버지 술탄 압둘메지트 한은 서른 명의 자녀 중에서 나를 가장 사랑했기 때문에, 두 번째 부인인 나의 어머니 누루지한 카든 에펜디가 하렘[46]에서 가장 그의 총애를 받았다."

어린 왕자가 돌마바흐체 궁전의 하렘 구역의 문을 여닫으며, 계단을 두 칸씩 건너뛰며 쫓아오는 형 레샤트에게서 도망칠 때, 하렘의 흑인 환관의 면전에다 대고 문을 꽝 하고 닫는 바람에 그 환관이 기절했다고 서기는 썼다. 열네 살이던 누나 뮈니레 술탄이 마흔다섯 먹은 얼간이 파샤와 혼인하던 밤, 사랑스러운 어린 동생을 품에 안고 울면서 오로지 그와 떨어져 살게 되어 슬프다고 했으며, 왕자의 새하얀 칼라가 누나의 눈물로 흠뻑 젖었다고 서기는 썼다. 크림 전쟁 때문에 이스탄불에 온 영국인과 프랑스인을 위해 베푼 연회에서, 왕자는 어머니의 허락을 받고 열한 살 난 영국 소녀와 춤을 추었고, 그녀와 함께 기관차, 펭귄, 해적이 그려져 있는 그림책을 오랫동안 들여다보았다고도 썼다. 친할머니 베즈미알렘 술탄의 이름을 어떤 배에 붙이는 것을 축하하는 의식에서, 왕자가 정확히 장미즙 2오카[47]와 콩이 들어간 로쿰을 먹어 내기에 이긴 후, 바보 같은 형의 목덜미를 후려쳤다고 서기는 썼다. 형과 누나와

---

46) 여기서는 궁전 내 여자들이 거처하는 내궁을 의미한다.
47) 오스만 제국 시기에 사용했던 무게 단위.

함께 궁전 마차를 타고 나갔던 베이올루 상점에 손수건, 화장수 병, 부채, 장갑, 우산, 모자가 그렇게 많은데도, 연극 놀이할 때 사용한다면서 점원 아이가 입고 있던 작업복을 벗게 해서 샀다는 것이 궁전에 알려져 벌을 받았다는 이야기도 썼다. 왕자가 어린 시절과 청소년 시절에 눈길을 끈 것은 모두 흉내 냈다고 서기는 썼다. 의사, 영국 대사, 창문 앞을 지나가는 배, 사드라잠[48], 삐걱거리는 문, 하렘 환관의 가녀린 목소리, 그의 아버지, 마차, 비가 창문에 부딪히는 소리, 책에서 읽은 것, 아버지의 장례식에서 우는 사람들, 파도, 이탈리아인 피아노 선생 구아텔리 파샤까지. 왕자는 그 후에도 이 기억에 관해 세세한 사항들까지 모두 회상했지만, 분노와 혐오가 섞인 어조였다. 그는 이 기억을 케이크, 사탕, 거울, 뮤직 박스, 많은 장난감 책, 일곱 살에서 일흔 살까지 이르는 다양한 연령층의 여성들과의 입맞춤, 모든 입맞춤들을 떠올리지 않고선 생각할 수 없다고 말했다.

서기를 고용하여 자신의 과거와 생각을 받아쓰게 한 뒤부터, 왕자는 "내 어린 시절의 행복한 시절은 아주 오래 지속되었다. 내 어린 시절의 바보 같은 행복이 얼마나 오래 지속되었던지, 나는 스물아홉 살까지 멍청하고 행복한 아이로 살았다. 왕좌에 앉을 왕자에게 스물아홉 살까지 멍청하고 행복한 어린 시절을 유지할 수 있게 해 준 제국은 당연히 몰락하고, 패망하고, 사라질 수밖에 없는 운명이다." 하고 말하곤 했다. 왕

---

48) 오스만 제국 시기의 관직으로, 오늘날의 수상에 해당.

자는 스물아홉 살 때까지, 왕위 계승 순위에서 다섯 번째였던 모든 왕자들이 했던 것처럼 즐기고, 여자들과 사랑을 나누고, 독서를 하고, 재산과 물건을 얻고, 음악과 그림에 표면적으로 관심을 보이고, 더욱더 표면적으로 군대에 관심을 나타내고, 결혼도 하고, 자식 셋을 얻었다.(둘은 아들이었다.) 모든 사람들처럼, 친구도 얻고 적도 얻었다. 그런 후에는 "그러니까 내가 그 모든 짐, 물건, 여자, 친구, 바보 같은 생각에서 벗어나기 위해, 스물아홉 살이 되어야만 했나 보다."라고 받아쓰게 했다.

스물아홉 살 때 그는 전혀 예기치 않았던 역사적 전개의 결과로 왕위 계승 서열이 순식간에 5위에서 3위로 올라가 버렸다. 하지만 왕자에 의하면, 사건이 '전혀 예기치 않았다'는 것은 바보나 했던 말이다. 왜냐하면 무자비하고 결단력 없고 정신마저 썩었던 숙부 술탄 압둘아지즈가 병들어 죽은 후, 그를 이어 왕위에 앉은 큰형도 얼마 지나지 않아 미쳐 버렸기 때문에, 그를 폐위시키는 것보다 더 자연스러운 전개는 생각할 수 없었던 것이다. 이렇게 쓰게 한 후, 왕자는 별장의 계단을 오르면서, 그 뒤를 이어 왕좌에 앉은 압둘하미트도 큰형만큼이나 미쳤다고 했다. 다른 편 계단으로 내려오면서, 자신보다 왕위 계승 순위가 한 단계 높고, 지금 다른 별장에서 자신처럼 왕위에 오를 날을 기다리는 다른 왕자는 다른 형들보다 더욱더 미쳤다고 했다. 이 위험한 말을 어쩌면 천 번도 넘게 받아쓰게 했다. 서기는 그대로 받아썼고, 왕자의 형들이 왜 미쳤는지, 왜 미칠 수밖에 없었는지, 오스만 제국 왕자들이 왜 미치는 것 이외에 다른 것은 할 수 없었는지에 관련된 설명을 인내심을 가지고 썼다.

평생을 제국의 왕위에 오를 날만 기다리며 사는 사람은 어차피 누구나 미칠 운명이었다. 같은 꿈을 꾸며 기다리던 형들이 미치는 것을 본 사람은 누구나 미치는 것 혹은 미치지 않는 것이라는 딜레마에 빠질 것이기 때문에 미칠 수밖에 없다. 미치고 싶어서가 아니라, 미치는 것을 거부하고 이를 문제시하기 때문에 미친다. 조상과 선조가 왕위에 오르자마자 다른 형제를 어떻게 교살했는지, 그 기다림의 세월 동안 한 번이라도 이런 생각을 한 왕자들은 어차피 미치지 않고는 살 수 없기 때문이다. 할아버지 메흐메트 3세가 술탄이 되자마자 젖먹이 아이들을 포함하여 열아홉 명의 형제를 일일이 어떻게 사형에 처했는지를 역사책에서 읽은 왕자들은, 왕위에 오를 나라의 역사를 알아야 한다는 이유로 형제들을 하나하나 죽인 술탄들의 이야기를 읽어야만 하는 왕자들은 미칠 운명이었다. 자신이 독살되거나 교살되거나 살해되어서 자살로 가장될 날을 기다리면서 왕자들은 미쳐 갔고, 그것은 바로 '나는 경쟁에서 빠지겠다.'라는 의미였다. 왕위에 오를 날을 기다리는 것은 죽음을 기다리는 것이었기에, 미치는 것은 가장 쉬운 탈출구이자 가장 심오하고 가장 은밀한 바람을 표현하는 것이었다. 미치는 것은, 자신을 감시하는 술탄의 밀고자들, 이 밀고자들의 망을 뚫고 왕자에게 다가오는 저질 정치가들의 음모와 함정, 견딜 수 없는 왕위에 대한 모든 환상에서 벗어나기 위한 좋은 기회였다. 왕위에 앉을 거라고 꿈꾸던 제국의 지도를 검토한 왕자들은, 머지않아 책임을 짊어지고, 자신, 그렇다, 오로지 자신의 명령으로 통치할 나라가 얼마나 광활하고, 얼마나 무한하고, 얼마나 광대한지를 파악할 때마다 미치기 일보 직전이 될 수밖에 없었다. 이 무한함을 느끼지 않는 왕자들 역시 언젠가는 그 모든 책임을 짊어져야 할 제국의 거대함을 파악하지 못했기 때문에 어차피 미친 축에 들어간다. 미치는 이유를 장황하게 열거했던 바로 이 시점에서, 왕자 오스만 제랄레딘 에펜디는 이렇게 말했다.

"지금 내가 오스만 제국을 통치하는 그 바보들, 미친 사람들, 얼간이들보다 더 분별 있다면, 그 이유는 바로 이 격렬한 무한함의 느낌 때문이다! 어느 날 내 어깨에 짊어질 책임의 무한함을 생각해도 의지 없고, 힘없고, 가련한 다른 사람들처럼 나는 미치지 않았다. 아니다, 정반대로, 이 느낌을 신중하게 생각하는 것이 나를 분별 있는 사람으로 만들었다. 이 느낌을 신중하게, 나의 모든 의지와 단호함으로 통제했기 때문에 나는 삶에서 가장 중요한 문제가 '인간이 자기 자신이 될 수 있는지 혹은 될 수 없는지'라는 것을 발견했다."

왕자는 왕위 계승 서열 5위에서 3위로 올라간 후 온전히 독서에만 몰두했다. 현실적으로 왕위에 오를 가능성이 있는 왕자는 모두 그 무시무시한 일을 수행할 자격을 갖춰야 했고, 왕자는 독서로 성취할 수 있을 거라고 믿었다. 나중에 유용해질 사상을 찾아 게걸스레 책장을 넘겼고, 곧 자신이 지배할 오스만 제국에서 그 생각들을 실현할 수 있을 거라 확신했으며, 이런 꿈이 그를 미치지 않게 해 주었다. 바보 같고 유치한 과거의 삶을 떠올리게 하는 모든 것에서 가급적 빨리 벗어나기 위해, 보스포루스 해안에 있는 별장을 버리고(아내, 아이들, 물건들, 습관들도 함께) 앞으로 이십이 년 삼 개월을 살 작은 사냥용 별장으로 거처를 옮겼다. 이 사냥용 별장은 백 년 후에, 네모난 돌이 깔린 전찻길이 지나고, 유럽식을 모방한 어둡고 으스스한 아파트, 남녀 고등학교, 경찰서, 사원, 옷가게, 꽃집, 카펫 가게, 세탁소가 들어설 언덕에 있었다. 술탄이 이 위험한 왕자를 더 철저히 감시하기 위해 세워 놓은 높은 벽은 왕자를 둘러싼 채 어리석은 세상으로부터 보호해 주었다. 그 벽 위로는, 백 년 후 가지에 검은 전화선이 감기고, 몸통에 여자 나체 사진이 들어 있는 잡지가 집게로 걸릴 거대한 밤나무와 사이프러스 나무가 보였다. 백 년 뒤에도 언덕을 떠나지 않을 맹렬한 까마귀 떼의 비명 소리 외에 별장에서 들을 수 있는 유일한 소리는, 바람이 바다를 향해 부는 날, 맞은편 언덕에 있는 병영에서 들려오는 훈련 소리와 음악 소리였다. 왕자는 별장에서 지냈던 첫 육 년이 자신의 삶에서 가장 행복한 시기였다고 몇 번이나 받아쓰게 했다.

왕자는 이렇게 말하곤 했다.

"왜냐하면 그 시기에는 오로지 독서만 했기 때문이다. 왜냐하면 오로지 내가 읽은 것의 환상만을 꿈꾸었기 때문이다. 왜냐하면 그 육 년 동안 오로지 내가 읽은 책의 작가의 사상과 목소리만으로 살았기 때문이다."

그러고는 덧붙였다.

"하지만 그 육 년 동안 나는 전혀 나 자신이 되지 못했다."

왕자는 고통과 행복에 잠겨 이 육 년을 떠올릴 때마다 "나는 내가 아니었다. 어쩌면 그 때문에 행복했을 것이다. 하지만 술탄의 의무는 행복을 느끼는 것이 아니라 자기 자신이 되는 데 있다."라고 받아쓰게 하고는, 서기가 공책에 어쩌면 천 번도 더 썼을 문장을 말하곤 했다.

"그것은 단지 술탄만의 의무가 아니라, 모든 사람의 의무이다, 모든 사람의."

왕자는 '삶의 가장 커다란 발견이자 목적'이라 표현했던 이 사실을 그 육 년이 끝날 무렵에 확연하게 느꼈다고 받아쓰게 했다.

"내가 상상한 내 인생의 가장 행복한 순간은, 그 시절에 아주 자주 그랬던 것처럼, 오스만 제국의 왕좌에 앉아 국가 문제에 대해 어떤 어리석은 신하를 꾸짖는 것이었다. 그 백일몽 속에서, '볼테르가 말했던 것처럼'이라며 거만하게 말을 이어 가는데, 갑자기 내가 어디에 있는지 깨달았다. 내가 35대 오스만 제국의 술탄으로 상상했던 사람은 내가 아니라 볼테르인 것 같았고, 내가 아니라 볼테르를 모방하는 사람 같았다. 이 술탄이, 수백만의 생명을 지배하고 한계를 모르는 제국을 가진 이 남자가 그 자신이 아니라 다른 사람이라는 것을 깨닫고 내가 느낀 그 공포란!"

그 후에, 더 음울하게 이 이야기를 했을 때, 왕자는 이 발견의 순간을 설명하는 다른 이야기도 여러 개 들려주었지만, 서기는 모든 이야기가 같은 반응을 불러일으켰다는 것을 잘 알았다. 수백만의 다른 생명을 지배할 술탄의 뇌리에 다른 사람의 문장이 돌아다니는 것이 옳은 일일까? 어느 날 세상의 가장 거대한 제국을 통치할 왕자는, 오로지, 오로지 자신만의 의지로 행동해야 하는 것이 아닐까? 머릿속에 다른 사람의 생각이 절대 끝나지 않는 악몽처럼 떠도는 사람은 술탄인가 그림자인가?

왕자는 이후 십 년 동안의 삶에 대해 이렇게 말했다.

"나는 그림자가 아니라 진정한 술탄이 되고 싶었기 때문에, 다른 사람이 아니라 나 자신이 되어야 한다는 것이 분명해졌다. 그 육 년 동안만이 아니라, 평생 내가 읽은 책에서 벗어나야 한다는 결론을 내렸다. 다른 사람이 아니라 오로지 나 자신이 되기 위해, 나는 그 모든 책에서, 그 모든 작가에게서, 그 모든 이야기에서, 그 모든 목소리에서 벗어나야만 했다. 그러는 데 십 년이 걸렸다."

왕자는 자신에게 영향을 미친 책에서 어떻게 벗어났는지 서기에게 하나하나 받아쓰게 했다. 왕자는 별장에 있는 볼테르의 책을 모두 불태웠는데, 그것은 그가 이 작가의 작품을 읽을수록, 이 작가를 떠올릴수록 자신을 실제보다 더 영리하고 신은 안중에도 없는 해학가, 재치 있는 프랑스인으로 생각하게 되고, 결국 자신을 잃어버렸기 때문이라고 서기는 쓰곤 했다. 왕자가 쇼펜하우어의 책을 읽은 다음, 의지에 대해 몇 시간이고 몇 날이고 생각하면서, 오스만 제국의 왕위를 물려받을 사람은 왕자가 아니라 이 비관적인 독일 철학자라 생각했기 때문에, 그의 책을 별장에서 없앴다는 이야기도 썼다. 엄청난 비용을 지불하며 가져온 루소의 책도, 스스로를 구속시키려 하는 잔혹한 사람으로 변하게 했기 때문에 갈기갈기 찢어 별장에서 없앴다. "모든 프랑스 사상가들, 세상이 이성으로 이해될 수 있는 장소라고 한 델투르, 드 파세트, 모렐리, 이와는 정반대로 말했던 브리쇼의 책도 태워 버렸다. 왜냐하면 읽을수록 나 자신을 미래의 술탄이 아니라, 이전 사상가들의 엉터리 같은 관찰을 반박하려는 시니컬하고 논쟁 좋아하는 교수로 보게 되었기 때문이다." 하고 왕자는 말했다. 그는 『천일야화』를 불살랐는데, 왜냐하면 이 책 때문에 자신과 동일시하게 된 변장하여 돌아다니는 술탄은, 왕자가 되어야 할 술탄이 아니었기 때문이었다. 『맥베스』를 불태웠는데, 왜냐하면 그 책을 읽을 때마다 자신을, 왕좌를 위해 손에 피를 묻힐 준비가 되어 있는 겁쟁이이자 의지 없는 사람으로 여겼기 때문이었다. 가장 심각한 것은 그 사람이 되는 것을 부끄러워하기보다는, 거기서 시적인 자부심을 느꼈다는 점이었다. 루미의 『메스네비』를 별장에서 없앴는데, 왜냐하면 이 책의 산만한 이야기 때문에 정신이 어수선해질 때마다 산만한 이야기가 삶의 정수임을 믿는 방랑승과 자신을 동일시했기 때문이었다. "쉐흐 갈립의 책을 읽을 때마다 나 자신을 우울한 연인으로 여겼기 때문에 불태웠다."라고 왕자는 밝혔다. "보트폴리오를 읽을수록 나 자신을 동양인이 되고 싶어 하는 서양인으로 여겼기 때문에, 이븐 제르하니를 읽을수록 나 자신을 서양인이 되고 싶어 하는 동양인으로 여기게 되었기 때문에 이들의 책을 태웠다. 나 자신을 동양인으로도, 서양인으로도, 열정적인 사람으로도, 미친 사람으로도, 모험가로도, 그 책에 나온 그 어떤 사람으로도 간주하고 싶지 않았기 때문이다." 이렇게 말한 후,

왕자는 서기가 육 년 동안, 수많은 공책에 셀 수 없이 반복하여 쓴 그 후렴구를 열정적으로 반복했다. "오로지 나 자신이 되고 싶다, 오로지 나 자신이 되고 싶다, 나 자신이 되고 싶다, 오로지."

하지만 그는 쉬운 일이 아니라는 것을 알고 있었다. 수많은 책에서 벗어나고, 그 책들이 오랫동안 설명해 온 이야기들의 소리를 드디어 듣지 않게 되자, 왕자는 머릿속 정적을 도저히 견딜 수 없게 되었다. 그리하여 마지못해 새 책을 사 오라고 도시로 사람을 보냈다. 책이 도착하자마자, 그는 꾸러미를 찢어 버리고 하나씩하나씩 게걸스레 읽고는 작가들을 조롱한 다음, 의식적인 분노에 싸여 책을 불태웠지만, 여전히 그들의 목소리를 들었고, 그러지 않으려고 아무리 애를 써도 그 작가들을 모방하는 자신을 발견하게 되었다. 다른 책을 읽어야만 그들에게서 벗어날 수 있다는 것을 고통스럽게 깨닫고는, 그를 학수고대하는 베이올루의 외국 서적 판매점과 바브알리에 다시 사람을 보냈다.

서기는 "왕자 오스만 제랄레딘 에펜디는 자기 자신이 되기로 결심한 후, 정확히 십 년 동안 책과 싸움을 했다."라고 썼다. 왕자는 "'싸움을 했다.'가 아니라 '사투를 벌였다.'야!"라고 정정했다. 왕자 오스만 제랄레딘 에펜디는 십 년 동안 책과 책 속에서 들려오는 목소리와 사투를 벌인 후에야, 자신의 이야기와 자신의 목소리를 그 책의 목소리에 맞서 높여야만 자신이 될 수 있음을 깨달았고, 그리하여 서기를 고용했다.

"왕자 오스만 제랄레딘 에펜디는 십 년 동안 오로지 책과 이야기뿐 아니라, 자기 자신이 되는 것을 방해한다고 생각하는 모든 것과 사투를 벌였다.”라고 왕자는 계단 꼭대기에서 고함을 지르며 덧붙였다. 그러면 서기는 그가 수천 번 반복했지만, 1001번째도 마치 첫 번째인 것처럼 신념과 흥분에 차서 말한 이 문장을, 똑같이 단호하게 뒤따르는 문장을 주의 깊게 받아썼다. 서기는 왕자가 십 년 동안 오로지 책뿐만 아니라, 책만큼 자신에게 영향을 미치는 주변 물건과도 사투를 벌였다고 썼다. 왜냐하면 필요하건 불필요하건, 편안하게 하건 불안하게 하건, 책상, 의자, 쟁반이 그를 다른 곳으로 이끌었기 때문이다. 왜냐하면 모든 재떨이와 촛대에 눈길을 주어서, 자신을 자신이게 할 생각에 집중할 수가 없었기 때문이다. 왜냐하면 벽에 걸린 유화, 쟁반 위에 놓인 꽃병, 긴 의자 위에 올려 놓은 푹신한 쿠션은 전혀 원하지 않는 정신 상태로 그를 이끌었기 때문이다. 왜냐하면 시계, 그릇, 연필, 오래된 의자는 그 자신이 되는 것을 방해하는 연상과 추억으로 가득했기 때문이다.

서기는 왕자가 깨고, 불태우고, 버려 없앤 물건 외에도, 자신을 항상 다른 사람으로 만드는 기억과도 사투를 벌였다고 썼다. “많은 세월이 흐른 후, 나를 죽이고 싶어 하는 냉혹한 살인자 같은, 이해할 수 없는 복수를 위해 몇 년 동안 뒤쫓고 있는 미친 사람 같은, 나의 과거에 존재했던 사소하고 중요하지 않는 세부적인 것을 갑자기 나의 사고와 상상 속에서 발견하면 나는 미칠 것 같았다.” 오스만 제국의 왕좌에 앉은 후 수백만 명, 수백만 명의 가련한 사람들의 삶을 생각해야 할 사람이, 자신의 사고의 중간에서 갑자기 어린 시절 먹었던 딸기 한 그릇 혹은 하찮은 하렘 환관의 엉뚱한 말을 발견하는 것은 두려운 일이었다. 자신이 되는 것, 오로지 자신의 생각, 자신의 의지, 단호함으로 꽉 차 있어야 할 술탄은, 아니 술탄뿐 아니라 모든 사람은, 자신을 자신이 되지 못하게 방해하는, 아무렇게나, 되는대로 울리는 기억의 음악에 저항해야 한다. 한번은, 서기가 "왕자 오스만 제랄레딘 에펜디는 자신의 사고와 의지의 순수함을 흐트러뜨리는 기억과 사투를 벌이기 위해, 별장에 있는 냄새의 원천을 모두 제거하고, 알고 있는 물건과 옷을 모두 처분하고, 음악이라는 마취성 강한 예술과, 한 번도 연주한 적이 없는 하얀 피아노와 관계를 끊고, 별장의 모든 방을 하얀색으로 칠하게 했다."라고 썼다.

왕자는 여전히 버리지 못한 긴 의자 위에 누워 서기가 받아쓴 것을 읽게 한 후 "하지만 기억, 물건, 책보다 더 참을 수 없는 최악의 것은 사람들이다." 하고 덧붙였다. 사람들은 각양각색이었다. 가장 부적절하고 가장 원하지 않는 때에 그의 거처에 들러, 추잡한 가십과 쓸데없는 소문을 알려 주곤 했다. 그들은 좋은 일을 하려다 마음의 평화를 깨뜨린다. 그들의 사랑은 편하게 해 주기보다는 숨 막히게 한다. 그들은 자신도 생각이 있음을 증명하기 위해 말을 한다. 흥미로운 사람이라고 믿게 하려고 이야기를 한다. 당신을 사랑한다는 것을 보이기 위해 당신의 마음의 평화를 깨뜨린다. 어쩌면 이러한 것은 중요하지 않다. 하지만 자신이 되기 위해 필사적이며, 오로지 자신의 생각에 잠겨 혼자 있고 싶어 하는 왕자는 이 바보들, 불필요하고 열정 없고 입방아만 찧는 평범한 사람들이 방문하고 나면 오랫동안 자신이 되지 못한다고 느꼈다. "왕자 오스만 제랄레딘 에펜디는 자신이 되는 데 가장 커다란 방해물은 주위에 있는 사람들이라고 생각했다."라고 서기는 썼다. 또 어떤 때는 "사람들의 가장 커다란 희열은 다른 사람을 자신과 비유하는 것"이라고 썼다. 왕자의 가장 커다란 두려움은, 장차 왕좌에 앉을 날에 이 사람들과 관계를 맺어야 한다는 것이라고도 썼다. 왕자는 "사람은 가련하고 가난하고 불쌍한 사람들에게 연민을 느끼기 때문에 영향을 받는다." 하고 말했다. "이 평범하고 특징 없는 사람들의 영향으로 우리도 결국 평범해지고 특징이 없어지기 시작한다." 하고 왕자는 말했다. "개성이 있고 존경받을 만한 사람들에게도, 부지불식간에 그들을 모방하기 시작하기 때문에 영향을 받는다. 가장 위험한 사람들은 사실 이 사람들이다." 하고 왕자는 말했다. "하지만 내가 이 모든 사람을, 이 모든 사람을 내 주위에서 멀어지게 했다고 써! 나 자신만을 위해서가 아니라, 나 자신이 되기 위해서만이 아니라, 수백만 명의 사람들의 해방을 위해 안간힘을 썼다고 써!" 하고 왕자는 말했다.

그 누구에게도 영향을 받지 않기 위해 '믿을 수 없는 존재와 부재의 투쟁'을 한 지 십육 년 되던 때, 익숙한 물건, 좋아하는 색깔, 영향을 받은 책과 사투를 벌이던 어느 밤에, 창문의 서구식 블라인드 사이로 넓은 정원을 덮은 눈과 달빛을 바라보던 어느 밤에, 왕자는 자신이 벌이고 있는 전쟁이 사실은 자신의 전쟁이 아니라, 몰락하는 오스만 제국에 운명이 달려 있는 수백만 명의 불운한 사람들의 전쟁이라는 것을 알게 되었다. 왕자의 인생 마지막 육 년 동안 서기가 어쩌면 수만 번 썼던 것처럼 '자신이 되지 못한 모든 종족, 다른 문명을 모방한 모든 문명, 다른 사람들의 이야기로 행복해하는 모든 민족'은 몰락하고, 사라지고, 잊힐 운명이기 때문이다. 이렇게 해서 별장에 파묻혀 왕좌에 오를 날을 기다리던 세월 중 십육 년째 되는 해에, 마음속에서 들리는 이야기에 맞서 오로지, 오로지 자기 이야기의 소리를 높여 싸워야 한다는 것을 인식했던 때에, 십육 년 동안 사적이며 정신적인 실험으로 경험한 투쟁이, 실은 '역사적인 생사가 걸린 투쟁', '오로지 수천 년 만에 한 번 관찰되는 탈피할 것이냐 탈피하지 않을 것이냐에 관한 전쟁의 마지막 국면', '수백 년 후에, 역사가들이 전환점으로 정당하게 평가할 발전의 가장 중요한 역사적 답보(상태)'임을 알았다.

눈 덮인 정원 위로 영원(永遠)의 광대함과 두려움을 연상시키는 달이 비추던 밤이 지나갔다. 늙고, 충직하고, 인내심 많은 서기를 매일 아침 긴 의자 맞은편에 있는 마호가니 책상에 앉혀 놓고 왕자는 자신의 이야기를, 자신의 발견을 설명하기 시작했다. 그러다 자신의 이야기에 있는 '극도로 중요한 역사적 차원'이 사실은 아주 오래전에도 발견되었음을 기억했다. 이 별장에 파묻히기 전에, 존재하지 않는 외국의 상상의 도시를 모방하여 변하는 이스탄불 거리를 자신의 눈으로 보지 않았던가? 거리에 돌아다니는 서양 방문객을 따라, 손에 들어온 외국 사진을 따라, 거리를 채운 불운하고 불행한 사람들이 자신의 옷을 바꾸었다는 것을 몰랐던가? 밤마다 빈민가에 있는 찻집 난로 주위에 모인 우울한 사람들이 아버지에게 들은 자신들의 이야기를 들려주는 대신, 이류 칼럼 작가가 주인공의 이름을 무슬림의 이름으로 바꾸어 『삼총사』와 『몬테크리스토 백작』을 베껴 썼던 쓰레기를 신문에서 보고 서로에게 읽어 주었다고 자신도 듣지 않았던가? 더욱이 자신도 한때, 시간이 잘 지나간다고 하여, 이 수치스러운 것을 책으로 만들어 출판한 아르메니아인 서점에 자주 들르지 않았던가? 별장에 파묻힐 단호한 의지를 보여 주기 전에 이 불행한 사람들, 슬픈 사람들, 불운한 사람들과 함께 휩쓸려 갔던 평범함 속에서, 왕자도 자신의 얼굴에 있던 옛 비밀의 의미가, 이 불행한 사람들이 그랬던 것처럼, 천천히 사라졌음을 거울을 볼 때마다 느끼지 않았던가? 서기는 이 질문 뒤에 매번 "그렇다, 느끼곤 했다."라고 썼다. 왜냐하면 왕자가 그렇게 쓰기를 원한다는 것을 알았기 때문이다. "그렇다, 왕자는 자신의 얼굴도 변했다는 것을 느끼곤 했다."

서기와 작업을 시작한 지(왕자는 그들이 하는 일을 '작업'이라고 했다.) 이 년이 채 되기 전에, 왕자는 어린 시절 흉내 냈던 여러 가지 뱃고동 소리에서부터 먹었던 로쿰까지, 사십칠 년 세월 동안 꾸었던 모든 악몽에서부터 읽었던 모든 책까지, 가장 좋아하는 옷에서부터 가장 좋아하지 않는 옷까지, 자신이 걸렸던 병에서부터 알고 있는 동물의 종류까지, 모든 것을 서기에게 받아쓰게 했다. 그가 자주 반복했던 "모든 문장을, 모든 단어를 발견했던 거대한 사실의 빛 아래에서 평가하며."라는 말을 받아쓰게 했다. 매일 아침 서기는 마호가니 책상 앞에 앉아, 왕자는 그 맞은편에 있는 긴 의자에 앉아, 혹은 그 주위를 거닐다가, 혹은 위층으로 올라가거나 위층에서 아래로 내려가는 계단에 서서, 둘은 어쩌면 왕자가 받아쓰게 할 새로운 이야기가 없다는 걸 알았을지 모른다. 하지만 이 두 사람이 찾고 갈구하던 것이 바로 이 정적이었다. 왜냐하면 오로지 말해 줄 것이 아무것도 남아 있지 않았을 때만이 자신이 되는 것에 아주 가까워졌다는 의미이기 때문이라고 왕자는 말하곤 했기 때문이다. "말해 줄 것이 남아 있지 않았을 때만, 과거와 책에 대한 모든 기억과 기억 그 자체를 잃어버렸을 때만, 그 깊은 정적을(영혼의 심연에서, 자아의 무한하고 어두운 미로에서 들려오는) 들은 후에만, 자신을 자신이게 할 진짜 목소리가 허락될 것이다."

깊이를 헤아릴 수 없는 동화 속 우물에서, 깊은 곳에서 이 목소리가 천천히 부상하기를 기다리던 어느 날, 왕자는 그때까지 '가장 위험한 주제'라면서 별로 언급하지 않았던 여자와 사랑에 대한 주제를 꺼냈다. 그는 거의 육 개월 동안, 옛 연인들, 사랑이라고 할 수 없는 관계들, 한두 명을 제외하고는 동정과 슬픔 속에서 떠오르는 하렘 여자들과의 '친밀함'과 그의 아내에 대해 이야기했다.

왕자에게는, 친밀함에 있어 가장 끔찍한 점은 인식하지도 못하는 사이에 별로 특징도 없는 평범한 여자조차 머리 한가운데에 들어앉을 수 있다는 것이었다. 청년 시절에 결혼했다가 아내와 아이들을 보스포루스 저택에 두고 홀로 사냥 별장에 정착했던 초기에는, 그러니까 서른다섯 살까지는 '오로지 자신이 되는 것', '그 어느 것에도 영향을 받지 않는 것'과 같은 발견과 목적이 없었기 때문에, 왕자는 이 상황에 별로 신경을 쓰지 않았다. 더욱이 '모방하는 이 가련한 사회'에서는 여자나 소년이나 신의 사랑 안에서 모든 것을 잊는 것, '사랑 안에서 사라져 가는 것'이 자랑할 만하고 자부심을 느낄 만한 것이라고 세뇌당했기 때문에, 그 당시 거리에 있는 사람들이 그러했던 것처럼 왕자도 '사랑에 빠지는 것'에 자부심을 느꼈다.

별장에 은신한 뒤 육 년 동안 쉬지 않고 독서를 한 후, 삶에서 가장 중요한 문제가 자신이 되는 것 혹은 되지 않는 것이라는 것을 발견하자, 왕자는 곧 여자를 경계해야 한다는 결론을 내렸다. 여자라는 존재 없이 자신은 불완전하다고 느꼈던 것이 사실이지만, 가까워질 모든 여자가 사고를 분열시키고 그의 상상 속 한가운데에 들어앉아 그가 너무나 갈망하는 그 둘의 순수성을 빼앗아 가리라는 것도 사실이었다. 한때는 가능한 한 많은 여자들과 친해져서 사랑이라는 독(毒)에 대한 해독제를 그의 피에 주입하면 면역이 될 거라 생각했지만, 사랑에 익숙해지기만을 바라고 사랑의 도취에 익숙해져 실리적인 측면만을 갈구했기 때문에, 곧 여자에게 흥미를 잃었다. 이후 알고 있는 여자들 중 '가장 특징 없고, 가장 색깔 없고, 가장 허물없고, 가장 무해한' 사람이라고 쓰게 한 레일라 부인을, 이러한 특징들로 인해 그녀를 사랑하지 않을 거라고 확신했기 때문에 가장 자주 만나기 시작했다. "왕자 오스만 제랄레딘 에펜디는 그녀를 사랑하지 않을 거라고 믿었기 때문에 두려움 없이 레일라 부인에게 마음을 열었다."라고 어느 날 밤

서기는 썼다. 그들은 이제 밤에도 작업을 했다. "하지만 두려움 없이 내 마음을 열었던 유일한 여자였기 때문에 나는 곧장 그녀를 사랑하게 되었다. 내 인생의 가장 끔찍한 시기 중 하나였다."라고 왕자는 덧붙였다.

서기는 왕자와 레일라 부인이 별장에서 만나고 다투었다고 썼다. 레일라 부인은 파샤인 아버지의 저택에서 하인과 함께 마차를 타고 반나절이나 걸려 별장으로 왔다. 그들은 프랑스 소설에서 읽었던 것과 비슷한, 자신들을 위해 마련된 식탁에서, 소설에 나오는 섬세한 주인공들처럼 시와 음악에 대해 이야기하면서 식사를 했다. 식사가 끝난 직후에는 이미 돌아갈 시간이 되어 버렸기 때문에, 반쯤 열린 문 뒤에서 자신들의 대화를 듣는 요리사, 하인, 마부가 걱정하는 말다툼을 벌였다. 한번은 왕자가 "우리의 다툼에는 특별한 원인이 없었다."라고 했다. "그녀 때문에 나 자신이 될 수 없었기 때문에, 그녀 때문에 내 사고의 순수성을 잃어버렸기 때문에, 그녀 때문에 자아의 심연에서 들려오는 소리를 듣지 못하기 때문에 그녀에게 화가 났다. 내 잘못이 있는지 없는지는 알 수 없었지만, 내가 이해할 수 없을 어떤 잘못의 결과로 그녀가 죽을 때까지 그렇게 계속되었다."

왕자는 레일라 부인이 죽은 뒤 슬펐지만 자유로워졌다고 받아쓰게 했다. 항상 조용하고, 항상 예의 바르고, 항상 복종적이었던 서기는 육 년 동안 받아쓰면서 한 번도 하지 않았던 일을 벌였지만(몇 번 더 이 죽음과 사랑에 대한 주제를 끄집어내 캐내려고 했지만) 왕자는 오로지 자신이 원하는 형태로, 단지 자신이 원하는 때만 이 주제로 돌아갔다.

예를 들면, 왕자가 생을 마감하기 십육 개월 전, 만약 자신이 되는 데 성공하지 못한다면, 만약 별장에서 십오 년 동안 벌인 투쟁 끝에 실패하고 만다면, 이스탄불의 거리는 이제 '자신이 되지 못한' 불운한 도시의 거리로 변할 거라고 했다. 그는 다른 도시의 광장, 공원, 인도를 모방한 이 도시의 광장, 공원, 인도를 걷는 불운한 사람들은 절대 그들 자신이 될 수 없을 거라고 했다. 오랜 세월 동안 별장 정원 외에는 한 번도 밖으로 발걸음을 내딛지 않았는데도, 사랑하는 이스탄불의 거리를 어떻게 일일이 다 알고 있으며, 모든 인도를, 모든 가로등을, 모든 상점을 마치 그 앞을 매일 지나듯 생생하게 상상하는지 설명했다. 이 대목에서는 여느 때와 같은 화난 목소리는 사라지고 쉰 목소리와 슬픈 분위기로, 레일라 부인이 매일 마차를 타고 별장으로 오는 날이면 그 마차가 도시의 거리를 지나는 모습을 상상하며 대부분의 시간을 보냈다고 받아쓰게 했다. "왕자 오스만 제랄레딘 에펜디는 자신이 되기 위해 싸웠던 이 시기에 하루의 절반을 붉은색 한 마리, 검은색 한 마리, 이렇게 두 필의 말이 끄는 마차가 쿠루체쉬메에서 별장으로 올 때 어느 골목을 지나고, 어느 언덕을 오르는지 상상하며 보냈다. 남은 하루의 절반은 여느 때와 같이 식사를 하고 다툰 뒤, 눈물을 글썽이는 레일라 부인을 파샤 아버지의 저택으로 다시 데려갈 마차가 다시 같은 길과 같은 언덕을 지나 돌아가는 것을 상상하며 보냈다."라고 서기는 여느 때와 같이 조심스럽고 꼼꼼한 필체로 썼다.

또 한번은, 세상을 뜨기 백 일 전 무렵, 마음속에서 다시 들리기 시작한 다른 사람들의 소리, 다른 사람들의 이야기를 억누르기 위해, 평생 자신 안에서 의식적으로든 무의식적으로든 두 번째 영혼을 지니듯이 지녔던 정체를 일일이 세면서, 자신이 매일 밤 변장을 하고 거리로 나선 술탄일지도 모른다고 쓰게 했다. 왕자는 자신이 가장했던 그 많은 모습 가운데, 머리에서 라일락 향기가 나는 여자를 사랑했던 그 자신만을 사랑했다고 갑자기 목소리를 낮추며 말했다. 서기는 왕자가 자신에게 받아쓰게 했던 모든 행, 모든 문장을 이후 다시 몇 번이고 꼼꼼하게 읽었기 때문에, 육 년 동안 서서히 왕자의 모든 기억과 모든 과거를 세세히 알게 되었고, 습득했고, 자신의 것으로 만들었기 때문에, 머리에서 라일락 향기가 나는 여자가 레일라 부인임을 알았다. 왜냐하면 왕자가 머리에서 라일락 향기가 나는 여자 때문에 자신이 되지 못하고, 한 번도 자신이 그 이유를 이해할 수 없었던 사고 혹은 실수로 인해 여자가 죽었을 때, 라일락 향기를 절대 잊지 못해 자신이 되지 못한 어떤 연인의 이야기를 받아쓰게 했던 것을 기억했기 때문이었다.

서기와 왕자는, 왕자가 병이 들기 전에 흥분하며 말했던 것처럼 '온 정신을 쏟은 작업, 희망과 신념'으로 함께 작업을 하며 마지막 시기를 보냈다. 이 시기는 왕자가 온종일 받아쓰게 했던, 받아쓰게 할수록, 자신의 이야기를 할수록 자신을 자신이게 한 그 목소리를 마음속에서 더 강하게 들었던 나날이었다. 그들은 밤늦은 시간까지 작업을 했으며, 서기는 얼마나 늦은 시각이든 간에 정원에 묶여 있는 마차를 타고 집으로 돌아갔고, 아침 일찍 다시 별장으로 와서 마호가니 책상 앞에 앉았다.

왕자는 자기 자신이 되지 못해 몰락해 사라진 왕국들, 다른 부족을 모방했기 때문에 사라진 부족들, 자신의 삶을 살지 못했기 때문에 먼 미지의 땅에서 잊힌 국민의 이야기를 하곤 했다. 왕자는, 자기 자신이 되는 것을 가르칠 강력한 왕을 이백 년 동안 찾다 실패하고 역사의 무대에서 사라진 일리리아 민족에 대해 이야기했다. 그에 의하면 바벨이 몰락한 것은 림로드 왕이 신에게 도전했기 때문이 아니라, 탑을 만드는 일에 전력을 기울이다가 자신을 자신이게 할 원천을 메마르게 했기 때문이었다. 그에 의하면 라피티아 유목민은 정착 생활로 전환하여 막 국가를 세우려 할 때, 무역을 했던 알티팔인에게 홀려 그들을 모방하는 데 자신을 온전히 바쳤기 때문에 사라져 버렸다. 사산조가 몰락한 것은, 역사가 타바리[49]가 그의 책 『역사』에서 썼던 것처럼, 비잔틴인, 아랍인, 유대인에게 매혹된 마지막 세 통치자 하르미즈드, 호스라우, 야즈디기르드가 평생 동안 단 하루도 자기 자신이 되지 못했기 때문이었다. 거대한 리디아 왕국은 수도 사르디스에 수사인의 영향을 받은 최초의 신전을 세운 후 오십 년 만에 멸망했고 역사의 무대에서 사라져 버렸다. 세르베리아인의 역사가 남아 있지 않은 건 단지 기억을 잃었기 때문만이 아니라, 그들이 거대한 아시아

---

49) Tabari(838~923). 이슬람의 학자. 신학과 사학에 관한 많은 저술을 남겼다.

제국을 세우기 직전, 모든 인구가 전염병에 걸린 것처럼 사르마트인의 옷을 입고 장신구를 착용하고 시를 읊기 시작한 후 자신을 자신이게 한 비밀도 잃었기 때문이었다. 왕자가 "메데스인, 파플라고니아인, 켈트인은"이라고 받아쓰게 하면, 서기는 주인보다 먼저 "자신들이 되지 못했기 때문에 몰락해 사라졌다."라고 덧붙였다. "스킨티아인, 칼묵인, 미스야인은"이라고 왕자가 말하면, 서기도 "자신들이 되지 못했기 때문에 몰락해 사라졌다."라고 덧붙였다. 늦은 밤 기진맥진하여 죽음과 몰락에 관해 이야기하는 작업을 마쳤을 때, 그들은 여름밤의 고요 속에서 매미 한 마리가 끊임없이 울어 대는 소리를 들었다.

바람 부는 어느 가을날, 연꽃과 개구리가 있는 정원 연못으로 붉은 밤나무 잎이 떨어질 때, 왕자는 감기에 걸려 병석에 드러누웠다. 두 사람 모두 크게 신경 쓰지 않았다. 그 당시 왕자는, 만약 어느 날 자신이 되지 못하면, 만약 어느 날 자신이 되는 힘으로 오스만 제국의 왕좌에 앉지 못하면, 타락할 이스탄불 거리에서 살게 될 어리둥절한 사람들에게 일어날 일을 이야기했다. 그는 "그들은 자신의 삶을 다른 사람의 시선으로 보게 될 것이며, 자신의 이야기 대신 다른 사람의 동화를 들을 것이며, 자신의 얼굴 대신 다른 사람의 얼굴에 홀릴 것이다."라고 했다. 그들은 정원에서 딴 보리수나무 열매를 끓여 마셨고, 밤늦은 시간까지 작업을 했다.

다음 날 열에 들떠 긴 의자에 누워 있는 주인을 덮어 주려고 위층으로 이불을 가지러 갔던 서기의 눈에 별장이 새롭게 들어왔다. 의자와 책상은 부서져 있었고 문짝은 떨어져 나갔으며 물건은 사라져 버리고 없었다. 별장의 빈방, 벽, 계단은 하얗게 발가벗겨져 꿈인 듯만 싶었다. 어떤 빈방에는 왕자의 유일한 어릴 적 유산이자 오랜 세월 동안 한 번도 연주되지 않고 완전히 잊힌 채 방치된, 이스탄불에 한 대뿐인 하얀 스타인웨이 피아노가 있었다. 서기는 과거가 영원히 사라지고, 기억은 바래고, 삶의 소리, 냄새, 물건이 빠져나가 시간이 멈춘 듯 느껴지는 이 순백을, 별장의 창문을 통해 안으로, 다른 어떤 행성으로 들어오듯이 쏟아지는 새하얀 빛에서도 보았다. 하얗고 냄새 없는 이불을 품에 안고 계단을 내려올 때, 왕자가 누워 있는 긴 의자가, 오랜 세월 동안 자신이 일했던 마호가니 책상이, 하얀 종이가, 창문이, 어린아이들이 가지고 노는 장난감 집에 있는 물건들처럼 부서지기 쉽고, 가냘프고, 비현실적이라고 느꼈다. 이불을 그의 몸 위에 덮어 줄 때, 이틀 동안 면도를 하지 않은 주인의 턱수염이 하얗게 센 것을 보았다. 그의 머리맡에는 물 반 컵과 하얀 알약이 놓여 있었다.

왕자는 긴 의자에 누워 "어젯밤 꿈에서, 먼 나라에 있는 울창하고 어두운 숲속에서 나를 기다리는 어머니를 보았다. 커다랗고 붉은 물병에서는 물이 보자처럼 천천히 쏟아졌다. 그때 나는, 내가 평생 나 자신이 되기 위해 고집을 피웠기 때문에 버틸 수 있었다는 것을 알게 되었다."라고 받아쓰게 했다. 서기는 "왕자 오스만 제랄레딘 에펜디는 자신의 목소리, 자신의 이야기를 듣기 위해 그의 마음속의 고요를 기다리는 것으로 평생을 보냈다."라고 썼다. 왕자는 "고요를 기다릴 때 이스탄불의 시계를 멈출 필요는 없다. 꿈에서 시계를 보았을 때"라고 받아쓰게 했다. 그러면 서기는 "그는 항상 다른 사람들의 이야기를 한다고 생각했다."라고 이야기를 계속했다. 잠시 정적이 흘렀다. 왕자는 "자신이 될 수 있는 황량한 사막에 있는 돌, 사람의 발길이 닿지 않은 산 사이에 있는 바위, 아무도 보지 않은 계곡에 있던 나무를 나는 부러워했다."라고 힘차고 열정적으로 말하며 받아쓰게 했다. 갑자기 왕자는 "꿈에서, 나의 기억의 정원에서 거닐고 있을 때"라고 말을 시작했다. 그러고는 "그 어떤 것도"라고 덧붙였다. 서기는 "그 어떤 것도"라고 세심하게 받아썼다. 긴, 아주 긴 정적이 흘렀다. 이후 서기는 책상에서 일어나 왕자가 누워 있는 긴 의자 쪽으로 다가갔다. 주의 깊게 주인을 내려다본 후 다시 조용히 책상으로 돌아갔다. 그러고는 "왕자 오스만 제랄레딘 에펜디는 이 문장을 쓰게 한 후, 1321년 샤반[50] 7일 목요일 새벽 3시 15분이 지나, 테쉬비키예 언덕에 있는 사냥 별장에서 운명했다."라고 썼다. 서기는 같은 필체로 이십 년 후에 이렇게 썼다. "왕자 오스만 제랄레딘 에펜디가 살아생전 오르지 못한 왕위에는, 어렸을 때 그가 목덜미를 후려쳤던 형 메흐메트 레샤트 에펜디가 칠 년 후에 앉았고, 그가 통치하던 시기에 대전쟁에 참가한 오스만 제국은 붕괴되었다."

이 공책을 서기의 친척이 제랄 살리크에게 가져다주었고, 이 글은 우리의 칼럼 작가가 사망한 뒤 그의 문서들 사이에서 발견되었다.

---

50) 음력으로 여덟 번째 달을 일컫는 말.

17장
하지만 글을 쓴 사람은 나다

당신들 읽는 사람들은 여전히 살아 있는 사람들 사이에 있다.
하지만 쓰는 나는 이미 나의 길을 가고 있을 것이다,
그림자의 나라로.
— 에드거 앨런 포, 「그림자 ─ 한 편의 동화」

'그래, 그래, 나는 나 자신이야!' 갈립은 왕자의 이야기를 마치고 나서 생각했다. '그래, 나는 나 자신이야!' 이야기를 들려준 지금, 자신이 될 수 있다는 것을 매우 확신했고, 자기 자신일 수 있다는 것에 아주 기분이 좋아, 한시라도 빨리 쉐흐리칼프 아파트로 달려가 새로운 칼럼을 쓰고 싶었다.

호텔에서 나와 올라탄 택시에서 운전사가 이야기를 시작했다. 사람은 오로지 이야기를 함으로써 자신이 될 수 있음을 알았기에, 갈립은 운전사가 이야기하는 대로 듣고 있었다.

백 년 전 어느 더운 여름날, 하이다르파샤 기차역을 건설한 독일인과 터키인 엔지니어가 책상 위에 산정 수치를 펼쳐 놓고 일을 하고 있는데, 그들 근처에서 물고기를 잡던 잠수부가 바다 바닥에서 발견했다며 동전을 들고 왔다. 동전에는 여자의 얼굴이 새겨져 있었다. 이상하고 매혹적인 여자의 얼굴은 그가 짐작조차 할 수 없는 어떤 신비를 담고 있는 듯했다. 동전의 글자를 읽고 이 신비를 해독할 수 있을지도 모른다는 생각에 검은 우산 밑에서 동료와 일하고 있는 터키인 엔지니어에게 가져온 것이었다. 그러나 그 젊은 엔지니어를 사로잡은 것은 글자가 아니라 비잔틴 여제의 얼굴에 나타난 매혹적인 표정이었다. 그의 놀라움과 두려움은 잠수부조차 의아해할 정도로 컸다. 여제의 얼굴에는 엔지니어가 종이 위에 썼던 아랍 문자와 라틴 문자가 덮여 있었지만, 그가 놀란 것은, 자신이 오랫동안 결혼을 꿈꾸어 온 사랑하는 사촌의 얼굴과 너무나 닮았기 때문이었다. 그러나 그녀의 가족은 그녀를 다른 사람과 결혼시킬 참이었다.

"네, 테쉬비키예 경찰서 앞길이 차단되었어요. 누가 또 총에 맞은 것 같습니다."

갈립이 묻자 운전사는 이렇게 대답했다.

갈립은 택시에서 내려 엠락 가와 테쉬비키예 가를 연결하는 좁고 짧은 골목으로 들어갔다. 골목과 대로가 만나는 곳에 주차된 순찰차의 깜박거리는 푸른 등이 젖은 아스팔트에 비치고 있었다. 아직 불이 켜져 있는 알라딘의 가게 앞 작은 광장에는, 갈립이 평생 목격하지 못한, 오직 꿈속에서나 볼 신비로운 정적이 흘렀다.

교통은 차단되어 있었다. 나무들은 꿈쩍도 하지 않았다. 바람은 전혀 없었다. 작은 광장은 인공적인 색과 소리로 만들어진 연극 무대 같았다. 진열장의 싱어 재봉틀 옆에 있는 마네킹은 경찰서 앞에 모인 경찰과 호기심 많은 구경꾼의 소란을 지켜보며 그들 사이에 합세하려는 것 같았다. 갈립은 마음속으로 '그래, 나는 나 자신이야!'라고 말하고 싶었다. 사진기자의 플래시가 푸른색으로 번쩍이는 순간, 갈립은 보았다. 하지만 꿈속의 기억을 떠올리는 것처럼, 이십 년 전 잃어버린 열쇠를 찾은 것처럼 제대로 보지 못했다. 알아보지 못했다면 좋았을 얼굴. 싱어 재봉틀을 전시해 놓은 진열장에서 두 걸음 떨어진 인도에 하얀 얼룩이 누워 있었다. 남자였다. 제랄. 몸은 신문으로 덮여 있었다. 뤼야는 어디에 있는가? 갈립은 가까이 다가갔다.

경찰은 제랄의 머리만 내놓고 온몸을 인쇄된 종이로 덮어 놓았다. 질퍽한 인도를 베개 삼아 누워 있었다. 눈은 뜬 채였지만, 흐릿하고 꿈을 꾸는 듯했다. 그는 지친 듯, 생각에 잠긴 듯 보였지만 동시에 평화로운 듯 보였고, "나는 기억에 잠겨 쉬고 있어."라고 말하는 듯했다. 뤼야는 어디에 있는가? 갈립은 되뇌었다. 하지만 이 모든 것이 장난이라고, 농담이라고 스스로 확신하면서도 후회가 밀려왔다. 핏자국은 없었다. 그것이 제랄의 시신이라는 것을 보기도 전에 어떻게 알았지? 당신은 몰랐어? 그는 묻고 싶었다. "나는 내가 모든 것을 안다는 걸 몰랐어."라고 말하고 싶었다. 당신의 마음속, 나의 마음속, 우리의 마음속에, 거기에 우물이 있었고 단추, 보라색 단추, 서랍 뒤에서 나온 동전들, 병뚜껑들, 단추들이 있었다. 우리는 별을, 나뭇가지 사이에 있는 별들을 올려다보고 있다. 이불을 덮어 줘, 따뜻하게 해 줘. 시신이 말하는 것 같았다. '나는 나 자신이다!' 갈립은 시신을 덮은 신문을 더 자세히 들여다보았다. 일곱 가지 색깔 기름 얼룩이 묻은 《밀리예트》와 《테르쥐만》이었다. 제랄의 칼럼 때문에 유심히 봤던 신문들. 감기 조심해, 날이 추워.

문이 열려 있는 경찰차 무전기에서 경감을 찾는 소리가 들렸다. 저기, 뭐야는 어디에 있습니까, 어디, 어디에? 쓸데없이 켜졌다 꺼지는 모퉁이 교통신호. 초록색, 빨간색. 다시 한 번 더, 초록색, 빨간색. 제과점의 진열장에도, 초록색, 빨간색. 제랄이 "나는 기억하고 있어, 나는 기억하고 있어, 나는 기억하고 있어."라고 하는 것 같았다. 알라딘의 가게는 셔터는 내려져 있었지만 내부 등은 켜져 있었다. 이것이 어떤 실마리가 될 수 있을까요, 경감님? 갈립은 이렇게 말하고 싶었다. 나는 터키 최초로 추리소설을 쓰고 있습니다. 보세요, 이것은 첫 번째 실마리입니다. 불이 켜져 있습니다. 바닥에는 담배꽁초, 종잇조각, 쓰레기. 갈립은 물어보기 적당할 것 같은 젊은 경찰 한 명을 골라서 다가가 질문을 했다.

사건은 9시 반에서 10시 사이에 일어났습니다. 살인자가 누구인지 밝혀지지 않았습니다. 이 불쌍한 남자는 총에 맞아 그 자리에 쓰러졌습니다. 그렇습니다, 그는 유명한 기자입니다. 아닙니다, 곁에는 아무도 없었습니다. 시신을 왜 이곳에 두었는지는 모릅니다. 고맙지만, 담배는 피우지 않습니다. 그렇습니다, 경찰은 힘든 직업입니다. 아닙니다, 총에 맞은 사람 곁에 다른 사람은 없었습니다. 확실합니다. 그런데 신사분은 그걸 왜 묻습니까? 직업이 무엇입니까? 신사분은 밤늦은 시간에 왜 여기 있습니까? 신분증 좀 보여 주겠습니까?

경찰관이 자신의 신분증을 확인하고 있을 때, 갈립은 제랄을 덮은 신문을 보았다. 마네킹이 있는 진열장의 네온 불빛이 신문에 연한 분홍빛을 비추는 것이 멀리서 더 잘 보였다. 그는 생각했다. 경찰관님, 고인은 이러한 유의 작은 세부 사항을 주의 깊게 봅니다. 사진에 있는 사람은 나고, 그 얼굴은 내 얼굴입니다. 신분증 여기 있습니다. 천만에요. 가 보겠습니다, 아내가 집에서 기다리고 있거든요. 내가 아마도 모든 것을 아주 쉽게 해결한 것 같다.

쉐흐리칼프 아파트 앞에서 멈추지 않고 빠른 걸음으로 니샨타쉬 광장을 지난 후, 그의 집이 있는 골목으로 들어갔는데, 오랜만에 처음으로 주인 없는 진흙 색 잡종 개가 그에게 덤빌 듯 으르렁거렸다. 인도를 바꾸어 걸었다. 거실의 불이 켜져 있단 말인가? 그는 엘리베이터에서 생각했다. 자신이 왜 이를 간과했을까?

집에는 아무도 없었다. 뤼야가 잠시 다녀갔다는 흔적은 어디에도 없었다. 그녀가 만진 물건, 문손잡이, 여기저기 던져 놓은 가위, 숟가락, 뤼야가 담배를 비벼 껐던 재떨이, 함께 앉아 식사를 했던 식탁, 마주 보고 앉았던 쓸쓸하고 슬픈 소파, 집에 있는 모든 것이 견딜 수 없을 만큼 가슴 아프고, 견딜 수 없을 만큼 애처로웠다. 그는 참을 수 없어 급히 집 밖으로 나갔다.

오랫동안 거리를 거닐었다. 니샨타쉬에서 쉬쉬리로, 어린 시절 시테 극장으로 달려갈 때처럼 뤼야와 함께 행복하게 걸었던 그 거리에는 쓰레기를 뒤지는 개들뿐, 텅 비어 있었다. 당신은 이 개에 관해 몇 편의 칼럼을 썼지요? 내가 몇 편의 칼럼을 써야 하지요? 다시 돌아오는 길에는, 사원 뒤의 골목을 끼고 돌아 테쉬비키예 광장으로 왔고, 그의 발걸음은 예상했던 바대로 사십오 분 전에 제랄의 시신이 누워 있었던 모퉁이로 그를 데려갔다. 하지만 아무도 없었다. 시신, 경찰차, 신문기자, 사람들 모두 사라지고 없었다. 마네킹은 여전히 진열장의 재봉틀 사이에 있었고 그들 사이로 흘러나오는 불빛이 인도를 비추었지만, 제랄의 시신이 누워 있던 흔적은 보이지 않았다. 시신을 덮었던 신문은 세심하게 다 거둬 간 것 같았다. 경찰서 앞에는 경찰 한 명이 여느 때처럼 불침번을 서고 있었다.

쉐흐리칼프 아파트로 들어갔을 때, 전혀 익숙하지 않은 피로감이 엄습해 왔다. 제랄의 과거를 그대로 따라 한 제랄의 집은 오랜 세월에 걸친 모험과 전쟁 뒤에 돌아온 병사의 집처럼 눈물겹고, 놀랍고, 잘 아는 곳처럼 보였다. 이 과거에서 얼마나 멀리 떨어져 있었던가! 하지만 그가 여기서 나간 지는 여섯 시간도 채 지나지 않았다. 과거는 잠처럼 매력적이었다. 그는 죄 없는 아이처럼, 죄 있는 아이처럼, 칼럼, 전등, 사진, 신비, 뤼야, 그가 오랫동안 찾고 있는 것들을 꿈에서 볼 거라고 생각하며, 꿈속에서는 죄를 짓지 않을 거라고, 죄를 지을 거라고 생각하며 잠이 들었다.

깨어났을 때 토요일 아침이라고 생각했다. 그러나 토요일 정오였다. 그러니 사무실에 가지 않아도 되고 법정에 가지 않아도 된다. 슬리퍼를 찾으려고도 하지 않고 문으로 가서《밀리예트》를 집어 들었다. '제랄 살리크 살해되다.' 이 헤드라인이 머리기사에 실려 있었다. 신문으로 덮기 전에 찍은 시신 사진도 실려 있었다. 전면을 사건에 할애하고 있었으며, 수상, 공무원, 유명 인사의 발언을 싣고 있었다. 검은 테두리 안에는 갈립이 쓴 칼럼이 제랄의 마지막 칼럼으로, '집으로 돌아와'라는 제목으로 실려 있었다. 최근에 찍은 멋진 사진도 실려 있었다. 유명 인사들에 의하면, 총알은 민주주의, 표현의 자유, 평화, 이럴 때마다 언급되곤 하는 선의를 겨냥하여 발사되었다.

그는 종이와 신문 스크랩으로 뒤덮인 책상에 앉아 담배를 피웠다. 파자마를 입고 책상 앞에 앉아 오랫동안 담배를 피웠다. 현관 벨이 울렸을 때는 한 시간 동안 같은 담배를 피우고 있었던 듯한 생각이 들었다. 카메르 부인이었다. 손에 열쇠를 든 채, 갑자기 열린 문 앞에 선 갈립을 유령이라도 본 듯 바라보았다. 그러고는 안으로 들어와서는 전화기 옆에 있는 소파에 힘들게 주저앉아 울기 시작했다. 모두 갈립도 죽었다고 생각했다고 말했다. 모두 그들을 며칠째 걱정해 왔다. 그녀는 조간신문에서 기사를 읽자마자 할레 고모에게 가기 위해 집을 뛰쳐나갔다. 알라딘의 가게 앞을 지나면서 상점 안에 있는 많은 사람들을 보았다. 그제야 그녀는 뤼야 부인의 시신이 아침에 상점에서 발견되었다는 것을 알았다. 알라딘은 아침에 가게 문을 열었을 때 인형들 사이에 잠든 것처럼 누워 있는 뤼야를 발견했다.

독자여, 아, 독자여, 나는 이 책을 쓰는 내내, 화자와 주인공을, 칼럼과 사건이 설명되는 부분을 구분하려고 노력했는데, 언제나 잘 되지는 않았기 때문에, 여러분은 아마 눈치를 챘을 것이다. 하지만 식자공에게 이 글을 보내기 전에 단 한 번만 끼어드는 것을 허락해 주기 바란다. 어떤 책에는 우리 마음속 깊이 와 닿아 영원히 새겨지는 페이지가 있는데, 그것은 작가가 특출한 솜씨를 발휘해서가 아니라 '이야기 스스로 써 내려가기' 때문이다. '그 스스로'의 흐름 때문에 너무나 우리의 마음속 깊이 와 닿아 도무지 잊을 수 없는 경우 말이다. 그 페이지에는 그것만의 논리가 있기 때문이다. 그 페이지가 우리 마음에, 혹은 머리에(뭐라 부르건 간에) 남는다면 우리는 그것을 명문장가가 그의 펜으로 창조하는 페이지가 아니라, 그 하나하나를 우리 삶 속의 천국과 지옥의 시간들처럼, 오랜 세월 동안 기억할 감동적이며, 비통하고, 눈물겨운 순간처럼 기억한다. 내가 신출내기 칼럼 작가가 아니라 저명한 작가였다면, 내 역작 『뤼야와 갈립』도 그 페이지 중 하나가 되어, 나의 영리하고 감성적인 독자들이 오랜 세월 기억할 거라 확신할 것이다. 하지만 나는 나의 재능과 내가 쓴 것에 관한 한 현실주의자이기 때문에 이러한 확신이 없다. 이러한 이유로 내 이야기의 이 페이지들에 여러분과 여러분의 기억을 남겨 두고 싶은 마음이 간절하다. 이를 위해 내가 할 수 있는 가장 좋은 방법은, 인쇄공에게 이 페이지를 검은 잉크로 칠해 달라고 요청하는 일일 것이다. 내가 온당하게 쓸 수 없는 것을 여러분의 상상력으로 창조할 수 있도록. 내가 몽유병 환자처럼 그 가려진 세계를 돌아다닐 때, 이야기의 이 지점에서 엄습한 검은 꿈을, 내 마음에 엄습한 정적을 그대로 나타낼 수 있을 것이다. 이어지는 페이지들은, 검은 페이지들은 몽유병 환자의 기억, 그 이상도 이하도 아니다.

카메르 부인은 알라딘의 가게에서 할레 고모의 집까지 한달음에 뛰어갔다. 거기서는 갈립도 죽은 줄로 알고 모두 울고 있었다. 카메르 부인은 결국 그들에게 제랄의 비밀을 털어놓았다. 제랄이 오랫동안 몰래 쉐흐리칼프 아파트의 꼭대기 층에 살았고, 지난주에는 갈립과 뤼야도 그곳에 숨어 있었다고. 그 이야기를 듣자 모두들 갈립 역시 죽은 게 분명하다고 여겼다. 그런 후, 카메르 부인이 쉐흐리칼프 아파트로 돌아왔을 때, 이스마일 씨는 "올라가서 한번 봐!"라고 했다. 그래서 그녀는 열쇠를 가지고 올라갔다. 현관문 앞에 선 순간, 이상한 두려움에 휩싸였고, 무언가가 갈립이 아직 살아 있다고 말해 주는 듯했다. 그녀는 갈립이 오래전부터 보아 온 피스타치오 같은 초록색 치마와 때 묻은 앞치마를 입고 있었다.

나중에 할레 고모의 집으로 갔을 때, 갈립은 고모가 보라색 꽃들이 피어 있는 피스타치오 초록색 옷을 입은 것을 보았다. 그것은 우연이었을까, 아니면 그 세계도 기억의 정원처럼 여전히 마법으로 희미하게 빛나고 있음을 상기시키는 삼십 년 전의 잔상이었을까? 갈립은 훌쩍이는 가족(어머니, 아버지, 멜리흐 백부, 수잔 백모, 할레 고모, 와스프) 옆에 앉아, 그와 뤼야는 닷새 전에 이즈미르에서 돌아왔고, 그때부터 제랄과 함께 쉐흐리칼프 아파트에서 대부분 머물렀으며, 어떤 때는 밤새 있다 갔다고 설명했다. 제랄은 그 꼭대기 층 아파트를 오래전에 사들였지만, 모두에게 숨겼다고 설명했다. 그를 위협하는 사람들을 피해 숨어 있어야 했으므로.

갈립은 그날 오후 늦게 정보국 직원과 검찰 직원에게 진술할 때, 이와 똑같이 말했고 전화 속 목소리에 대해서도 길게 언급했다. 하지만 두 남자는 '우린 이미 다 알아'라고 말하고 싶은 듯한 얼굴로 그를 바라볼 뿐, 그의 이야기에 관심을 보이지 않았다. 꿈속에서 나가지도 못하고, 아무도 그 꿈속으로 끌어들일 수 없다는 무력감을 느꼈다. 그의 마음이 길고 깊은 정적 속으로 떨어지는 것을 느꼈다.

저녁 무렵, 갈립은 와스프의 방에 있었다. 집 안에서 우는 사람이 없는 유일한 방이었던 탓인지, 이제는 존재하지 않는 행복한 가족의 흔적이 살아 있는 것을 발견했다. '근친 간 결혼을 거듭해' 변종된 금붕어들이 수족관 속에서 평화롭게 노닐었다. 할레 고모의 고양이 쾨뮈르는 카펫 가장자리에 쭉 뻗고 누워 나른하게 와스프를 바라보았다. 와스프는 침대 가에 앉아 손에 든 종이 뭉치를 뒤적였다. 한 장은 수상이, 나머지는 일반 독자가 보낸 애도 전보 수백 장이었다. 뉴스 스크랩 상자를 뒤적거리면서 뤼야와 갈립과 함께 앉아 있을 때 짓던 장난스럽기도 하고 놀라기도 하는 표정이 와스프의 얼굴에 나타났다. 할머니가(그 후에는 할레 고모가) 저녁 먹으라고 부르기를 기다리며 앉아 있던 때와 같은 희미한 불이 방을 밝히고 있었다. 낮은 전력의 갓 없는 백열전구 아래에서, 가구가 얼마나 낡고 오래돼 보였던지, 빛바랜 벽지가 얼마나 졸려 보였던지, 갈립은 뤼야와 함께 있을 때 느꼈던 슬픔을 다시 느꼈다. 그것은 치유할 수 없는 병처럼 그를 덮쳤다. 하지만 그는 그 슬픔을 소중히 여겼고, 이제는 좋은 기억이 되었다. 갈립은 와스프를 일어나게 했다. 그는 전등을 껐다. 그는 잠들기 전에 울고 싶어 하는 아이처럼 느껴졌다. 옷을 입은 채 침대에 누웠고 열두 시간 동안 잠을 잤다.

다음 날 테쉬비키예 사원에서 치러진 장례식에서 제랄의 신문사 편집장 옆에 서게 되자, 갈립은 아직 게재되지 않은 제랄의 글이 상자 가득 있으며, 제랄이 최근 몇 주 동안은 새로운 글을 몇 편밖에 보내지 않았지만 쉬지 않고 글을 썼고, 과거에 쓰다 만 초안도 모두 마무리했으며, 전에 한 번도 다루지 않았던 주제를 그의 특징인 장난스러운 분위기를 살려 완성했다고 이야기했다. 편집장은 당연히 그 글들을 제랄의 지면에 싣고 싶다고 말했다. 이렇게 해서 제랄의 지면에, 제랄의 이름으로, 오랫동안 게재될, 칼럼 작가로서의 갈립의 삶이 시작되었다. 조문객들이 테쉬비키예 사원에서 나와 장례차가 기다리는 니샨타쉬 광장을 향해 걸어갈 때, 갈립은 가게 문 밖으로 멍하니 바라보는 알라딘을 보았다. 손에는 신문지로 쌀 조그만 인형을 들고 있었다.

《밀리예트》신문사에 처음으로 제랄의 새 글 한 묶음을 가져다준 날 밤, 이 인형과 함께 있는 뤼야의 꿈을(앞으로 수없이 꾸게 될) 처음으로 꾸었다. 그가 제랄의 글을 넘겨주자, 제랄의 친구와 적이(늙은 칼럼 작가 네샤티를 포함해서) 그를 둘러싸고 애도를 표하면서, 살인에 대해 여러 가지 추측을 내놓았다. 그러고 나서 제랄의 사무실로 갔더니 지난 닷새간의 신문이 놓여 있어서 갈립은 읽기 시작했다. 칼럼 작가들은 그들의 정치적 성향에 따라 살인이 아르메니아인, 터키 마피아(갈립은 '베이올루의 도둑들'이라고 초록색 잉크로 수정하고 싶었다.), 공산주의자, 담배 밀매업자, 룸, 이슬람 근본주의자, 극우주의자, 러시아인, 낙쉬벤디의 책임이라고들 했다. 눈물겹지만 지나친 찬사, 우리 역사에서 일어났던 비슷한 살인 사건을 설명한 기사를 훑어보다가, 그는 살인 그 자체를 조사한 한 젊은 기자의 흥미로운 기사를 발견했다. 장례식이 있던 날에《쥠후리예트》에 실린 이 글은 짧고 명료했지만 표현은 풍부하지 않았고, 희생자의 이름을 직업으로 대신하고 있었다.

금요일 저녁 7시, 유명한 칼럼 작가는 여동생과 함께 니샨타쉬의 집을 나섰다. 그들은 코낙 극장으로 갔다. 영화《마르탱 게르의 귀향》은 9시 25분에 끝났다. 칼럼 작가와 여동생은 (변호사와 결혼) 많은 사람들과 함께 극장에서 나왔다.(괄호 속이기는 하지만, 갈립이 신문에 언급된 것은 이번이 처음이었다.) 열흘 동안 이스탄불에 내렸던 눈은 그치기 시작했지만 여전히 아주 추웠다. 왈리코낙 가를 지나 엠락 가로 들어갔고, 거기서 테쉬비키예 가로 나갔다. 9시 35분, 경찰서 앞에서, 그들은 죽음을 맞았다. 퇴역 군인에게 지급된 크륵칼레 권총을 사용한 살인자는 필시 칼럼 작가를 겨냥했겠지만, 그들 둘에게 총을 쏘았다. 아마도 방아쇠가 뻑뻑했던 듯하다. 다섯 발 중 세 발은 칼럼 작가를, 한 발은 여동생을, 나머지 한 발은 테쉬비키예 사원 벽을 맞혔다. 세 발 중 한 발이 가슴을 관통해 칼럼 작가는 그 자리에서 사망했다. 또 다른 총알은 재킷 주머니에 들어 있던 펜을 관통했기 때문에(이 상징적인 우연을 다른 신문들은 흥분하며 떠들었다.) 칼럼 작가의 셔츠에 피보다 초록색 잉크가 더 많이 번져 있었던 것이다. 여동생은 왼쪽 폐에 중상을 입은 채 신문과 담배 따위를 파는 가게로 비틀거리며 걸어 들어갔다. 사건 현장에서 가게까지는 경찰서까지와 같은 거리였다. 기자는 영화의 중요한 장면을 여러 번 반복해서 되돌려 본 탐정처럼 그녀의 마지막 순간을 꼼꼼하게 서술했다. 그 여동생은 주위에 '알라딘의 가게'로 알려진 곳으로 겨우 천천히 걸어서 들어갔지만, 나무 기둥 뒤로 몸을 숨긴 알라딘은 그녀를 보지 못했다. 여동생은 구석에 쌓여 있는 인형 사이에 쓰러졌다. 이 슬로모션은 군청색 조명 아래서 춤을 추는 발레 장면을 연상시켰다. 여기서부터 영화는 속도가 빨라지고 불합리해져 갔다. 가게 주인은 밤나무 가지에 매달아 놓았던 잡지를 걷어 내리다가 총소리에 놀란 나머지, 여동생이 들어오는 것은 보지 못한 채 셔터를 내리고 할 수 있는 한 가장 빨리 헐레벌떡 집으로 내달렸다.

주위에 '알라딘의 가게'로 알려진 담배 가게의 전등이 아침까지 켜져 있었음에도, 사건을 조사하는 경찰도, 모여든 구경꾼도, 그 누구도 그 안에서 홀로 죽어 가는 여자의 존재를 알아채지 못했다. 또한 당국은, 맞은편에서 경비를 서던 경찰이 사건을 저지하지 못했다는 것은 차치하고라도, 총에 맞은 제2의 인물도 알아채지 못했다는 데에 아연실색했다.

살인자는 어디론가 도망쳤다. 아침에 한 시민이 당국을 찾아와 사건이 일어나기 직전에 알라딘의 가게에서 복권을 샀는데, 그때 사건 현장과 가까운 곳에서 이상한 망토와 역사 영화에나 어울릴 만한 이상한 옷을 입은("나는 그가 정복자 메흐메트라고 생각했습니다.") 어두운 그림자를 보았다고 신고했다. 그 어두운 인물을 보고 너무 놀란 나머지 집으로 달려와 아내와 처제에게, 즉 신문에서 살인 사건에 대한 기사를 보기 전에 설명해 주었다고 했다. 젊은 기자는, 아침에 인형 사이에서 발견된 그 젊은 여자처럼, 이 실마리 역시 무관심과 서툰 수사의 희생물이 되지 않기를 바라며 글을 마쳤다.

그날 밤, 갈립은 알라딘의 가게의 인형 사이에 있는 뤼야를 꿈에서 보았다. 그녀는 아직 죽지 않았다. 다른 인형들처럼, 눈을 깜빡이며 가냘프게 숨을 내쉬고만 있었다. 그녀는 갈립을 기다리고 있었지만, 갈립은 늦었다. 도무지 그곳으로 갈 수 없었다. 단지 멀리서, 쉐흐리칼프 아파트의 창문을 통해, 알라딘의 가게에서 인도로 흘러나오는 진열장의 불빛만을 눈물을 흘리며 바라보았다.

2월의 화창한 아침, 갈립의 아버지는 갈립에게, 멜리흐 백부가 쉬쉬리 토지 등기소에 문의를 했는데 니샨타쉬 뒷골목 어딘가에 제랄의 또 다른 아파트가 있다는 답이 왔다고 말했다. 멜리흐 백부와 갈립이 꼽추 자물쇠공을 데리고 그 아파트를 찾아간 거리는 여기저기 움푹 파여 있는, 자갈이 깔린 좁고 오래된 뒷골목이었다. 죽어 가는 환자의 피부처럼 발코니와 창문의 페인트가 벗겨져 나가는 시커먼 3, 4층짜리 건물이 늘어서 있는 것을 올려다보면서, 왜 부자들이 이렇게 허름한 곳에 살았는지, 이렇게 허름한 곳에 사는 사람들이 왜 당시에는 부자라고 불렸는지 궁금해졌다. 제랄의 집은, 이 건물 중 한 곳의 맨 위층이었다. 자물쇠공은 아무 이름도 쓰여 있지 않은 문의 낡아 빠진 자물쇠를 손쉽게 열어 주었다.

뒤쪽으로 좁은 침실이 두 칸 있었고, 방마다 싱글 침대가 하나씩 놓여 있었다. 앞쪽에는 작지만 햇빛이 잘 들고 거리를 내다볼 수 있는 거실이 있었다. 두 개의 안락의자 양쪽에는 최근의 살인 사건에 대한 신문 기사 스크랩, 사진, 영화와 스포츠 잡지, 갈립이 어린 시절에 읽었던 『톰믹스』, 『텍사스』 같은 만화책 신간, 추리소설, 종이와 신문 뭉치가 놓여 있었다. 넓은 구리 재떨이에 수북이 쌓여 있는 피스타치오 껍질을 보고 갈립은 뤼야가 이 탁자에 앉았다는 것을 확신했다. 제랄의 방이 확실해 보이는 방에서 아스피린, 혈관 확장 약, 성냥, 기억력을 회복시킨다는 니모닉스를 발견했다. 벽지가 발라져 있지 않은 뤼야의 방은 거의 텅 비어 있어서, 그녀가 집에서 나갈 때 거의 아무것도 가져가지 않았다는 것이 생각났다. 화장품 몇 가지, 슬리퍼, 행운을 가져다줄 거라고 믿었던 빈 열쇠고리, 뒤쪽에 거울이 달린 빗. 갈립은 도저히 떨칠 수 없는 이 물건들을 응시하다가, 어떤 마법에서 빠져나와 그것들 깊숙이에 숨겨 놓은 두 번째 의미가 보이는 환상 속으로 걸어가는 듯한 느낌을 받았다. 그 안으로 들어가면서, 그는 문득 세상의 가장 중심에 숨겨진 신비를 파악해 버렸다는 확신이 들었다. 갈립은 '그들은 서로에게 이야기를 해 주려고 이곳에 온

게 틀림없어.'라고 중얼거리며, 아직도 계단을 올라온 탓에 숨차하는 멜리흐 백부 옆으로 돌아왔다. 탁자에 종이가 놓여 있는 모습으로 보아, 제랄이 이야기를 하고 뤼야가 받아썼다는 것을, 제랄은 지금 멜리흐 백부가 앉아 있는 왼쪽에 놓인 의자에, 뤼야는 비어 있는 의자에 앉았다는 것을 알 수 있었다. 나중에 《밀리예트》 칼럼에 사용할 생각으로 제랄의 이야기를 주머니에 넣고, 멜리흐 백부가 별로 강요하지는 않았지만 듣고 싶어 했던 설명을 시작했다.

제랄은 오래전에, 유명한 영국 의사 콜 리지(Cole Ridge)[51]가 발견했지만 치료약은 찾지 못한 끔찍한 기억력 감퇴병에 걸렸다. 자신의 병을 세상 사람들에게 숨기기 위해 이 아파트로 숨어들었고, 뤼야와 갈립에게 계속 도움을 구했다. 그래서 어떤 밤에는 갈립이, 어떤 밤에는 뤼야가 이곳에서 머무르면서, 그가 과거를 되찾고 회복할 수 있기를 바라면서 제랄의 이야기를 들었고, 받아 적기도 했다. 밖에 눈이 내리면 제랄은 몇 시간이고 이야기를 계속했다.

멜리흐 백부는 모든 것을 아주 잘 이해했다는 듯, 한동안 말을 하지 않았다. 그러다 울음을 터뜨렸다. 그러다 담배에 불을 붙였다. 그러다 잠시 기침을 했다. 그는 아들이 망상에 이끌려 살아왔다고 했다. 제랄은 자신을 쉐흐리칼프 아파트에서 쫓아낸 그의 가족을 결코 용서하지 않았고, 제랄과 어머니를

---

51) 영국의 시인 겸 평론가인 새뮤얼 테일러 콜리지(Samuel Taylor Coleridge, 1772~1834)가 말년에 시적 창작력이 급속히 감퇴된 것을 암시한다.

버리고 새로 결혼을 한 아버지를 결코 용서하지 않았으며, 평생 모든 가족에게 복수를 하겠다는 이상한 열정에 사로잡혀 있었다. 하지만 멜리흐 백부는 최소한 뤼야만큼 제랄을 사랑했다. 이제 그는 자식이 없었다. 아니다. 지금 그에게 남은 유일한 자식은 갈립이었다.

눈물. 정적. 낯선 집의 소리들. 갈립은 멜리흐 백부에게 모퉁이에 있는 구멍가게에서 라크를 사 들고 집으로 돌아가라고 말하고 싶었다. 하지만 그 대신, 다시는 생각하지 않을 질문을 스스로에게 던졌다.(스스로 질문해 보고 싶은 독자들은 다음 문단을 그냥 넘어가기 바란다.)

그들이 발아래 피어나는 이야기와 회상과 동화에 감탄하며 기억의 정원을 거닐었을 때, 그중 어떤 꽃송이가 뤼야와 제랄에게 갈립을 그 정원에 들이지 말라고 했을까? 갈립이 이야기하는 법을 몰랐기 때문에 그랬을까? 그들만큼 생기 있고 활기 넘치지 않아서 그랬을까? 아니면 갈립이 전혀 이해할 수 없는 이야기가 있었기 때문일까? 제랄을 지나치게 선망하는 게 귀찮았기 때문일까? 그가 전염병처럼 몰고 다니던 그 우울을 피하고 싶었기 때문일까?

물방울이 떨어지는 낡고 먼지 앉은 라디에이터의 개폐기 밑에 뤼야가 집에서 했던 것처럼 플라스틱 그릇을 받쳐 놓은 것을 보았다.

물건조차 고통으로 주춤거리는 듯한 그 집이 가져다주는 기억을 견딜 수 없어서 갈립은 뤼야와 함께 살았던 셋집을 떠나 쉐흐리칼프 아파트에 있는 제랄의 집으로 옮겼다. 뤼야의 시신을 전혀 보지 않았듯이, 아버지가 여기저기 나누어 주거나 팔아 치운 물건도 전혀 보고 싶지 않았다. 뤼야의 첫 번째 결혼에 대해 그랬던 것처럼, 뤼야가 어느 날 어느 곳에선가 다시 돌아와, 읽다 만 책을 계속 읽는 것처럼, 삶을 계속 살아갈 거라는 환상도 꿈꾸지 않았다. 여름날은 덥고 도무지 끝나지 않았다.

여름의 끝 무렵, 군사 쿠데타가 일어났다. 정치라는 시궁창에 빠지지 않은 신중한 애국자들이 새 정부를 구성하여, 과거에 벌어진 정치적 살인 사건의 범인을 일일이 색출할 거라 공표했다. 검열이 심해 진짜 뉴스는 싣지 못하던 신문에서는 제랄 사망 일주기 때, 아직 '제랄 살리크 살인 사건'조차 해결하지 못했다는 것을 아주 정중하고 점잖은 표현으로 상기시켰다. 이유는 모르겠지만, 제랄이 칼럼을 쓰던 《밀리예트》가 아닌 다른 신문에서 살인자를 색출하는 데 도움이 되는 제보를 한 사람에게 많은 상금을 주겠다고 발표했다. 트럭이나 작은 제분소를 사거나 평생 든든한 월급을 가져다줄 구멍가게를 구입할 수 있는 돈이었다. 이렇게 해서 온 도시가 '제랄 살리크 살인 사건' 배후에 있는 신비를 밝히려고 들썩이기 시작했다. 지방 도시의 계엄 사령관들도 불후의 명성을 가져다줄 이 마지막 기회를 놓치지 않기 위해 팔을 걷어붙이고 달려들었다.

여러분은 분명히 내 문체를 보고, 이야기를 하는 사람이 나라는 것을 알아차렸을 것이다. 밤나무에 잎이 돋아나 자랄 무렵, 나는 슬픈 사람에서 성난 사람으로 변해 갔다. 이 성난 사람은 지방 신문에서 '비밀에 부쳐지는' 조건으로 이스탄불로 보낸 기사에 관심을 가질 시간이 없었다. 어떤 주(週)에는, 축구 선수와 팬을 가득 태운 버스가 마을 입구에 있는 절벽에서 떨어져 사람들이 죽었다는 기사가 났던 산간 마을에서 살인자가 잡혔다는 기사를 읽었다. 다른 주에는, 살인의 대가로 자루 한가득 돈을 준 이웃 나라의 지평선을 그리운 듯 바라보던 살인자가 어느 바닷가 마을에서 체포되었다는 기사를 읽었다. 이 기사들은 신고할 용기를 못 내던 시민들을 북돋워 주었고, 동료의 성공을 부러워하는 계엄 사령관을 자극했기 때문에, 여름 초엽에 이르러서는 살인자가 체포되었다는 글들이 차고 넘쳤다. 치안 당국은 '정보를 캐내고', '범인의 신원을 확인하기 위해' 나를 도시에 있는 본부로 한밤중에 데려가기 시작했다.

그때까지도 야간 통행금지가 있고, 밤새 발전기를 돌릴 여력이 없어 자정부터 아침까지 전기를 차단하던 시절이었다. 이렇게 해서 어둠을 틈타 불법 도축업자가 늙은 말의 목을 내리치는 분위기, 정적, 끔찍한 어둠은 지속되었다. 종교에 얽매이고 묘지에 복종하는 외딴 작은 마을처럼, 나라 전체는 칼로 가운데를 자른 듯 흑과 백으로 나뉘어졌다. 자정이 막 지난 시간, 칼럼을 쓰던(제랄의 재능에 어울릴 영감과 창조성을 지니고) 담배 연기 자욱한 책상에서 일어나 쉐흐리칼프 아파트의 어두운 계단을 내려가서, 베쉭타쉬를 내려다보는 언덕에 있는 요새처럼 빛나는 정보국으로 나를 데려갈 경찰차를 기다리며 텅 빈 인도에 서 있었다. 차를 타고 지나는 거리는 어둡고 고요했으며 텅 비어 있었지만, 요새는 바쁘게 움직였고 환하게 밝혀져 있었다.

그들은 수배 사진을, 머리는 헝클어지고 공허한 눈가에는 멍이 든 졸린 듯한 젊은 남자들의 사진을 수도 없이 보여 주었다. 아버지와 함께 우리 아파트에 오던 물 배달 장수의 아들이 떠오르기도 했다. 그의 아버지가 물을 채우는 동안, 아들의 까만 눈은 영사기처럼 집 안을 이리저리 훑으면서 기억에 담곤 했다. 뤼야와 함께 갔던 극장에서, 중간 휴식 시간에 뤼야에게 다가온 여드름이 난 소년을 연상시키는 사진도 있었다. 뤼야가 펭귄 아이스크림을 핥고 있을 때, 바로 옆에 사촌이 앉아 있다는 데는 전혀 신경 쓰지 않고, 친구 오빠의 친구라고 그는 자신을 소개했다. 반쯤 열린 잡화점 문에 기대 선 채 하굣길 학생들을 바라보던, 우리와 나이가 비슷했던, 눈꼬리가 올라간 점원을 떠올리게 하는 사진도 있었다. 그러나 가장 끔찍했던 것은 그 누구도 떠올리게 하지 않고, 그 어떤 것도 연상시키지 않는 사진이었다. 이 공허한 얼굴들을 바라보면서, 벽에 페인트칠은 되어 있지 않고 먼지로 줄이 가 있으며 신만이 아실 얼룩이 남아 있는 경찰서로 끌려온 이 소년들을 바라보면서, 여전히 안개 속에 잠겨 있는 어떤 기억을 이끌어 낼 그림자를 찾아보려 할 때, 다시 말해, 내가 어찌할 바를 모르고 있을 때, 옆에 서 있던 거친 수사관이 내 앞에 놓인 유령 같은 얼굴들에 관해 선동적인 정보들을 알려 주었다. 신고를 받고 시와스 시(市)의 극우주의자 찻집에서 체포한 이 젊은이는 이미 네 건의 살인을 저질렀다. 아직 수염도 자라지 않은, 엔베르 호자 추종자인 다른 젊은이는 어떤 잡지에 긴 글을 연재했는데, 그 글에서 제랄을 대의를 위협하는 적으로 지목하고 독자들이 적절한 행동을 취해야 한다고 선동했다. 재킷 단추가 몇 개 떨어져 나간 사람은 교사인데 말라트야 시에서 이스탄불로 전출된 후에, 제랄이 십 오 년 전에 위대하고 숭고한 종교인인 루미를 모욕하는 칼럼을 썼으니 죽어 마땅하다고 아홉 살짜리 학생들에게 끈질기게 설명했다. 어떤 소심한 중년 가장은 술주정뱅이로, 베이올루에 있는 술집에서 이 나라의 모든 세균들을 없애야 한다며 장황하게 연설을 했는데, 옆자리에 앉았던 동포가 신문사에서 내건 상금을 떠올리고는 그 세균 중 제랄의 이름도 언급되었다며 그를 베이올루 경찰서에 신고했다. 갈립 씨는 이 몽롱한 술주정뱅이를 압니까? 꿈속에서 헤매는, 지치고, 성나고, 불행한 사람들을 압니까? 사진을 하나하나 보여 준다면, 갈립 씨는 이 생기 없고 죄책감으로 가득해 보이는 얼굴 중 제랄이 최근에 알고 지낸 누군가를 기억할 수 있습니까?

한여름, 5000리라짜리 새 지폐에 루미를 새겨 넣던 시기에 나는 파티흐 메흐메트 위췬쥐라는 은퇴한 대령의 부고 기사를 읽었다. 무더웠던 그 주에 정보국으로의 불가피한 방문은 아주 잦아졌고, 그들이 보여 주는 사진 역시 많아졌다. 제랄의 사진 모음에서 보았던 것보다 더 슬프고, 더 우울하고, 더 끔찍하고, 더 믿을 수 없는 얼굴들을 보았기에 거기서 어떤 인간성도 발견하지 못했다. 자전거 수리공, 인류학과 학생,

재봉사, 주유원, 가게 점원, 영화 엑스트라, 찻집 주인, 종교 서적 저자, 버스표 파는 사람, 공원 경비, 술집 건달, 젊은 회계원, 백과사전 판매원……. 이들은 모두 고문을 당했고, 심하거나 약하게 구타를 당했다. 그들은 이미 잊어버렸고 더 이상 찾지도 않았기에 마음속 깊은 곳에 있는, 그 사라진 신비와 비밀스러운 지식을 잊고 싶어 하는 듯 보였다. 바닥 없는 우물에 가라앉아 다시 돌아오지 않고 다시 기억에 떠올리고 싶지 않은 모습이었다. 카메라를 바라보는 그들의 슬픈 그러나 두려운 표정은 "나는 여기 없습니다. 어차피 나는 다른 사람입니다."라고 말하는 듯했다.

나에게(아마 나의 독자에게도) 이제 게임은 끝나 버린 것 같았고, 내 앞에 어떤 운명이 기다리는지 알 수 없는 이 길을 계속 걷고 싶은 생각도 없었기 때문에, 사진에 있는 얼굴에서 본 글자에 대해 언급하지 않으려 했다. 하지만 요새에서의(성이라고 하는 것이 적절할까?) 수많은 밤 중에 한 번은, 내가 모든 얼굴을 단호하게 외면하자 참모 대령이라는 것을 나중에야 알게 된 한 수사관이 "글자도 볼 수 없습니까?"라고 물었다. 그러고는 전문가답게 이렇게 덧붙였다. "이 나라에서 자기 자신이 되는 것이 얼마나 어려운지 우리도 압니다. 하지만 당신이 조금이나마 도움을 주면 좋겠군요."

어느 날은, 뚱뚱한 중령에게서 아나톨리아에 남아 있는 최후의 수피 교단에 대해, 아직도 유효한 구세주에 대한 믿음에 대해 들었다. 정보 보고서에서 본 것이 아니라 자신의 불쾌한 어린 시절의 기억을 이야기하는 듯한 말투였다. 그에 의하면,

제랄은 은밀히 아나톨리아를 여행할 때 이 '보수적인 소수 잔류'와 접촉하고 싶어 했다. 그는 콘야 시(市)의 빈민가에 있는 자동차 수리공이나 시와스 시의 이불 장수의 집에서 몽유병 환자들과 만나는 데 성공했다. 그는 그들에게 심판의 날에 대한 신호를 칼럼 속에 넣을 테니, 그들은 기다리기만 하면 된다고 말했다. 키클롭스에 대해 쓴 칼럼, 변장하는 파샤와 술탄에 대한 칼럼, 물이 빠져나간 보스포루스 해협에 대한 칼럼은 모두 그런 신호로 가득했다.

한 수사관이 그 신호를 해독했다며, 「키스」라는 칼럼의 각 문단 첫 글자로 만드는 '글자 수수께끼'에서 그 열쇠를 찾았다고 자랑스레 말했을 때, 나는 이미 알고 있다고 말하고 싶었다. 호메이니[52]가 자신의 삶과 투쟁에 대해 쓴 책의 제목이 '신비의 발견'이었다는 것이 왜 중요한지 말했을 때, 그가 부르사 시에서 망명 생활을 했던 시기에 어두운 거리에서 찍은 사진에서 내가 중요하게 보아야 할 것이 무엇인지 말했을 때, 나는 그렇게 말하고 싶었다. 나도 그들처럼, 제랄이 루미에 관해 쓴 글의 배후에 있는 사라진 사람과 사라진 신비를 알고 있다, 나는 이미 알고 있어! 그들이 제랄이(언제나 삶의 한가운데에 존재하던 신비를 회복하는 데 도움을 줄 거라 간절히 기대했던) 자신을 살해할 사람을 찾고 있었다고 말하며 웃어 젖혔을 때도 나는 외치고 싶었다. 그들이 '그는 정신이 나간 게 틀림없다.'고

---

52) Ayatollah Ruhollah Khomeini(1900~1989). 이란의 이슬람교 시아파 지도자.

했을 때, 그의 기억은 잘못되었다고 했을 때, 제랄의 느릅나무 장식장에 들어 있는 사진에서 발견했던 우울하고 슬픈 사람 중 한 명을 떠올리게 하는 얼굴을 보았을 때, 나는 그렇게 말하고 싶었다. 물이 빠져나가는 보스포루스 해협에 관한 칼럼에서 언급했던 연인들이 누구인지, 「키스」의 첫 문단에서 이야기했던 상상 속의 아내가 누구인지, 잠들기 전 몽롱한 상태에서 만났던 주인공이 누구인지 안다고 말하고 싶었다. 그들의 말을 쉽게 믿을 수 없었지만, 극장 매표소에서 일하는 창백한 얼굴의 룸 처녀에게 반해 미쳐 버렸다는 암표 장수가 실은 그들을 위해 일하는 사복 경찰이었다고 놀리듯이 말했을 때도 이미 알고 있다고 말하고 싶었다. 밤늦은 시각, 우리는 그를 볼 수 있지만 그는 우리를 보지 못하는 마법적인 거울 때문에 더욱 불안해지고, 구타와 고문과 불면 때문에 본래의 모습과 비밀과 의미를 잃어버린 용의자의 얼굴을 오랫동안 바라본 후, 역시 내가 모르는 사람이라고 하자, 제랄이 얼굴과 지도에 대해 썼던 것이 사실은 '평범한 속임수'였으며, 이 값싼 방법으로 어떤 비밀, 어떤 믿음, 어떤 공통의 신호를 기다리는 독자를 속여 행복하게 만들었다고 그들은 말했다. 나는 여전히 "나도 이미 알고 있습니다."라고 말하고 싶었다.

　어쩌면 그들은 내가 모르는 것을(혹은 내가 안다는 것을 모르는 체하는 것) 이미 알고 있을 것이다. 어쩌면 그들은 그들이 제랄의 검은 신비를 죽여 없애야 했다는 것을, 내 마음뿐 아니라 모든 독자, 모든 동포의 마음속에 꿈틀거리는 모든 신비를 죽여 없애야 한다는 것을 알고 있을 것이다. 어쩌면 그들은 우리 마음에 아직 남아 있는 의심을 싹이 트기 전에 잘라 버려야 한다는 것을 알고 있을 것이다.

때로 비정한 경찰이 인내심을 잃기도 하고, 전에는 한 번도 본 적이 없는 장군이 방으로 들어오기도 하고, 몇 달 전에 만난 비쩍 마른 검사가 다시 돌아와, 뤼야가 읽던 추리소설의 마지막 장에서 탐정이 실마리들을 한꺼번에 풀어놓듯이 전혀 설득력이 없는 이론을 제시하기도 했다. 이런 장면이 전개됨에 따라, 마치 학교 토론에서 심사위원 역할을 하는 선생이 모범생의 훌륭한 말을 인내와 자부심을 갖고 듣는 것처럼, 관리들은 자신들 앞에 놓여 있는 '정부 조달과'라는 도장이 찍힌 종이에 받아 적곤 했다. 살인자는 우리 사회를 '불안하게 하려는' 외부 세력의 앞잡이이다. 자신들의 비밀이 조롱거리가 되자 벡타쉬-낙쉬벤디 종파 신도와, 글자 수수께끼가 들어 있는 시를 쓴 시인과, 자유의지로 후루피주의자가 된 현대 시인은, 자기들도 모르게 우리 나라를 무정부 상태로, 심지어는 대재앙 직전으로 몰고 가려는 외부 세력의 앞잡이가 되었던 것이다. 아니다, 이 살인은 정치적인 것과 아무 관련이 없다. 살해된 기자가 오랜 세월 동안 유행이 지나간 분위기로, 아무도 읽지 않을 길이와 문체로, 사적인 강박관념에 사로잡혀 정치와 관련 없는 허튼 이야기를 써 왔다는 것만 생각해 보아도 분명해진다. 살인자는, 제랄이 만들어 낸 자신에 대한 과장된 전설을 조롱이라고 여긴 유명한 베이올루의 도둑들이거나, 제랄 자신이 고용한 살인 청부업자이다. 자신이 범인이라고 여러 명의 대학생이 자백했던 날도 있었는데, 사실은 유명해지려고 그랬을 뿐이었지만 수사관들은 마음을 고쳐먹게 하기 위해 그들을 고문해야 했다. 사원에서 데려온 죄 없는 사람들더러 자백을 하라고 강요했던 어느 밤, 정보국 장군과, 옛 이스탄불의 뒤뜰과 격자무늬 발코니가 있는 골목에서 어린 시절을 보낸 틀니를 낀 디완 문학 교수는 농담으로 중단된 후루피주의, 옛 단어 게임, 예술에 대해 지루하게 설명한 후, 내가 마지못해 들려준 이야기도 들었다. 그는 빈민가의 점쟁이 같은 분위기로, 사건을 그리 힘들이지 않고 쉐흐 갈립의 『휘순과 아슉』의 틀에 적용할 수 있다고 했다. 상금을 받으려고 신문과 치안 기구에 보내온 고발 편지는 두 명으로 구성된 요새의 위원단이 검토했다. 그들은 이백 년 전에 쓰인 시를 통해 문제를 해결할 수 있다는 교수의 주장에 별달리 주목하지 않았다.

그리 오래지 않아, 고발당한 한 이발사가 살인자라는 결론을 내렸다. 예순가량의 아주 왜소한 이 남자를 보고도 내가 또다시 확인할 수 없다고 하자, 요새에서 벌어지는 광란의 죽음, 삶, 비밀, 권력의 축제에 다시는 나를 부르지 않았다. 처음에는 죄를 부인하다가 나중에는 자백하고, 다시 부인했다가 또다시 자백한 이발사의 이야기가 일주일 후에 상세히 신문에 실렸다. 제랄 살리크는 오래전 「나는 나 자신이 되어야 해」라는 칼럼에서 이 남자에 대해 언급했다. 그 칼럼과 이후에 쓴 다른 칼럼에서, 이발사가 신문사에 와서 동양과 우리, 우리의 실존과 관련된 깊은 비밀을 밝힐 질문을 했는데, 자신은 이 질문에 농담조로 대답했다고 썼던 것이다. 이발사는 다른 사람들도 함께 들었던 이 농담을 자신에 대한 모욕으로 받아들였으며, 한 번 어느 글에서 언급되었다가 몇 번이고 다시 다루어진 데에 분노하였다. 이십삼 년 후에 첫 번째 글이 같은 제목으로 또다시 게재되자, 자신에게 또다시 똑같은 모욕을 준다고 여긴 이발사는 주위 사람들의 선동을 받아 칼럼 작가에게 보복하기로 결심했다. 이발사는 경찰과 신문기자에게 주워들은 언어로, 자신의 일을 '개인적인 테러 활동'으로 규정하였으며, 선동의 중심인물이 누구인지, 그 존재를 전혀 밝히지 않았다. 신문에 실린 이발사의 모습은 글자가 사라지고 의미가 없어진, 피폐하고 지친 얼굴이었다. 시범으로 삼으려는 의도로 재판은 속개되었고, 어느 이른 아침 이스탄불 거리에서, 계엄령으로 인한 통행금지를 신경 쓰지 않는 슬픈 개들만 돌아다니던 시간에 이발사는 교수형에 처해졌다.

그 당시 나는 한편으로는 카프산에 관해 기억할 수 있는 모든 이야기를 기록하고, 찾을 수 있는 모든 이야기를 연구했다. 다른 한편으로는 눈을 뜨고 있기도 힘들어 아무 도움을 주지 못하면서도, 변호사 사무실에 찾아온 사람들의 살인에 대한 가설을 듣는 데 많은 시간을 보냈다. 예를 들면, 제랄의 칼럼을 통해 제랄을 닷잘로 추측하고, 살인자가 구세주의 역할, 즉 신의 역할을 하려 했다고 추측하는 신학교 고등학생도 있었다. 그는 자신의 이론을 입증하기 위해 처형에 대한 신문 스크랩을 잔뜩 가져왔다. 그러나 글자의 두 번째 의미에 대한 그의 설명은 다른 방문자의(제랄의 역사적 의상을 만들어 준 재봉사) 이야기만큼이나 내게 의미가 없었다. 그의 얼굴은 익숙했지만, 반쯤은 잊어버린 옛날 영화처럼 알아보기가 힘들었고, 그래서 그가 바로 뤼야가 사라지던 날 저녁에 눈 내리는 거리에서 만났던 그 재단사라는 것을 알아채는 데도 시간이 걸렸다. 내 오랜 친구 사임이 찾아와 정보국 문서 보관소가 얼마나 방대한지 물어보고, 진짜 메흐메트 일마즈가 결국 체포되어 죄 없는 학생은 풀려났다는 희소식을 전해 주었을 때도 나는 졸릴 뿐 별다른 느낌을 받지 못했다. 사건의 원인이 된 것으로 보고 있는 「나는 나 자신이 되어야 해」라는 칼럼에 대한 사임의 의견을 듣는 척하면서, 나의 마음은 여러분이 들고 있는 이 검은 책에서 멀리, 아주 멀리까지, 내가 더 이상 갈립이 아닐 때까지, 더 이상 나 자신이 아닐 때까지 멀어져 갔다.

한동안 오로지 변호사 일과 재판에만 몰두했다. 또 한때는 일은 내버려둔 채 옛 친구들에게 연락을 하고, 새로 알게 된 사람들과 식당이나 술집에 간 적도 있었다. 때로는 이스탄불 위에 떠 있는 구름이 믿을 수 없는 노란색과 회색으로 변한 것을 인식했으며, 때로는 도시 위에 있는 하늘이 여느 때와 같은, 익히 아는 하늘이라고 믿으려고 노력했다. 한밤중에는, 글이 잘 써지는 시기에 제랄이 그랬듯이, 그 주에 실릴 제랄의 칼럼 두세 편을 단숨에 쓴 다음 책상에서 일어나 전화 옆에 있는 안락의자에 앉아 다리를 탁자 위에 올려놓고는, 주위에 있는 물건들이 천천히 다른 세계의 물건들로, 신호들로 변하기를 기다렸다. 그럴 때면 내 기억의 심연에 있는 어떤 곳에서, 어떤 기억이 어떤 그림자처럼 꿈틀거리는 것을, 기억의 정원이 또 다른 정원으로 열리고, 그곳에서 두 번째, 세 번째 정원으로 통하는 문을 지나 전진하는 것을, 그리고 잘 알고 있는 이 과정 동안 내 정체성의 문도 열리고 닫히며, 나 자신도 그 그림자와 만나, 그 그림자와 함께 행복해할 수 있는 다른 사람으로 변했다는 것을 느꼈고, 이후 그 다른 사람의 목소리로 말하려는 나 자신을 발견했다.

예기치 않은 순간에 뤼야에 관한 기억과 마주치지 않기 위해, 그리 단호하지는 않았지만 나 자신을 억눌렀다. 예기치 않은 때, 혹은 예기치 않은 장소에서 내게 드리워질까 두려웠던 슬픔을 피하려고 애썼다. 일주일에 두세 번, 할레 고모 집에 가서 저녁 식사를 하고 와스프와 함께 금붕어에게 먹이를 주었다. 하지만 함께 침대 가장자리에 앉아 신문 스크랩을 보지는 않았다.(그래도 제랄의 사진 대신 에드워드 G. 로빈슨의 사진이 실려 있는 신문 스크랩을 보고, 이 두 사람이 먼 친척처럼 약간 닮았다는 것을 발견했다.) 늦은 시간이 되면, 마치 병석에 누워 있는 뤼야가 집에서 나를 기다리기라도 하듯 아버지와 수잔 백모가 더 늦기 전에 집으로 돌아가라고 하면, 나는 그들에게 "네, 야간 통행금지 시간이 시작되기 전에 빨리 가야지요."라고 말했다.

하지만 나는 옛날에 살던 우리 집과 쉐흐리칼프 아파트로 갈 때, 알라딘의 가게 앞을 지나 뤼야와 항상 함께 걷던 길로 가지 않고, 멀리 돌아 뒷골목으로 갔으며, 제랄과 뤼야가 코낙 극장에서 나온 후 걸었던 길로 들어서지 않으려고 길을 또 바꾸었다. 이렇게 해서, 나는 이스탄불의 이상하고 어두운 골목길, 가로등, 글자, 모르는 벽, 깜깜하고 끔찍한 얼굴을 한 아파트, 닫혀 있는 어두운 커튼, 사원 마당 사이에서 나 자신을 발견했다. 이 모든 어둡고 죽은 신호 사이에서 걷는 것이 나를 다른 사람으로 만들어, 야간 통행금지가 시작된 직후 쉐흐리칼프 아파트 앞에 도달했을 때는, 꼭대기 층 발코니의 철제 난간에 여전히 걸려 있는 하얀 천 조각을 보고 뤼야가 나를 집에서 기다리고 있다는 신호로 읽어 버리곤 했다.

텅 빈 어두운 거리를 걸은 후, 뤼야가 나를 위해 걸어 놓던 신호를 발코니의 철제 난간에서 보면, 우리가 결혼한 지 삼 년이 되었을 때, 눈 오는 어느 한밤중, 오랜 세월 동안 서로를 이해하며 우정을 나눈 두 친구처럼 서로 가시 돋친 말을 하지 않고, 뤼야의 바닥 없는 무관심의 우물로 빠지지 않고, 갑자기 유령처럼 나타난 그 깊은 정적도 무시하고, 오랫동안 이야기를 나누었던 기억이 떠올랐다. 우리가 일흔세 살이 되었을 때 어떨지 궁금하다고 내가 말하자, 뤼야는 거기에 상상을 더했고, 우리는 몇 시간이고 앉아 세세한 것까지 그려 보았던 것이다.

일흔세 살의 어느 겨울날, 우리는 함께 베이올루로 나갈 것이다. 함께 모은 돈으로 서로에게 줄 선물을 사려는 것이다. 스웨터나 장갑. 우리가 좋아하는 익숙한 냄새가 나는 낡고 무거운 외투를 입고 있을 것이다. 특별한 것을 찾지 않고 대화를 나누며 그저 진열장을 바라볼 것이다. 험담을 하고, 모든 것이 변했다고 불평하며 과거의 옷, 과거의 진열장, 과거의 사람이 더 좋고 아름다웠다고 할 것이다. 우리가 미래를 기다리지 않을 만큼 늙었기 때문에 그렇게 행동한다는 것을 알면서도 그렇게 할 것이다. 어떻게 무게를 달며, 어떻게 포장이 되는지 주의 깊게 보면서 설탕에 절인 밤을 살 것이다. 그런 후 베이올루의 한 뒷골목에서, 이전에 한 번도 보지 못했던 고서점을 발견하고는 놀라움과 기쁨으로 축하의 말을 할 것이다. 서점 안에는 뤼야가 읽은 적이 없는, 혹은 읽었다는 것을 잊어버린 싸구려 추리소설도 있을 것이다. 우리가 소설을 고를 때, 책 사이를 어슬렁거리던 늙은 고양이는 그르렁거릴 것이다. 이해심 많은 서점 여주인은 우리에게 미소를 지을 것이다. 싸게 샀다며 기분 좋게 책 꾸러미를 들고 나와서, 뤼야가 최소한 두 달 동안 읽을 추리소설을 얻었다고 기뻐하며 무할레비 가게에 들어가 차를 마시며 사소한 언쟁을 할 것이다. 우리는 일흔세 살이 되었기 때문에, 우리 같은 사람이 모두 경험하는 것처럼 일흔세 살이 되어서야 평생을 허무하게 살았다는 것을 깨달았기 때문에 언쟁을 할 것이다. 집에 돌아와서 꾸러미를 열 것이고, 거리낌 없이 옷을 벗을 것이며, 근육이 약해진 하얗고 노쇠한 몸으로 몇 시간이고 사랑을 나눌 것이다. 중간중간 설탕에 절인 밤과 시럽을 먹으며. 늙고 지친 우리의 창백한 몸은 육십칠 년 전에 우리가 처음 만났던 그 어린아이 때의 피부처럼 반쯤 투명한 하얀 크림색일 것이다. 언제나 나보다 상상력이 기발했던 뤼야는, 우리가 미친 듯 사랑을 나누는 도중에 멈추고는 담배를 피우며 울 거라고 말했다. 이 주제를 꺼낸 사람은 나였다. 왜냐하면 일흔세 살이 되어 이제는 다른 삶을 그리워하지 못할 상태에 왔을 때 비로소 뤼야가 나를 사랑할 것임을 알았기 때문이다. 이스탄불은, 내 독자들이 알고 있듯, 여전히 비참한 삶을 살아가고 있을 것이다.

때론 제랄의 옛날 상자에서, 혹은 내 사무실에 있는 물건 사이에서, 혹은 할레 고모의 집에서, 혹은 어떤 방에서, 이상하게도 미처 버리지 못한 오래된 물건을 여전히 발견한다. 우리가 처음 만났을 때 그녀가 입고 있던 꽃무늬 원피스의 보라색 단추, 1960년대 유럽 잡지에 나온 여자들이 쓰고 있던, 같은 시기에 뤼야가 여섯 달 사용하고 버렸던 테 윗부분이 올라간 '현대적인' 선글라스, 하나는 두 손으로 머리카락에 꽂고 다른 하나는 입술에 물고 있던 검은 실핀, 잃어버린 줄 알고 오랫동안 마음 아파했던, 안에 바늘과 실을 넣어 둔 나무로 만든 오리 꼬리, 멜리흐 백부가 변호사 시절 모아 놓은 서류 사이에 남아 있던, 어떤 백과사전에서 복사한 카프산에서 살고 있는 전설적인 시무르그 새와 그것을 찾는 사람들의 모험과 관련된 문학 숙제, 수잔 백모의 빗에 엉겨 있는 머리카락, 내게 사 오라며 써 준 목록(소금에 절인 삼치, 《스크린》, 라이터용 가스, 땅콩이 들어간 보니본 초콜릿[53]), 할아버지와 함께 그린 나무 그림, 알파벳에 있는 말, 십구 년 전에 자전거를 빌려 탈 때 그녀가 신었던 초록색 양말 한 짝.

이런 물건을 하나하나 발견할 때마다 나는 그것을 며칠이고 몇 주고, 알았습니다, 알았어요, 몇 달 내내 지저분한 주머니에 넣고 다녔다. 하지만 나는 니샨타쉬 거리에 있는 아파트 앞 쓰레기통에 얌전히, 경건한 마음으로 마지막 인사를 하며 버리고 도망쳤다. 그것에서 멀어진 후에도, 마치 아파트의 어

---

53) 속에 땅콩이 들어 있는 터키 초콜릿.

두운 통풍구에서 돌아온 물건처럼, 어느 날 추억과 함께 이 슬픈 물건들도 내게 하나하나 돌아올 거라고 상상했다.

이제는 뤼야에게서 내게 남은 것은 오로지 이 글이다. 이 검고, 새까만 어두운 페이지들. 때로는 이야기들 중 하나가, 눈 오는 겨울밤 제랄에게서 처음 들었던 사형집행인 이야기, 혹은 '뤼야와 갈립'의 이야기가 떠오를 것이다. 자기 자신이 될 수 있는 유일한 길은 다른 사람이 되는 것, 혹은 다른 사람의 이야기들 속으로 사라지는 것이라는 이야기가 떠오를 것이다. 한 권의 검은 책에 나란히 넣고 싶었던 이 이야기들도 나에게 마치 서로에게 열리는 우리들의 사랑 이야기와 기억들처럼 또 다른 세 번째, 네 번째 이야기를, 이스탄불 거리에서 사라졌을 때 다른 사람이 되어 버린 연인의 이야기와, 얼굴에 있는 사라진 의미 그리고 비밀을 찾는 남자의 이야기를 떠오르게 할 것이다. 이렇게 해서 오래된, 아주 오래된, 아주아주 오래된 이야기들을 다시 쓰는 것일 뿐인 나의 새로운 일에 더욱더 열성적으로 몰두하여 검은 책의 마지막 장면에 다다랐다. 이 마지막 장면에서, 갈립은 마감 시간에 맞춰야 할, 실은 이제는 아무도 신경 쓰지 않는 제랄의 마지막 글을 쓰고 있다. 아침 무렵, 그는 고통스럽게 뤼야를 떠올리고, 책상에서 일어나 이스탄불의 어둠을 바라본다. 나는 뤼야를 떠올리고, 책상에서 일어나 이스탄불의 어둠을 바라본다. 우리는 뤼야를 떠올리고, 이스탄불의 어둠을 바라본다. 내가 한밤중 비몽사몽간에 푸른색 체크무늬 이불 위에서 우연히 뤼야의 흔적을 보았다고 생각했을 때 휩싸였던 슬픔과 흥분에 우리는 휩싸인다. 왜냐하면 인생만큼 경이로운 것은 없기 때문이다. 글쓰기를 제외하고는. 글쓰기를 제외하고는. 그렇다, 물론, 유일한 위안거리인 글쓰기를 제외하고는.

이슬람 고전문학의 현대적 접목,
그 아찔한 향연

오르한 파묵은 2006년에 터키 역사상 최초로 노벨 문학상을 수상한 작가이다. 유럽과 미국 작가들, 그들만의 잔치였던 노벨 문학상의 전력을 감안하면, 제3세계 그것도 이슬람권 출신의 다소 생소한 작가에다 비교적 젊은 나이인 오르한 파묵을 수상자로 선정한 것을 의외로 받아들였을 독자도 많았을 것이다.

그는 동양의 서술 전통에 현대적인 이야기와 서술 기법을 적용하여 새로운 소설 장르를 창조했고, 이러한 이유로 '창조성'이라는 측면에서 커다란 성공을 거두었다고 문학평론가들은 입을 모은다. 실제로 오르한 파묵은 작품의 모티프를 대부분 역사에서 도출하여 이야기를 꾸며 내는 데 남다른 능력을 보여 왔다. 기발하고 독창적인 착상에다 이야기를 이끌어

가는 힘 역시 탄탄하고, 그것을 엮는 구조 또한 치밀하다. 그는 소설을 발표할 때마다 새롭고 실험적인 방식을 채택해 왔지만, 그런 새로운 요소가 그의 소설을 읽고 이해하는 데 방해가 되지 않고 오히려 독자들이 긴장을 늦출 수 없게 한다는 점에서 그의 비범성을 엿볼 수 있다. 또한 소설마다 시도하는 독창적인 구조의 꼭짓점에 확고한 주제의식이 자리를 틀고 있는 것 또한 그의 작가적 역량을 말해 준다.

스스로 밝힌 바 있듯이, 작가로서 그의 저력은 무엇보다 매일 출근하여 업무를 수행하는 일반 직장인처럼 자신을 글쓰기 업무를 수행하는 직업인으로 규정하고 어떤 일이 있어도 하루 열 시간 이상을 글쓰기에 매달렸던 노력의 소산으로 볼 수 있다. 소설가란 개미와 같은 끈기로 조금씩 거리를 좁혀 가는 사람이며, 마법적이고 몽상적인 상상력에 의해서가 아니라, 오로지 자신의 인내심으로 독자들을 감동시키는 사람이라는 말에서 그의 작가적 자세를 엿볼 수 있다. 또한 작가란 바늘로 우물을 파듯이 글을 쓰는 사람이라며 한 페이지도 완성하지 못하는 글에 하루 종일 매달리는 그에게서 작가로서의 치열함을 느낄 수 있다. 그의 이러한 직업 정신과 근면성, 글쓰기에 자신의 모든 것을 바치고 매진하는 태도가 그를 세계 문학의 대가의 반열에 자리매김하는 밑바탕이 되었음에는 의심의 여지가 없다.

오르한 파묵은 노벨 문학상을 수상한 최초의 터키 작가로서 언제나 특별한 의미를 지닐 것이다. 그는 수상 소감에서 "이 상은 단지 나 개인에게 수여한 것이 아니라, 터키 문학, 터키 문화, 터키어에 수여한 상이라 생각한다. 나는 삼십이 년간 하루 평균 열 시간을 글쓰기에 할애해 왔다. 노벨상은 나의 문학에 대한 사랑과 열정의 열매라 생각한다. 나의 조국을 생각하니 아주 행복하다.”라며, 노벨 문학상이 개인의 영광이 아니라 터키 전체의 기쁨으로 받아들여졌으면 하는 바람을 피력하였다. 또한 “이 상을 받았지만 나의 일상은 변하지 않을 것이다. 물론 내게, 그리고 우리 조국에게 커다란 영광이지만, 나는 그래도 과거의 오르한으로 있을 것이다. 이 상은 나의 집필 습관이나 문학에 대한 열정이나 집착을 바꾸지 않을 것이다.”라고 덧붙이면서, 작가로서의 투철한 장인 정신과 독자들에게 보내는 약속, 자신을 더욱 채찍질하려는 의지를 밝힌 바 있다.

스웨덴 한림원은 2006년 노벨 문학상 수상자를 발표하면서 “파묵은 고향인 이스탄불의 음울한 영혼을 탐색해 나가는 과정에서 문화 간 충돌과 복잡함에 대한 새로운 상징들을 발견해 냈다.”라고 선정 이유를 밝힌 바 있다. 필자의 소견으로는 그의 모든 작품 가운데 이 말에 가장 어울리는 소설이 바로 『검은 책』[1]이다.

이 작품은 변호사 갈립이 어느 날 홀연히 종적을 감춘 아내 뤼야를 추적하는 한편, 아내의 행방에 사촌 형인 칼럼 작가 제랄이 관여되어 있을 것으로 추정하고 그에 관한 단서를

---

[1] 오르한 파묵이 『검은 책』의 한 장을 바탕으로 시나리오를 쓴 영화 「비밀의 얼굴(Gizli Yüz)」(1991)은 많은 관심을 끌었을 뿐 아니라 터키 국내외에서 여러 상을 받기도 했다.

찾아 가는 미스터리 형식의 소설이다. 오르한 파묵의 또 다른 대작인 『내 이름은 빨강』 역시 미스터리 형식을 취하여 독자 들로 하여금 추리 과정에 대한 관심을 작품 전반으로 넓혀 가 게 한 바 있다. 이와 유사하게 『검은 책』도 아내와 제랄의 행 방에 관한 궁금증을 한편에 붙들어 두고, 터키 역사의 여러 사건들, 이스탄불의 우울한 거리와 그곳 사람들의 삶과 같은 가벼운 주제와 비밀스러운 기관들, 음모, 터키와 유럽의 관계 설정 및 서양과 비교되는 국가 정체성 같은 무거운 주제에 대 하여 만화경같이 다양한 풍경을 펼쳐 보이고 있다.

이 소설을 이해하기 위해서는 동양 최고의 고전 중 하나 로 꼽히는 메블라나 제랄레딘 루미의 『메스네비(Mesnevi)』와 18세기 터키 신비주의 시인 쉐흐 갈립의 『휘순과 아슥(Hüsn ü Aşk)』을 알아 둘 필요가 있다. 『검은 책』에 나오는 뤼야와 갈 립의 이야기는 남녀 간의 사랑을 다룬 『휘순과 아슥』 이야기 와 유사하며, 갈립은 이 작품의 남자 주인공인 '아슥(愛)', 뤼 야는 여자 주인공인 '휘순(美)'을 상징한다. 또한 《밀리예트》의 칼럼 작가인 '제랄' 살리크는 메블라나 '제랄'레딘 루미에, 변 호사인 갈립은 루미를 이어 오백 년 후에 신비주의 교주의 위 치에 오른 성인(聖人) 쉐흐 갈립에 비견해 볼 수 있다. 신비주 의에서 가장 중요한 이슈 중 하나는 정체성 분석이다. 오르한 파묵은 『검은 책』에서 신비주의의 '자아 분석'과 '자아 완성' 단계를 추적하고 있다. 또한 신비주의에서는 사랑하는 마음으 로 신을 구하는 사람들이 결국 그것을 자신들의 마음에서 찾 는 것이 사랑이라고 한다. 쉐흐 갈립의 작품에서 '아슥'은 연인인 '휘순'을 자신의 마음에서 찾는다. 변호사 갈립도 자신을 떠난 아내 뤼야를 결국 자신의 마음속에서 발견한다. 전 세계 문학계에서는 이러한 신비주의 문학의 대표작과 이슬람 세계 고전 작품들을 현대적 이야기로 훌륭하게 접목시켰다는 점에서 『검은 책』을 높이 평가한다. 다른 말로 하면 수백 년 전의 문학을 현대와 연결하는 다리 역할을 훌륭하게 해냈다는 의미이다.

이 작품의 특이한 형식 중 하나는 갈립이 뤼야와 제랄의 자취를 추적하는 이야기 사이사이에 이스탄불과 터키 역사에 대해 고찰한 제랄의 칼럼을 격자 식으로 배치하여 포스트모더니즘의 콜라주 기법을 채용했다는 점일 것이다. 기존의 소설에 익숙한 독자는 작가가 왜 이런 형식을 취하였는지 의아해할지도 모른다. 이렇게 복합적인 구성으로 얽혀 있는 이 소설은 따라잡기 힘든 짜임새로 독자들을 낯설게 만든다. 또한 장르 간 크로스오버를 시도한 것을 엿볼 수 있다. 작가가 의도했건 아니건 간에 그의 기존 작품에서도 이러한 시도를 살필 수 있다. 『눈』에서 연극과 문학의 경계 허물기를 시도한 것이나 『내 이름은 빨강』에서 세밀화라는 회화의 한 분야와 경계 허물기를 시도한 것을 성공적인 예로 들 수 있다. 이 작품은 제랄의 칼럼을 통해서 매스미디어와 접목을 시도한 소설로 볼 수 있다.

오르한 파묵이 필자와의 인터뷰에서 『검은 책』의 형식에 관해 언급한 대목을 통해 독자들은 궁금증을 어느 정도 해소할 수 있을 것이다. "갈립은 뤼야와 제랄이 함께 있다고 생각하고, 그 둘 사이의 각별함을 질투하게 되지요. 또 한편으로는 제랄을 숭배하기도 하고요. 이리하여 그는 아내를 찾는 동시에 제랄이 쓰는 칼럼을 읽으며 그의 행방을 추적하지요. 갈립은 이 둘을 추적하는 가운데 모든 이스탄불의 고고학을 탐색하기 시작합니다. 신비주의, 『천일야화』, 디완, 과거에 터키에서 상영되었던 미국 영화, 터키 영화, 터키 및 이란의 문학, 그림, 대중소설의 테마, 뤼야가 읽는 추리소설……, 즉 1980년대 이스탄불의 대중문화와 언더그라운드 문화, 서양 문학이(프루스트, 에드거 앨런 포 등의 작품) 서로 맞물려 얽히게 됩니다. 도시는 텍스트로, 텍스트는 도시의 신호로 변하고, 이 신호를 통해 갈립은 뤼야와 제랄의 자취를 추적하지요. 사실주의 소설처럼 사건이 전개되는 동시에 사이사이에 칼럼이 등장하는데, 이 둘은 고리처럼 서로 연결되어 있습니다. 한마디로 『검은 책』은 나의 정신 상태를 설명하는 내 영혼의 혼합체라 할 수 있습니다."[2]

이렇듯 실험적인 기법과 구조의 독특함 때문에 이 소설은 발표되자마자 터키 문단에 전무후무한 파문을 일으켰다. 그를 '천재'라 하거나, "터키 공화국 역사상 장인급 소설가 중의 한 명", "그는 하나의 제국이다." 같은 극찬이 쏟아지기도 했지만, 한편에서는 그를 평가절하하기도 했다. 또한 이 소설은 지금까지 현대 터키 문학에서 가장 많이 논의되었으며, 호평과

---

2) 이난아, 「오르한 파묵과의 인터뷰」, 『세계의문학』 2006년 겨울호, 142~143쪽.

혹평이 극과 극으로 갈린 작품이다.

사실 독자가 한 편의 장편소설에만 집중하여 한 번에 독파하는 경우는 거의 없을 것이다. 소설을 읽는 틈틈이 다른 일을 하고 때로는 수필이나 신문 칼럼을 읽다가 다시 소설을 이어서 읽는 것이 보통의 독서 절차일 것이다. 하지만 이 소설에 나오는 칼럼들은 무작위적이거나 스토리와 상관없는 것이 아니라, 단서를 제공하고 이야기의 흐름을 이어 간다.

『검은 책』은 연극을 상연하며 다양한 요리를 차려 놓고 독자를 초대하는 극장식 식당에 비유될 수도 있을 것이다. 독자는 치밀하게 잘 짜인 미스터리 연극에 집중할 수도 있고, 하나하나 맛깔나게 차려 내온 음식을 음미할 수도 있다. 이 음식들은 역사, 문화, 종교, 사랑, 도시의 인물과 정경 같은 재료를 가지고 비범한 요리사가 독특한 외로움, 자기 불만, 부재와 도피라는 조미료를 사용하여 정성껏 만들어 낸 것들이다. 독자는 연극에 감동을 받을 수도 있을 것이고, 어떤 음식에 감탄하며 식당 문을 나설 수도 있을 것이다.

사실 줄거리를 따라가는 독서법에 익숙한 독자에게는 이야기가 중간중간 끊기고 칼럼이 삽입되는 게 익숙하지 않을 것이다. 한편으로는 파묵이 설치해 놓은 교묘한 플롯 장치 때문에 관심이 제랄과 뤼야가 사라진 이유와 그들의 행방을 추적하는 것에서 점점 벗어나는 대신, 갈립이 제랄과 뤼야를 추적하는 과정 중 알게 되는 터키의 잊힌 과거와 현재의 이스탄불에 관한 이야기에 빠져드는 독자도 있을 것이다. 또한 갈립의 입장이 되어 사랑하는 아내가 이유도 밝히지 않고 홀연히 종적을 감추고, 아내를 찾을 수 있는 유일한 단서는 제랄의 칼럼 뿐이라는 막연하고 절박한 심정에서 칼럼을 정성껏 읽고 신호를 찾아내려는 진지한 독자도 있을 것이다. 혹은 파묵이 곳곳에 설치해 놓은 실마리를 잡아 즐거운 여행을 할 수도 있다. 일례로 1부 5장에서 초등학교 시절 갈립과 뤼야가 하고 놀던 '난 사라졌어.' 놀이 이야기는 이후 갈립이 사라진 제랄과 뤼야를 찾는 여정을 압축해 놓고 있다. 이 부분은 뤼야가 어린 시절 그러했듯이 갈립을 뒤로하고 제랄에게 갈 거라는 점을 암시하고 있다. 이 작품에는 이와 비슷한 실마리들이 곳곳에 수도 없이 배치되어 있다. 소설 속에 등장하는 소재와 주제는 모두 작가의 의도임을 잊어서는 안 된다.

개인적으로 이 소설에서 기억될 만한 이야기 가운데 한 편은 2부 16장 「왕자 이야기」라고 생각한다. 터키와 관련된 프로그램을 제작하는 영국 BBC 텔레비전 방송국 사람들에게 갈립이 들려주는 이야기이다. 사람들, 책들, 가구들로부터 벗어나 다른 사람이 되고자 하는, '인생에서 가장 중요한 문제가 인간이 자기 자신이 될 수 있는지 혹은 될 수 없는지임을 발견한' 19세기 어느 왕자에 관한 내용이다. 왕자는 지루한 삶이 숨 막히지만 그 성 속에 있는 외국의 물건들에서(서양인이 쓴 책, 피아노 등등) 결코 벗어나지 못한다. 그는 흰색으로 칠한 빈방에서 자신의 이야기를 받아쓰게 했던 서기와 단둘이 죽을 때까지 "자신이 될 수 있는 황량한 사막에 있는 돌, 사람의 발길이 닿지 않은 산 사이에 있는 바위, 아무도 보지 않은 계곡에 있던 나무를" 부러워하며 산다. 다른 존재를 모방하는 것은 우리 인간의 유구한 특징이다. 우리는 모두 필연적으로 변화, 변신, 새로운 경험들에 열려 있는 존재이기 때문이다. 새로운 것에 저항하는 것은 삶의 본질에 대한 부정과 다름없다. 이 왕자 이야기에서 파묵은 외부의 영향 속에서 자신의 내면을 들여다보는 것, 우리가 누구인지를 궁금해하는 것, 진정으로 자기 자신이 되고 싶어 하는 것이 인간적인 것이라고 말하고 싶은 것인지도 모른다. 필연적인 한계가 있을지라도. 이 장은 소설 전반에 걸쳐 다루고 있는 '자기 자신이 되는 문제'를 단적으로 보여 주는 멋진 이야기이다.

소설 종반부에서 갈립은 자신이 숭배하고 선망했던 칼럼 작가 제랄을 대신하여 그의 칼럼을 쓰기 시작하며 이후 점점 그와 합치된다. 다른 의미로 신비주의의 대가인 루미와의 합치를 상징하기도 한다. 이는 신비주의에서 '자신이 아니라 다른 사람이 되는' 소망이 가져온 갈등이 '자아 완성으로, 다른 사람이 되는 것으로' 해소된 것이라 볼 수 있다. 이 '다른 사람이 되고자 하는 바람'은 소설 전반에 걸쳐 중요하게 언급된다. 이렇듯 『검은 책』에서 우리가 특히 주목해야 할 대목은 그가 『하얀 성』에서도 시도한 바 있는 '닮아 가기(impersonation, 권화, 타인 되기)'이다. 실제로 파묵은 이러한 현상을 어렸을 적부터 성장기까지의 형과의 관계에서 찾는다. 2005년도 《파리 리뷰》에 실린 인터뷰에서 그는 "내게는 십팔 개월 차이가 나는 형이 있습니다. 어떤 면에서 보자면 형은 나의 아버지, 프로이트적인 아버지였고, 나의 분신이었으며, 권위의 표상이기도 했습니다. 한편 우리 사이에는 경쟁적인 동료 의식도 있었습니다."라고 말한 바 있다.

주지하듯 소설에서 홀수 장은 갈립이 뤼야와 제랄을 찾는 여정이며, 짝수 장은 제랄의 칼럼들이다. 독자 여러분이 제랄의 이 칼럼들을 각각 하나의 황홀한 단편으로 읽을 수 있을 거라는 점에 추호도 의심의 여지가 없다. 또한 소설에 오르한 파묵으로 추정되는 인물이(소설 속 등장인물은 그 작가가 자신이 아니라고 경고하지만) 등장하기도 한다. 파묵의 문학적 행보와 그의 외모를 아는 독자들은 그 사람이 파묵 자신이라는 것을 즉시 알아챌 것이다.

혹자는 제랄-갈립의 관계를 신비주의에서의 스승과 제자 관계로 읽기도 했으며, 혹자는 『검은 책』이 문학 작품을 매개로 하여 이스탄불을 세계적으로 신비한 도시로 만들었다고 평하기도 했다. 제임스 조이스가 문학을 통해 더블린을 세계적인 도시로 만든 것처럼 말이다. 또한 어떤 이는 이스탄불을 채우는 모든 것이 각각의 신호라는 관점으로 출발한 소설은 이 신호들을 읽게 만들고, 도시를 텍스트화하며 이러한 방법으로 도시를 발견하려 했다고 강조하기도 했다. 누군가는 소설을 백과사전식 소설로 읽고는 이러한 의미에서 『율리시스』와 비교하기도 했다. 또한 우리는 오르한 파묵의 소설 대부분에서 볼 수 있는 동양-서양 충돌 혹은 정체성 문제가(미국 영화의 터키 유입, 지하 마네킹 제작소 등) 이 소설에서도 어김없이 다루어지고 있는 것을 발견할 수 있다. 이 정체성 문제는 도저히 자기 자신이 되지 못하고 항상 다른 사람이 되(고자 하)는 사람들의 이야기들로 제랄의 칼럼이 가득 차 있는 것으로도 알 수 있다. 이러한 예는 1부 10장 「눈」의 그 멋들어진, 그 애달프고 장엄한 서술에서 절정에 이른다.

터키 문학 전문가들조차 다양한 층위로 읽고 해석한 이 소설이 한국 독자들에게 어떻게 다가가고 평가될지 자못 기대된다. 한편으로는 쉽게 읽히지 않을 수도 있을 거라는 두려움과 우려도 든다는 것을 고백한다. 위에서 언급한바, 이 소설이 터키 문학사에서도 가장 난해한 작품으로 꼽혀, 터키 평론가들이나 문학 전문가들이 이 작품에 대해 쓴 글이 두꺼운 단행본으로 출간되기도 했으니 말이다.

좋은 소설이란, 최소한 필자가 보기에는, 모든 독자에게 각기 다른 맛과 향취를 주는 작품이다. 이러한 의미에서 『검은 책』은 갖가지 반찬이 한 상에 차려진 풍성한 상차림이다. 소설 전체를 좋아할 독자도 있겠고, 단지 어느 한 장을 좋아하여 그 부분만 반복하여 읽는 독자도 있을 것이다.

오르한 파묵의 소설들을 여러 편 번역하여 발표하였고, 다른 작가의 작품들도 번역하였지만, 이 작품은 서둘러 번역을 마치고 싶지 않았다. 필자는 십수 년 전 유학 시절 이 책을 처음 접하고, 고어와 현대어를 넘나드는 어휘로 인하여 사전을 끼고 앉아 독파를 하고 나서 필설로 표현할 수 없는 감동을 느꼈다. 이후로 수차례 재독할 때마다 밀려오는 감동은 황홀경 그 자체였다. 이렇듯 해묵은 감정에서 필자는, 2006년 여름에 오르한 파묵과의 인터뷰 당시 『검은 책』은 선생님의 처음이자 마지막 작품이에요.”라고 당돌하고 어쩌면 실례가 되는 말을 한 적이 있다. "나의 최고의 작품은 아직 내가 쓰지 않은 작품입니다."라며 농담처럼 받아 넘겨 주어 큰 결례를 면하였으나, 나는 이 작품이 진정 파묵 특유의 만연체와 신비스러운 문체, 멋진 상징과 메타포로 가득 차 있는 최고의 작품이라 생각한다. 더 멋진 작품의 탄생을 기대하는 마음 역시 간절하지만.

번역가는 자신이 감명 깊게 읽었던 작품을 독자에게 빨리 선보이고 공유하고 싶어 번역에 매진하게 마련이다. 그러나 이 작품은 남에게 보여 주지 않고 진귀한 보물처럼 끼고 앉아 홀로 즐기고 싶은 욕심이 발동하는 작품이었다고 고백한다면 이해할 독자들이 있을지…… 실제로 그의 최신작에 해당하는 『눈』까지 번역을 마쳤음에도, 여전히 『검은 책』은 뒤로 미루고 있다가 2006년 초에 번역을 시작했다. 하지만 번역을 시작하고 나서도 이 핑계 저 핑계 대며 번역을 늦추고 싶은 심산이 마음 한구석에 똬리를 틀고 있었다. 그러던 중 오르한 파묵이 2006년도 노벨 문학상의 수상자로 결정되는 행복한 사건이 벌어졌고, 진귀한 명품 보물처럼 혼자만 감상하려는 독점욕보다는 노벨 문학 수상자의 반열에 오른 작가의 명성에 걸맞은 번역을 해야겠다는 사명감이 앞서게 되었다는 점을 밝힌다.

그동안 여러 작품을 번역했지만, 번역을 끝내고 쓰는 후기에는 여전히 신경이 쓰이는 것이 사실이다. 비평이나 평론 수준의 글을 기대하는 독자들을 적지 않게 만나 왔기에 그런 부담이 더해진다. 물론 번역가는 원문 텍스트를 누구보다 먼저 읽은 독자이기는 하지만, 역자 후기로 인해 독자들에게 어떤 선입견을 심어 주지나 않을까 우려하게 된다. 독자들은 아무 편견 없이 작품을 읽어야 하고, 독후의 감동 역시 온전히 독자의 몫인 것이다. 또한 연구와 번역을 병행하는 필자로서는 역자 후기와 연구 논문을 분리하여 생각하고 있다.

이 소설을 번역하면서 역시 파묵을 비롯하여 많은 사람들에게 도움을 받았다. 파묵은 고맙게도, 글 쓰는 시간을 쪼개어 『검은 책』을 집중적으로 다룬 인터뷰에 흔쾌히 응해 주었다. 그는 자신의 작품이 최대한 원문에 가깝게 번역되어야 한다는 의견을 늘 강조하였기에, 이를 존중하여 파묵의 문체와 표현을 최대한 살리려고 노력을 기울였다.

필자는 생소한 터키어를 전공으로 선택하여 대학에 들어오고, 파고들수록 더욱 깊게 달아나는 그 무엇을 쫓아서 터키로까지 유학을 떠나 문학 박사 학위까지 받게 되었다. 나를 지금껏 달려가게 하고 앞으로도 더 멀리 달려가게 하는 것은 터키의 풍부한 문화적, 역사적 유산이 아닐까 생각한다. 그 달려오는 과정에서 오르한 파묵을 만나게 된 것은 내게 무엇보다도 크나큰 행운이었고, 앞으로도 그의 작품을 계속 번역하고 싶은 소망이 있다. 이렇게 달음박질을 멈추지 않을 수 있었던 것은 부족한 나를 지켜보며 격려해 주신 은사님들과 주위 분들 덕택이며, 내가 연구 생활을 이어 갈 수 있게 해 주신 한국외대 터키어과 교수님들의 은공이라 생각한다. 내가 그분들께 보답하는 길은 나의 달음박질을 멈추지 않고 더 앞으로 나가는 것이라 생각한다.

끝으로 어려운 작품임에도 불구하고 혼신을 다해 책을 만

들어 주신 민음사 가족들에게도 깊고 진심 어린 감사의 인사
를 보낸다.

이난아

작가 연보

1952년　6월 7일 사업가인 아버지 귄뒤즈 파묵(Gündüz Pamuk) 과 어머니 셰퀴레 파묵(Şeküre Pamuk) 사이에서 태어 남. 『제브데트 씨와 아들들(Cevdet Bey ve Oğulları)』과 『검은 책(Kara Kitap)』에서 묘사된 이스탄불의 부유하 고 서구화된 니샨타쉬 구역에 거주하는 대가족 속에 서 자람.

1959년~1974년　7세 때부터 그림 그리기를 좋아해, 자전 에세이 『이스탄불(İstanbul)』에서도 밝혔듯이, 22세까지 화가 의 꿈을 키우며 그림에 열중. 이스탄불 명문 학교인 미 국계 로버트 칼리지 중고등학교 졸업.

1970년　아버지와 삼촌의 뒤를 이어 이스탄불 공과대학 건축학 과 입학.

1973년	이스탄불 공과대학 건축학과 3학년 때 자퇴.
1974년	글쓰기를 자신의 유일한 직업으로 택한 후 전업 작가 선언.
1976년	이스탄불 대학 저널리즘 학과 졸업. 하지만 저널리스트로 일한 적은 없음.
1979년	한 가족의 삼대에 걸친 이야기를 통해 터키 사회와 역사를 다룬 가족사 소설이자 등단작인 『제브데트 씨와 아들들』이 《밀리예트》 신문 소설 공모에 당선.(공동 수상) 공모 당시 제목은 '어둠과 빛(Karanlık ve Işık).'
1982년	『제브데트 씨와 아들들』 출판. 당시 터키 문단은 농촌 소설이 대세였기 때문에 어떤 출판사도 이 소설을 출판해 주지 않아 당선 후 3년 후에 출판. 3월 1일 아일린 튀레귄(Aylin Türegün)과 결혼.
1983년	세 형제가 할머니의 집에 머무는 일주일 동안 드러나는 비밀스러운 가족사를 다룬 두 번째 소설 『고요한 집(Sessiz Ev)』 발표. 『제브데트 씨와 아들들』로 '오르한 케말 소설상' 수상.
1984년	『고요한 집』으로 '마다라르 소설상' 수상.
1985년	파묵의 관심사인 동서양 문제와 정체성 문제를 본격적으로 다룬 『하얀 성(Beyaz Kale)』 발표. 《뉴욕 타임스》가 '동양에서 새로운 별이 떠올랐다.'라고 극찬하는 등 처음으로 국제적인 명성을 얻음.
1985년~1988년	미국 컬럼비아 대학교 방문 학자로 초청되어 미국 체류. 이 기간에 『검은 책』 집필에 착수하여 대부분

을 완성.

1990년   『검은 책』발표. 이 소설로 파묵의 명성은 세계적으로 확산됨.『검은 책』프랑스 번역판으로 '프랑스 문화상' 수상.

『하얀 성』으로 영국의 '인디펜던트 외국 소설상' 수상.

1991년   『고요한 집』으로 프랑스에서 '1991년 유럽 발견상' 수상. 『검은 책』의 한 페이지를 바탕으로 시나리오를 쓴 영화 「비밀의 얼굴(Gizli Yüz)」이 '안탈리아 황금 오렌지 영화제'에서 최고 각본상 수상.

딸 뤼야(Rüya) 태어남.

1992년   『비밀의 얼굴』출간.

1994년   한 권의 책에서 새로운 인생을 발견한 공대생이 그 인생을 찾아 떠나는 여행을 다룬 소설『새로운 인생(Yeni Hayat)』발표.

1998년   오스만 제국의 동서양 회화 충돌, 세밀화가들의 고뇌와 갈등을 그린 소설『내 이름은 빨강(Benim Adım Kırmızı)』발표. 출간되자마자 한 달 만에 11만 부 판매됨.

1999년   다양한 잡지와 신문에 쓴 문학, 예술관련 글들을 모은 에세이집『다른 색들(Öteki Renkler)』발표.

2001년   아일린과 이혼.

2002년   '처음이자 마지막으로 쓴 정치 소설'이라고 밝힌『눈(Kar)』발표.

『내 이름은 빨강』으로 프랑스 '최우스 외국문학상' 수

상, 이탈리아 '그렌차네 카보우르 상' 수상

2003년 자전 에세이 『이스탄불』 발표.

『내 이름은 빨강』으로 '인터내셔널 임팩 더블린 문학상' 수상.

2004년 『눈』이 《뉴욕 타임즈》 '올해의 책'으로 선정됨.

2005년 1월에 스위스 《다스 마가진》과 했던 인터뷰에서 "오스만 제국 당시 백만 명의 아르메니아인과 3만 명의 쿠르드족이 학살되었다."라는 발언을 하여, 국가 정체성을 모독한 '터키인 명예훼손죄' 혐의로 형법 301조에 기소됨.

『눈』으로 프랑스의 '메디치 상' 외국어 소설 부문 수상.

2006년 『눈』으로 프랑스 '지중해 최고 소설상' 수상.

터키 문학사상 최초로 '노벨 문학상' 수상.

1월 22일 '터키인 명예훼손죄' 기각됨.

2006년부터 컬럼비아 대학 중동아시아어문학과 예술학교에서 강의.

2008년 한 남자의 집착적이며 열정적인 사랑을 그린 소설 『순수 박물관(Masumiyet Müzesi)』 발표.

2010년 에세이집 『풍경의 조각들(Manzaradan Parçalar)』 발표.

하버드대 강연록 『소설과 소설가(The Naive and the Sentimental Novelist)』 발표

2012년 4월, 이스탄불에 '순수 박물관' 개관.

프랑스 레지옹도뇌르 훈장 수훈.

2013년 『내 마음의 낯섦(Kafamda Bir Tuhaflik)』 발표.

2014년 순수 박물관이 올해의 유럽 박물관상 수상.

2016년 　『빨간 머리 여인(Kırmızı Saçlı Kadın)』 발표.

　　　　『내 마음의 낯섦』으로 아스나야 폴라냐 문학상(톨스토이 문학상) 해외 문학 부문 수상.

2019년 　미국 공로 아카데미(American Academy of Achievement)가 수여하는 골든 플레이트 어워드(Golden Plate Award) 수상.

2021년 　『페스트의 밤(Veba Geceleri)』 발표.

세계문학전집 398

검은 책 2

1판 1쇄 펴냄 2007년 6월 20일
1판 4쇄 펴냄 2010년 8월 9일
2판 1쇄 펴냄 2014년 2월 3일
2판 3쇄 펴냄 2017년 12월 13일
3판 1쇄 펴냄 2022년 2월 18일
3판 2쇄 펴냄 2023년 6월 12일

지은이 오르한 파묵
옮긴이 이난아
발행인 박근섭, 박상준
펴낸곳 (주)민음사

출판등록 1966. 5. 19. (제 16-490호)
서울특별시 강남구 도산대로1길 62(신사동) 강남출판문화센터 5층 (우편번호 06027)
대표전화 02-515-2000 팩시밀리 02-515-2007
www.minumsa.com

한국어 판 © (주)민음사, 2007, 2014, 2022. Printed in Seoul, Korea

ISBN 978-89-374-6398-3 (04800)
ISBN 978-89-374-6000-5 (세트)

세계문학전집 목록

세계문학전집은 계속 간행됩니다.